数字城堡

［美］丹·布朗 —— 著
朱振武 赵永健 信 艳 —— 译

Digital Fortress

Dan Brown

人民文学出版社
PEOPLE'S LITERATURE PUBLISHING HOUSE

著作权合同登记号　图字 01-2018-2181

Dan Brown
Digital Fortress

图书在版编目(CIP)数据

数字城堡/(美)丹·布朗著;朱振武,赵永健,信艳译.—2版.—北京:人民文学出版社,2018
ISBN 978-7-02-014119-7

Ⅰ.①数… Ⅱ.①丹… ②朱… ③赵… ④信… Ⅲ.①长篇小说-美国-现代 Ⅳ.①I712.45

中国版本图书馆 CIP 数据核字(2018)第 057967 号

责任编辑　**刘　乔**
特约策划　**邱小群**

出版发行　**人民文学出版社**
社　　址　**北京市朝内大街 166 号**
邮政编码　**100705**
网　　址　**http://www.rw-cn.com**

印　　制　**上海利丰雅高印刷有限公司**
经　　销　**全国新华书店等**

开　　本　**890 毫米×1240 毫米　1/32**
印　　张　**11.5**
字　　数　**320 千字**
版　　次　**2004 年 9 月北京第 1 版　2009 年 4 月北京第 2 版**
印　　次　**2018 年 5 月第 1 次印刷**

书　　号　**978-7-02-014119-7**
定　　价　**62.00 元**

译 者 序

丹·布朗（Dan Brown）是美国当今最著名的畅销书作家之一。二〇〇三年三月出版的《达·芬奇密码》创造了一个书市奇迹，旋风般地横扫了美国各大畅销书榜，在一年多的时间里，全球销量就超过八百万册。丹·布朗也凭这部小说而大红大紫。

丹·布朗出生于美国一个中产阶级家庭，从小在美国新罕布什尔州的埃克塞特镇长大，在阿默斯特学院和菲利普·埃克塞特学院度过了大学生涯，毕业之后留在菲利普·埃克塞特学院教授英语。布朗的父亲是一位知名的数学教授（曾荣获美国总统奖），母亲则是一位宗教音乐家。受父母的影响，布朗从小就对宗教和科学产生了浓厚的兴趣。他的妻子布莱斯则是一位艺术史学家和画家，为布朗的创作提供了很多灵感和帮助，是他生活的忠实伴侣及事业的得力助手。为帮助丈夫写《达·芬奇密码》这部小说，布莱斯曾经多次陪同他前往法国巴黎卢浮宫博物馆进行实地研究与调查。

丹·布朗早年曾在西班牙的塞维利亚大学专门学习过艺术史，良好的家庭环境以及独特的个人经历，无疑为他日后的小说创作打下了坚实的基础。而深厚的文化底蕴再加上他本人对破译密码及秘密组织的浓厚兴趣，使他的文学创作注定要走一条高雅与通俗相结合的道路。他大胆而巧妙地将宗教、历史、艺术、符号学等领域的知识揉进他的小说中，可以说，丹·布朗渊博的知识是跟他的家人和生活环境分不开的。

迄今为止，除了风靡全球的《达·芬奇密码》之外，丹·布朗还创作了《数字城堡》（Digital Fortress）、《骗局》（Deception Point）、《天使与魔鬼》（Angels & Demons）三部小说，可以说本本都叫座。说起来，这位畅销书作家从事小说创作实属无心插柳。据他本人讲，在大学读书的时候，他几乎没读过几本当代小说，看的基本都是经典著作。一九九四年，他在塔希提岛度假，在海滩上无意中发现了一本谢尔顿的《末日追杀》。他花几小时读完之后，认为自己也能写这种小说。度假回家后，他就开始动笔创作他的第一部小说《数字城堡》，最终该书于一九九六年付梓出版。

丹·布朗的处女作——《数字城堡》是一部高科技惊险小说，探讨了公民隐私与国家安全之间的矛盾。当年出版后旋即成为美国畅销电子书第一名，长达十五周之久。“信息时代的恐怖主义”是该书的一个主题。

在信息时代，各国间谍、恐怖分子开始通过互联网传递情报，但是为了使电子邮件不被他人截获，他们纷纷给自己的邮件加上了密码。为了从网络上获得重要情报，世界上最为隐秘的情报部门——美国国家安全局（NSA）斥巨资建造了一台可以破解密码的机器——万能解密机。这台超级电脑可以在极短的时间内迅速破解任何密码，因而帮助NSA挫败了无数恐怖分子的阴谋，避免了战争的爆发。尽管建造这个庞然大物的初衷是监视和破译间谍和恐怖分子的电子邮件，但它同样也能截获所有普通人的私人电子邮件。这个世界已没有隐私和秘密可言！

出于对这种公然侵犯人类隐私的行为的不满，国家安全局前程序设计师远诚友加推出了“数字城堡”，公开声称它是具有不可破解密码的加密软件，这个为“谁来监视这些监视者”而忧心的日本人向美国国家安全局发起了挑战。远诚友加要求国家安全局向世人宣布万能解密机的存在，否则他就采取特别行动。不幸的是，远诚友加在西班牙意外死亡，而刻有口令的戒指却神秘失踪了。大学教授、语言学家戴维·贝克不经意中卷入到国安局的特殊工作中，遭到一个神秘杀手的追杀，两人斗智斗勇，玩起了猫捉老鼠的游戏，足迹遍及塞维利亚的大街小巷。

国安局的首席密码破解专家苏珊·弗莱切是贝克的未婚妻，就在贝克被派去西班牙的时候，苏珊被紧急召回总部。她的上司国安局副局长斯特拉思莫尔告诉苏珊一个惊人的消息：战无不胜的超级电脑万能解密机遇上了不可破解的密码——数字城堡。斯特拉思莫尔让苏珊查出远诚友加同伙的真实身份。随后，苏珊目睹了一个又一个令人震惊的秘密、谎言和背叛，她发现自己不仅是在为她的国家而战，而且是为了她的生命和她所爱的人而战。

……

《数字城堡》情节紧张，悬念不断，让人有一种欲罢不能的阅读快感。小说推出之后，好评如潮，《出版家周刊》就曾评论说，“在这个节奏紧凑、合情合理的故事里，布朗将善与恶的界线模糊化了，使爱国者和偏执狂都能陶醉其中”。作品的语言简洁而精确，但包含的思想却是复杂、深刻而又动人的。作者对信息时代个人隐私所面临的危机的探讨发人深省。

鲁迅曾说我国清代著名长篇小说《镜花缘》的作者李汝珍是“以小说见才学者”。李汝珍确实“博学多通”，韵学杂艺、星卜象维等无不精通。美国当代作家丹·布朗正是这样一个“博学多才”之人。他的小说不光是集谋杀、恐怖、侦探、解密、悬疑、追捕、言情等各种畅销因素于一身，还融各种文化符号和当代高新科技于一体。特别是在《数字城堡》中，作者在密码学、数学和电脑、网络等诸多方面的知识可以说展露得淋漓尽致。作者将大量的时下人们关注的信息有机地引入作品之中，巧妙地运用到高潮迭起的情节里面，不留任何斧凿痕迹，可谓妙手天成，取得了很好的阅读效果，从多种角度满足了不同人群的阅读期待。

该小说成功之处还在于作家在作品里注入了全新的创作理念，从而打破了严肃小说与通俗小说的界限。它集知识性、趣味性于一体，既具有“将‘亦真亦幻’变得‘真假难辨’”带有强烈浪漫主义倾向的晚期后现代主义小说的某些鲜明特征，同时又具有故事引人入胜，情节扣人心弦等通俗小说的一般属性，因此雅俗共赏。另外，简洁明快的语言也为它增色不少。这些与众不同的特点既成就了这部优秀的作品，也奠定了作家创作的基本风格，同时还预示了严肃小说与通俗小说逐渐合流的趋势。

朱振武

二〇〇四年八月于上海心远斋

献给我的父母……

我的导师与偶像

鸣　谢

衷心地感谢：圣马丁出版社的编辑们——托马斯·邓恩和才华出众的梅利莎·雅各布斯；我在纽约的文稿代理人乔治·威泽、奥尔加·维泽尔和杰克·埃尔韦尔；感谢在创作过程中所有阅读过本书的手稿并提出宝贵意见的人；还要特别感谢我的爱妻——布莱思，感谢她的满腔热忱和无穷耐心。

此外，我还要默默地感谢两位未曾谋面的前国家安全局密码破译员，感谢他们不断通过匿名邮件向我提供的弥足珍贵的援助。没有他们，本书就难以面世。

楔　子

时间：上午十一点

地点：西班牙

塞维利亚

西班牙广场

据说人死的时候万事都明朗起来。远诚友加现在知道此话确实不虚。由于剧痛，他紧捂着胸口向地上倒去，这时他才意识到他错误的可怕。

人们一下子都围拢上来，想救他，但友加已不需要援救了——他已经没救了。

他哆哆嗦嗦地抬起了左手，硬撑着向人们伸出了手指。大家看我的手！周围的人们都瞪大了眼睛看，但他看得出他们并不明白他的意思。

他的手指上戴着一枚刻有标记的金戒指。在安达卢西亚的日照下，上面的标记还闪烁着微光。远诚友加清楚，这是他能看到的人世间的最后一抹光了。

第 1 章

他们住在清烟山脉，那家他们最喜欢的送早餐的旅店。戴维俯身微笑地看着她。“你觉得怎么样，美人儿？嫁给我吗？”

她躺在华盖床上，向上端望着，她知道他就是自己要嫁的那个人。白头偕老！她深深地凝望着他那深邃的蓝眼睛，这时，远处的什么地方响起了一阵震耳欲聋的铃声，这声音正把戴维向远处拖去。她伸手去够他，但却抓了个空。

原来是电话铃声把苏珊·弗莱切从睡梦中惊醒了。她喘着气，从床上坐起来，摸索着拿起了听筒。“喂？”

“苏珊，我是戴维。把你吵醒了吧？”

她笑了，翻了个身，说道：“我刚才正梦到你。过来玩玩吧。”

他笑了起来。“外面还黑着呢。”

“不嘛！”她娇嗔地说道，“那你就更得过来玩，北上之前我们还可以睡一会儿呢。”

戴维沮丧地叹了口气。“我正是为这事儿才给你打电话的，就是关于我们出去玩儿的事。我得推迟一下。”

苏珊这才清醒过来。“怎么回事儿？”

“很抱歉，我得出城去，最晚明天回来。我们可以一大清早出发。我们还有两天时间呢。”

“可我连房间都订了。”苏珊说道，感到很委屈，“我订的还是石头庄园的那间房子。”

“我理解，可是……”

“今晚本应是不同寻常的……该庆祝我们六个月了。你不会不记得我们已经订婚了吧？”

“苏珊。”他无可奈何地说道，“我现在实在是没空儿，他们在车里等我。我上飞机后会打电话给你，把事儿说清楚。”

“上飞机？”苏珊惊问道，“出了什么事儿？大学为什么会……”

“不是大学的事情，我到时候会打电话说清楚，的确得走了，他们在喊我。我会跟你保持联系。放心吧。”

“戴维！”她喊着，“怎么……”

但无济于事，戴维已经挂了电话。

苏珊·弗莱切睁着两眼躺在床上，好几个钟头过去了，但电话再也没有响起来。

那天下午，苏珊魂不守舍地坐在浴缸里。她把自己泡在肥皂水里，想把石头庄园或是清烟山脉一股脑儿忘掉。他会在哪儿呢？她思忖着。为什么没打电话呢？

浴缸里的水慢慢地由热变温又由温变冷，苏珊打算出来穿上衣裳，正在这时，无绳电话“吱吱”地没命地叫了起来。她一下子站起身，浑身水淋淋地探过身去一把抓起放在水池上面的话筒。

“是戴维吗？”

“我是斯特拉思莫尔。”一个声音回答道。

苏珊一屁股坐了下去。“唉！”她难以掩饰心中的失望，“下午好，局长。”

“在等个小伙子吧？”对方笑出了声。

“不是呀，局长。”苏珊窘迫地说道，“并不是那么……”

“没错吧。”那人大笑起来，“戴维·贝克可是个好小伙儿，千万别错过哟！”

“谢谢您，局长。”

局长笑声顿敛，声音陡然严肃起来。“苏珊，我打电话给你是因为我这里需要你。立马过来。”

苏珊想弄个明白。“今天是星期六，局长。通常我们都不……”

“我知道，”他严肃地说，“这是紧急任务。”

苏珊坐起了身。紧急任务？她还没从斯特拉思莫尔局长的嘴里听到过这样的字眼。在密码破译部？她百思不得其解。“哦……是的，局长。”她顿了一下说道，“我会尽快赶到那里。”

“不得迟疑。”斯特拉思莫尔说罢便挂了电话。

苏珊·弗莱切围着浴巾怔怔地站在那里，身上的水滴落在昨晚翻出来的折叠整齐的衣服上——有远足穿的短裤，有在山上晚间御寒穿的羊毛衫，还有刚刚买来的睡衣。真是郁闷，她走到衣柜前取出一套干净的衣裙。*紧急任务？在密码破译部？*

苏珊一边下着楼，一边琢磨着这天会不会还有更糟糕的事儿。

她很快就会知道的。

第 2 章

在一片死一般寂静的大洋之上的三万英尺的空中，戴维·贝克睁大了眼睛苦恼地从 60 式利尔喷气式飞机椭圆形的小窗子向外望着。他被告知飞机上的电话出了故障，所以他无法给苏珊打电话。

“我这是在做什么？”他自言自语地嘟囔着。但答案再简单不过了——有那么一些人，对这些人你就是不能说不。

“贝克先生，”广播里说道，“我们半个小时后即可到达。”

贝克朝着看不见的声音忧郁地点了点头。*太好了。*他把窗子上的遮阳帘拉下来，打算睡上一觉，但他满脑子都是她。

第 3 章

苏珊的沃尔沃小轿车停在了十英尺高、上面是倒刺的旋风栅栏的阴影里。一个年轻警卫把手放在车顶上，说道：

“请出示证件。”

苏珊配合着接受半分钟的例行检查。警官把她的证件在电子扫描仪上走了一下，抬头看了看。“谢谢你，弗莱切小姐。”他发出了一声难以察觉的叹息，大门转动着打开了。

向前走了半英里，苏珊在一堵同样威严的带电栅栏前重复着完全相同的手续。*快点吧，伙计们，我在这儿都走过无数次了。*

她终于来到了最后一道关卡，一个矮墩墩的卫兵领着两只攻击犬，手里端着机关枪，扫了一眼苏珊的轿车牌照，示意她通过。她沿着坎尼恩路又走了二百五十码，然后在雇员停车区C区停了下来。*不可思议*，她想。*两万五千名雇员，十二亿美元的预算；谁都知道这里没有我完全挺得过周末。*她踩了下油门，把车停在自己专用的停车位，然后熄了火。

穿过一片绿地，进了主楼，苏珊又过了两道关卡，终于到了那个无牖隧道，隧道直通那座新近落成的房子。一个声音检测亭拦在入口处。

国家安全局
密码破译部
验证声音　方可入内

全副武装的警卫抬头看了看。“下午好，弗莱切小姐。”

苏珊疲倦地笑了笑。“你好，约翰。”

“没想到今天你会来。”

“就是啊，我也没想到。”苏珊前倾了上身，对着抛物面麦克风清晰地报上了自己的姓名，“苏珊·弗莱切。”电脑立即确认了她的声频密度，大门咔哒一声开了。苏珊迈步走了进去。

……

苏珊走在水泥路上，一旁的警卫对她好一番端详。他注意到苏珊通常很有神的淡褐色双眸今天看去有些恍惚，但双颊却红扑扑的光鲜可人，长至肩部的赭色秀发好像刚刚吹过，身上还飘着强生牌婴儿脂粉的淡淡幽香。警卫的眼睛又落在了苏珊那修长的身段上——然后落在她的白衬衫上，里面的胸罩隐约可见，接着落在她那齐膝高的卡其布裙上，最后落在了她那双玉腿上——苏珊·弗莱切的玉腿。

*真难想象这个长腿美女的智商竟然高达170，*他默默地思忖着。

他凝望了好半天，直到苏珊消失在远处，才摇了摇头。

一个环形拱状门挡住了去路，上面写着几个大字：密码破译部。她把手伸到凹陷处的密码盒上，输入了五位数的个人身份号码。几秒钟后，一扇十二吨重的钢筋混凝土门开始转动。苏珊想定下神来，但思绪却始终离不开贝克。

戴维·贝克。她唯一爱过的男人。乔治敦大学最年轻的正教授，出色的外语专家，说得上是国际学术界的名人。他过目不忘，记忆力超群，对语言文字情有独钟，除西班牙语、法语和意大利语外，他还通晓六种亚洲地区语言。他在大学里开设的词源学和语言学讲座场场爆满，他总是晚走一会儿，回答那连珠炮似的问题。他讲话充满权威，富有激情，但对热情奔放的女生们的崇拜爱慕的目光却显得有些木然。

贝克年方三十五岁，精力充沛，皮肤黝黑，结结实实，有一双敏锐的蓝眼睛和一个机警的头脑。他那结实的下巴和不苟言笑的性格常使苏珊联想到大理石雕像。六英尺高的个头，在壁球场里他的脚步却比谁都利索，同事们都难以想象。痛击对手之后，他会把那头浓密的黑发放在喷泉式饮水器里给自己的头降温，然后，也不管头上滴滴答答的水，他会叫上一份水果奶昔和硬面包圈来款待他的手下败将。

和其他年轻教授们一样，戴维的工资不怎么高。每次要延长壁球俱乐部会员资格或给那把跟随他多年的邓洛普球拍换羊肠弦，他往往得为华盛顿地区或周边地区的政府部门翻译点儿东西，好挣点外快，弥补亏空。一次接活时，他与苏珊相识了。

那是秋假时的一个清爽的早晨，贝克晨跑后回到三居室的职工公寓，发现电话机的显示灯正在闪动，他一边听着电话录音，一边将一品脱橙汁倒进肚里。这种电话他早已司空见惯——一个政府机构请他该天上午晚些时候为他们提供几小时的翻译服务，唯一让贝克感到意外的是他以前从没听过这个机构。

“是一个叫国家安全局的地方。”贝克在打电话向同事们打听情况的时候说道。

得到的回答都是一样的：“你说的是国家安全委员会吗？”贝克核对了录音后回答道：“不是，他们说的是局。是‘国安局’。”①

“没听说过。”

贝克又核对了总审计局机构名录，也没有找到类似的机构。贝克实在没辙了，便给一个壁球老友打电话，那人以前曾做过政治分析员，当时是国会图书馆的研究员。听了那人的介绍后，贝克有些愕然。

显然，国家安全局不仅存在，而且还被看作是世界上最有影响的机构之一。这个机构收集全球电子情报资料，并保护美国长达半个世纪以来的机密信息数据。可以说只有百分之三的美国人知道这个组织的存在，但也只是知道而已。

“NSA，”那人开起了玩笑，“这三个字母就是表示‘没有这个机构’。”

贝克怀着忧奇参半的心理接受了这个神秘机构提供的译活儿。贝克驱车三十七英里，来到了这个机构的总部，总部占地八十六英亩，隐藏在马里兰州米德堡丛林密布的群山之中。在通过了难以计数的安检关卡之后，他们又发给他一张六小时有效的、带全息照片的宾客通行证，然后把他送到一个让人眼花缭乱的研究部门，并告诉他那天下午他要做的就是为密码破译部提供“语言辨认”，密码破译部里都是数学精英，个个是译码高手。

---

① “国家安全局”原文为National Security Agency，首字母缩写为NSA，这里汉译为“国安局”。下文中贝克的壁球老友用NSA这三个字母开玩笑，说“这三个字母就是表示‘没有这个机构’（No Such Agency）”，这是因为它们的首字母完全一样。——本书所有注释皆为译者注。

在起初的个把钟头里，那些密码破译员们似乎都没有意识到贝克的存在，他们围着个庞大的桌子忙忙活活，说的话贝克以前连听都没听到过。他们说到流密码、自毁生成程序、背包变体、零知识协议以及单一点。贝克只是在一旁看着，如堕五里雾中。他们在坐标纸上草草地划着符号，专心致志地研读电脑打印材料，总是提到头顶上的投影线之中那些杂乱的文字：

JHD JA3JKHDHMADO / ERTWTJLW+JGJ328
5JHALSFNHKHHHFAF0HHDFGAF / FJ37WE
OHI93450S9DJFD2H / HHRTYFHLF89303
95JSPJF2J0890IHJ98YHFI080EWRT03
JOJR845H0ROQ+JT0EU4TQEFQE / / OUJW
08UY0IH0934JTPWFIAJER09QU4JR9GU
IVJP$DUW4H95PE8RTUGVJW3P4E / IKKC
MFFUERHFGV0Q394IKJRMG+UNHVS9OER
IRK / 0956Y7U0POIKI0JP9F8760QWERQI

过了好半天，其中一个密码破译员总算解释了其实贝克已经猜到的东西。那些拥挤在一起的文字原来是个密码——一段“密码电文”，这一组组数字和字母代表着一段加了密的文字。这些密码破译员们就是要研究这个密码并从中推断出其原本信息，或者叫“明码电文”。国安局认为其原本信息是用中国官话写成，所以才叫贝克来，等密码破译员们破译了这段文字之后，好让他把这些符号译出来。

一连两个钟头，贝克翻译着一串串的汉语符号。但每次他把译文交给密码破译员，他们的头都摇得就像拨浪鼓。显而易见，用汉语是解释不通的。贝克也真希望能帮上点忙，他指出，所有符号都有一个共同点——他们也是日本汉字的一部分。闹哄哄的密码部里顿时鸦雀无声。这里的头儿是个男的，叫莫兰特，瘦高个儿，总是烟不离手，他狐疑地转过头问贝克：

“你是说这些符号有多重含义？”

贝克点了点头。他告诉他们，日本汉字是在汉字的基础上发展而来的日语书写体系，刚才他之所以用汉语来翻译，那是因为他们要求他这么做。

“天啊！”莫兰特咳嗽了一声说道，“那咱们就试试这日本汉字。”

果然灵验，一切都可以对号入座了。

密码破译部里的人们这才对贝克刮目相看，尽管如此，他们还是让他只翻译那些不成顺序的字符。“这是为你的安全起见。”莫兰特说，“这样做，你就不会知道你在翻译些什么了。”

贝克哈哈地笑了起来，但却发现别人都没笑。

密码终于破解了，但这个密码透露着什么秘密，贝克可全然不知，但有一件事他看得出——国安局对密码破译极为认真，因为他口袋里的支票比他大学里整整一个月的薪水还高。

出来的时候，贝克通过一系列的安检关卡后来到出口处的主厅，一个刚刚挂断电话的警卫挡住了贝克的去路。“贝克先生，请在这里稍等。”

“什么事？”贝克没想到在这里花了这么长时间，他要参加周六下午的壁球常规赛，现在就要迟到了。

警卫耸了耸肩道：“密码破译部的头儿有话跟您说，她正在往外走。”

“她？”贝克笑出了声。他还得见见国安局里面的女的。

“这也好笑吗？”身后传来一个女人的声音。贝克转过身去，立刻一脸赧色。他瞥了一眼那女人上衣上佩戴的证件，原来是国安局密码破译部的主任，她不光是个女人，而且还是个魅力四射的女人。

“我不是那个意思。”贝克搪塞着，“我只是……”

“我叫苏珊·弗莱切。”那女人微笑着伸出了纤纤玉手。

贝克握住伸过来的玉手道：“我叫戴维·贝克。”

“祝贺你，贝克先生，听说你今天干得很漂亮。我可以就这事和你聊一聊吗？”

贝克犹豫了一下说道："说实在的，我这会儿确实有点急事儿。"他但愿对世界上最强大的情报机构的这一断然拒绝不会是个愚蠢之举，他四十五分钟之后要参加壁球赛，而且他一向有着这样的美誉：戴维·贝克从来不会在壁球赛中迟到……上课可能迟到，壁球可绝对不可能。

"我长话短说。"苏珊·弗莱切淡淡地一笑，"就请这边来吧。"

十分钟后，贝克坐在国安局的餐厅里，同国安局的靓妹、密码破译部主任苏珊·弗莱切一起品尝起松饼和蔓越橘汁来。戴维很快就看出，这个年方三十八岁的国安局高级职员确非等闲之辈——她是他所见过的最睿智的女人之一。他们谈到密码和破解密码，贝克觉得自己脑子要拼命转才能跟上她的思路——对他来说这是一个全新的兴奋体验。

一个钟头过去了，贝克不用说已不可能参加壁球赛了，而苏珊竟也全然不觉他们的内部通话系统上已经记录了满满的三大页，二人不禁相视大笑。两个人坐在那里，两个极具分析力的头脑，可能从不相信什么荒谬的一见钟情，现在却有些不可思议了，两个人从语言学上的词法探讨到伪随机数码生成程序，俨然是青梅竹马的一对少年恋人——一切都是激情的碰撞。

苏珊一直没有把话题转到她找贝克的真正目的上——为他提供一个在密码破译部亚洲分部的试用岗位。从这个年轻的大学教授一谈到教学时就表现出的那种激情，苏珊可以清楚地看出，他是绝不会离开大学讲坛的。苏珊决意不谈此事，免得坏了二人的心绪。她感觉自己又完全像个小女生了；说什么也不能破坏这种感觉。的确，那种感觉一点也没有遭到破坏。

二人的求爱之路缓慢而又浪漫——只要得空，二人就会私约密会，或是在乔治敦大学的校园里徜徉，或是夜深人静的时候在墨卢提咖啡屋里品尝卡普契诺咖啡，偶尔也参加几次讲座和音乐会。苏珊从没想到自己会有这么多的笑声，不论什么东西，只要到了贝克嘴里都能变成笑料。苏珊很需要这种放松来调节她在国安局工作的紧张情绪。

一个秋高气爽的下午，他们坐在体育场的露天座位上，饶有兴趣地观赏乔治敦大学校足球队惨遭拉特格斯大学的屠戮。

“你喜欢什么运动，喜欢绿皮密生西葫芦[1]吗？”苏珊戏谑地问道。

贝克嘟囔道：“那叫壁球。”

苏珊不置可否地看了他一眼。

“确实像绿皮密生西葫芦。”他解释道，“不过球场就小多了！”

苏珊推了他一把。

乔治敦大学的左边锋把角球开出了底线，观众中顿时嘘声四起。防守队员旋即回撤。

“你呢？”贝克也问道，“喜欢什么运动吗？”

“我喜欢柔道，是黑腰带级。”

贝克赶忙奉承：“我觉得在运动上你更行。”

苏珊笑了。“我们在运动上都是超级优生，不是吗？”

乔治敦大学的一个出色的防守队员来了一个很漂亮的抢断，看台上立刻一片狂呼。苏珊俯过身来，趴在戴维的耳朵上悄声叫道：“博士！”

戴维转过头注视着她，不明就里。

“博士！”她又叫道，“把最先想到的东西告诉我。”

贝克满腹狐疑地问道：“你要搞词汇联想测验？”

“这是标准的国安局程序。我得知道我和谁在一起。”她一脸认真地看着他说，“博士。”

见克耸了耸肩：“苏斯[2]。”苏珊蹙了蹙眉说：“好吧，就试试这个——‘厨房’。”

贝克不假思索地说：“卧室。”

苏珊羞涩地耸了耸双眉又说道：“好的，这个怎么样——猫。”

---

① 绿皮密生西葫芦是一种美洲南瓜，其颜色和形状都有点像壁球。

② 苏斯博士，二十世纪最卓越的儿童文学作家之一，一生创作四十八种精彩绘本。

“香肠。”贝克反应很快。

“香肠？”

“是啊！肠线。[①]冠军们的壁球拍上的线。”

“倒是不错。”苏珊嘟着嘴说。

“你倒是测一测呀！”贝克催促着。

苏珊沉思了一下说：“你是个孩子气的性欲受挫的壁球迷。”

贝克耸了耸肩道：“还真不算离谱。”

这样一晃就过去了好几个星期。每天夜餐时，贝克都会就着甜食喋喋不休地问她问题。

她从哪里学的数学？

她是怎样进国安局的？

她是怎么搞得这么有魅力的？

苏珊红着脸说自己成熟很晚。十七八岁的时候，苏珊还瘦得像个电线杆，戴着傻乎乎的牙箍，苏珊的姑妈曾跟她讲，上天对她的朴素无华的补偿就是给她一个聪明伶俐的脑子。

这补偿也来得太早了点儿，贝克心想。

苏珊说她早在初中的时候就对密码学产生了浓厚的兴趣。那时，学校电脑俱乐部主席是一个八年级的大高个儿，叫弗兰克·古特曼。他给苏珊打印了一首爱情诗，信中用数字替换手法设了密。苏珊求他讲出其中的内容，他却挑逗般地拒绝了。苏珊回到家，趴在被窝里，打开手电筒，琢磨了整整一个通宵，秘密终于揭开了——每个数字都代表着一个字母。她小心翼翼地破解着其中的密码，那些看似不经意的数字竟魔术般地变成了一首优美的诗歌，苏珊惊呆了。从那一刻起，苏珊知道自己已经恋爱了——她爱上了密码和密码学，密码和密码学将成为她生命的一部分。差不多二十多年以后，也就是在约翰·霍普金斯大学获取数学硕士学位并在麻省理工学院以全额奖

① 苏珊说“猫”，英文是 cat，贝克说“香肠”，英文是 gut（也是“肠子”的意思），两个英文单词合在一起，就是 catgut，是“肠线”（制琴弦、网球拍或供外科手术缝合伤口之用）的意思。

学金攻读数论之后，苏珊提交了自己的博士论文——《手工密码使用的方法、规程及规则系统》。不消说，她的导师并不是这篇论文的唯一读者，因为苏珊很快就接到了国安局打来的电话和他们寄来的机票。

懂密码学的人都知道国安局，国安局是我们星球上最有密码头脑的人的家园。每年春季，当民营企业纡尊降贵地在刚刚毕业的莘莘学子中间挑选精英头脑并开出足以让人蒙羞的工资和优先认股权的时候，国安局则是审慎地观察，然后锁定目标，最后是非常干脆地走上前去把最高额的常规工资再给他们翻上一番。只要需要，国安局就不惜一切代价。苏珊激动得浑身有些颤抖，她满怀憧憬地飞到了华盛顿的杜勒斯国际机场。国安局派了个司机来接机，司机风驰电掣般地把她送到了米德堡。

那年收到和苏珊同样电话的还有四十一个人，当时二十八岁的苏珊是这些人中年龄最小的，也是唯一的女性。结果苏珊发现，她的国安局之行与其说是来交代个人情况的，毋宁说是来接受烦琐的公共关系考察和无休止的智力测验的。一星期后，只有苏珊和另外六个人又接到了邀请。苏珊尽管犹豫再三，但还是去了。他们几个人立刻分开接受测试。他们各自接受了测谎仪的测试、身世调查、字迹分析和接连不知多少个钟头的口头审查，其中包括对他们的性取向和性体验的录音调查。当口试官问及苏珊是否与兽类有过性接触时，苏珊差点儿就退了场，但将这神秘之所一探究竟的愿望还是支撑她坚持了下来——通过考试，就有望在密码破译理论的最前沿工作，进入这个神秘的“迷宫”，成为世界上最秘密的俱乐部——国家安全局——中的一员了。

贝克听得入了神。他不由得问道：“他们竟然问你是否与兽类有过性接触？”

苏珊耸了耸肩道：“这是例行的身世调查的一部分。”

“那么……”贝克忍俊不禁，“你怎么说的呀？”

苏珊在桌底下踢了他一脚说：“我告诉他们没有。”然后她又说道，“直到昨晚，那句话还是事实。”

在苏珊的眼里，贝克几乎就像她想象的那样完美无瑕。他只有一个习惯让她略感不满，那就是每次他们出去的时候他总是执意要带上支票。她不愿看见他把整整一天的薪水用在二人的晚餐上，但贝克却是雷打不动。苏珊也学着不再反对，但心里总不是个滋味。*我挣的钱花也花不完，她心里想，应该由我买单。*

尽管如此，苏珊还是觉得贝克是她的理想伴侣，虽然他身上还有那种早已过时了的骑士精神。贝克激情四溢，英俊潇洒，风趣幽默，最重要的还是他对苏珊的工作有种浓厚的兴趣。不论是去史密森学会的途中，还是骑脚踏车出去兜风，还是在苏珊的厨房里煮意大利式细面条时，戴维总是有着强烈的求知欲。苏珊总是竭尽所能，有问必答，她把国家安全局的总体的非机密的情况向贝克作了描述。苏珊说的一切把贝克完全吸引住了。

国安局是杜鲁门总统于一九五二年十一月四日十二点零一分亲自宣布创建的，在此后的五十多年时间里都是世界上最神秘的情报机构。国安局长达七页的工作条规简明扼要地表明了其工作宗旨：保护美国政府通信系统，拦截别国情报机密。

国安局主办公楼的屋顶上密密麻麻地安装了五百多个天线，其中包括两个特大号的状似巨型高尔夫球的天线屏蔽器。主办公大楼本身就是个庞然大物——占地两百多万平方英尺，是中央情报局总部的两倍。主楼内有八百多万英尺的电话线和八万平方英尺永久密封的电波反射装置。

苏珊还跟戴维讲到了通信情报系统，负责国安局的环球侦察——由令人眼花缭乱的专司监听的短波电台、卫星和环球搭线窃听装置组成。这里每天可以拦截和窃听到成千上万的公文和会谈，随后将它们送到国安局的分析员手里进行破码。联邦调查局、中央情报局和美国外交顾问们的决策全都取决于国安局的情报。

贝克真是着了迷，他追问道：“那么破码又是怎么回事儿呢？你做些什么呢？”

苏珊告诉他，截获的情报通常都来自滋事生非的国家政府、敌对派或恐怖组织，许多情报就发自美国本土。为了保密起见，这些情报都是用密码传递，以防落入他人之手——而事实上，由于有了通信情报系统，这些情报也确实落入了“敌手”。苏珊跟戴维讲，她的工作就是研究这些密码，亲自破解它们，为国安局提供解码信息。其实并非完全如此。

对自己的心上人撒谎，苏珊感到莫大的歉疚，但她也没有办法。要是几年前，她的那番话还算是正确的，然而国安局的情况早已发生了变化，整个密码学界也早已发生了变化。苏珊现在的工作是绝对保密的，即使对最高权力层，她一般也不得透露。

“破解密码，”贝克心醉神迷地说，“你怎么知道从哪里入手呢？我是说……你是怎么破解密码的？”

苏珊笑了。“别人不知，但你总该知道呀！这就像学外国语。起初那些文字乱七八糟的毫无意义，但弄清其结构和规则之后，你就获取了其中的意义。”

贝克点了点头，深有感触，但他还是不满足。苏珊便用莫鲁提牌餐巾纸和音乐会节目单作黑板，给这位迷人的学究上了一堂简易的符号学课。她从尤利乌斯·凯撒的“完全平方”密码盒开始讲起。

凯撒，她讲道，是历史上第一个编写密码的人。那时他的徒步信使不时遭受伏击，机密文件也因此遭劫，凯撒遂琢磨出一套原始的方法对他的指示进行加密。他对他的文件进行重新组合，使它们看去毫无意义。当然，并不是真无意义。每封信函所包含的字母数都是一个完全平方数——16，25，100——这取决于凯撒想说多少话。他秘密通知他的军官们，接到无法辨认的密件之后，首先把这些文字重新书写，使横竖字母数相等，组成一个正方形，然后，按自上而下的顺序读下去，一封密信就魔幻般地出现在眼前了。

凯撒对文字内容进行重新组合的设密理念逐渐被人们采用，而且为了使它更加难以破解，还对之进行了改进。非计算机时代的加密手段在第二次世界大战期间达到了登峰造极的程度。当时的纳粹造了一台让人全然摸不着头脑的加密机器，叫隐匿之王①。这台机器酷似老式打字机，内装以错综复杂的方式旋转的铜制连锁变码旋转件，从而将清晰的文字内容打乱，使之成为看去混乱无序的字母组合。密件的接收方只有通过另一台隐匿之王，以同样的标准校准，才能破解其中的密码。贝克听得入了迷。这回先生成了学生。

一天晚上，在大学里观看《胡桃夹子》演出的时候，苏珊给了戴维一个最简单的密码让他来破解。戴维整个幕间休息的时候都坐在那里，手里握着笔对着那张只有十一个字母的纸条冥思苦想。

HL FKZC VD LDS

终于，在后半场结束的灯光就要暗下去的时候，贝克破解了密码。为了便于贝克解码，苏珊只不过是把信息中的每个字母都用字母表中排在它前面的字母取而代之。贝克在解码中只需把每个字母按字母顺序依次后移一个字母即可——A 成了 B，B 就成了 C，以此类推。他迅速替换了其他字母，从没想到，小小的四个音节竟使他欣喜若狂：

IM GLAD WE MET②

贝克旋即写下自己的答复，递给了苏珊：

LD SNN

① 原文为 Enigma，意思是“费解的事物或不可理解的人”，这里译为“隐匿之王”，前半部分是音译，但在一定程度上也表达了相应的意义。

② 这句话的意思是：有幸与你结缘。下文中的 LD SNN，按照上文苏珊设定的解密方法，其意思就是 ME TOO，彼此彼此。

苏珊读后笑逐颜开。

贝克也没有不笑的理由，他都三十五岁了，但还是兴奋得心脏剧烈跳动。贝克还从没有为哪个女人如此神魂颠倒过。苏珊那清秀的欧洲人相貌和柔和的棕色眼眸常使贝克联想到雅诗兰黛的广告。十几岁时苏珊又瘦又高，而且还笨手笨脚，现在可今非昔比了。这些年来，苏珊出落成一个袅袅婷婷、杨柳细腰的婀娜女子——苗条的身材，高高的个头儿，挺实的乳房，还有平坦的完美腹部。贝克经常戏称她是他见过的第一个有着应用数学和数论博士学位的泳装模特。几个月过去了，二人都发现他们中间似乎有着某种可以维系彼此白头偕老的东西。

他们相处差不多两年的时候，有一天，戴维突然向她求婚，那是去清烟山脉度周末的时候。二人躺在石头庄园的华盖床上。贝克没有准备戒指——完全是脱口而出的。而苏珊就爱他这一点——率真。苏珊没完没了地热吻他，贝克则把她揽在怀里，为她宽衣解带。

“我可认为这就是答应了。”贝克说。在炉火的温馨中，二人通宵云雨，无限温存。

那个神奇的夜晚还是六个月前的事——就在戴维出人意料地擢升为现代语言系主任之前。但自打那时起，二人的关系却急转直下了。

第 4 章

密码破译部门上的电子装置发出了短促而尖厉的声音，苏珊这才从抑郁的沉思中清醒过来。旋转门已经转到最大开启的位置，旋转整整三百六十度之后，便会在五秒钟之内又关闭。苏珊打起精神迈步走进了门，电脑对她的进入立刻进行了登记。

自打三年前密码破译部竣工之后，苏珊差不多可以算作一直在这里生活，但今天看到密码破译部，她还是为之惊叹。巨大的圆形主厅足有五层楼之高，透明的圆顶在中心最高点达一百二十英尺之高。普列克斯玻璃的穹顶下面是一层聚碳酸酯网，这是一层能够经受得住两百万吨冲击波的大网。阳光透过玻璃屏从精巧的网孔中投射进来照射到四面的墙上。微尘呈螺旋状毫无警觉地向上漂浮——这是穹顶上强大的电离子除尘系统使然。

大厅倾斜的四墙在顶部倾斜的弧度较大，到可以平视的地方则几乎是垂直的了，等接近地板时，墙面先是隐隐约约呈半透明状，渐次成为不透明的墨色——整个黑乎乎的一片，那是发着神秘光泽的磨光黑色瓷砖，使人感到惴惴不安，好像整个地板都是透明的黑色冰块似的。

地板上最显眼的是那台状若巨大鱼雷上端的机器，这个大厅高高的圆顶就是特意为它建造的。这台机器的底部深入地基，外形呈拱状，通体乌黑，有二十三英尺之高，那全身弯曲平滑的样子就好像是一头冻僵在寒冷的海滩上的虎鲸。

这就是万能解密机，世界上独一无二的最昂贵的电脑设备，国安局对外是否认它的存在的。

就像一座冰山，这台机器有百分之九十的体积和功能都藏在地下，其秘密都隐藏在直接深入地下足有六层楼高的搪瓷竖井——其井身形似火箭，外面被迷宫般纠缠在一起的窄桥、电缆和氟氯烷制冷设备所包围。底部的动力发电机总是以一种低频的嘈杂声嗡嗡地叫着，使密码破译部的人们有迫近幽冥之门的感觉。

像一切伟大的科技发明一样，万能解密机也是现实需要的产物。在二十世纪八十年代，国安局见证了彻底改变情报侦察界的电信革命——公众进入互联网。更具体地说，是电子邮件时代的到来。

犯罪分子、恐怖分子和间谍特务早已吃够了搭线窃听的亏，对这种全球通信的新玩意儿自然是欣然接受。电子邮件有着传统通信方式的安全和有线电话的迅捷。传送工具由于是借助地下光学纤维线，从不会被送入电波，因此绝对不会遭劫——至少理论上是如此。

但实际上，拦截那些穿梭在互联网上的电子邮件对国安局的科技尖子来说只不过是小菜一碟的儿戏。互联网并不像大多数人认为的那样是家用电脑的新生事物，其实它早在三十年前就已经被美国国防部设计出来了。那是一个庞大的电脑网络，是为了预防核战争而为政府设计的安全通讯系统。国安局里的耳目早就是网络精英了。通过电子邮件从事非法活动的人很快就知道他们的秘密可不像他们想象的那样隐蔽。联邦调查局、缉毒局、国内收入署和美国其他法律执行机构——再加上国安局里那些狡猾的黑客们——都沉浸在无数的抓捕和定罪的快感之中。

当然，当世界各地的电脑用户发现美国政府公然阅览他们的电子邮件时，他们义愤填膺了。甚至连那些只是通过互发电子邮件来自娱的笔友们也深受隐私被偷窥的困扰。全球的程序开发商们开始研究新的策略，确保电子邮件更加安全。他们很快找到了办法——公开关键码①加密法，公钥加密法就这样诞生了。

公钥加密法看似简单，其实是个了不起的发明。它主要是通过简便易行的家用计算机软件来实现的，它可以倒换②个人电邮信息，使之完全无法阅读。用户可以在写好信后，把信件通过加密软件进行加密，那么接收方看到的就是乱码——全然无法辨认，其实这就是个密码。这一传送物的拦截者在屏幕上看到的也只能是乱码。

还原其信息的唯一手段就是输入发送人的“万能钥匙”，——就是一系列密码，其作用很像自动取款机所需的个人身份号码。万能钥匙通常又长又复杂，它包含着所有说明加密规则系统所需的原始信息，其实就是进行数学运算以再现原始信息。

现在用户可以自信地发送电子邮件了。即使这一发送物遭到拦截，也只有得到钥匙的人才能破译。

国安局立即意识到了困境。他们现在所面对的不再是仅凭一双手

① 因需二次解译故不必担心被他人破译的密码。

② 倒换，原文 scramble，原指倒换（无线电、电视信号等）的频率（使之在无特殊仪器的情况下无法被接收）。

和方格纸就可以破解的代用密码，而是计算机生成的加密功能，这一功能运用混沌理论和多重符号字母把信息打乱，使之看去杂乱无章，根本无法破解。

起初，用户使用的万能钥匙通常较短，国安局的电脑一下子就能“猜测”出来。如果一个待破解的万能钥匙是十位数，那么电脑就可以编出程序，尝试 0000000000 和 9999999999 之间的每一种可能性。或迟或早，电脑会碰上正确的序列。这种试猜法被称为“蛮力解密法”。这种方法可能旷日持久，但从数学意义上来说却是有保证的。

随着全世界都了解了蛮力解密法的威力，万能钥匙便变得越来越长。电脑用于“猜测”正确序列的时间从最初的几个星期到几个月最后到了几年。

到了二十世纪九十年代，万能钥匙的位数就已经超过了五十，其范围为包括字母、数字和符号的美国信息互换标准码的全部二百五十六个字符。不同可能性大约总共有 10^{120}，也就是 1 的后面有 120 个零。正确地猜出一个万能钥匙就相当于从三英里长的沙滩上找寻一粒正确的沙子。用试猜法破解一个标准的 64 比特的万能钥匙，国安局最快的电脑——绝密格雷 / 约瑟夫二世估计也要用上十九年以上的时间。等到这台电脑猜出钥匙破解密码的时候，邮件的内容也变得无关紧要了。

由于陷于网络情报无法破译的困境，国安局通过了一项受命于美国总统的秘密指令。他们获得了联邦基金的大力支持，还获得了为解决这一问题可以“先斩后奏”的自由行动权，在这双重激励下，国安局决定开始建造一件令人难以置信的东西——世界上第一台“万能解密机”。

尽管许多工程师都认为这新提出的解密计算机没有建成的可能性，国安局还是坚信他们自己的座右铭：万事皆可能；不可能的事只不过需要更多时日而已。

整整五年，在花了五十万个人工小时和耗资十九亿美元之后，国安局再一次证实了其座右铭的正确性。三百万台邮票般大小的中央处理机的最后一台被手工焊接停当，最后一道编制程序宣告结束，陶瓷外壳锻封完毕。“万能解密机”就这样诞生了。

万能解密机内部的神秘运转系统是集体智慧的结晶，没有哪一个人能够全部清楚个中究竟，但其原理却是再简单不过了：人多好办事。

三百万台中央处理机将全都并行工作——以令人眼花缭乱的速度进行计数，对每种排列进行逐一尝试，这样的话，即使是大得难以想象的万能钥匙都逃不过万能解密机的火眼金睛。为了猜测万能钥匙并破译密码，这台耗资数亿美元的杰作在明码通信的猜测中采用高精度分类方法的同时，也将发挥并行处理的功效。其威力不光是来自数目大得令人咋舌的中央处理机，还来自那些具有突破意义的新的量子计算方法——刚刚涌现出的使信息可以以量子力学形态而不是仅仅作为二进制的数据进行存储的科学技术。

激动人心的时刻终于到来了，那天是十月份的一个星期四，一个雨横风狂的早晨。首次现场试验。尽管对这台机器到底有多快还拿不准，但工程师们有一点意见是完全一致的——如果中央处理机全都并行工作，万能解密机的功力是强大的。但到底有多么强大，他们还不得而知。

答案十二分钟之后就有了。当电脑输出并提交了明码电文，也就是提交了破译了的密码之后，在场的人都惊得目瞪口呆。万能解密机只用了十分钟多一点点的时间就查明了一个六十四字符的万能钥匙，而它诞生之前，国安局最快的电脑要花上二十年，速度足足是一百万倍！

在国安局副局长特弗雷·J. 斯特拉斯莫尔的带领下，国安局的生产处赢得了胜利。万能解密机是个巨大的成功。为了保守这一秘密，斯特拉斯莫尔副局长立刻向外放出风去，说这项工程已宣告彻底失败，密码部里的一切行动都是要挽回两亿美金的惨痛损失。只有国安局的上层知道事实的真相——万能解密机每天都破解着成百上千的密码。

外面传言，加密的电子邮件是完全不能破解的——即使是无所不能的国安局也是一筹莫展。紧接着，好消息频频传来。毒枭、恐怖分子以及窃贼之流，早已受够了手机常遭窃听、遭拦截之苦，都转而使用这一新兴的联系方式，也就是转瞬间可以同世界各地进行联系的加密的电子邮件。他们再也不会面对庞大的陪审团，收听录音机上他们自己的说话声——被国安局的卫星捕获的手机对话，连他们自己都已记不得了。

情报收集还从来没有这么容易过。国安局截获的密码，作为完全不能读解的密码文件输入万能解密机后，用不了几分钟，就变成了完全可读的明码文件。世上已经完全没有秘密可言了。

为了让外界更加相信自己在破解邮件密码方面的无能，国安局激烈地游说立法议员对所有电脑加密软件都不予通过，他们坚持说，如果予以通过，国安局的功能将大大被削弱，而立法者也就不可能去抓捕和起诉犯罪者。民权团体却是心花怒放，他们认为，国安局本来就无权阅读人们的信件。密码软件宣传物铺天盖地而来。国安局"输"了这场战争——这正是他们的如意算盘。殊不知，全世界的电子界都受到了愚弄——或者看起来是如此。

第 5 章

"人都哪儿去了？"苏珊走在空无一人的过密码破译部时暗暗思忖。紧急任务。

国安局的大多数部门在一周七天的时间里都要满负荷地工作，但密码破译部在星期六却一般都是阒无一人。善于用数学破解密码的人骨子里就是一些脑子里的弦拉得过紧的工作狂，因此有个不成文的规定，就是星期六这天除非紧急任务，他们可以放假一天。密码破译者们都是国安局里的顶梁柱，因此绝不能让他们因过劳而效率下降。

苏珊正走着，万能解密机赫然耸现在她的右侧。深埋地下八层楼的计算机的动力设备今天听起来怪异而又不吉祥。苏珊从不愿在休息时间里待在密码破译部，好像是独自一人同一只自命不凡的未来派的野兽一起被关在笼子里似的。苏珊赶忙向副局长的办公室走去。

斯特拉斯莫尔的玻璃墙的智能工作室，高高地矗立在密码破译部的后墙上的一组“天桥”楼梯的上方，人们根据其外观，特别是帘子拉开时候的样子，给它起个绰号叫“鱼缸”。苏珊沿着装了栅栏的楼梯向上爬着，一边向上注视着斯特拉斯莫尔办公室的厚厚的橡木门。门上刻有国安局的标志——一只秃鹰恶狠狠地紧握着一把古老的万能钥匙。那扇门的里面，坐着她所见过的最伟大的人物之一——斯特拉斯莫尔。

这位五十六岁的斯特拉斯莫尔副局长，在苏珊眼里就像是一位父亲。是他招聘了苏珊，也是他使国安局成了苏珊的家。苏珊十几年前进国安局的时候，斯特拉斯莫尔还是密码发展部的头儿，那是刚来的密码破译员们——刚来的男性密码破译员们——的训练基地。斯特拉斯莫尔从不允许手下戏弄新来的任何人，而对这位唯一的女性职员则更是关爱有加。有人告他偏袒苏珊，他只是以事实回击之：苏珊·弗莱切是他所见过的最聪明的年轻新手，他绝不会因为性骚扰而失去她。有个老密码破译员竟决定考验一下斯特拉斯莫尔是否说到做到。

那是苏珊到国安局的第一年。一天早晨，苏珊到密码破译部的公共休息室里去拿书面材料。离开的时候，她注意到公告板上有一张她自己的照片。她难堪得差点昏过去。画面上，她慵懒地躺在床上，身上只穿着紧身短衬裤。

后来才知道，是一个密码破译员从一本黄色杂志上扫描了一张照片，然后把苏珊的头像移花接木地同那张照片的身体合二为一。照片惟妙惟肖，简直可以乱真。

遗憾的是，斯特拉斯莫尔副局长可一点也不觉得这个花招有什么好玩儿。两个钟头后，出现了一个字条，上面写着：

职员卡尔·奥斯丁由于行为不轨被解雇。

打那天起，谁也不再招惹苏珊。苏珊·弗莱切成了斯特拉斯莫尔副局长的掌上明珠。但斯特拉斯莫尔并非只受手下的年轻人尊敬，早在职业生涯的初期，斯特拉斯莫尔副局长就通过提议一系列非常规但又十分成功的情报工作方法而引起了上级的注意。特雷弗·斯特拉斯莫尔以擅长中肯精练的分析而逐渐为人所知。他特别关注国安局在难以抉择时所面临的道德困境，做事始终不渝地从大局出发，他在这些方面似乎有着异乎寻常的能力。

在众人眼里，斯特拉斯莫尔毫无疑问非常爱自己的国家。在同仁们的眼中，他是个爱国主义者和理想主义者——他是这个虚伪世界里的翩翩君子。苏珊到国安局的这些年里，斯特拉斯莫尔从密码发展部主任一跃登上了整个国安局的第二把交椅。现在斯特拉斯莫尔副局长在国安局里只在一人之下——这人就是利兰·方丹局长，这个人物是这个庞大“迷宫”的神秘统治者，他从未露过面，偶尔会听到他的名字，永远让人敬畏。他和斯特拉斯莫尔也很少面对面相见，而一旦相见，那就像是两个巨人的冲撞。方丹是巨人中的巨人，但斯特拉斯莫尔似乎并不在乎。他像个慷慨激昂的拳击手那样极力克制着自己去同那位局长据理力争，就是美国总统也不敢像斯特拉斯莫尔那样去指责他。这样做的人需要有政治上的豁免权——或者像斯特拉斯莫尔那样对政治漠不关心。

苏珊爬到了楼梯的顶部。还没等苏珊叩门，斯特拉斯莫尔工作室的电子门锁已经嗡嗡地响了起来。门开了，副局长招手叫她进去。

“谢谢你赶过来，苏珊。我欠你的情了。”

“您太客气了。”她笑了笑，在桌子对面坐了下来。

斯特拉斯莫尔四肢瘦长，但身上的肉却很厚实，他沉默寡言的性格多少掩盖了他那顽固的追求尽善尽美的本性。他的一双慧眼总是透出自信和阅历培养出的审慎。但今天他的眼神看去却有些慌乱和心神不定。

“您看上去有些疲惫。”苏珊说。

“今天状态确实不好。”斯特拉斯莫尔叹了口气说道。

我正要这么说，苏珊心想。

苏珊以前还从未见斯特拉斯莫尔这个样子过。他那稀疏的花白头发显得凌乱，在这么清爽的空调房间里，他额头竟还冒出了汗珠。他昨晚好像是和衣而卧的。他坐在一个新式的桌子的后面，两个凹进去的袖珍键盘和一台电脑显示器放在桌子的一头。桌子上面堆放着各种电脑打印物，看上去像是这个拉上帘子的工作室中心放着一个样子奇特的驾驶座。

“这周挺累？”苏珊询问道。

斯特拉斯莫尔耸了耸肩道：“还那样。‘电新会’又就公民隐私权一事纠缠不休。”

苏珊轻轻地笑了。电新会，全称是电子新领域基金会，是一个全球性的电脑用户联合会，已经成立了庞大的公民自由联合会，旨在支持在线言论自由，让人们了解生活在电子世界里的现实问题及危险因素。他们到处游说，一贯反对他们所说的“政府机构的奥威尔[①]窃听能力”——特别反对国安局。电新会一直是斯特拉斯莫尔的眼中钉，肉中刺。

“好像一如既往嘛。”苏珊说道，“那么您打电话把我从浴缸里叫出来的紧迫任务是什么呢？”

斯特拉斯莫尔沉坐在那里，漫不经心地拨弄着鼠标滚轮。他沉默了良久，才发现苏珊盯着他看，便也盯着她问道：“你知道万能解密机破译一个密码用的最长时间是多少吗？”

这话可完全出乎苏珊的预料，好像毫无意义。*他就是为这事把我叫来的吗？*

---

① 奥威尔：乔治·奥威尔（1903—1950），英国小说家、新闻记者，他在小说《一九八四年》中描述了一个受残酷统治而失去人性的未来社会。奥威尔主义即源自此书，指的是为达到宣传目的而篡改并歪曲事实真相。

“嗯……”她稍一沉吟说道，“几个月前，我们截获了一个通信情报，这个情报我们用了大约一个钟头的时间，但这个情报的万能钥匙出奇的长——有大约一万个比特。”

斯特拉斯莫尔咕哝着说道：“用了一个钟头？嗬！要是遇上边缘密码那得用多少时间呢？”

苏珊耸耸肩道：“当然喽，要是包括诊断程序在内的话，那自然就长得多。”

“要长多少？”

苏珊闹不清斯特拉斯莫尔问这话是什么意思。“这么说吧，局长，三月份的时候，我尝试对分割成段的一百万比特的万能钥匙使用了计算机演算规则系统。非法循环功能，元胞自动机，什么都有。结果，万能解密机还是把它解开了。”

“用了多长时间？”

“三个钟头。”

斯特拉斯莫尔双眉紧蹙。“三个钟头？那么长时间？”

苏珊也皱起了眉，稍稍有些不悦。过去的三年里，她的工作就是对这台世界上最神秘的电脑进行微调。能够让万能解密机神速运行的大多数程序都要归功于她。一个一百万比特的万能钥匙简直是难以想象。

“好的。”斯特拉斯莫尔说，“也就是说，再难解的密码到了万能解密机这里也只需三个钟头左右？”

苏珊点了点头道：“正是，上下差不了多少。”

斯特拉斯莫尔犹豫了一下，像是怕说出什么不想说出的话似的。最后还是抬起头来说道：“万能解密机遇上了点……”他又收住了话头。

苏珊问道：“超过了三个钟头？”

斯特拉斯莫尔点了点头。

苏珊看起来并不担心。“遇上了新的诊断程序？是来自系统安全部？”

斯特拉斯莫尔摇了摇头说道："是个外部文件。"

苏珊等着他说出下文，可他又没话了。"外部文件？您是在开玩笑，对吗？"

"但愿如此。我昨晚十一点半左右就把这个文件交付给了万能解密机，但到现在还没有破译出来。"

苏珊惊得张开了嘴。她看了看自己的手表，又看了看斯特拉斯莫尔，问道："还在破译？十五个多钟头了？"

斯特拉斯莫尔欠起身来，把电脑显示器转向苏珊。屏幕是黑的，只有一个黄色的对话框在中间一闪一闪的。

已过时间：15 小时 9 分 33 秒

破译结果：____________

苏珊惊愕得瞪大了眼睛。这就是说万能解密机破解一个密码就已经用了十五个多钟头。她知道计算机的处理程序每秒钟对三千万个字符进行清查，一个钟头就清查一百个亿。如果万能解密机还在计算，那就意味着这个万能钥匙实在是大得难以形容——其长度超过十亿位数。这真是天方夜谭。

"这不可能。"她断言道，"您检查过误差标记吗？也许是万能解密机的运算程序出了故障，而且……"

"机器运转正常。"

"那就是万能钥匙太大！"

斯特拉斯莫尔摇着头说："是标准的商业性规则系统。我猜也就是一个六十四比特的万能钥匙。"

苏珊百思不解，她向窗外下面的万能解密机看了看。她深知这台机器不出十分钟就可以把一个六十四比特的万能钥匙搞定。"其中定有蹊跷。"苏珊说。

斯特拉斯莫尔点了点头说："说到点子上了，但你不会喜欢这种蹊跷。"

苏珊有些担心地说："难道是万能解密机出了故障？"

"万能解密机一切正常。"

"遇上了病毒？"

斯特拉斯莫尔摇着头说："没有病毒。听我说下去。"

苏珊惊得目瞪口呆。万能解密机还从未碰到过一个钟头之内解不开的密码。通常明码电文几分钟内就可以送到斯特拉斯莫尔的电脑上进行打印。她瞥了一眼桌子后面的那台高速打印机，上面空无一物。

"苏珊，"斯特拉斯莫尔轻声说道，"起初可能很难接受，不过先听听吧。"他咬了咬舌头接着说道："万能解密机正在破解的这个密码——非常罕见，和我们以前见过的都不一样。"斯特拉斯莫尔顿了顿，好像这话很难启齿，"这个密码解不开。"

苏珊瞪大了眼睛看着他，差点笑出声来。解不开？那会意味着什么？就没有解不开密码这回儿事——只不过有的时间长点儿而已，每个密码都是能够解开的。从数学意义上讲，万能解密机早晚能找到正确的答案。"您能再说一遍吗？"

"这个密码解不开。"他毫无感情地重复道。

解不开？苏珊不敢相信这话竟是一个有着二十七年密码分析经验的人说的。

"解不开，局长？"她很不自然地问道，"伯格夫斯基定律难道错了吗？"

苏珊在职业生涯的初期知道了伯格夫斯基定律。这是蛮力技术的基础，也是斯特拉斯莫尔制造万能解密机的灵感所在。这一定律清楚地说明，如果计算机把所有的可能都尝试一遍，那么从数学意义上来说就一定能找到正确的答案。密码打不开不是因为其万能钥匙找不到，而是由于大多数人都没有那么多的时间或那么好的设备去找。

斯特拉斯莫尔摇了摇头。"这个密码却是个例外。"

"例外？"苏珊颇不以为然地瞄了他一眼。不能破解的密码在数学意义上来说是不可能的！他知道这点。

斯特拉斯莫尔一只手搔着汗涔涔的头发说："这个密码是一个全

新的设密程序的产物——我们以前从未见到过。”

他这么一说，苏珊就更是丈二和尚摸不着头脑了。设密程序其实只是公式而已，是一些把文本变成密码的诀窍。数学家和程序编制者们每天都能造出很多新的程序。这些东西市场上成百上千——PGP 加密软件、Diffie-Hellman 加密算法、压缩文件、IDEA 算法和 El Gamal 算法，等等。万能解密机每天都破解这些程序编出的密码，没碰到过问题。对万能解密机来说，所有密码都是一样的，根本不管是用哪个程序编出来的。

“我还是不明白。”苏珊争辩道，“我们现在探讨的不是逆算某些复杂程序，我们探讨的是蛮力技术。PGP 加密软件、Lucifer 算法、数字签名算法——都无关紧要。”程序就是要编出自以为安全的万能钥匙，而万能解密机则要去破解其密码直到找出答案。

斯特拉斯莫尔像个好老师那样竭力耐着性子回答道：“你说得对，苏珊。万能解密机总是能够解开万能钥匙——即使它大得惊人。”停了半晌，他才又说，“除非……”

苏珊想插话，但显然，斯特拉斯莫尔就要说出爆炸性的话了。*除非什么呢？*

“除非计算机不知道它什么时候解开了密码。”

苏珊差点从椅子上跌下来。“您说什么？”

“除非计算机猜到了正确的答案但还只管猜下去，因为它不知道自己已经找到了正确的答案。”斯特拉斯莫尔无奈地说，“我认为这个程序用的是旋转明码电文。”

苏珊惊讶得目瞪口呆。

旋转明码电文功能概念最初是在一九八七年由匈牙利数学家约瑟夫·哈恩在一家不起眼的报纸上提出来的。由于使用蛮力技术的计算机可以通过明码电文的可识别词汇模式来破解密码，哈恩提出了一个新的加密程序，这一程序除设密而外，还可以在不同时间里转换解了密的明码电文。从理论上来说，永恒转变可以使解密电脑永远找不到可辨识的词汇模式，因此当它已经找到了准确答案的时候，它自己却永远也不会知道。这种理念有点像殖民火星的想法——从理智层面上讲是可行的，但目前这还远非人力所能及。

“您是从哪儿弄到这个东西的？”苏珊追问道。

局长慢吞吞地答道：“一个国有企业的程序员写的。”

“什么？”苏珊一屁股又回到椅子里，“我们楼下的程序员都是世界上最好的！我们这么多人通力合作都不知离写出旋转明码电文功能还有多远。您是不是想告诉我有个门外汉凭着一台计算机就把这个东西搞出来了？”

斯特拉斯莫尔降低了声音，显然是想让她平静下来。“我倒不觉得这家伙是个门外汉。”

苏珊根本就听不进去。她确信总该有其他原因：是故障？是病毒？什么都比存在解不开的密码这个原因的可能性大。

斯特拉斯莫尔严肃地看着苏珊说道：“编写这个程序的人是有史以来最出色的密码学专家之一。”

苏珊更加疑惑起来。有史以来最出色的密码学专家都在她自己所负责的密码破译部里，要是谁搞出了这样的程序，她当然最清楚了。

“是谁？”

“你肯定猜得出。”斯特拉斯莫尔说，“他并不太喜欢国安局。”

“嗯，这下倒把范围缩小了。”苏珊有些愠怒地讽刺道。

“他参与过万能解密机的制造，他违反了规则，几乎酿成大错。我已经把他打发走了。”

苏珊面无表情，但脸色很快又变白了。“哦，天哪……”

斯特拉斯莫尔点头道：“他这一年来都在吹嘘说他在搞一个蛮力技术抵制程序。”

“但，但是……”苏珊有点嗫嚅，“我还以为他是瞎咋呼呢。难道他真的搞出来了？”

“他确实搞出来了。他就是这个超大的不能破解的密码的编写者。”

苏珊沉默了好半天。“但是……那就是说……”

斯特拉斯莫尔死死地盯着她说道："正是。正是远诚友加使万能解密机成了一堆废物。"

第6章

尽管远诚友加在第二次世界大战时还没有出生，但他却仔细研究关于"二战"的一切——特别是其中的重大事件，那场由原子弹引起的使他十万同胞化为灰烬的大爆炸。

广岛，一九四五年八月六日八点十五分——一次下流的杀戮行动，一次由已经赢得了这场战争的国家进行的一次威力的演示。友加已经接受了这一切。但他永远不能接受的是原子弹使他一出生就失去了母亲。母亲死于难产——由辐射毒素带来的并发症，而多年来她深受辐射后遗症之苦。

一九四五年，友加出生之前，他的妈妈像许多朋友一样跑到广岛的烧伤中心做志愿者。就是在那个地方，她成了核爆炸的幸存者——辐射人。十九年后，她三十六岁那年，她躺在产房里，血流不止，她知道自己不行了。她不知道的是死亡将会把她从最后的恐惧中解放出来，自己的独子生下来就是畸形。

友加的父亲甚至连看都没看过自己的儿子。爱妻的死把他弄得手足无措，再加上护士告诉他那是个有缺陷的孩子，可能连那天晚上都活不过去，悲痛与羞愧之下，他从医院消失了，再也没有回来。远诚友加被寄养在别人家里，就这样成了螟蛉之子。

每到夜深人静的时候，小友加就呆呆地凝视着自己那拿着许愿娃娃的扭曲的手指，发誓要报复——报复那个夺走了他母亲、羞辱了他父亲从而使他抛弃了自己的那个国家。但他不知道命运在暗中操纵着一切。

友加十二岁那年的二月，一个计算机生产商打电话给友加的养父母，问他们是否愿意让这个残疾孩子参加他们新近为残疾儿童开发的键盘输入考查小组。养父母同意了。

别看远诚友加以前从未见过计算机，但他好像天生就知道怎么去使用。计算机为他开辟了一片他永远也不可能想到的天地。不久，他就全身心地爱上了计算机。

随着一天天长大，友加可以给人上课、可以给自己挣钱了，终于，他赢得了同志社大学的奖学金。不久，友加的名字就传遍了东京，成了无人不晓的“残疾少年奇才”。

友加后来还是了解到了珍珠港事件和日本发动战争的罪恶。他对美国的仇视慢慢地减弱了。他成了虔诚的佛教徒，忘记了自己幼小时候要报复的誓言。他认为宽恕是通向彼岸的唯一途径。

到了二十岁的时候，远诚友加就差不多是电脑编程者们的崇拜对象了。IBM 公司为他提供了工作签证和在德克萨斯的一份工作。友加对此自然是欣然接受。三年后，他离开了 IBM，到了纽约，开始独自编写软件。他加入到公钥加密的新潮流中，靠编程发了财。

像许多顶尖的加密程序编写者一样，友加也被网罗到了国安局。命运再次嘲弄了他——这是一个在他曾发誓要报复的国家政府的心脏工作的机会。他决定去面试。与斯特拉斯莫尔局长见面后，他心中的那些疑虑消失了。他们就友加的身世、就他对美国可能怀有的憎恨以及他的未来进行了坦率的交谈。友加参加了测谎测试和为期五周的严格的心理特征勾画，他都一一通过了。对佛教的虔诚已经取代了他心中的仇恨。四个月后，远诚友加来到美国国家安全局的密码破译部工作。

尽管收入不菲，可友加还是骑摩托上班，中午就在办公桌上吃自带的盒饭，而不是同其他人一道去餐厅享用上等牛排和维希冷汤。密码破译部的人都很尊敬他。他才气横溢，是他们所见过的最有创造力的人。他善良、诚实，沉默寡言，有着无可挑剔的行为准则。道德上的完善是他追求的最高目标。正是基于这一原因，友加遭到国安局解雇并随后被驱逐出境才会引起轩然大波。

像密码破译部的其他成员一样，友加也参与了万能解密机工程，他相信，这一工程成功后只会用于破解事先由司法部同意的电子邮件。国安局对万能解密机的使用是受限制的，正如联邦调查局在安装窃听器时需要联邦法院的命令。万能解密机要安装由联邦储备系统和司法部根据协议由第三者暂为保管的需要口令的编制程序，这样才能对文件进行破解。此举旨在避免国安局不分青红皂白地监听世界各地遵纪守法的公民们的正常通讯。

然而，到了该输入这个程序的时候，万能解密机的工作者们却被告知计划发生了变化。由于与反恐有关的国安局的工作通常都很紧迫，万能解密机将是一个独立的破译密码的设备，其每日的运行将由国安局自行掌控。

远诚友加被激怒了。这其实就意味着国安局可以阅读任何人的邮件然后再人不知鬼不觉地将之封上了事，就像是在世界上每部电话机里都装上窃听器。斯特拉斯莫尔试图让远诚友加把万能解密机看作是执法手段，但没起任何作用。友加坚信，这种做法是对人权的粗暴践踏。他当即辞职，不出几个钟头，就设法联系电子新领域基金会，从而违反了国安局的保密规则。远诚友加泰然自若，他执意要向世人讲述这件事：一个背信弃义的政府有一台能够随意窥探世界各地计算机用户隐私的秘密机器。国安局别无他法，只有制止他。

远诚友加的被捕和被驱逐出境被网上新闻媒体大加报道，成为令人感到遗憾的公共丑闻。由于担心友加会设法向世人说明万能解密机的存在，国安局的损失控制专家背着斯特拉斯莫尔向外面散布谣言，诋毁友加的名誉。友加被全球计算机组织拒之门外——谁也不会相信一个被指控有间谍行为的残疾人，特别是当他要用美国有个解密机器的荒唐说法来赎买自由的时候。

最奇怪的是，友加好像明白这一切，这只不过是情报游戏中的一部分。他似乎没有愤怒，只有决心。被安全保卫机构遣送出境的时候，友加极为冷静地对斯特拉斯莫尔说出了最后几句话。

“我们都有权保守秘密。”他说，“我保证总有一天我们都能做到这一点。”

第 7 章

苏珊飞快地思索着——远诚友加编写了一个能够产生无法破解的密码的程序！她简直难以接受这一想法。

“数字城堡，”斯特拉斯莫尔说道，“远诚友加就是这么称呼它的。这是终极的反情报武器。这个程序一旦进入市场，任何一个三年级学生只要有个调制解调器就可以发送我们国安局解不开的密码，我们的情报机关也就完蛋了。”

但苏珊的思绪并没有放在“数字城堡”的政治意义上。她还在努力思考这一程序存在的可能性。她有生以来都在解密，绝不相信有什么解不开的密码。每一个密码都是可以破解的——伯格夫斯基定律。她觉得自己像个面对着上帝的无神论者。

“如果这个密码泄漏出去，”她轻声说道，“那么密码学就会成为一门无用的科学。”

斯特拉斯莫尔点头道：“我们的麻烦可远不止这一点。”

“我们能不能收买他？我知道他恨我们，但我们能不能给他几百万美金？能不能说服他不要出去乱讲？”

斯特拉斯莫尔笑了：“几百万美金？你知道这值多少钱吗？世界上任何一个政府都愿开出天价。你能跟我们的总统说我们还在网上窥探伊拉克人的再也无法破解截获的文件了吗？这不光关涉国安局，他还关系着整个情报系统。这一办法为所有的人都提供了便利，而联邦调查局、中央情报局和缉毒局都变成了无头的苍蝇。贩毒团伙的货物将无从查找，大企业之间可以随意转移货币而将国内税收扔在一旁，恐怖分子可以肆无忌惮地密谈——一切都将乱成一锅粥。”

“这回可乐坏了电子新领域基金会。”苏珊面无血色地说。

“我们在这里所做的一切，电新会是一无所知。”斯特拉斯莫尔忿忿不平地说，“要是他们知道我们由于能够破解密码而阻止了多少恐怖袭击的话，他们就不会是这副腔调了。”

苏珊同意这一点，但她也知道事实不可能如此。电新会永远也不可能知道万能解密机有多么重要。万能解密机帮助挫败了几十起恐怖袭击，但这些信息都高度保密，而且永远也不会泄露出去。保密的原因很简单：政府忍受不了消息走漏之后造成的群众性的歇斯底里。去年，基地组织曾两次打电话说要对美国本土进行核袭击，谁也不知道公众若是获悉这种消息会作何反应。

然而，核袭击并不是唯一威胁。就在上个月，万能解密机还成功挫败了国安局从未见过的精心策划的恐怖袭击。一个反政府组织曾密谋了一个方案，其密码名为舍伍德森林，目标直指纽约证券交易中心，其用意在于“重新分配财富”。在六天的时间里，这个组织的成员在交易中心周围的建筑里安放了二十七枚非爆炸性的磁发射器，这些发射器一旦引发，能产生一股强大的磁流。这些精心安放的发射器同时发射会产生一个强大的磁场，交易中心所有的磁性介质都将被清洗干净——计算机硬盘、大批的只读存储库、磁盘备份，甚至软盘。哪些人拥有哪些东西的一切记录都将不复存在。

由于发射器需要同时发射，这些磁发射器就通过互联网的电话线互相联结起来。在两天的最后倒计时阶段，发射器的内时钟相互间交换着无数的并发数据流。 国安局截获了这些网络异常中的信息脉冲，但却没有给予重视，以为它们是些无关紧要的胡诌。但当万能解密机破解了其数据之后，分析员立即认出了作为网络同步倒计时的序列。发射器启动三个小时之前，国安局找到并转移了它们。

苏珊清楚，没有了万能解密机，国安局在先进的电子恐怖主义面前是无能为力的。她看了看正在运行的监视器，上面还是写着十五个多钟头。即使远诚友加编写的程序现在能够破解，国安局也完蛋了。密码破译部也会降格到每天破解密码不超过两个。而即使按现在每天破解一百五十个密码的速度来看，等待破解的密码也还堆积如山。

“上个月友加给我打过电话。”斯特拉斯莫尔的话打断了苏珊的思绪。

苏珊抬头看了看。“友加给您打过电话？”

他点了点头说：“是警告我。”

“警告您？他恨您。”

“他在电话里跟我说他正在完善一个不能破解的密码的程序。我并不相信这一点。”

“那他为什么会跟您说这事儿呢？”苏珊问道，“他是想让您买下来吗？”

“不是。他是想威胁我。”

苏珊这才弄清了事情的来龙去脉。“当然了，”她有点震惊地说，“他是想让您为他恢复名誉。”

“不是。”斯特拉斯莫尔皱着眉头说，“友加的注意力还是在万能解密机上。”

“万能解密机？”

“正是。他命令我向公众公开声明我们拥有万能解密机。他说，如果我们承认我们可以随意阅读公众的邮件，他就毁掉‘数字城堡’。”

苏珊有些不解。

斯特拉斯莫尔耸了耸肩说：“总之，一切都太晚了。他在自己的网站上贴了一份免费赠送的‘数字城堡’的副本，谁都可以下载。”

苏珊脸都白了。“他怎么这样！”

“这其实是虚晃一枪，没什么可着急的。他发送的那个副本是加了密的，人们都能下载，但谁也打不开，真够足智多谋的。原来‘数字城堡’的原密码也加了密，锁得紧紧的。”

苏珊很吃惊：“是呀！人手一份，但谁也打不开。”

“没错。友加这是在吊我们的胃口。”

“您看过这个程序吗？”

斯特拉斯莫尔颇感困惑地说：“没看过，我刚说了，这个程序是加了密的。”

苏珊感到同样困惑地说：“我们不是有万能解密机吗？为什么不解开密码呢？”苏珊看了看斯特拉斯莫尔的脸，才意识到事情并不是那么简单，“天啊！”她倒吸了一口气，突然明白过来了，“‘数字城堡’是用它自身设的密。”

斯特拉斯莫尔点头道：“说对了！”

苏珊确实震惊了。“数字城堡”所用的计算式已经用“数字城堡”加了密。友加在网站上贴了个无价之宝，但这个宝贝的内容却被加了密，而且是用它自身加的密。

“这是‘比尔曼保险柜’。”苏珊结结巴巴地充满敬畏地说。

斯特拉斯莫尔点头称是。比尔曼保险柜是假想的密码方案，在这个方案中，保险柜的制造者绘制了一张打不开的保险柜的蓝图。他要秘藏这个蓝图，所以他造了一个保险柜，把蓝图锁在里面。友加用“数字城堡”如法炮制，他用蓝图中概括的计算式把那个数学游戏加了密，从而保住了蓝图。

“那么万能解密机里面的文件又是怎么回事儿呢？”苏珊问道。

“像其他人一样，我也是从友加的网址上下载的。国安局现在是‘数字城堡’程序的骄傲的拥有者，就是打不开。”

苏珊真对远诚友加的足智多谋感到惊讶，他连程序都没有透露就向国安局证明了他的程序不可破译。

斯特拉斯莫尔递给苏珊一份剪报，这是一则译自《日经新闻》的报道，《日经新闻》在日本相当于美国的《华尔街日报》，报道开头说日本程序员远诚友加完成了一个自称能够编写出不可破解的密码的数学程序。这个程序就叫“数字城堡”，在互联网上都可见到。远诚友加正在待价而沽。报纸接着还说这事儿在日本引起很大兴趣，但为数不多的几家美国软件开发公司听了“数字城堡”的消息后却认为这无异于天方夜谭，就像是要把黄土变成金子。他们说，这肯定是个骗局，千万别当真。

苏珊抬头看了看问道："待价而沽？"

斯特拉斯莫尔点头道："现在日本的每家软件开发公司都已下载了'数字城堡'的加密副本，正在想法破解它。但是总也破解不开，拍卖价格一路飙升。"

"真荒谬。"苏珊没好气地说，"所有新加密的文件都只有用万能解密机才能解开。'数字城堡'其实就是一个一般公共域算法而已，这些公司竟然也解不开。"

"但这却是聪明绝顶的营销手段。"斯特拉斯莫尔说，"想一想吧——所有品牌的防弹玻璃都能防弹，但如果哪家公司敢让你在他们的防弹玻璃上打上一枪，那么大家就会蜂拥而上。"

"那么友加这个日本人就真的认为'数字城堡'与众不同？比市场上其他东西都好？"

"友加未必这么认为。但他是个天才，而且还是黑客们狂热崇拜的偶像。友加说这个程序不能破解，那就是不能破解了。"

"但就公众所知，那些密码全是不能破解的！"

"是的……"斯特拉斯莫尔想了想说道，"眼前是这样。"

"那意味着什么呢？"

斯特拉斯莫尔叹了口气说："二十年前，谁也想不到我们能破解十二比特的流密码。但是科技在发展，科技始终是向前发展的。软件开发商们认为像万能解密机这样的电子计算机迟早会出现。科学技术在迅猛发展，最终会使目前的公钥程序失去其保密功能，取而代之的是更高级的程序。"

"那么'数字城堡'就是这样的东西吗？"

"说得对。不管破解密码的计算机功能变得多么强大，一个可以抵抗蛮力技术的程序是永远都不会被淘汰的。它可以在一夜之间成为世界标准。"

苏珊长吸了一口气说道："上帝帮帮我们吧！"她轻声说，"我们能出个价吗？"

斯特拉斯莫尔摇了摇头说："友加给了我们这个机会，这点他表示得很清楚。可这太冒险了。如果我们拍卖成功了，我们基本上就等于承认我们怕他的这个程序，我们就等于向公众承认我们不光是拥有万能解密机，而且还等于承认我们破解不了'数字城堡'。"

"拍卖大致什么时间举行？"

斯特拉斯莫尔皱着眉头说："友加打算明天正午宣布最高出价人。"

苏珊觉得自己的肚子一紧，问道："然后呢？"

"按计划应是友加把万能钥匙交给出价最高的人。"

"这是友加花招的一部分。每个人都拿到了这个程序，所以友加才拍卖掉破解它的万能钥匙。"

苏珊叹息道："是啊！"真是妙极，干净利落。友加已经给"数字城堡"加了密，而自己控制着解密的万能钥匙。她觉得这真是很难捉摸，也许就在那里，在友加衣袋里的那张纸上胡乱写着那个六十四个字符的万能钥匙，这个万能钥匙能够永远结束美国的情报收集工作。

想到事态的严重性，苏珊突然感到浑身不自在。友加将把万能钥匙交给那个出价最高的人，而这人所代表的公司将打开"数字城堡"的电子文件，然后把程序放进防拆封的芯片里，那么不出五年，每部电脑都会预装着"数字城堡"的芯片。没有哪家生产商想到过普通加密程序最终都会被淘汰，因而要生产加密芯片。但是"数字城堡"永远也不会被淘汰。凭借其旋转明码电文功能，蛮力技术解密法根本就找不到正确的万能钥匙。一个新的数字加密标准。从现在直到永远。每个密码都是解不开的。银行家，经纪人，恐怖分子，间谍。整个世界——一个加密程序。

天下大乱。

"有什么别的办法吗？"苏珊试探着问。她非常清楚，即使是在国安局，紧急时刻也需采取紧急措施。

"我们还不能干掉他，如果你问的是这件事儿的话。"

这正是苏珊所要问的。在国安局工作的这些年里，苏珊早听说过国安局与世界上最冷酷的杀手有着千丝万缕的关系——他们被雇来为情报机构干这个肮脏勾当。

斯特拉斯莫尔摇着头说："友加真是绝顶聪明，我们没有这个机会。"

苏珊感到有些莫名的宽慰，又问道："他被保护起来了？"

"不完全是。"

"藏起来了？"

斯特拉斯莫尔耸了耸肩说："友加离开了日本，他打算用电话核对拍卖。不过我们知道他人在哪里。"

"那么你不打算采取行动吗？"

"不打算。他已有所防备。他把万能钥匙的副本给了第三方，以备不测。"

当然要这样了。苏珊暗暗钦佩。一个保护神。"如此说来要是友加出了事儿，这个神秘人就会卖掉这个万能钥匙？"

"比这还糟。谁敢动友加，那个第三方就会公开发表。"

苏珊有些不解地问："公开发表那个万能钥匙？"

斯特拉斯莫尔点头道："发到互联网上，登在报纸上，广播电视上，等等。也就是说放弃万能钥匙的所有权。"

苏珊的眼睛睁得大大的："随便下载？"

"正是。友加可能在想，要是他死了，他就不需要这笔钱了——为什么不给这个世界一个小小的临别礼物呢？"

两人半晌无语。苏珊深深地呼吸着，像是要把这可怕的事实吸进去似的。远诚友加编写了一个不可破解的程序，把我们都套进去了。

她突然站了起来。语气坚定地说："我们得和友加取得联系。肯定有什么办法能说服他别把万能钥匙公之于众。我们可以给他三倍于最高拍卖的价格。我们可以为他恢复名誉。"

"太迟了。"斯特拉斯莫尔说，他深深地吸了口气，接着道，"有人发现远诚友加已于今天上午死在西班牙的塞维利亚。"

第8章

双引擎60式利尔喷气式飞机在灼热的跑道上着陆了。窗外，西班牙地势较低的埃斯特雷马杜拉地区光秃秃的景色起初还模模糊糊，随着飞机的着陆，慢慢地清晰起来。

“贝克先生？”一个清脆的声音喊道，“我们到了。”

贝克站起身伸了个懒腰，伸手打开头顶的行李舱，这才想起自己并没带什么行李。根本没有时间打点行装，反正无关紧要——他们答应过他，这次出行是短期的，很快就回去了。

飞机的引擎转动得越来越慢了，飞机慢慢地从灼热的阳光下开进了主停机坪对面的飞机库里。飞行员“砰”的一声打开了舱口。贝克一仰脖喝光最后一口蔓越橘汁，把瓶子往吧台上一放，随手拎起了上衣外套。

飞行员从飞行服里拿出一个厚厚的牛皮纸信封，说道：“我奉命把这个东西交给您。”他把信封交给了贝克。信封上用蓝色钢笔写着这么几个字：

拿上这几个钱。

贝克翻了翻那沓厚厚的浅红色票子，不解地问：“这是……”

“是地方货币。”飞行员面无表情地说道。

“我知道这是货币。”贝克不知该怎么说，“但这……这太多了。我只需要的士费就够了。”贝克在脑子里算了一算说道，“这些钱足有上万美金！”

“我只是奉命行事，先生。”飞行员转过身，登上起落架回到了驾驶舱。门随后慢慢地关严了。

贝克睁大眼睛望了望飞机，又低下头看了看手里的钱，在飞机库里呆呆地站了一会儿后，他把钱放入胸前的口袋里，外套搭在肩上，径直穿过了跑道。这真是个奇怪的开始，贝克尽量不去想这事儿。要是运气的话，他还能及时赶回去，与苏珊重续石头庄园的温情。

很快就回去了，他自言自语道。很快就回去了。

但以后发生的事却是他无从知晓的。

第 9 章

负责系统安全的技术员菲尔·查特鲁基恩本来只打算在密码破译部里待一分钟——他正好可以在这点儿时间里把昨晚忘在这儿的文件弄到手。但现在他弄不到了。

踏着密码破译部的地板走进系统安全实验室之后，他立即感到有什么不对劲。一直在监视万能解密机工作的电脑终端机前空无一人，计算机的显示器也已完全关闭。

查特鲁基恩大声喊道："有人吗？"

没人应答。实验室里一尘不染，好像已经好几个钟头没有人了。

别看查特鲁基恩才二十三岁，在系统安全序列里相对来说还是个新手，但他训练有素，而且深知：密码破译部里始终都会有系统安全员值班——特别是密码破译员们都不在部里的星期六。

查特鲁基恩立刻启动了显示器，然后转向墙上的值日牌，扫了一眼上面的名单，大声喊道："是谁值班？"根据安排，应该是一个叫塞登博格的新手从头一天晚上开始值班的。查特鲁基恩看了看空无一人的实验室，蹙起了眉头，"他到底哪去了？"

查特鲁基恩一边看着显示器启动，一边在想，斯特拉斯莫尔是否知道系统安全实验室里无人值班呢？他进来的时候已经注意到斯特拉斯莫尔的工作室拉上了窗帘，这意味着头儿在里边——这在星期六也是常见的事儿。斯特拉斯莫尔让密码破译员们休个星期六，他自己则好像一年三百六十五天都在工作。

但有一件事儿查特鲁基恩却非常清楚——要是斯特拉斯莫尔弄清楚系统安全实验室里无人值班，那么这个当班的新手就得立即走人。查特鲁基恩看了一眼电话，心想是否应该给那个新手打个电话，好帮他混过这一关。系统安全员之间有条不成文的规定，彼此之间要相互照应。在密码破译部里，系统安全员都是二等公民，与这块地盘上的老爷们总是不合。密码破译员们支配着这身价数十亿美元的地方，这早已不是什么秘密。他们能够容忍这些系统安全员是因为这些人能使这里的设备顺利运转。

查特鲁基恩终于决定了，他一把拿过电话机，但话筒还没到耳边，他就突然停了下来，两眼直勾勾地盯着眼前突然变得清晰的显示器。他像慢动作似的放下电话，张大了嘴巴，惊讶地瞪着显示器。作为一名系统安全员，查特鲁基恩已经在这里干了八个多月了，但从没看到万能解密机的显示器显示过两位数的破译时分数。今天还是头一次。

已过时间：15 小时 17 分 21 秒

"用了十五个钟头十七分？"他惊慌失措地说，"根本不可能！"

他重新启动了显示器，希望这是没有恢复好的缘故。但显示器恢复正常后，显示内容确实依旧。查特鲁基恩浑身发冷。要知道，密码破译部的系统安全员只有一个任务：保证万能解密机的"干净"——即没有病毒。

而查特鲁基恩知道，运行十五个钟头只意味着一件事儿——病毒感染。万能解密机运行了有毒文件，程序遭到了破坏。以往受过的训练立刻起了作用，系统安全实验室里有没有人值班，监视器是否开着，这些都无关紧要了。他立刻调出过去四十八小时里进入过万能解密机的所有材料的工作记录簿，迅速查看起来。

难道是病毒文件混过去了？他思忖着。是防毒软件漏了什么东西？

为了安全起见，每一个进入万能解密机的文件都要经过一个叫“臂铠”的防护墙——电路层闸道、信息分组过滤器以及病毒防护程序联合对入站文件进行病毒扫描，也对可能造成威胁的子程序进行扫描。包含“不明”程序的文件遇到“臂铠”后会立刻遭到拒绝。这些遭拒文件都由手工检测。偶尔，“臂铠”也会将完全无害的文件拒之门外，因为这些文件中含有从未见到过的程序。这种情况下，系统安全员就要小心翼翼地进行手工检查，确信文件没有任何问题后，他们才能越过“臂铠”的过滤器，送入万能解密机进行密码破解。

计算机病毒像细菌病毒一样形形色色。像细菌病毒一样，计算机病毒的目的就是要侵入主系统并进行病毒传染。而这次，主系统就是万能解密机。

以前国安局没有遇到病毒感染问题，这倒让查特鲁基恩颇感意外。“臂铠”是一个非常好的哨兵，但国安局是一个最不“挑剔”的机构，要消化不知多少来自世界各地不同系统的数据信息。窥探数据信息很像人与人的乱交，预防也好，不预防也罢，迟早总会出毛病的。

查特鲁基恩很快翻完了眼前的文件清单，但比刚才更加迷惑了。每个文件都仔细检查过了，查特鲁基恩没发现有任何异常，这就是说，万能解密机里运行过的文件完全是安全的。

“那么到底是什么东西用了这么长时间呢？”他对着空荡荡的房间冥思苦想着。查特鲁基恩感到身上冒汗了。他不知道是否应向斯特拉斯莫尔汇报此事。

“病毒检测。”查特鲁基恩果断地说，想使自己冷静下来，“我应该进行病毒检测。”

查特鲁基恩很清楚，无论如何，病毒检测都肯定是斯特拉斯莫尔要求系统安全员们做的第一件事儿。他扫了一眼空无一人的密码破译部，便做出了决定。他下载了病毒检测软件开始病毒检测，这个步骤大约要十五分钟。

“干干净净地回来吧。”他轻声地自言自语，“要一尘不染。告诉我啥事儿也没有。”

但是查特鲁基恩心里知道绝不是“什么事儿也没有”。直觉告诉他，这个解密巨兽遇上了什么绝非寻常的东西。

第10章

“远诚友加死了？”苏珊感到一阵恶心，“是您杀了他？我觉得您说……”

“我们没动他。”斯特拉斯莫尔向她保证道，“他死于心脏病突发，情报部门今早打电话说的。他们的电脑经由国际刑警，在塞维利亚警方的记录上发现了他的名字。”

“心脏病突发？”苏珊看起来有点疑惑，“他才三十岁。”

“是三十二岁。”斯特拉斯莫尔纠正道。“他先天性二尖瓣缺损。”

“从没听说过。”

“是在进国安局的时候体检发现的，又不是值得他吹嘘的东西。”

苏珊还是满腹狐疑。“缺损的心脏可以使他毙命……就这么简单？”这好像太说不过去了吧。

斯特拉斯莫尔耸了耸肩说道：“衰弱的心脏……再加上西班牙炎热的天气。这回倒好，没法威胁国安局了……”

苏珊沉默了一会儿。她还在考虑刚才的事情，一想到这么出色的一个同事离开了人间她就感到痛心。斯特拉斯莫尔沙哑的说话声打断了苏珊的思路。

“好在友加是一个人到那儿去的，他的同伙很有可能还不知道他已经死了。西班牙当局说他们将尽可能长时间地封锁消息。我们接到了电话，只因为情报部门已经是知情者。”斯特拉斯莫尔紧紧地盯着苏珊说，“我得找到他的那个同伙，不能让他知道友加已经死了。我就是为这事儿才打电话叫你来的。”

苏珊百思不解。在她看来，远诚友加死得正是时候，他这一死就什么事儿都没有了。“局长，”她说，“如果西班牙当局说友加是死于心脏病突发，那么我们就脱了干系，他的同伙也就知道这事儿和国安局没有任何关系了。”

“没有任何关系？”斯特拉斯莫尔不相信地睁大了双眼，“有人威胁国安局，几天之后却发现这人死了——而我们却与之没有任何关系？我敢说友加的神秘朋友绝不会这么看这件事儿。不管出了什么事儿，我们都难逃干系。他们会轻易地给我们安上许多罪名——投毒、枪杀、行刺，等等。”斯特拉斯莫尔顿了顿又说道，“我跟你讲友加死了，你的第一反应是什么？”

苏珊皱着眉头说：“我以为是国安局杀了他。”

“对极了。如果说国安局能够把五个流纹岩卫星送入中东上空的同步轨道的话，那么，我认为，人们完全有理由说国安局有可能拿钱买通了几个西班牙的警察。”局长的话已经说得很明白了。

*远诚友加死了。国安局会成为替罪羊。*苏珊叹了口气道：“我们能及时找到他的同伙吗？”

“我看能。我们有个好线索。友加无数次地公开声称自己在和一个同伙并肩作战，我想他这是想让那些要加害于他或企图盗取万能钥匙的软件公司打消这些念头。他威胁说，谁敢采取这种卑鄙的行动，他的同伙就会将万能钥匙公之于众，这样一来，所有的软件公司就会一下子陷入与免费软件的竞争之中。”

“聪明之举。”苏珊点头称是。

斯特拉斯莫尔接着说道：“好几次，在公开场合，友加提到他的同伙时都说出了他的名字，他管他叫诺斯·达科塔。”

“诺斯·达科塔？显然是假名字。”

“是的，但谨慎起见，我还是在网上搜了一下诺斯·达科塔这个名字。本没指望能找到什么，可我找到了一个电子邮件账号。”斯特拉斯莫尔停了一下又接着说道，“当然了，我以为这不是我们要找的那个诺斯·达科塔，我检索了这个账号，只是为了确认一下而已。我进入了这个电子邮箱，发现里面全是远诚友加写来的电子邮件，你能想象得出我当时有多么惊愕。”斯特拉斯莫尔睁大了双眼接着说道，“邮件内容都是关于‘数字城堡’和远诚友加威胁国安局的计划的。”

苏珊用怀疑的目光看了看斯特拉斯莫尔，局长就这么轻易地被人玩弄于股掌之中，她很吃惊。“局长，”她说，“友加非常清楚国安局可以窥视互联网上的邮件，他绝不会在网上传送任何秘密信息。这是个圈套。远诚友加故意透露给你诺斯·达科塔这个名字，他知道你会到网上去查。他随便发送些信息，故意叫你去查——这是个骗局。”

“你的直觉不错。”斯特拉斯莫尔分辩道，“但有几件事却除外。我在诺斯·达科塔这个名下什么也找不到，所以我便对搜索对象稍作调整——诺达科塔。”

苏珊摇头说道：“变化字母的排列是破译密码的标准程序，友加岂能不知？友加知道您会变化其组合，最后找到您想要的东西。‘诺达科塔’这种组合是再容易不过的了。”

“也许吧。”斯特拉斯莫尔边说边在纸上胡乱地写了几个字递给苏珊，“看看这个再说话。”

苏珊看了纸上的字迹，突然明白了局长的心理。纸上写着诺斯·达科塔的电邮地址：

NDAKOTA@ara.anon.org

苏珊一眼就看到了电邮中的 ARA 三个字母。ARA 是“美国匿名重邮”的简称，这是一个非常出名的匿名服务器。

匿名服务器在想要隐藏身份的互联网用户中很受欢迎，这些公司通过为电子邮件做中介来保护邮件发送者的隐私并收取一定费用，就好像是邮局标了序号的邮箱——用户可以发送和接收电子邮件，而不用显示其真实地址和姓名。公司收到标着假名的电子邮件，然后再把它转寄给收信人的真正账户。重邮公司按照协议不显示其用户的真正身份和地址。

“这不算是证据，”斯特拉斯莫尔说，“但这却非常值得怀疑。”

苏珊点了点头，一下子有点相信局长的话了。“那么您就是说，要是有人到网上搜寻诺斯·达科塔，友加并不在乎，因为他的身份和地址都受‘美国匿名重邮’的保护。”

“没错。”

苏珊思索了一会儿说道：“‘美国匿名重邮’主要为美国账户提供服务。您是认为诺斯·达科塔可能就在美国的什么地方吗？”

斯特拉斯莫尔耸了耸肩说：“有可能。在美国同伙的帮助下，友加便可以将两把万能钥匙分藏在不同地域。这或许是个明智之举。”

苏珊想了想。她觉得友加不会轻易将万能钥匙托付给别人，除非是非常亲密的朋友。但就苏珊所知，远诚友加在美国没有多少朋友。

苏珊冥思起来，她那善于解密的心仔细考虑着这个假名可能有的含义。“诺斯·达科塔，”她说道，“他给友加的邮件是什么语气？”

“不知道。情报部门只找到了友加发出的邮件，对诺斯·达科塔的了解仅限于一个匿名的地址。”

苏珊想了一下说：“这会不会是个圈套？”

斯特拉斯莫尔非常吃惊地问道：“怎么讲？”

“友加完全可以往一个不用的账户上发送假邮件，好让我们到网上去查。我们会以为他给自己上了道保险，而他根本用不着冒险将万能钥匙托给别人。他完全可能是在孤身奋战。”

斯特拉斯莫尔轻声地笑了一笑说：“思路很妙，可惜有一件事儿说不通。他没有使用他常用的私人或工作账号，而是经常去同志社大学的网站，并登录他们的主机。显然那里有他可以保密的账号。这是个非常隐秘的账号，我也只是一个非常偶然的机会才发现的。”斯特拉斯莫尔喘了口气又说道，“所以……如果友加有意让我们窥视他的邮件，他还为什么会使用秘密账号呢？”

苏珊想了想说：“也许他是故意用秘密账号，好让你不怀疑这是个把戏。友加把他的账号隐藏得恰到好处，让你觉得好像是误打误撞才发现的，还觉得自己很运气呢。这让人更相信他的电子邮件的真实性。”

斯特拉斯莫尔笑了。“你真应该做一名信息组的特工。这种推理的确不错，但还有一事说不通，友加发出的每封信都有回复，诺斯·达科塔写给他的信，他也都有回复。”

苏珊没词儿了。“也有道理。那么你是说诺斯·达科塔是确有其人？”

“恐怕是吧。我们必须找到他，而且还得不动声色。要是他听到了风声，一切就完了。”

苏珊现在才完全弄清为什么斯特拉斯莫尔会叫她来。“让我猜一猜。”她说，“您是想让我窥视‘美国匿名重邮’的数据库，找到诺斯·达科塔的真实身份？”

斯特拉斯莫尔对着她古板地笑了笑说：“知我者，弗莱切小姐也。”

说到网上搜索，苏珊·弗莱切可是个行家里手。一年前，白宫的一名高级官员经常受到匿名邮件的恐吓，国安局奉命查出这个可恶的家伙。尽管国安局可以对“美国匿名重邮”施加压力，让他们透漏出这家伙的真实身份，但他们还是选择了一个人不知鬼不觉的办法——跟踪。

苏珊曾制作过一个装扮成电子邮件的追踪程序，她可以把它发送到用户的虚假地址，匿名回邮公司会按照协议将这封邮件再转发给用户的真实地址。这样，苏珊的这一程序就可以将其互联网地址记录下来并将之发回国安局，该程序随后会自行解体，不留任何痕迹。打那天开始，对国安局来讲，匿名回邮器充其量也只能算是个小讨厌而已。

“你能找到他吗？”斯特拉斯莫尔问道。

“没问题。您怎么这么长时间才打电话给我？”

“其实……”他皱了皱眉说道，“我根本没打算打电话给你。我不想让别人知道这事儿。我想把你制作的追踪程序亲自发出去，但你写那个可恶的东西使用的是混合操纵语言，我操作不了，总是收到毫无意义的信息。无奈，我只好厚着脸皮把你叫来了。”

苏珊乐不可支。斯特拉斯莫尔是一个出色的密码编程员，但是他的指令系统语言却很有限，主要局限于算法语言。那些不太高级的“普通”编制程序中的零零碎碎的东西反而经常难住他。另外，苏珊是使用一种叫做“冷宫”的杂交程序语言编写追踪程序，因此斯特拉斯莫尔遇到问题是完全可以理解的。“让我来会会他。”她一边转过身去一边笑着说，“我要到我自己的终端机去。”

“大致要多长时间？”

苏珊想了想说：“嗯……这要看‘美国匿名重邮’转寄电子信件的功能如何。如果他就在美国，使用那种叫做‘逾假未归’或者通过电话拨号上网的软件，那我不出一个钟头就能窥视到他的信用卡，弄到他的账单地址。要是他挂靠在大学里或是公司里，时间会用得稍多一点。”停了一下，苏珊不自然地笑道，“找到之后，剩下的事儿可就是您的了。”

苏珊知道，“剩下的事儿”就是国安局的行动小组翻墙破窗，直捣那家伙的住处。行动小组也许会认为他们在抓捕毒枭。毫无疑问，斯特拉斯莫尔会亲自前往，在一片狼藉中寻找那个六十四位字符的万能钥匙，然后，毁掉它。“数字城堡”将会在互联网上苟延残喘，永远锁在那里。

“发送追踪程序一定要谨慎。”斯特拉斯莫尔叮嘱道，“要是诺斯·达科塔看到我们在搜索他，他会惊慌失措，那么，没等我带人赶到他那儿，他早就带着万能钥匙溜之大吉了。”

“惹了祸想溜！”苏珊保证道，“追踪程序一找到他的账号就会立即消失，他绝对不会知道我们在找他。”

斯特拉斯莫尔疲倦地点着头说：“谢谢。”

苏珊对着他淡淡地笑了笑，斯特拉斯莫尔面对突发事件总是能够泰然处之，出奇的冷静，这点苏珊一直很惊讶。她深信，正是这种临危不乱的才能使得斯特拉斯莫尔在工作中崭露头角最后登上指挥层的。

苏珊一边往门外走，一边好好地看了看下面的万能解密机，满脑子都是那个无法破解的程序。她祈祷他们能够及时抓住诺斯·达科塔。

“抓点紧。”斯特拉斯莫尔喊道，“那样的话，你日暮之前就可以回到清烟山脉了。”

苏珊不由得一愣，他是怎么知道自己的行踪的？她很清楚自己从未向斯特拉斯莫尔提过要到清烟山脉，她转过身来用怀疑的眼光看了一眼斯特拉斯莫尔。是不是国安局窃听了我的电话？

斯特拉斯莫尔抱歉地笑了。“戴维今天早晨跟我讲了你们的出行计划。他说推迟出行计划你会很光火的。”

苏珊更加不明白了。“你今天早晨和戴维谈过话？”

“当然了，”斯特拉斯莫尔似乎对苏珊的反应有些不解，“我得给他下达任务。”

“给他下达任务？”她不由得问道，“什么任务？”

“出差呀。我让他到西班牙跑一趟。”

第11章

西班牙。我让他到西班牙跑一趟。局长的话像蜇了她一下一样。

“戴维在西班牙？”苏珊不敢相信，“你让他到西班牙跑一趟？”苏珊的语气中渐有怒意，“为什么？”

斯特拉斯莫尔看起来很吃惊，他显然不习惯别人这么吼他，即使是密码破译部的主任也没有这样对待过他。他不解地看着苏珊。苏珊像个随时要冲上去保护幼崽的母老虎。

“苏珊，”他说，“你跟他讲过话，对不对？戴维不是跟你解释过了吗？”

苏珊震惊得说不出话来。去西班牙？戴维就是为这事儿才推迟了我们的石头庄园之行的？

“今天早晨我给他派了车。他说他会在出发前打电话给你的。我很抱歉，我以为……”

“你为什么要派戴维去西班牙？”

斯特拉斯莫尔顿了顿，仿佛认为答案是显而易见的。“去找另一把万能钥匙。”

“什么？另一把万能钥匙？”

“友加的那把。”

苏珊如堕五里雾中。“您到底在说什么？”

斯特拉斯莫尔叹了口气说道：“友加死的时候肯定随身携带着一把万能钥匙。我绝对是不愿让这把万能钥匙在塞维利亚的停尸房周围游荡的。”

“所以你把戴维派去了？”苏珊都不知该如何发怒了，因为这一切都讲不通，“戴维可不是你的手下！”

斯特拉斯莫尔惊呆了。国安局的人还没有哪个人敢这样对这位副局长说过话。“苏珊，”他说，尽量保持着冷静，“关键就在这里。我需要……”

苏珊真的急了。“你手下有两万雇员随时听你调遣，你有什么权力把我的未婚夫派去？”

“我需要一个平民信使，一个和政府没有任何关系的人！要是通过正常渠道派人，有人会听到风声……”

“那么戴维是你唯一认识的平民吗？”

“不是！戴维不是我唯一认识的平民！但今天早晨六点钟的时候，事发突然！戴维会讲西班牙语，人又机智，我相信他，而且我想我是在给他好处。”

“好处？”苏珊气急败坏地说，“把他派到西班牙去是个好处？”

“不错！我一天付给他一万美金。他去把友加的行囊整理好，然后就飞回家。这是个好处！”

苏珊不做声了。她明白了，一切都是因为钱。

苏珊的思绪又回到了五个月前。那天晚上，乔治敦大学校长提升贝克为语言系主任。校长提醒他教学时间将被减少，文案工作要增加，当然，工资会给他提上去一大截。苏珊真想喊：戴维，别做那差事！你会觉得很难受的！我们有的是钱——管它是我们俩谁挣的呢！但那不是她说话的地方，最后她还是站在了贝克这一边，支持他接受了这一任命。那天晚上他们快入睡的时候，苏珊尽量让自己开心点，但内心里有个东西却总是告诉她这是个灾难。她是对的，但她从未想过自己的预感会如此正确。

“您给了他一万美金？”她问道，“这是个龌龊的伎俩！”

斯特拉斯莫尔现在有些愠怒了。“伎俩？伎俩？这绝对不是他妈的什么伎俩！我甚至连钱的事儿都没跟他讲过。我请他帮我个人一个忙，他才答应去的。”

“他当然得听命于您啦！您是我的顶头上司！您是国安局的副局长，他不能说个‘不’字！”

“你说得对。”斯特拉斯莫尔生硬地说，“这就是为什么我要叫他来。我还没有过于……”

“方丹局长知道您派了个平民去吗？”

“苏珊，”斯特拉斯莫尔火气显然就要忍不住了，“这事儿并没有惊动局长，他对此事一无所知。”

苏珊瞪大了眼睛难以置信地看着斯特拉斯莫尔，好像不知道跟他谈话的这个男人是谁似的。他把自己的未婚夫——一个教师——派去执行国安局的任务，同时又拒不向方丹局长汇报国安局有史以来面临的最大危机。

“利兰·方丹局长对此一无所知？”

斯特拉斯莫尔实在是忍无可忍，终于爆发了。“苏珊，你听好了！我叫你来是因为我这里需要你帮助，不是让你来审讯。我这一早晨心情都很糟。我昨天夜里下载了友加的材料，然后就一连几个钟头坐在输出机旁，祈祷万能解密机能够破解它。到了黎明，我只好厚着脸皮给方丹局长打电话——你以为我就那么盼着给局长打那个电话？

我是这样说的：早上好，方丹局长。真抱歉这么早吵醒您。我为什么要打电话？我刚刚发现万能解密机过时了。这都是由于一个我们密码破译部的精英编都编不出来的程序。”斯特拉斯莫尔的拳头重重地在桌子上敲了一下。

苏珊站在那里一动不动，一声不吭。十年了，她见过斯特拉斯莫尔失去冷静，但只有屈指可数的那么几次，而且从未跟自己急过。

十几秒过去了，谁都没有说话。最后还是斯特拉斯莫尔又坐回到椅子里，苏珊听得出他的呼吸又慢慢恢复了正常。终于，他开口了，声音里透出可怕的镇静。

“不幸的是，”斯特拉斯莫尔平静地说，“方丹局长正好在南美洲与哥伦比亚总统会晤。由于他人在南美，没法做出指示，所以我现在有两种选择——一是请求他缩短出访日程立即返回，一是我自己处理。”停了好半天，斯特拉斯莫尔终于抬起头，疲倦的双眼与苏珊对视了一下，表情立刻柔和下来，“苏珊，我很抱歉，我累坏了。这真是个梦魇。我知道你会为戴维担心，我并不想让你这样。我还以为你知道呢。”

苏珊感到一阵歉意。“我刚才有些过火了，对不起。戴维是个合适的人选。”

斯特拉斯莫尔茫然地点了点头道：“他今天晚上就回来。”

考虑到斯特拉斯莫尔要处理那么多事儿，苏珊觉得他也够不容易的了——管理万能解密机所带来的压力，没完没了地工作，无休止的会议。据传结婚三十年的妻子正在闹离婚。除此之外，他又要面对这个“数字城堡”——国安局历史上最大的情报危机，他自己又没有什么好帮手，只能孤军奋战。难怪他看起来像是要散架了。

“就目前情况来说，”苏珊说，“我看您也许应该打电话给方丹局长。”

汗珠从斯特拉斯莫尔的额头上掉了下来，他摇着头说：“我不想跟他联系，不想跟他讲这件他完全无能为力的令人最头疼的事儿，这会妨碍他的安全，也可能走漏风声。”

苏珊知道他是对的。即使在这样的紧要关头，斯特拉斯莫尔仍能头脑清醒，苏珊真是打心眼儿里佩服。“您有没有考虑过给总统打电话？”

斯特拉斯莫尔点头道：“想到过，但还是决定不打。”

苏珊也是觉得不给总统打电话对。国安局的高级官员可在不请示白宫的情况下自行处理一些突发的情报危机。国安局是美国情报机构中唯一享有绝对豁免权的组织，它的行动可以不对各类联邦机构进行解释。斯特拉斯莫尔经常得益于这种权力，而且他喜欢闭门造车。

“局长，”苏珊关切地说，“这件事这么大，您一个人很难应对，不能不让外人参与进来。”

“苏珊，‘数字城堡’的存在对我们国安局的未来有着重要的意义。我不想背着局长向总统汇报此事。我们遇到了危机，我就要当仁不让地承担起责任来。”他若有所思地看了她一眼接着说道，“我毕竟是这里的副局长。”他脸上露出了疲倦的笑容，“而且，我不是孤军奋战，我还有苏珊·弗莱切和我协同作战。”

刹那间，苏珊意识到自己对特雷佛·斯特拉斯莫尔如此爱戴的原因。十年来，不论大事小情，他都是她的引路人。一直如此。他那对原则、国家和信仰的坚定不移让苏珊钦佩得无以复加。不论出了什么事儿，特雷佛·斯特拉斯莫尔局长都像指路明灯一样，在看似不可能解决的困境前指明出路。

“你在和我协同作战，是不是？”

苏珊笑道：“是，局长。而且是百分之一百。”

“太好了。那么我们可以开始工作了吗？”

第 12 章

虽然戴维·贝克以前参加过好些葬礼，见过死人，但这具尸体着实有点吓人。尸体并没有穿得干干净净地躺在丝衬的棺材里，而是被浑身剥得精光，随随便便地扔在一张铝桌上。眼珠子不是呆呆地毫无生气地瞪着，而是向上扭着，朝向天花板，带着恐惧和悔恨的神色，定格在那儿，恐怖极了。

“他的衣服呢？”贝克用流利的卡斯蒂利亚的西班牙方言问道，“他的遗物呢？”

“在那儿。”满口黄牙的中尉答道。说着，他指了指一个台子，上面放着衣物和其他几件物品。

“就这些了？”

“是的。”

贝克叫拿一个纸箱来，中尉赶快就去找了。

那是星期六的晚上，塞维利亚的停尸房已照例关闭。年轻的中尉接到塞维利亚宪警的头儿直接下达的命令让贝克进去了——看起来这位美国访客有有权有势的朋友。

贝克盯着这堆衣物。这里有一张护照，一个钱包，还有一副眼镜被塞在一只鞋子里。除此外，还有宪警从这人待过的旅店里拿来的一块小绒毯。贝克受到的指示非常明确：什么都不要碰，什么都不要检查，通通带回去，全都带回去，一件也别落下。

贝克看着这一堆东西，皱起了眉头。国安局要这些劳什子干吗？

中尉拿着一个小箱子回来了，贝克便把衣服往里放。

那个警官戳戳尸体的腿问：“他是谁？”

“不知道。”

“看着像中国人。”

是日本人，贝克心里想。

“这可怜鬼。心脏病，呵？”

贝克心不在焉地点点头。“他们就是这么说的。”

中尉叹了口气，同情地摇摇头说：“塞维利亚的太阳可是很毒的。明天出去的时候要小心。”

“多谢，”贝克回答道，“不过我要回家了。”

警官一脸的震惊。“但你刚到这儿啊！”

“我知道，但是帮我买机票的人还在等着这些东西呢。”

中尉看起来被冒犯了，只有西班牙人才会为此生气。“你的意思是，你不准备体验一下塞维利亚了？”

“几年前我就在这儿待过，真是一个美丽的城市。我非常喜欢待在这儿。”

“那么你去过希拉达塔了？”

贝克点点头。实际上，他从来没有爬过那座摩尔式古塔，但是他见过了。

“城堡呢？”

贝克又点点头，他想起了那天晚上，他在院子里听帕哥·德·鲁西亚弹吉他——在星光下一座十五世纪时的城堡里奏弗拉明哥舞曲。他想要是那时认识苏珊就好了。

“当然，还有克里斯托弗·哥伦布。”这个警官喜笑颜开地说，“他就埋在我们教堂里。”

贝克抬起头来。“真的？我还以为哥伦布埋在多米尼加共和国呢。”

“当然不是了！是谁散布这个谣言的？哥伦布的尸体在这儿，在西班牙！你说了你读过大学的呀。”

贝克耸耸肩，说道：“那天我肯定逃课了。”

“能有他的遗体，西班牙教堂感到非常骄傲。”

西班牙教堂。贝克知道在西班牙只有一个教会——罗马天主教堂。这里的天主教比梵蒂冈城的规模大。

“当然了，我们并不是拥有他的整个遗体，”中尉补充了一句，“只是阴囊。”

贝克停下手中的活儿，盯着中尉。*阴囊*？他竭力让自己不要笑出来，“只是他的阴囊？”

警官骄傲地点点头。“是的，当教会得到了一名伟人的遗体后，他们就视他为圣人，把他的遗骨分给不同的大教堂，这样人人都能瞻仰其光辉。”

“所以你们就得到了……”贝克止住笑说道。

“对啊！那是一个很重要的部位！”警官为自己辩解道，“这可跟得到一块肋骨或指关节不一样，加利西亚那些教堂得的就是这些东西。你真该留下来看看。”

贝克客气地点点头，说：“也许我会在出城的路上顺便走访。”

“真不走运。”警官叹了一口气，“大教堂直到早晨做弥撒的时候才开。”

“那就别的时候再去吧。”贝克笑着说道，他提起了箱子，“我得走了。飞机在等着呢。”他朝房间里最后环视了一眼。

“你想搭便车去机场吗？”警官问道，“我有一辆摩托车停在外面。”

“谢谢，不用了。我叫出租车。”贝克在大学里有一次骑摩托车差点丧命。他再也不想骑车了，不管谁开都一样。

“随便你，”警官边说边朝门口走去，“我去关灯。”

贝克把箱子夹在手臂下。*我拿到所有的东西了吗？*他朝桌上的尸体看了最后一眼。这个躯体一丝不挂，仰面躺在荧光灯下，无所隐瞒。贝克又将目光移到他的样子古怪的畸形手指上。他凝视了一分钟，更专心地将注意力集中在上面。

警官把灯关掉，房间暗下来了。

“打开，”贝克说道，“把灯再打开。”

灯光一闪，又亮起来了。

贝克将盒子放到地上，挪到尸体旁边。他俯下身子斜着眼看这人的左手。

警官也看过来说：“很丑,呵？”

但是引起贝克注意的并不是畸形的手指。他看到了别的东西。他转过来问警官：“你确定什么都装在箱子里了？”

警官点点头。“是啊，都装好了。”

贝克双手撑在屁股上站了一会儿。然后他提起箱子，回到台子边，把东西倒了出来。他小心翼翼地一件一件抖那些衣物。他还把鞋子倒空，又拍打着好像要把里面的小石子抖出来一样。他把所有的东西又检查了一遍，退回来了，皱着眉头。

“出问题了？”中尉问道。

“是啊，”贝克说，“我们漏了什么。”

第13章

德源昭高站在他那间舒适的顶楼办公室里，向外注视着东京城在空中的轮廓。他的下属和对手视他为致命鲨鱼。三十年来，他算准了所有日本对手的计策，他出的价钱比他们高，做的广告比他们大；现在，他就要成为全球市场中的一个巨人了。

他就要完成一生中最大的买卖了——这笔买卖将使他的昭高集团成为明天的微软。他的血液中奔涌着阵阵激流。商场即战场——战争是激动人心的。

虽然三年前德源昭高接到那个电话时满腹狐疑，但现在他明白真相了。他要交好运了。诸神垂青于他了。

“我有一份‘数字城堡’的钥匙的副本，”那个操着美国口音的人说道，“你想买吗？”

昭高要大声笑起来了。他认为这不过是一个伎俩。昭高集团开出了大价钱竞标远诚友加的新程序，现在昭高的一名竞争对手玩起了花招，想要知道他到底开价多少。

“你有钥匙？”昭高装作很感兴趣的样子。

“是的。我的名字叫诺斯·达科塔。”

昭高忍住笑。谁都知道诺斯·达科塔这个人。友加曾向新闻界公开他的秘密搭档的情况。对友加来说有一名搭档是明智之举；即使在日本，生意场上不光彩的做法也多得是。远诚友加处境并不安全。然而如果一个急于求成的公司走错了一步棋，那么这个钥匙就会公开，市场上每一个软件公司都会遭受损失。

昭高慢慢抽出他的尤麦米雪茄，决定要耍这已被识破的可怜人。“这么说你要卖你的钥匙了？有意思。远诚友加会怎么想？”

“我可不效忠于友加先生。他真蠢，居然相信我。这个钥匙的价值相当于我为他做事得的钱的几百倍。”

“我很抱歉，”昭高说道，“你单独的一把钥匙对我来说分文不值。友加发现之后，他就会轻易公开副本，到时市场上就泛滥成灾了。”

“你会拿到两把钥匙，”那个声音说，“友加先生的和我的。”

昭高盖住电话听筒，大笑起来。他忍不住问：“两把钥匙，你开多少钱？”

“两千万美金。”

两千万正是昭高出过的价。“两千万？”他装出被吓坏了的样子，惊叫道，“太过分了！”

“我已经看过了算法。我向你保证绝对值这个价。”

屁才不值，昭高想。这个价的十倍都值。“很遗憾，”他对这个游戏有点厌倦了，说道，“我俩都知道友加先生怎么也不会同意的。想想法律后果吧。”

打电话的人犹豫了一下，带了点不祥的口气说道：“如果友加先生再也不是代理人了呢？”

昭高想笑，但他注意到电话那边透出的不同寻常的决心。“如果友加先生再也不是代理人了呢？”昭高琢磨着这句话，“那么你和我就会做一笔买卖。”

“我会再跟你联系。”那边说。电话断开了。

第 14 章

贝克俯视着尸体。别看死了好几个钟头，这个亚洲人的脸上还是泛着红光，还留着最近日晒的痕迹。身体的其他部位是淡淡的黄色——只有心脏上一小块地方是略带紫色的淤伤。

大概是心肺复苏急救留下的，贝克陷入了沉思。可惜急救并没有什么用。

他又开始研究尸体的手指。贝克以前从未见过这样的手指。每一只手上只有三个指头，而且都是歪歪扭扭的。然而，这副奇形怪状的样子不是贝克要看的。

"嘿，我说嘛，"中尉咕哝着从房间那头走过来，"他是日本人，不是中国人。"

贝克抬起头。警官正在翻看死者的护照。"我但愿你不要看。"贝克要求道。什么都不要碰，什么都不要检查。

"远诚友加……生于一月……"

"拜托了，"贝克客气地说道，"放回去。"

警官又盯着护照看了更长时间，然后就把它扔到那一堆东西里去了。"这个家伙有三级签证。他能在这里待好几年。"

贝克用一支钢笔轻轻地拨动受害者的手。"说不定他就住在这儿呢。"

"不可能。他入境的日期是在上周。"

"说不定他正要搬过来呢。"贝克敷衍地说。

"是啊，说不定。第一个星期就这么倒霉。又是中暑又是心脏病。可怜鬼。"

贝克不理睬警官了，继续看着那只手。"你能肯定他死的时候没有戴什么首饰吗？"

警官抬起头，一脸的惊讶。"首饰？"

"是的。来看看这个。"

警官从房间另一头走过来。

友加左手的皮肤到处都显出日晒的痕迹，只有在最小的那根指头上很细小的一圈除外。

贝克指着手指上那一小圈浅色部位问道："看到这里为什么没有

日晒的痕迹了吧？看起来他戴了一枚戒指。”

警官似乎很吃惊。“*戒指？*”他似乎突然有点不知所措了。他观察着尸体的手指，接着，窘得一脸通红。“天哪，”他低声笑道，“那说法是真的吗？”

贝克突然心一沉。“说什么？”

警官摇摇头，不相信那是事实。“我该早点说的……但我想那个家伙是在胡说八道。”

贝克脸上的笑容消失了。“哪个家伙？”

“就是在紧急情况时打电话的那个人。好像是个加拿大游客。他不断提到一枚戒指，口齿不清，那是我听过的最他妈蹩脚的西班牙语。”

“他是说友加先生戴着一枚戒指吗？”

警官点点头。他抽出一根杜卡多香烟，看了看“请勿抽烟”标记，还是把烟点燃了。“也许我是该说出来的，但那个家伙说起话来完全像个疯子。”

贝克皱皱眉。耳边又响起了斯特拉斯莫尔的话。*远诚友加的全部东西都要。所有的一切都要，什么也别落下，一片纸屑也别放过。*

“戒指在哪儿？”贝克问。

长官抽了一口烟说道：“一言难尽。”

贝克意识到这不是什么好消息。“尽管说出来。”

第 15 章

苏珊·弗莱切坐在三号网点自己的终端机前。三号网点是一间专门为密码破译员设立的隔音房间，恰好位于大厅旁边。密码破译员能透过两英寸厚的曲线形单向玻璃看到密码破译部的全景，而外面的人却看不见里面。

在宽敞的三号网点后端，十二台终端机正好摆成一个圆形。这种环形布局是为了鼓励密码破译员们相互交流，让他们知道自己是团队中的一员——就像圆桌骑士一样。让人觉得好笑的是，三号网点里并无秘密可言。

被昵称为“游戏围栏”的三号网点不像密码破译部其他部门那样冷冰冰的，没有生气。这里会给人一种家的感觉——豪华的地毯，高科技音响系统，塞满食品的冰箱，小型厨房，还有一个纳弗篮圈。国安局对密码破译部的宗旨是：若要投资上亿美元建造一台破解密码的计算机，先要设法留下最优秀的人才操作它。

苏珊麻利地脱下脚上的塞尔瓦托·菲拉格慕平跟鞋，把穿着袜子的脚埋进厚厚的地毯里。政府希望高收入的政府职员不要大肆炫耀个人财富。这对苏珊来说不成问题——她住着面积不大的联式公寓，开着沃尔沃小轿车，衣着也不时新，但苏珊对此却心满意足。但是鞋子就另当别论了。就是在大学念书的时候，苏珊也会变着法儿买最好的鞋子。

如果你感到脚疼，你就不能跳起来摸星星，姑姑曾经这样对她说过。*而当你到达目的地的时候，你一定要显得光彩照人！*

苏珊舒舒服服地伸了一个懒腰，然后开始专心工作。她调出追踪程序，打算对其进行配置。她扫了一眼斯特拉思莫尔给她的电子邮件地址：

NDAKOTA@ara.anon.org

自称诺斯·达科塔的这个人有一个匿名账户，但苏珊知道他的真实身份不久就会水落石出。追踪程序会借助“美国匿名重邮”被转发到诺斯·达科塔邮箱里，最后将他的真正因特网地址信息发送回来。

如果一切顺利的话，追踪程序很快就会找到诺斯·达科塔，然后斯特拉思莫尔就可以找到那个密码。那样的话，就只剩下戴维了。当他找到远诚友加那个密码的时候，两个密码就可以一起被毁掉。远诚友加这枚小定时炸弹就不会造成什么伤害，变成了一个没有引爆器的致命炸弹。

苏珊又仔细看了一眼纸上的地址，然后将其输进相应的数据字段里。她不禁笑出声来，斯特拉思莫尔在发送追踪程序时竟然还会遇到麻烦。很显然，他发出去了两次，但两次收到的都是远诚友加的地址，而不是诺斯·达科塔的地址。他犯了一个简单错误，苏珊心想。斯特拉思莫尔很可能是把两个数据字段弄混了，使得追踪程序找的都是错误的账户。

苏珊将追踪程序配置妥当之后，等着将其发送出去。随后，她点击“返回”，电脑“嘟”地响了一声。

追踪程序已发出。

现在她只好等了。

苏珊呼出一口气。她为自己对副局长发脾气而感到内疚。如果有人能单枪匹马应付这次威胁，那他一定就是特雷弗·斯特拉思莫尔。他总是能不可思议地战胜向他发起挑战的人。

六个月前，电子新领域基金会惊曝这样一则消息：一艘国安局潜水艇在窃听水下电话电缆。而斯特拉思莫尔异常沉着，他对外界的说法与此正好相反——那艘潜水艇实际上是在非法掩埋有毒废物。电子新领域基金会与海洋环境保护者一直对孰是孰非争论不休，最终媒体对这起事件感到厌烦，便把注意力转向了别处。

斯特拉思莫尔每一次行动都经过精心策划。在制定和修改计划的时候，他离不开电脑。跟许多国安局雇员一样，斯特拉思莫尔也在使用一个由国安局研发的被称为“头脑风暴”的软件——这是在电脑的安全保障下，一种进行假设分析的无风险的方法。

“头脑风暴”是一个人工智能试验品，其开发者们称之为“因果仿真器”。起初，人们将其用在政治竞选活动里，用这个软件创造一个特定“政治环境”的实时模型。在大量数据的支持下，该软件能够建立一个关系网络——一种政治可变因素之间相互作用的假定模型，包括主要候选人、他们的竞选班子、候选人之间的私人关系、热点问题，以及由各种变量来衡量的个人动机，例如性别、种族、财富和权力。使用者可以输入任何一个假定事件，随后“头脑风暴”就会预测该事件对“这个环境”的影响。

斯特拉思莫尔副局长一直都在使用“头脑风暴”——不是出于政治原因，而是作为一个TFM工具，即一个含有时间线、流程图和制图三项功能的软件，它功能强大，可以为复杂的计策进行概括，并预测其中的弱点。苏珊猜想斯特拉思莫尔的电脑里一定藏着什么计划，将来某一天那些计划可能会改变整个世界。

是的，苏珊想，*我对他太过苛刻了。*

突然，三号网点的门发出嗞嗞声，吓了她一跳。

斯特拉思莫尔突然闯了进来。“苏珊，”他说，“戴维刚才打过电话。有麻烦了。”

第16章

“戒指？”苏珊显得大为不解，“远诚友加身上少了一枚戒指？”

“是的。幸运的是，戴维发现了这个细节。他表现得相当机智。”

“但你要找的是密码，可不是珠宝。”

“我知道，”斯特拉思莫尔说道，“我认为密码就是珠宝，珠宝就是密码。”

苏珊如堕五里雾中。

“说来话长。”

她指了指屏幕上的追踪程序。“我现在哪儿也不会去。”

斯特拉思莫尔长叹一口气，开始踱起步来。“很显然，远诚友加死的时候有人在场。按照停尸房里那个警官的说法，今早一个加拿大游客惊慌失措地打电话给宪警，说一个日本人在公园里突然心脏病发作。赶到现场的时候，警官发现远诚友加已经死了，那个加拿大人在他身边，警官就用无线电叫来医务人员。在医务人员把远诚友加的尸体运到停尸房的时候，警官让加拿大人讲述事情的经过。那位老人只是含糊不清地说远诚友加在临死之前把一枚戒指送给了他了。”

苏珊用怀疑的眼神望着他。“远诚友加把戒指送人了？”

“是的。据我所知，当时他奋力把戒指伸到这位老人面前——就好像求他拿走一样。按照他的说法，老人似乎仔细瞧过那枚戒指。”斯特拉思莫尔停住脚步，突然转身说道，“他说戒指上刻有——某种文字。”

“文字？”

“是的，据他所说，那不是英语。”斯特拉思莫尔扬起眉毛，脸上露出一副期待的神情。

“是日语吗？”

斯特拉思莫尔摇了摇头。“我一开始也是这么想的。但是注意——加拿大人抱怨说那些文字没有任何意义。人们永远也不会把日本文字与罗马字母弄混的。他说刻着的字看起来就像是一只猫在打字机上乱踩一通。”

苏珊笑了笑，接着说道：“局长，你真的不认为——”

斯特拉思莫尔打断她道：“苏珊，这再清楚不过了。远诚友加将‘数字城堡’的密码刻在自己的戒指上。无论睡觉，洗澡，还是吃饭——密码都会一直在身边，他随时都可以向世人公布。”

苏珊脸上露出怀疑的神情。“在他的手指上？那么公开？”

“为什么不呢？西班牙又不是世界加密之都。没人会知道那些字是什么意思。还有，如果密码是标准的六十四位字符，那么即使是大白天，也没人有本事一眼就能记住那么多字符。”

苏珊显得迷惑不解。“那么远诚友加在死之前把这枚戒指给了一个陌生人？这是为什么？”

斯特拉思莫尔眼睛眯了起来。“你觉得会是什么原因呢？”

苏珊一下子明白过来。她的眼睛睁得很大。

斯特拉思莫尔点了点头。“远诚友加是想摆脱戒指。他以为是我们杀了他。他感到自己快要不行了，就以为是我们干的。他死的时间太巧了。他以为我们对他用了毒药之类的东西，使他心脏慢慢停止了跳动。他知道我们不找到诺斯·达科塔，是不会杀他的。”

苏珊浑身打了个冷战。“当然，”她低声说道，“远诚友加以为我们已经毁了他周密的计划，因此才敢干掉他。”

苏珊一切都想清楚了。心脏病发作的时间好像是专门为国安局安排好的一样，所以远诚友加以为是国安局下的毒手。他最后的本能反应是复仇。远诚友加送人戒指是为公开密码所进行的最后一搏。现在，令人难以置信的是，一个普普通通的加拿大游客拥有打开历史上最为强大的加密算法的密码。

苏珊深吸了一口气，问了一个关键问题。“那个加拿大人现在在哪儿？”

斯特拉思莫尔皱了皱眉。“问题就在这儿。”

“那个警官不知道他在哪儿？”

“是的。加拿大人描述的事情太过荒唐，警官还以为他或者是吓坏了，或者是老不中用了。所以，他让老人坐在自己摩托车的后座上，要带老人回他住的宾馆。但加拿大人不知抓牢，车子还没开出三英尺，他就从上面摔了下去——摔破了头，扭断了手腕。”

“什么！”苏珊嗓子眼好像被什么东西堵住了。

“警官想送他去医院，但加拿大人却脾气大发——还说就是走着回加拿大，也不会再坐摩托车了。警官只好搀着他去了公园附近一家小型公共诊所。他把老人留在那儿，付完账就走了。”

苏珊皱了皱眉。“我想已经没必要问戴维会去什么地方了。”

第 17 章

戴维·贝克大步流星地踏上西班牙广场被太阳烤得灼热的瓷砖地

板。在他面前，市政府大楼——一幢旧式的市议会大楼——耸立在一片三英亩蓝白相间的上光花砖上，大楼周围树木葱郁。大楼阿拉伯风格的尖顶和饰有雕刻的正面给人这样一种印象：这座楼与其说是政府机关，还不如说更像是一座宫殿。尽管这幢大楼历史上经历过军事政变、多次火灾和公开绞刑，但大多数游客来访是因为当地的旅游指南大肆宣传它是电影《阿拉伯的劳伦斯》中的英国军事总部。哥伦比亚电影公司在西班牙的拍摄成本要比在埃及的拍摄成本低得多，而摩尔人对塞维利亚建筑风格的影响足以使电影观众以为自己看到的是开罗。

贝克将精工手表设为当地时间：晚上九点十分——按照当地的标准现在仍算是下午。普通西班牙人是不会在太阳落山前就吃晚饭的，而懒洋洋的安达卢西亚太阳很少会在十点钟前退出天空。

尽管傍晚的温度很高，但贝克还是快步穿过了公园。斯特拉思莫尔刚才电话里的口气听起来比早上还要紧迫。他的新命令非常清楚：找到加拿大人，拿回戒指。为了拿到戒指，可以采取一切必要的手段。

贝克想知道一枚刻满字母的戒指为什么会如此重要。斯特拉思莫尔没作任何解释，贝克也没多问。*国安局，他心想，就是什么都别说。*①

在伊莎贝拉·卡托利卡大街对面，那个诊所清晰可见——屋顶上涂着一个白色圆圈，圆圈里面有一红色十字，这是个众人皆知的标志。警官是在几小时之前把那个加拿大人从车上摔下来的。他折断了手腕，摔破了脑袋——无疑，这位病人接受治疗后，现在一定出院了。贝克只寄希望于诊所能存有病人的出院信息——那人下榻的当地旅馆名称或电话号码，这样他就能联系上他了。如果幸运的话，贝克估计他会找到那个加拿大人，拿到戒指，然后顺利地踏上归程。

① 此处原文是 Never Say Anything（意思是：什么也别说），其首字母跟国安局缩写一样都是 NSA。

斯特拉思莫尔曾跟贝克讲过："实在不行的话，用这一万元现金买下戒指。我将来会把钱再给你。"

"这没什么必要。"贝克回答说。他早就想要把钱退回去。他去西班牙不是为了钱，而是为了苏珊。特雷弗·斯特拉思莫尔副局长是苏珊的导师和保护人。苏珊欠他很多人情；为他跑一天腿是贝克最起码应该做的事情。

不幸的是，今天早上的事情并不像贝克设想的那样顺利。他本想在飞机上给苏珊打电话，向她解释清楚。他还考虑过请飞行员用无线电让斯特拉思莫尔帮忙转交信息，但他不想把副局长跟他的恋爱问题牵扯到一起。

贝克试着给苏珊打过三次电话。第一次是用喷气式飞机上没有信号的手机，第二次是用机场的投币公用电话，第三次是从停尸房里打的。苏珊三次都不在。戴维想知道她会去哪儿。他打的是留言电话，但他却没有留言；他只想亲口对她说明一切，而不是在电话里留言。

走近马路的时候，他看到公园入口附近有一个电话亭。他一路小跑过去，抓起话筒，插进电话卡。过了好半天，电话才连上。终于，电话响了起来。

快点儿。快接电话。

响了五下之后，电话接通了。

"你好。我是苏珊·弗莱切。对不起，我现在不在家，但是如果你可以留下你的名字……"

贝克听着电话语音信息。*她在哪儿？*现在这个时候，苏珊一定会心里发慌的。他猜想也许她自己一人去石头庄园了。电话那头嘟嘟响了几声。

"你好，我是戴维。"他顿了一下，不知说什么好。他讨厌留言电话的一个地方是，如果你停下来考虑后面要说什么，电话会自动切断。"对不起现在才打电话。"他脱口而出，时间把握得正好。他在想是否应该告诉她发生了什么事情。他认真考虑之后决定不说。"给斯特拉思莫尔副局长打电话。他会解释一切的。"贝克的心怦怦直跳。

这太荒唐了，他想。“我爱你。”他急忙补上一句，然后挂上了电话。

贝克在博波勒大街等着车辆通过。他想苏珊一定会往最坏处想，因为答应打电话却没打不是他的风格。

贝克大步走上四车道的林荫大道。“很快就回去了，”他喃喃地说道，“很快就回去了。”他想得入了神，却没有觉察到街对面一个戴着金丝边眼镜的人正在望着他。

第 18 章

德源昭高在东京有一座摩天大楼。此时，他站在大楼巨大厚玻璃板窗户前，狠狠地吸了一口雪茄烟，暗自笑了起来。他简直不敢相信自己竟然有这么好的运气。他跟那个美国人通过电话，如果一切顺利的话，远诚友加现在应该被干掉了，而他的密码也应该到手了。

具有讽刺意味的是，德源昭高心想，远诚友加的密码最终会落入他的手里。多年之前，德源昭高曾跟远诚友加见过一次面。那时，这位年轻的程序设计师刚从大学毕业，到昭高科技公司求职。德源昭高最后没有要他。远诚友加天资聪颖，这一点是毋庸置疑的，但德源昭高当时还有其他考虑。尽管日本当时正发生着翻天覆地的变化，但德源昭高是传统学校里出来的，他的生活准则是——荣誉和面子。缺陷是令人难以容忍的。如果雇用了残疾人，他会使自己的公司为之蒙羞。他看都没看就把远诚友加的简历扔到了一边。

德源昭高又看了一下手表。那个叫诺斯·达科塔的美国人现在应该给他打电话了。德源昭高感到有些紧张。他希望不要出现任何差错。

如果两个密码能像那个美国人允诺的那样有效，它们就会打开电脑时代最受欢迎的产品——一个无懈可击的数字加密算法。德源昭高可以把这个算法写入防止泄密、喷漆密封的 VSLI 芯片，然后大批量地卖给世界电脑制造商、各国政府、各行各业，也许还能卖给那些更黑暗的市场……世界恐怖分子的黑市。

德源昭高不由得笑了起来。他似乎总能赢得七大幸运之神的青睐。昭高科技公司马上就会掌握唯一一份“数字城堡”。两千万美元虽然不是一笔小数目，但考虑到这个产品将带来的巨大利润，它便宜得就像是偷来的一样。

第19章

“如果其他人也在找那枚戒指怎么办？”苏珊突然不安地问道，“戴维会不会有危险？”

斯特拉思莫尔摇摇头。“不会再有人知道这枚戒指的事情。这也是我派戴维去的原因。我就是不想让别人知道这件事。好事的间谍一般不会跟踪西班牙老师。”

“他是教授。”苏珊纠正道，立刻就后悔做出这番解释。苏珊常常会有这种感觉，副局长并不觉得戴维有多好，而且他会认为苏珊的男朋友应该比一个大学老师优秀得多。

“副局长，”她接着说道，“如果你今天早上是用汽车电话通知戴维，那么会有人窃听到——”

“百万分之一的几率，”斯特拉思莫尔赶忙安慰道，“偷听者必须正好躲在附近某个地方，并且十分清楚要偷听的内容。”他将手搭到她的肩膀上。“如果我认为这很危险的话，我就不会派戴维去那儿了。”他接着笑了笑，说道，“相信我。一有麻烦的迹象，我就会派职业特工到那里。”

突然，有人猛击三号网点的玻璃，打断了斯特拉思莫尔下面要说的话。苏珊和斯特拉思莫尔一起转过身去。

系统安全部的菲尔·查特鲁基恩脸贴在玻璃上，用力敲打，一副竭力想看到里面的样子。他嘴里激动地说着什么，但隔音玻璃另一边什么也听不见。他的样子就好像撞见了鬼一样。

“查特鲁基恩在这儿干什么？”斯特拉思莫尔怒冲冲地说，“今天不是他值班。”

“他的样子好像遇到了麻烦，”苏珊说，“他很可能已经看到运行显示器。”

“该死！”副局长咬牙说道，“我昨晚特地给今天值班的系统安全部那个人打电话，告诉他今天不用来了！”

苏珊并不感到惊讶。不让系统安全员值班是不合常规的，但无疑斯特拉思莫尔希望在这个穹顶下不被外人打扰。他最不想看到的是某个多疑的系统安全部的人揭露“数字城堡”的真相。

“我们最好中止万能解密机，”苏珊说道，“我们可以重新设置运行显示器，然后告诉菲尔是他看错了。”

斯特拉思莫尔似乎若有所思，然后摇头说道：“现在还不行。万能解密机已经为此运转了十五个小时。我想连续运行二十四个小时——以防万一。”

苏珊明白他的意思。“数字城堡”是第一个使用旋转明码电文功能的程序。也许远诚友加忽略了一些细节，没准万能解密机会在二十四小时后将其破解。不知怎么地，苏珊对能否破解“数字城堡”心里没底。

“万能解密机必须运行下去，”斯特拉思莫尔决然地说道，“我要确认这个算法是不可破解的。”

查特鲁基恩还在猛敲玻璃。

“待在这里不是办法。”斯特拉思莫尔低声说道，“你要帮我。”

副局长深吸一口气，然后大步流星地走向玻璃滑门。地上的压盘开始启动，两扇门“咝咝”地滑向两边。

查特鲁基恩几乎摔倒在屋里。“副局长。我……我很抱歉打扰您，但运行显示器……我运行了一个病毒探测器——”

“菲尔，菲尔，菲尔，”副局长友善地连口说道，一只手放在查特鲁基恩的肩上，安慰道，“慢点儿讲。出了什么问题了？”

听到斯特拉思莫尔从容不迫的语气，谁也不会想到他的世界就要塌下来了。他站到一边，把查特鲁基恩迎进神圣的三号网点。这个系统安全员跨过门口的时候有些犹豫，如同一条不易上当、训练有素的狗。

查特鲁基恩脸上迷惑的神情表明，他还从没有看到过这里内部是什么样子。无论刚才受到了何种惊吓，此刻他已暂时忘记。他仔细地审视着豪华的室内布置、一圈私人终端机、长沙发、书架和柔和的灯光。当他的视线遇到密码破译部的统治女皇——苏珊·弗莱切的时候，他迅速扭头看向别处。他对苏珊怀有一种深深的敬畏感。她的思维方式跟他不一样。她漂亮迷人，漂亮得让人心里不安，他每次跟她说话都会语无伦次，而她谦虚的态度会使事情变得更糟。

“出了什么问题，菲尔？”斯特拉思莫尔边说，边打开冰箱，“来点儿饮料？”

“不，啊——不了，谢谢，长官。”他似乎有些张口结舌，拿不准自己是否真的受欢迎，“长官……我认为万能解密机出问题了。”

斯特拉思莫尔关上冰箱，随意地看了一眼查特鲁基恩。“你是说运行显示器？”

查特鲁基恩显得非常震惊。“你的意思是，你已经知道了。”

“当然。如果我没看错的话，运行显示器已经运行大约十六个小时了。”

查特鲁基恩似乎大为不解。“是的，长官，十六个小时。但这不是最重要的，长官。我运行了病毒探测器，发现了一些特别奇怪的东西。”

“是吗？”斯特拉思莫尔似乎并不在乎，“什么东西？”

苏珊看着这两个人，副局长的表演给她留下了深刻的印象。

查特鲁基恩继续结结巴巴地说道：“万能解密机正在处理一个非常高级的东西。过滤器从未碰到过这种东西。万能解密机恐怕是中了某种病毒。”

“病毒？”斯特拉思莫尔轻声笑道，笑声中带有一丝傲慢的口气，“菲尔，我感谢你的关心，非常感谢。弗莱切女士和我正在运行一个新的诊断程序[①]，非常高级的程序。我本应告诉你这件事，但我不知道你今天值班。”

这个系统安全员从容不迫地佯装道：“我跟那个新来的换班了。我周末替他值班。”

斯特拉思莫尔的眼睛眯了起来。“这就奇怪了。我昨晚跟他通过话，告诉他今天不用来了，他根本没提换班的事情。”

查特鲁基恩突然感到喉咙里好像有东西堵住了。屋子里突然沉默下来，双方的气氛剑拔弩张。

“唉。”最后斯特拉思莫尔叹气道，“听起来好像都乱套了。”他一只手搭在这个系统安全员的肩膀上，领着他朝门走去，“但好消息是你不用待在这儿了。弗莱切女士和我一天都会守在这儿的。我们会应付一切事情。你只管尽情享受你的周末吧。”

查特鲁基恩有些犹豫不决。“副局长，我真的认为我们应该检查一下——”

“菲尔，”斯特拉思莫尔用更为严厉的口气重复道，“万能解密机一切正常。如果你的探测器查到一些奇怪的东西，那是因为是我们放进去的。现在，如果你不介意……”斯特拉思莫尔的声音越来越轻。这个系统安全员立刻明白了，他该走了。

“诊断程序，放屁！”查特鲁基恩怒冲冲地回到系统安全部实验室，嘴里咕哝道，“什么循环功能能使三百万个处理器连着忙活十六个小时？”

查特鲁基恩考虑自己是否应该打电话给系统安全部的主管。*该死的密码破译员*，他心里骂道。*他们根本不懂安全！*

查特鲁基恩在加入系统安全部时发过的誓言开始在耳边响起。

---

① 用于对计算机硬件或软件故障进行检测并确定其位置的程序。

他发誓要用他的技术、训练和直觉来保护国安局这个上百亿美元的资产。

“直觉。”他不服气地说道。这不是什么该死的诊断程序，这连傻瓜都知道！

查特鲁基恩心里忿忿不平，大步走到终端机前，启动了万能解密机的所有系统评估软件。

“你的宝贝有麻烦，副局长，”他咕哝道，“你不相信直觉？我来给你证据！”

第 20 章

公共健康诊所实际上是一所小学改建而成，根本没有医院的样子。这个诊所由砖块砌成，呈长方形，只有一层，墙上装有巨型窗户，诊所后面挂着一个长满铁锈的秋千。贝克沿着破损不堪的台阶走了上去。

诊所里面光线黯淡，一片嘈杂。候诊室里摆放着一排可以折叠的金属椅子，从狭长的走廊一头一直摆到另一头。锯木架上放着一个硬纸板做成的牌子，上面写着“办公室”几个字，字的旁边还画着一个箭头，指向大厅深处。

贝克沿着光线昏暗的走廊走了进去。周围的环境十分古怪，像是特地为一部好莱坞恐怖电影布置的场景一样。空气中弥漫着尿液的味道。远处的灯已经熄灭，最后四五十英尺里只有几个模糊的轮廓。一个女人正在流血……一对年轻夫妇正在哭泣……一个小女孩正在祈祷……贝克来到黑乎乎的大厅的末端。他左边的门开了一条缝，他轻轻推开了门。里面几乎没什么人，只有一个形容枯槁的老妇赤条条地躺在病床上，挣扎着去够便盆。

真恶心，贝克嘟囔道。他关上了门。办公室到底在哪儿？

突然，贝克听到有人在说话，声音是从大厅一个狭窄的拐弯处传来的。他寻着声音走去，最后来到一扇半透明的玻璃门前，门后似乎有人正在吵架。贝克很不情愿地把门推开。这儿就是办公室。乱乱糟糟。这正是他所不愿看到的。

大约有十个人在排队，每个人都在推推搡搡，高声叫喊。西班牙办事效率不高已是众所周知，贝克知道他可能要在这里熬上一宿，才会搞到那个加拿大人的出院信息。桌子后面只有一个秘书，而她正疲于应付那些不满的病人的纠缠。贝克在门口站了一会儿，盘算着下一步怎么办。一定还有更好的办法。

“借光！”一个护理员一边大声喊着，一边将一张快速滚动的轮床推了过去。

贝克转身给车让路，冲护理员叫道：“电话在什么地方？”

那人没有停下脚步，指了指一对双开门，然后在一个拐角处消失了。贝克走到双开门那里，推门走了进去。

眼前的房间非常开阔——是一个旧体育馆。体育馆里的地板是淡绿色的，在嗡嗡作响的荧光灯的映照下，似乎一会儿清晰，一会儿又变得模糊起来。墙上，一个篮球圈松松垮垮地吊在篮板上。地板上零零星星地放着几张低矮的病床，上面躺着病人。远处的角落里，就在一个烧焦的记分板下面，竖着一台破旧的投币式电话。贝克希望那个电话是好用的。

他大步走过地板，伸手在口袋里摸索硬币。他找到几个价值七十五比塞塔的五杜罗硬币，这是乘出租车时找的零钱，刚好够打两个市内电话。他彬彬有礼地向一位走向门口的护士微微一笑，接着走到电话那里。贝克拿起话筒，拨通了电话号码查询台。三十秒后，他搞到诊所主办公室的电话号码。

不管是在哪个国家，办公室里似乎有一个放之四海皆准的真理：没人能忍受电话连续不断的铃声。不管有多少顾客等着照顾，秘书总会放下手上的事情去接电话。

贝克用力按下了六位数的电话总机号码。他马上就会与诊所办公室通上话。毫无疑问，今天肯定只有一位折断手腕，外加脑震荡的加拿大人入院治疗；他的材料肯定很容易找到。贝克知道办公室可能会不愿把那人的名字和出院后的地址告诉一个陌生人，但他已想好了对策。

电话响了起来。贝克猜电话最多只响五下，结果却响了十九下。

“公共健康诊所。”忙得焦头烂额的秘书吼道。

贝克用西班牙语回答，夹杂着浓重的法语和英语口音。“我是戴维·贝克。我是加拿大大使馆的。我国一位公民今天在你们这儿接受了治疗。我想获取一些他的资料，这样大使馆就可以安排支付他的医疗费。”

“好的，”那个女人说道，“我会在星期一将材料寄给大使馆的。”

“不过，”贝克紧接道，“我需要立刻拿到材料，这件事非常重要。”

“这不可能，”那女人干脆地说道，“我们很忙。”

贝克尽可能听起来像个政府官员。“这事很急。那人折断了手腕，头部也受到了伤害。他是今早某个时间接受的治疗。有关他的文件应该就放在上面。”

贝克加重了他法语和英语的口音——基本清楚地表达了他的要求，同时也令人难以理解，足以将人激怒。当一个人被激怒的时候，他通常会通融一下，放宽规定。

然而，那个女人却没有表示通融，反而破口大骂北美人自高自大，最后狠狠地挂上了电话。

贝克皱了皱眉，也挂上了电话。没辙了。一想到要排队等上几个小时，他心里就怎么也高兴不起来。时间一分一分地过去，那个年迈的加拿大人现在说不准会在哪里。也许他已经决定回加拿大。也许他要卖掉戒指。贝克没时间再排队等下去了。贝克下定决心，抓起听筒，又拨了一遍那个号码。他把电话凑到耳朵上，向后倚靠在墙上。电话开始响了。贝克抬头望着这个房间。一声……两声……三——

突然，他全身一阵战栗。

贝克迅速转身，把话筒猛地放回架子上，接着回身朝那房间看去，惊讶得说不出话来。他正对面的一个病床上，躺着一位老人，身下有一堆旧枕头支撑着他的身体，他的右手腕上打着一个干净的白色石膏。

第 21 章

德源昭高私人电话那头那个美国人听起来有些焦虑不安。

“德源昭高先生——我的时间不多。”

“好的。我相信你现在两个密码一定都到手了。”

“还要再等一段时间，”那美国人答道。

“令人无法接受！”德源昭高咬牙切齿地说，“你已经许诺今天结束前我会拿到两个密码！”

“出现了一个小问题。”

“远诚友加死了吗？”

“是的，”那个声音说道，“我手下的人把远诚友加先生杀了，却没能拿到密码。远诚友加死之前把密码送人了。给了一名游客。”

“简直令人难以容忍！”德源昭高咆哮道，“那你怎么能向我保证只有我——”

“别紧张，”美国人安慰道，“其他人是不会得到密码的。我向你保证，只要一找到那个失踪的密码，‘数字城堡’就是你的了。”

“但那个密码会被复制的！”

“看到密码的人都会被干掉。”

电话那头沉默了良久。最后，德源昭高问道：“密码现在在哪里？”

“你只需知道我一定会找到密码就够了。”

“你怎么能如此确定？”

“因为不光我一个人在找它。美国情报机构得到了失踪密码的情报。他们肯定想阻止‘数字城堡’推向市场。他们已经派人去找密码。那人叫戴维·贝克。”

“你是怎么知道的？”

“这不关你的事。”

德源昭高停了一下，接着说道：“如果贝克先生找到戒指呢？”

“我的人会从他手上夺过来的。”

“这之后呢？”

“你用不着担心，”美国人冷冷地说道，“如果贝克先生找到了密码，我们会好好奖赏他的。”

第22章

戴维·贝克大步走了过去，低头望着睡在病床上的那位老人。老人的右手腕打着石膏。他六十几岁，一头白发整齐地梳在一边，额头中央有一道深深的紫色伤痕，伤痕一直延伸到他的右眼。

*一次轻微的碰撞？*他思忖着，想起中尉的话。贝克检查了一下他的手指，并没发现金戒指。贝克向下伸手，碰了碰这人的胳膊。“先生？”他轻轻地摇了摇他，“对不起……先生？”

那人一动不动。

贝克又试了一次，这回声音响了一些。“先生？”

老人的身体微微动了一下。“现在……几点了——”老人慢慢地睁开双眼，目光停在贝克身上。由于受到打扰，他一脸嗔怒。“你想干什么？”

*没错，*贝克想，*一个说法语的加拿大人！*贝克低头朝他微微一笑。“能打扰您一会儿吗？”

尽管贝克的法语好到了家，但他猜想这人的英语可能比较蹩脚，所以他讲英语。说服一个陌生人交出金戒指不是件容易的事，贝克要施展出浑身解数。

老人清楚了自己的处境，沉默良久。他四处打量了一番，伸出一根长长的手指捋了一下他稀疏的白色小胡子。他终于开口说话了。“你想干什么？”他用英语问道，声音里带有轻微的鼻音。

“先生，”贝克说道，每个字的音都发得很重，仿佛是在跟一个耳聋的人说话，“我要问您几个问题。”

那人对他怒目而视，脸上带有一种怪异的表情。“你有何见教？”

贝克皱了皱眉。这人的英语是没的说。他那高人一等的口气一下子就没了。“很抱歉，打扰一下，先生，您今天是不是去过西班牙广场？”

老人的眼睛眯成一条缝。“你是市议会的吗？”

“不是，我是——”

“旅游局？”

“不是，我是——”

“听着，我知道你为什么跑这儿来了！”老人挣扎着坐了起来，“我不会被你们吓倒的！如果我说过这句话，那我一定说过一千遍了——皮埃尔·克卢沙尔德按照他的生活方式来描写他生活的那个世界。为了在公司旅行指南上不登那些内容，你们暗地里让作者免费在城里玩一夜，但《蒙特利尔时报》并不是金钱所能左右的！我表示拒绝！”

“对不起，先生，我认为你还没明白——”

“他妈的！我明白得很！”他向贝克挥舞着干瘦的手指，声音在体育馆里回响，“你已经不是第一个了！他们在红磨坊、布朗宫殿和拉各斯的高菲戈诺都试过同样的把戏！但最终登出来的是什么呢？真相！我所吃过的最差的惠灵顿羊排！我所见过的最脏的浴盆！我所走过的石头最多的海滩！我的读者看到的真相还远远不只这些！”

旁边病床上的病人纷纷坐直身子，想看看究竟发生了什么事情。贝克紧张地环顾四周，看是否有护士在周围。他可不想被人踢出去。

克卢沙尔德大为光火。“为那个警官开脱的糟糕透顶的借口只适用于你们这个城市！是他让我上了他的摩托车！瞧我现在这个样子！”他竭力想举起他的手腕，“现在谁来写我的专栏？”

“先生,我——”

“在我四十三年的旅行生涯里，我从没有如此不开心过！瞧瞧这地方！你知道，我的专栏可是在多家报刊上同时发表——”

“先生！”贝克急忙举起双手，示意他打住，“我对你的专栏不感兴趣。我是加拿大领事馆的。我来这里是要确保你安然无恙！”

突然，体育馆里陷入死一样的寂静。老人抬起头，用怀疑的眼神打量着这个不速之客。

贝克继续试探着说，声音低得几乎是在耳语。“我来这里是看我是否能帮上什么忙。”比如给你带几粒安定。

沉默了半晌，这个加拿大人开口问道：“领事馆？”他的声音轻柔了许多。

贝克点点头。

“那么，你来这儿不是为了我的专栏？”

“是的，先生。”

对皮埃尔·克卢沙尔德来说，似乎一个巨大的气泡破裂了。他缓缓地向后靠在那垛枕头上。他看起来伤透了心。“我还以为你是这个城市的……想让我……”他没有再说下去，抬起了头，“如果不是跟我的专栏有关，那么你为什么会来这里？”

这个问题问得好，贝克想，脑海里浮现出清烟山脉的样子。“这只是非正式的外交礼节。”他撒谎道。

这人显得很惊讶。“外交礼节？”

“是的，先生。我相信像您这种身份的人应该十分清楚，加拿大政府一直都在尽力保护本国国民免于在这些，嗯——我们是否可以说——这些不甚高雅的国家里受到侮辱。”

克卢沙尔德薄薄的嘴唇分开，会意地微微一笑。“当然……真是太好了。”

“你是加拿大公民，对吧？”

“是的，当然。我真是太蠢了。请原谅我。像我这种身份的人，身边常常会出现……嗯……你明白的。”

“是的，克卢沙尔德先生，我当然明白。出名的代价。”

“的确如此。”克卢沙尔德发出一声哀叹。他为了迁就普通大众而不情愿地做出了一些牺牲。“你相信这个丑陋的地方吗？”他转动着眼睛看着四周古怪的环境，“太可笑了。他们竟然要让我在这儿过夜。”

贝克看了一下四周。“我知道。真是可怕。很抱歉过了这么长时间才赶到这里。”

克卢沙尔德丈二和尚摸不着头脑。“我根本不知道你要来。”

贝克马上变换话题。“你头上的包看起来挺大的。痛吗？”

“不，不是很痛。今天早上我从车上掉了下来——这是做一个好心人的代价。我的手腕倒是很痛。愚蠢的宪警。我是说真的！让我这把年龄的人坐摩托车。他真该遭到谴责。”

“需要我帮你拿什么东西吗？”

克卢沙尔德思考了片刻，非常喜欢这种被人关心的感觉。“嗯，实际上……”他伸了伸脖子，左右扭了扭头，“如果不麻烦的话，我还需要一个枕头。”

“不麻烦。”贝克从近旁一个病床上抓起一个枕头，放到克卢沙尔德感到舒服的位置。

老人满足地叹气道：“好多了……谢谢。”

“别客气。”贝克用法语回答道。

“啊！”老人开心地笑了，“你原来真会讲文明世界的语言。”

“只会说几句。”贝克羞怯地答道。

“这我已经见识过了，”克卢沙尔德骄傲地说，“我的专栏在美国多家报刊上同时发表。我的英语可是顶呱呱。”

“我早已有所耳闻。”贝克微笑道。他坐到克卢沙尔德床边，“现在，克卢沙尔德先生，如果您不介意的话，我想问一下像您这样的人怎么会来这种地方？塞维利亚有很多比这儿好得多的医院。”

克卢沙尔德显得很生气。“那个警官……他将我从他的摩托车上摔下来，使我像一头被捅了一刀的猪一样在街上流血。我没办法只好来这儿了。”

“他没主动提出带你到一个设施更为齐全的医院？”

“让我再坐他那辆糟糕透顶的摩托车？不用，谢谢了！”

“今天早上到底发生了什么事情？”

“我已经都讲给那位中尉听了。”

“我已经跟那位警官谈过了——”

“我希望你好好教训过他！”克卢沙尔德打断道。

贝克点了点头。“用了最严厉的措辞。领事馆会将这件事追查到底。”

“我正希望如此。”

“克卢沙尔德先生。”贝克面带微笑，从夹克口袋里抽出一支钢笔，“我想对这座城市发出一份正式的控告。您能帮忙吗？像您这种名气的人会是重要的证人。”

想到自己的话能被人引用，克卢沙尔德备受鼓舞。他坐了起来。“嗯，是的……当然。我非常荣幸。”

贝克掏出一个小记事本，抬头说道：“好的，我们就从今天早上开始吧。跟我讲讲有关事故的情况。”

老人叹气道：“这件事非常令人难过。那个可怜的亚洲人突然倒在了地上。我试图帮他——但于事无补。”

“你对他实施心肺复苏急救了吗？”

克卢沙尔德面带愧色。“对不起，我不知道怎么做。我叫了一辆救护车。”

贝克想起了远诚友加胸部蓝色的淤伤。“医务人员对他实施心肺复苏急救了吗？”

“天哪，没有！”克卢沙尔德接着笑道，“死马又不能当活马医——那个家伙在救护车到那儿之前就已经死了。他们检查了他的脉搏，然后用车把尸体运走，只剩下我和那个可怕的警察。”

这有些奇怪，贝克思忖着，想知道那块淤伤到底来自何处。他竭力不去想它，专心处理手上这件事。“那枚戒指怎么样呢？”他说道，尽量装得若无其事。

克卢沙尔德脸上露出惊讶的表情。“中尉还跟你讲过那枚戒指？”

“是的，他都跟我说了。”

克卢沙尔德似乎大吃一惊。“是吗？我还以为他不相信我的话呢。这人太没礼貌——好像以为我在跟他撒谎一样。当然，我对他说的可是千真万确。我为自己的准确性感到自豪。”

“戒指在哪里？”贝克追问道。

克卢沙尔德似乎没听到这句话。他目光呆滞，眼睛怔怔地望着空中。“非常奇怪的戒指，所有那些字母——看起来不像我所见过的语言。”

“也许是日语？”贝克道。

“肯定不是。”

“那么你一定仔细端详过戒指了？”

“老天，是的！当我跪着帮忙的时候，那人不停地把手指伸到我面前。他想把戒指送给我。非常怪异，特别吓人——他的双手看起来可怕极了。”

“你就是在那个时候收下了戒指？”

克卢沙尔德眼睛突然睁得很大。“警官是这么跟你说的！说是我拿走了戒指？”

贝克不安地挪动了一下身体。

克卢沙尔德勃然大怒道：“我就知道他根本没听！谣言就是这样开始的！我告诉过他那个日本人把戒指送人了——但不是给我！让我从一个垂死之人身上拿走什么东西是不可能的！我的天啊！想想都让人受不了！”

贝克感觉要有麻烦了。“也就是说，戒指不在你身上？”

“天啊，当然不在！”

他的胸口一阵隐隐作痛。“那么谁拿了戒指？”

克卢沙尔德愤然地盯着贝克。“那个德国佬！戒指在那个德国佬手里！”

贝克感到脚下的地板突然消失了。“德国人？什么德国人？”

“公园里那个德国佬！我跟警官提起过他！我拒绝收下戒指，但那头法西斯猪却收下了！”

贝克放下纸和笔。这个骗人的把戏结束了。麻烦来了。“也就是说，戒指现在在一个德国人身上？”

“是的。”

“他去哪儿了？”

“不知道。我跑去找警察。我回来的时候，他已经不见踪影。”

“你知道他是谁吗？”

“一个游客。”

“你确定？”

“我这辈子就是跟游客打交道，”克卢沙尔德急速地说，“我看人很准的。当时他跟一个女性朋友在公园里散步。”

贝克越来越糊涂了。“女性朋友？德国人身边还有别人？”

克卢沙尔德点点头。“一个伴游小姐。迷人的红发女郎。我的上帝！美极了！”

“伴游小姐？”贝克结结巴巴地说道，“就像……妓女？”

克卢沙尔德做了个鬼脸。“是的，如果你非要用那个粗俗的词。”

“但是……警官根本没提过——”

“这是肯定的！我从没跟他提起过伴游小姐。”克卢沙尔德挥了挥那只没受伤的手让贝克打住，样子显得有几分傲慢，“她们不是罪犯——但荒唐的是，她们却像小偷一样受到警察骚扰。”

贝克仍感到有些震惊。“当时还有其他人吗？”

“没了，就我们三个。天太热了。”

“你肯定那女的是个妓女？”

“非常肯定。那么漂亮的女人是不会跟那种男人在一起的，除非他肯出大价钱！我的上帝！他又肥又胖，简直胖到家了！一个嗓门特大、体重超重、令人厌恶的德国佬！”克卢沙尔德在挪动身体的时候脸上露出痛苦的表情，但他忍住疼痛，继续费力说道，“那人是一头巨兽——至少有三百磅重。他紧紧搂住那个可怜的美人，好像怕她逃跑一样——就算是她真逃了，我也不会怪她的。我是说真的！他双手紧紧搂住她！还夸口说他花三百美元包了她整整一个周末！他才应该是那个倒地而死的人，而不应该是那个可怜的亚洲人。”克卢沙尔德起身透气，贝克突然问道：

“你知道他的名字吗？”

克卢沙尔德思考了片刻，摇头说道：“不知道。”他脸上又露出痛苦的表情，然后缓缓地靠到身后的枕头上。

贝克叹了口气。戒指就这样在他眼前蒸发了。斯特拉思莫尔副局长一定会很不高兴。

克卢沙尔德擦了擦额头。他刚刚爆发出来的热情开始产生负面效果。他的脸色突然变得很差。

贝克换着法说道：“克卢沙尔德先生，我还要从那个德国人和他的伴游那里录一份证词。你知道他们现在在哪儿吗？”

克卢沙尔德闭上了眼睛，他的气力正在慢慢消失，呼吸也变得微弱起来。

“你还知道什么？”贝克催促道，“那个伴游叫什么名字？”

接下来是一阵长时间的沉寂。

克卢沙尔德揉了揉右边的太阳穴。他突然脸色变得煞白。“嗯……啊……不。我不认为……”他的声音一阵颤抖。

贝克身子凑向他，问道：“你没事吧？”

克卢沙尔德微微地点了点头。“是的，没事……只是有点……兴奋可能会……”他的声音越来越轻。

“好好想想，克卢沙尔德先生。”贝克轻声催促道，“这件事非常重要。”

克卢沙尔德脸上露出痛苦的表情。“我不知道……那个女人……

那个男人一直叫她……”他闭上眼睛，发出一阵呻吟声。

“她叫什么名字？”

“我实在是想不起来……”克卢沙尔德的声音减弱得很快。

“好好想想。”贝克催促说，“领事馆的文件要尽可能的全面，这一点很重要。我需要其他证人的证词来支持您的陈述。您还知道什么能帮我找到他们……”

但克卢沙尔德并没有在听。他用被单轻轻擦了擦额头。“对不起……也许明天……”他看起来似乎有些恶心。

“克卢沙尔德先生，你最好现在就能想起这件事，这很重要。”贝克立刻意识到自己的声音太大了。附近病床上的人仍然坐直身子，查看到底发生了什么事情。在房间的远处，出现了一名护士，她穿过双开门，大步流星地向他们走来。

“什么信息都可以。”贝克急切地催促道。

“德国人叫那个女的——”

贝克轻轻地摇了摇克卢沙尔德，想让他醒过来。

克卢沙尔德的眼睛突然眨了一下。“她叫……”

继续说下去，老家伙……

“露……”克卢沙尔德的眼睛又闭上了。护士越来越近了。她看上去非常恼火。

“露什么？”贝克摇了摇克卢沙尔德的胳膊。

老人呻吟着说：“他叫她……”克卢沙尔德咕哝了几句，声音小得几乎听不到。

护士离贝克不足十英尺了，她愤怒地用西班牙语向贝克大叫。贝克什么也没听到。他的眼睛死死地盯着老人的嘴唇。他最后一次摇了摇克卢沙尔德，就在这时，那个护士向他冲去。

护士抓住戴维·贝克的肩膀。就在克卢沙尔德张开嘴的时候，她一把将他从床上拉起。老人嘴里出来的最后两个字实际上不是说出来的，而只是一声轻轻的叹息——就像回忆起很久以前的一次艳遇一样。“露珠……”

护士骂骂咧咧地将贝克猛地拉开。

露珠？贝克心里想。露珠是个什么鬼名字？他猛地挣脱开护士，最后一次转向克卢沙尔德。“露珠？你确定吗？”

但是皮埃尔·克卢沙尔德已经熟睡过去。

第23章

苏珊独自坐在设施豪华的三号网点里。她在细细品着一杯柠檬香草茶，等待追踪程序的返回。

作为首席密码破译员，苏珊的终端机那里的视野最佳。她的终端机位于一圈计算机的后边，前面是密码破译部的地板。在她那里，三号网点的一切都尽收眼底。她也能透过单向玻璃看到另一侧密码破译部地板正中央的万能解密机。

苏珊看了一下钟。她已经等了将近一个小时。“美国匿名重邮”显然正在从容不迫地发送诺斯·达科塔的邮件。她长叹一口气。尽管她努力想忘记早上与戴维的对话，但那些话不断地在她耳边响起。她知道自己对他太苛刻了。她祈祷他在西班牙能安然无恙。

她的思绪被玻璃门发出的嗞嗞声打断了。她抬起头，不由得呻吟了一声。密码破译员格雷格·黑尔正站在门口。

格雷格·黑尔身材高大，肌肉发达，一头浓密的金发，下巴上有一道深深的凹痕。他嗓门特大，结实魁梧，总是衣冠楚楚。他的同事们给他起了个绰号“岩盐”——一种矿物质的名字。黑尔一直以为“岩盐”是某种珍贵的宝石——可与他无与伦比的智慧和坚如磐石的体格相媲美。如果他不那么自以为是，能虚心查一下百科全书的话，他会发现“岩盐”只不过是海水干涸之后剩下的含盐的残余物。

同国安局其他密码破译员一样，黑尔的收入不菲，但他对此却几乎毫不加以掩饰。他有一辆白色的莲花跑车，车里有玻璃天窗和一个震耳欲聋的超低音音箱。他迷恋新鲜玩意，他的车就展示了他在这方面的狂热。他在车里安装了全球卫星定位系统、声控门锁、五点移动雷达站，还有一个蜂窝式传真机和电话，这样他就能永远与他人保持联络。他的装饰性汽车牌照上写着“兆字节”三个字，牌照四周装着紫色的霓虹灯。

格雷格·黑尔小时候有些小偷小摸，是美国海军陆战队帮他改邪归正，挽救了他。他在那里学会使用电脑。他是海军陆战队见过的最优秀的程序设计员之一，他的军事生涯也因此变得一片光明。但就在他第三期服役结束前两天，他的未来突然发生了大逆转。黑尔酒后与一个同事发生争执，意外地将其杀死。韩国的自卫术——跆拳道由此证明除了具备防御性之外，还具有更强的致命性。他随即就被解除军职。

在监狱里服刑不长时间以后，他出狱了。“岩盐”开始在私营企业里寻觅一份程序设计员的工作。他从不回避海军陆战队的那次意外杀人事件，并恳求那些未来的雇主能让他免费工作一个月，以证明自己的价值。有很多人想雇他，而一旦雇主发现他在计算机领域的本事，他们就不想放他走了。

随着计算机技能的突飞猛进，黑尔开始把因特网的触角伸到世界各地。他是新一代网络的狂热爱好者，在每个国家都有通过收发电子邮件而结识的朋友，他还频频光顾低级下流的电子公告牌和欧洲聊天室。他曾因使用公司账户向一些朋友传送色情照片而被两家雇主解雇。

“你在这儿干什么？”黑尔站在门口盯着苏珊问道。显然，他今天想独霸三号网点。

苏珊努力使自己保持冷静。“今天星期六，格雷格，我还想问你这个问题呢。”但是苏珊知道黑尔来这儿的原因。他是一个技术娴熟的电脑迷。尽管星期六规定不上班，但他还是常常在周末的时候溜进密码破译部，利用国安局计算机无与伦比的运算能力来运行他研发的新程序。

“我只是想再修改几行程序，查看一下我的邮件。”黑尔说道。他好奇地看着她。“这是不是也是你来这儿的理由？”

“我可没那么说。”苏珊回答道。

黑尔扬了一下眉毛，惊讶地说道：“用不着害羞。三号网点里没有秘密，忘了吗？人人为我，我为人人。”

苏珊呷了一口柠檬香草茶，没去理他。黑尔耸了耸肩，大步走向三号网点的食品储藏室。他每次总要先去食品储藏室那里。在穿过房间的时候，黑尔长叹一口气，跟往常一样又色迷迷地盯着苏珊终端机下面伸出的双腿。苏珊头也没抬就缩回双腿，继续工作。黑尔得意地笑了起来。

黑尔一直对她不怀好意，苏珊对此已经习以为常。他最喜欢跟她讲的话就是让他们的界面相连看看他们的硬件是否兼容，这让苏珊觉到恶心。她的骄傲不允许她向斯特拉思莫尔告黑尔的状；更为简单的方法就是不去理他。

黑尔走近三号网点的食品储藏室，像头公牛一样猛地拉开格子门。他拖出冰箱里装有豆腐的塑料容器，快速地将几块胶状的白色物质扔到嘴里。然后，他倚靠在火炉旁，用手扯平自己的白伟尼牌裤子和仔细浆过的衬衣上的褶皱。“你要在这儿待很久？”

“一整夜。”苏珊淡淡地说。

“哦……”岩盐嘴里满是东西，柔情地说道，“游戏围栏的一个惬意的星期六，只有我们两个人。”

“只有我们三个人，”苏珊打断道，“斯特拉思莫尔副局长就在楼上。在他看到你之前，你最好从这里消失。”

黑尔耸耸肩。“他似乎并不介意你在这里。他一定非常喜欢跟你在一起。”

苏珊努力保持沉默。

黑尔轻声笑了起来，然后将豆腐放好。他抓起一夸脱初榨橄榄油，咕咚咕咚连喝了几口。他是个健身狂，声称橄榄油能清除大肠里的脏东西。在平时，他如果不是在向其他同事宣传胡萝卜汁的好处，那就一定是在鼓吹高位灌肠的优点。

黑尔将橄榄油放回原处，然后把他的电脑直接对向苏珊。即使坐在一大圈终端机的对面，苏珊依然能闻到他身上古龙香水的味道。她皱了一下鼻子。

“不错的古龙香水，格雷格。一整瓶都用了？”

黑尔“啪”的一声打开终端机。“都是为了你，亲爱的。”

他坐在那里等自己的终端机启动，苏珊脑子里突然冒出一个不安的想法。如果黑尔进入万能解密机的运行显示器怎么办？没有充分的理由说明他将会这样做，但苏珊知道他永远不会相信一个诊断程序能连续十六个小时难住万能解密机这样一个漏洞百出的托词。黑尔会要求知道真相，而苏珊则根本不想告诉他。她不相信格雷格·黑尔。他不适合在国安局工作。苏珊一开始就极力反对雇用他，但国安局没有别的选择。为了减少损失，他们必须将黑尔吸收进来。

那次“飞鱼”惨败。

四年前，为了推出统一的公钥加密标准，国会命令国安局里几位全国最优秀的数学家共同编写一个新的超级算法。国会打算立法使这个新的算法成为国家标准，这样就能减轻各家公司因使用不同的算法而产生的不兼容性。

当然，让国安局帮忙改进公钥加密法就如同让一个被判死刑的人给自己造棺材一样。当时国安局还没有建造万能解密机的念头，而统一的加密标准只会使更多的人编写密码，从而使国安局已经非常棘手的工作变得更加棘手。

电子新领域基金会非常清楚其中的利益冲突，因此极力游说国会，称国安局可能会推出质量不高的算法——一个国安局能破解的算法。为了打消人们的疑虑，国会宣布这个算法完成后，算法方程式将被公之于世，接受世界各地的数学家的检验以保证质量。

由斯特拉思莫尔领导的国安局密码破译部小组很不情愿地编写了一个算法，他们将其命名为“飞鱼”。“飞鱼”被送到国会等待通过。世界各国数学家纷纷对“飞鱼”进行测试，无不对它留下了深刻的印象。数学家们宣称，这个算法固若金汤，无懈可击，会成为一流的公钥加密标准。但就在距离国会投票通过“飞鱼”还有三天时间，一位来自贝尔实验室的年青编程员——格雷格·黑尔向世人宣布：他在该算法里找到一个后门[①]，这一消息立刻震惊了整个世界。

这个后门由几行设计巧妙的程序组成，是斯特拉思莫尔副局长加进去的。添加手法之妙，除了格雷格·黑尔之外，竟然无人发现。实际上，斯特拉思莫尔此举意味着用“飞鱼”编写的任何一个密码都可以借助一个秘密口令被破解，而这个口令只有国安局知道。斯特拉思莫尔离把国会提出的加密标准变成国安局历史上最漂亮的情报胜仗只有一步之遥；国安局本来会拥有能打开在美国编写的任何一个密码的万能钥匙。

爱好计算机的人们无不对此义愤填膺。电子新领域基金会像秃鹰一样抓着这个丑闻不放，把国会批得体无完肤，骂其太过天真，并宣称国安局是自希特勒以来对自由世界最大的威胁。加密标准最终寿终正寝。

国安局两天后就将格雷格·黑尔招入麾下，没人对此感到惊讶。斯特拉思莫尔认为与其让他在外面跟自己作对，还不如让他为自己效力。

斯特拉思莫尔迎头直面“飞鱼”丑闻。他义正词严地在国会为自己的行为辩护。他辩称，公众对个人隐私的狂热会反过来困扰他们的。他坚持认为，公众需要有人监视他们；公众需要国安局为社会的安定而破解密码。而像电子新领域基金会这样的组织却不这么认为。打那之后，这些组织就一直与他唱起了对台戏。

第 24 章

戴维·贝克站在一个电话亭里，街对面是公共健康诊所。他刚刚

① 程序员为其设计的程序保留的一个特别入口，使设计者能享受该程序的一般用户所得不到的优先权。

因骚扰一〇四号病人——克卢沙尔德而被撵了出来。

情况一下子变得比自己设想的复杂得多。他帮斯特拉思莫尔的这个小忙——取回一些私人物品——现在却变成搜寻一枚古怪的戒指。

他刚刚打电话给斯特拉思莫尔，告诉他有关那个德国游客的情况。这显然不是好消息。在问清楚事情的经过后，斯特拉思莫尔沉默了许久。“戴维，”他最终带着非常严肃的口气说道，“找到那个戒指关系到国家安全。我就把这事情托付给你了。不要让我失望。”电话那头声音突然消失了。

戴维站在电话亭里，叹了口气。他拿起一本破烂不堪的电话簿，开始浏览其中的黄页部分。“这儿什么也没有。”他自言自语咕哝道。

电话号码簿上只登记了三家伴游服务公司，再无其他可查的东西。他只知道那个德国人约会的对象有一头红色的头发，这在西班牙并不多见，对他还有些帮助。神志昏迷的克卢沙尔德想起了那个伴游的名字是“露珠”。贝克心里打起退堂鼓——露珠？这个名字听起来更像是叫一头母牛，而不是用在一个美丽姑娘身上。根本不是一个好听的天主教徒名字，克卢沙尔德一定是搞错了。

贝克拨了第一个号码。

“塞维利亚社会服务中心。”一个动听的女人的声音回答道。

贝克假装用带有浓重的德国口音的西班牙语回答说：“喂，会讲德语吗？”

“不会，但我会说英语。”那人回答道。

贝克接着用蹩脚的英语说道：“谢谢。我想知道你能不能帮我一个忙？”

“我们如何帮你呢？”那女人慢吞吞地说道，努力想为她潜在的客户提供帮助，“也许你想找个伴游？”

“是的，请帮我找一个。今天我哥哥——克劳斯身边有个女孩，非常漂亮。一头红发。我要跟这个一样的。明天陪我，拜托了。”

“你哥哥克劳斯来过这里？”那个声音突然变得兴奋起来，就好像他们是老朋友一样。

“是的。他很胖。你想起他了吗？”

“你的意思是，他今天来过这里？”

贝克听到她在翻弄登记簿。登记簿上不会有克劳斯这个名字，但是贝克估计很少有顾客会留下真名。

“嗯，对不起，”她道歉说，“我没有查到他的名字。那个跟你哥哥在一起的女孩叫什么？”

“她有一头红发。”贝克说道，想避开这个问题。

“红发？”她重复道。她顿了顿之后，接着说道，“这里是塞维利亚社会服务中心。你肯定你哥哥来过这里？”

“当然，肯定。”

“先生，我们这儿没有红发女郎。我们只有纯种的安达卢西亚美女。”

“红头发。”贝克又说了一遍，感觉自己有些愚蠢。

“对不起，我们根本没有红头发的人，但如果你——”

“叫露珠。”贝克脱口而出，感觉自己更加愚蠢。

这个滑稽的名字显然对那女人毫无意义。她表示道歉，暗示贝克找的是另一家公司，然后就礼貌地挂上了电话。

划去一家。

贝克皱了皱眉，拨了第二个号码。电话立刻就接通了。

“晚上好，埃斯帕尼亚女子伴游公司。我能为您做点儿什么？”

贝克又把刚才说过的话讲了一遍：一位德国游客愿出高价请今天陪他哥哥的红发女郎陪一下他。

这次的回答是礼貌的德语，但同样没有红发女郎。“对不起。”女人挂断了电话。

划去两家。

贝克低头看着电话簿。只剩一个号码了。最后一丝希望。

他拨了那个号码。

“贝莱尼伴游公司。”一个男人油腔滑调地说道。

贝克故伎重演，讲述了同样的故事。

“是，是，先生。我是罗尔丹先生。非常高兴能帮您的忙。我们这里有两个红发女郎。都是非常可爱的女孩。”

贝克的心扑通直跳。“非常漂亮？”他用带有德国口音的西班牙语重复说，“红头发？”

“是的，告诉我你哥哥叫什么名字？我会告诉你今天跟他在一起的那位伴游小姐是谁，然后我们可以派她明天陪你。”

“克劳斯·施密特。”贝克不假思索地说出一个他在老课本上见过的名字。

电话那头沉默了半天。“嗯，先生……我没有在登记簿上看到叫克劳斯·施密特的人，也许你哥哥想谨慎一些——也许因为家里还有老婆？”他不合时宜地笑了起来。

“是的，克劳斯已经结婚了。但他特胖。他老婆不愿跟他一起睡觉。”贝克对着电话亭玻璃上映出的自己转了转眼睛。*要是苏珊现在能听到我说话该多好*，他想。“我也很胖，孤独一人。我想跟她睡觉。可以出很多钱。”

贝克的表演相当精彩，但他演得太过了。卖淫在西班牙是违法的，罗尔丹先生对此甚为小心。他曾上过一些宪警的当，他们冒充是饥渴的游客。*我想跟她睡觉*。罗尔丹知道这是一个陷阱。如果说有的话，他就会受到重罚，并毫无例外地，被迫向警察局长送上他手下最棒的伴游小姐，免费陪他一个周末。

这次罗尔丹的声音不再像刚才那样友好了。“先生，这里是贝莱尼伴游公司。我可以知道是谁在打电话吗？”

“啊……克劳斯·施密特。”贝克撒谎道，有些底气不足。

“你是从哪里知道我们的号码的？”

“电话簿——黄页部分。”

“这就对了，先生，那是因为我们是一家伴游服务公司。”

“是的。我要的就是伴游。”贝克感到有什么事情不对劲。

“先生，贝莱尼伴游公司专门向商人提供伴游小姐，陪他们共进午餐和晚餐。这也是为什么我们会出现在电话簿里的原因。我们的业务是合法的。你要找的是一个妓女。”他说“妓女”这个词的时候，就像提到了可怕的疾病一样。

“但我哥哥……”

“先生，如果你哥哥一整天都在公园里亲一个女孩的话，她一定不是我们公司的。我们公司对客户跟伴游之间的交往设有严格的规定。”

“但是……”

“你说的是另外一个人，都把我搞糊涂了。我们这里只有两个女孩子有红头发，因玛奎拉达和罗西奥，她俩绝不会为了钱而跟男人睡觉的。那叫卖淫，在西班牙是违法的。晚安，先生。”

“但是——”

“咔嗒”一声。

贝克低声骂了几句，将电话放到听筒架子上。划去三家。他确信克卢沙尔德是说过德国人雇了那个女孩陪他整个周末。

贝克跨出电话亭，来到盐水街跟圣母升天街的交叉口。尽管街上车来车往，但塞维利亚橘子的芳香气味弥漫在他周围。正是黄昏时分——一天中最浪漫的时候。他想起了苏珊。斯特拉思莫尔的声音又向他袭来：*找到戒指*。贝克心情低落地一屁股坐在长椅上，盘算着下面应该怎么做。

下一步怎么办？

第 25 章

公共健康诊所的访客时间结束了。体育馆的灯已经熄灭。皮埃尔·克卢沙尔德睡得正香。他没有察觉到一个人影正向他逼近。一个偷来的注射器的针头在黑暗中闪闪发亮。随后，针头就没进了克卢沙尔德手腕上面的静脉血管。这个皮下注射器里面装有三十毫升清洁剂，是从看门人的手推车里偷来的。他猛地用粗壮的大拇指用力按下柱塞，将浅蓝色的液体注入老人的静脉里。

克卢沙尔德只醒来几秒钟。如果不是一只粗壮的大手牢牢捂住他的嘴的话，他可能会疼得大叫起来。他躺在病床上，压在他上面的身体像一座大山一样，使他动弹不得。他感到有一股灼热的火团正沿着胳膊上升。一阵撕心裂肺的剧痛穿过他的腋窝、胸部，最后如同千万片碎玻璃插进了他的头部。克卢沙尔德眼前闪过一道强光……然后就什么也没有了。

这个不速之客松开手，在黑暗中盯着医疗表格上的名字。然后，他就悄无声息地溜了出去。

来到街上，这个戴着金丝边眼镜的人伸手摸向一个挂在皮带上的小巧装置。那个长方形的玩意如同一张信用卡，那是新一款单片眼镜电脑的样机。这款微型电脑是由美国海军研制而成，用来帮助技师在潜水艇的狭窄空间里将电池电压记录下来，它配有蜂窝式调制解调器，融进了微型技术的最新成果。其屏幕是透明的液晶显示器，装在眼镜左边那块镜片里。单片眼镜电脑展现了个人电脑的一个全新时代，使用者可以一边浏览数据，一边继续处理身边的事情。

这种电脑与众不同之处不在于其微小的显示屏，而是其数据输入系统。使用者是通过连在指尖上微小的触头来输入信息；依次点击触头输入信息是仿效了速记方法，与法庭上的速记方法有些相似。电脑随后会将速记内容转译成英语。

那个杀手按下微小的开关，眼镜顿时亮了起来。他的双手放在身体两侧不太显眼的地方，开始依照顺序快速触击不同的几个指尖。他的眼前顿时闪现出一条信息。

目标：P·克卢沙尔德——已干掉。

他脸上露出了得意的微笑。发送暗杀成功信息是他任务的一部分。但输入受害者的名字……对于那个戴着金丝边眼镜的人来说是一种优雅的事情。他的手指又闪起亮光，蜂窝式调制解调器被激活了。

消息已发出。

第 26 章

坐在公共诊所对面的长凳上，贝克盘算着自己现在应该怎么做。他给那几家伴游公司打了电话却一无所获。副局长对在不安全的公用电话上通话感到十分不安，因此他让戴维拿到戒指后再给他打电话。贝克想到向当地警察寻求帮助——也许他们会有红发妓女的记录——但斯特拉思莫尔也对这种事下了严格的命令。*你是隐身的。不能有人知道戒指的存在。*

贝克心想自己是不是应该为寻找这位神秘女郎而走遍贩毒猖獗的特里亚纳区。也许他应该为找到一个肥硕的德国佬而查遍所有酒店。一切想法似乎都是在浪费时间。

斯特拉思莫尔的话语不断在他耳边响起：*这关系到国家安全……你必须找到戒指。*

一个声音在贝克记忆深处提醒他：他漏掉一个地方——一个关键性的地方——但是他绞尽脑汁也想不出那是什么。*我是老师，而不是什么该死的特工！*他开始纳闷为什么斯特拉思莫尔不派职业特工到这儿来。

贝克站了起来，漫无目的地沿着快乐大街走着，思忖着下一步的行动。脚下鹅卵石铺成的人行道渐渐模糊起来。夜色很快降临了。

露珠。

这个荒唐的名字不断在困扰着他。露珠。贝莱尼伴游公司罗尔丹先生油腔滑调的声音在他耳边回响。“我们这里只有两个女孩子有红头发……两个有红头发的人，因玛奎拉达和罗西奥……罗西奥……罗西奥……”

贝克突然站住不动。他顿时明白了。我还称自己是语言专家呢？他不敢相信自己竟然漏掉了这个地方。

在西班牙，罗西奥是最普通的女孩的名字之一。罗西奥具有指代一个年青女天主教徒的所有正面含义——纯洁、贞洁和自然美。纯洁的含义就来自这个名字的字面意思——露珠！

贝克脑子里充满了那位加拿大老人的声音。露珠。罗西奥将自己的名字翻译成她和她的客户都能听懂的唯一一种语言——英语。贝克兴奋不已，急忙去找电话。

在街对面，一个戴着金丝边眼镜的人在他的视线之外一直跟着他。

第27章

密码破译部地上的影子变得越来越长，越来越模糊。头上自动照明系统的光逐渐增强，以增大屋里的亮度。苏珊仍然安静地坐在终端机前，等着追踪程序的消息。这个程序运行的时间比预期的要长很多。

她脑子里一直在开着小差——思念戴维，并希望格雷格·黑尔尽早回家。尽管黑尔没有要走的意思，但谢天谢地他一直都沉默无语，全神贯注地在终端机前忙活着。只要黑尔不靠近运行显示器，苏珊才不管他在做些什么呢。显然，他还没有看见运行显示器——要不十六个小时的记录一定会让他难以置信地叫出声来。

苏珊正在小口喝着第三杯茶，这时，电脑终于有反应了——她的终端机嘟嘟地响了一下。她心跳加速。一个闪着亮光的信封图标出现在显示器上，表明收到新的电子邮件。苏珊快速地瞥了黑尔一眼。他正专心做事情。她屏住呼吸，双击了那个信封。

“诺斯·达科塔，”她喃喃地说道，“让我们看看你的庐山真面目。”

电子邮件打开后，只出现了一行字。苏珊连着读了两遍。

在阿尔弗雷多酒店吃饭？晚上八点？

在房间的另一边，黑尔努力克制自己不笑。苏珊检查了一下邮件的标题。

发自：GHALE@crpto.nsa.gov

苏珊顿时怒火中烧，但她还是竭力冷静了下来。她随手删掉了这封邮件。“你不是小孩子了，格雷格。”

“那儿的生牛肉片很好吃，”黑尔笑道，“你有何建议？吃完饭后我们可以……”

“别做梦了！”

“势利小人。”黑尔叹气道，接着又转向自己的终端机。这是他第八十九次对苏珊·弗莱切求爱失败。这位聪慧过人的女密码破译员一直令他很失望。黑尔经常会幻想与她发生性关系——将她压在万能解密机的曲线形机身上，在温暖的黑色瓷砖上占有她的肉体。但苏珊对他却一点儿意思都没有。在黑尔看来，使这更糟糕的是她竟然爱上了一名大学老师，一个为了几个小钱而连续几小时拼命工作的人。破坏苏珊优良的基因库生出个怪物，真是暴殄天物——特别是她本来还可以嫁给格雷格。我们会生出非常完美的小孩，他想。

“你在忙什么？”黑尔问道，试着用另一种方式接近她。

苏珊一言不发。

“你怎么一点儿团队精神都没有？让我瞧一下都不行吗？”黑尔站了起来，绕着那圈终端机向她走去。

苏珊感到，黑尔的好奇心今天有可能会酿成大祸。她当机立断。“是个诊断程序。”她回应道，将局长的谎言照搬过来。

黑尔停住脚步。“诊断程序？”他带着怀疑的口气问道，“你星期六不去跟那位教授约会，就是来运行诊断程序的？”

“他叫戴维。”

“随便他叫什么。”

苏珊狠狠地瞪着他。“你难道就不能做点正经事？”

“你是不是想让我离开？”黑尔噘着嘴说。

“是的。”

“噢，休，你真让我伤心。”

苏珊·弗莱切的眼睛眯了起来。她痛恨别人叫她休。她对这个绰号并没什么意见，但问题是只有黑尔才这么叫她。

“为什么不让我帮你？”黑尔主动说道。他突然继续绕着圈子向她走去。“我对诊断程序很在行的。另外，我特别想瞧一瞧是什么诊断程序让伟大的苏珊·弗莱切星期六都来上班。”

苏珊突然感到一阵紧张。她低头瞥了一眼电脑屏幕上的追踪程序。她知道自己不能让黑尔看到它——他会打破砂锅问到底的。“我已经将它隐藏起来了，格雷格。”她说。

但黑尔并没有停住脚步。在他绕着终端机向她走去的时候，苏珊知道她要立即采取行动。就在黑尔离她只有几码远的时候，她果断地行动起来。她起身迎向他高大的身躯，挡住了他的路。他身上古龙香水的气味非常浓郁。

她直勾勾地盯着他的眼睛说：“我说过不行。”

黑尔竖起脑袋，显然是对她这种遮遮掩掩的怪异举动产生了兴趣。他故意又向前走近一步。格雷格·黑尔还不清楚后面会发生什么事情。

苏珊非常镇定，毫不动摇，用食指抵住他宽厚的胸膛，想要止住他前进的脚步。

黑尔停了下来，惊愕地向后退了几步。显然，苏珊·弗莱切是认真的。在这之前，她从未用手碰过他。这并不是黑尔想象中他们初次身体接触的情景，但这毕竟是一个开始。他迷惑不解地看了她半天，然后缓缓地折回到自己的终端机。在他重新坐定后，有一点已经非常清楚：可爱的苏珊·弗莱切正在做一件非同小可的事情，但那绝不会是什么诊断程序。

第28章

罗尔丹先生坐在贝莱尼伴游公司的桌子后面，庆幸刚才巧妙地躲过了宪警想要算计他的拙劣的伎俩。一个警官假装带有德国口音，找个女孩陪一晚上——这明摆着是个陷阱；他们还会使什么招？

桌子上的电话突然尖声响了起来。罗尔丹先生自信地拿起听筒，似乎在这方面很有天赋一样。"晚上好，贝莱尼伴游公司。"

"晚上好。"一个男人用西班牙语飞快地说道。他的声音听起来带有鼻音，好像轻微有些感冒。"这是旅馆吗？"

"不是，先生。你拨的是什么号码？"罗尔丹先生今晚不会再上当了。

"34-62-10。"那个声音说。

罗尔丹皱了皱眉。这个声音听起来有些熟悉。他想听出这个口音——也许是布尔戈斯。"你的号码是正确的，"罗尔丹谨慎地答道，"但这里只提供伴游服务。"

电话里沉默片刻。"哦……我明白了。对不起。有人抄下了这个号码，我还以为这是家旅馆。我来自布尔戈斯，到这里参观。对不起打扰你了。晚安——"

“等一下！”罗尔丹先生不由地喊道。其实，他骨子里是个商人。是别人推荐他来的？还是北部来的新客户？他不会因为自己的多疑而放走任何一笔潜在的生意。

“我的朋友，”罗尔丹对着电话连珠炮似地说道，“我刚才就听出你带有一点布尔戈斯的口音。我是巴伦西亚人。是什么风把您吹到塞维利亚的？”

“我做珠宝生意。专门经营马略尔卡珍珠。”

“马略尔卡，真的！你一定走过很多地方。”

电话那头传来病恹恹的咳嗽声。“嗯，是的，我确实走过很多地方。”

“来塞维利亚做生意？”罗尔丹追问道。这人绝不是什么宪警，而是一位重量级的顾客。“我来猜猜——是你朋友把我们的电话号码给了你？他让你打电话给我们。我说得对吧？”

那个声音显然有些窘迫。“嗯，不对，实际上，根本不是那么一回事。”

“别害羞嘛，先生。我们只提供伴游服务，根本用不着害臊。可爱的女孩，陪着吃吃饭，就这样了。是谁把我们的号码给你的？也许他是我们的老客户。我可以给你优惠的价格。”

那个声音变得有些慌乱。“嗯……实际上没人给我这个号码。我是在一个护照里发现的。我想找到主人。”

罗尔丹的心一沉。这人原来不是个顾客。“你的意思是，你找到了这个号码？”

“是的，我今天在公园里发现了一个男人的护照。里面一片纸上记着你们的号码。我当时以为这是那人住的旅馆号码，还以为能把护照还给他。是我搞错了。我会把护照放在警察局里——”

“对不起，”罗尔丹惴惴不安地打断道，“我是否可以提个更好的建议？”罗尔丹一向以自己的小心谨慎为荣，而去宪警那里会使顾客以后不再找他。“不如这样想想，”他说，“因为护照的主人有我们的号码，所以现在他很可能是我们的客户。也许我可以使您不用到警察那里。”

那个声音有些犹豫。“我不知道。我可能最好还是——”

“别这么急嘛，我的朋友。我很惭愧地承认，塞维利亚的警察并不像北方警察那么有效率。护照回到那人手里可能要花几天的时间。如果你告诉我他的名字，我可以保证他能很快就拿到护照。”

“好的，嗯……我觉得这不会有问题……”电话那头传来纸张沙沙作响的声音，接着又是那人的声音，“这是个德国人的名字。我念得不太准……古斯塔……古斯塔夫松？”

罗尔丹不认识这个名字，但他的客户来自世界各地。他们从不留真名。“他长什么样子——在他照片里？也许我能认出他。”

“嗯……”那个声音说，“他的脸非常非常地胖。”

罗尔丹立刻明白了。那张肥大的脸在他脑海里异常清晰。是那个跟罗西奥在一起的人。真奇怪，他寻思道，一晚上竟有两个电话是跟那个德国人有关的。

“古斯塔夫松先生？”罗尔丹勉强笑道，“当然！我跟他很熟。如果你把护照给我，我会保证还给他的。”

“我在市中心，我没开车，”那个声音打断说，“也许你可以来找我？”

“不过，”罗尔丹避实就虚地说道，“我不能离开这个电话。但你离这儿并不远，只要你——”

“对不起，现在出去有些晚了。附近有个警察局。我会把护照放在那里，当你看到古斯塔夫松，你可以告诉他具体地点。”

“不，等一下！”罗尔丹叫道，“不必麻烦警察。你刚才说你在市中心，是吗？你知道阿方索十三世旅馆吗？那是这里最棒的旅馆之一。”

“是的，”那声音说道，“我知道阿方索十三世旅馆。它就在附近。”

“太棒了！古斯塔夫松先生今晚在那里过夜。他现在很可能已经在那儿了。”

那个声音有些犹豫不决。“我知道了。嗯，那么……我觉得应该没什么问题了。”

“太好了！他现在正跟我们一个伴游在那家旅馆的餐厅里共进晚餐。”罗尔丹知道他们现在可能已经上床了，但他要加倍小心，不能让电话那边的人有所察觉，“把护照放在接待员那里就行了，他叫曼纽尔。跟他说是我让您去的。让他把东西给罗西奥。罗西奥是古斯塔夫松先生今晚的伴游。她会确保将护照归还给他的。您可以把您的名字和地址放进护照里——也许古斯塔夫松先生会给您寄一份小小的谢礼。”

“好主意。阿方索十三世旅馆。非常好，我现在就带护照过去。谢谢你的帮忙。”

戴维·贝克挂上了电话。“阿方索十三世旅馆，”他暗自笑道，“就看你怎么问。”

几分钟后，一个身影悄无声息地沿着快乐大街跟着贝克，走进了慢慢降临安达卢西亚的夜色。

第 29 章

跟黑尔的这次对峙仍然使苏珊感到心慌意乱，她透过三号网点的单向玻璃望了出去。密码破译部里空无一人。黑尔又一次陷入了沉默，全神贯注地看着电脑。她真希望他现在就赶快走开。

她考虑是否应该打电话给斯特拉思莫尔，副局长会一脚把黑尔踢出去——毕竟今天是星期六。但苏珊知道，如果把黑尔撵出去，他会顿生疑心的。一旦被打发走，他可能会马上打电话给其他密码破译员，询问个究竟。苏珊决定还是随他去吧。不用多久，他会自动离开的。

不可破解的算法。她叹了口气，思绪又转回到“数字城堡”上。令她感到震惊的是，怎么会出现这种算法——但事实又一次摆在她面前，这个算法使万能解密机成了一堆废铜烂铁。

苏珊又想起了斯特拉思莫尔，他高风亮节地将重任独揽，从容应对，面对困难仍然保持冷静的头脑。

苏珊有时候会在斯特拉思莫尔身上看到戴维的影子。他们身上有许多共同点——坚韧不拔、无私奉献、机智聪明。有时候，苏珊觉得如果斯特拉思莫尔身边没有她，他可能会不知所措；她对密码学的挚爱似乎是斯特拉思莫尔感情的生命线，帮助他摆脱政治的浊流，并让他回忆起做密码破译员的那些美好时光。

苏珊也离不开斯特拉思莫尔。在一个充斥着权力欲的男人世界里，他是她的保护伞，为她挡风遮雨，支持她的工作。他常常开玩笑说，是他使她美梦成真。这话说得有一定道理，她常这样想。可能完全是无心插柳，是副局长在那个决定命运的下午打电话把戴维·贝克叫到国安局来的。她的思绪又转到他的身上，目光本能地停在键盘旁边的拖板上。那里贴着一张小小的传真。

传真放在那里已有七个月了。这是苏珊·弗莱切唯一还没有破解的密码，是戴维发给她的。这是她第五百次读这个传真了。

> 请收下这个卑贱的传真
> 我对你的爱没有蜡。①

他是在与她发生一次拌嘴之后发给她的。苏珊连着几个月求他说出这个传真是什么意思，但是他都表示拒绝。没有蜡。这是戴维在报复她。苏珊教给戴维很多有关破解密码的知识。为了让他在这方面不致荒废，她开始用一些简单的加密方法将给他的消息编成了密码。购物清单、示爱纸条——统统被编成了密码。两人就如同

---

① 该句原文为：MY LOVE FOR YOU IS WITHOUT WAX.

在玩游戏一样，戴维也因此成了一个解密高手。后来他决定报答她的指导。他开始在给她的所有信件的后面都签上了“没有蜡，戴维”。苏珊从戴维那里收到的便条超过了两打。后面的署名都是：没有蜡。

苏珊恳求他告诉自己其中隐含的意思，但戴维就是不说。无论何时问他，他总会微微一笑，然后说：“您可是解密高手啊。”

这位国安局首席密码破译员什么方法都试过了——置换法、密码盒、甚至连字母易位破译法都用上了。她在自己的电脑上运行“没有蜡”，重新排列组合里面的字母，组成新的短语。她最后得出的结果是：出租汽车小屋哇（TAXI HUT WOW）。看起来，不只是远诚友加会写不可破解的密码。

她的思绪被气压门打开时发出的“嗞嗞声”打断了。斯特拉思莫尔大步走了进来。

“苏珊，有什么消息吗？”斯特拉思莫尔看到格雷格·黑尔，突然停住了脚步，“晚上好，黑尔先生。”他皱着眉头说道，眼睛眯了起来。“星期六也在啊。我们怎么有此荣幸？”

黑尔一本正经地笑道：“只是希望自己能干好工作。”

“我明白了。”斯特拉思莫尔咕哝着说，显然是在盘算着对策。过了一会儿，似乎他也决定不自寻烦恼。他冷静地转向苏珊。“弗莱切女士，我可以跟你说几句话吗？外面可以吗？”

苏珊犹豫了一下。“啊……好的，长官。”她不安地瞅了一眼显示屏，然后又看了一眼对面的格雷格·黑尔，“请等一下。”

快速敲击几下键盘之后，她启动了一个叫做“屏锁”的程序。这是一个保护个人隐私的应用程序。三号网点里每台终端机都装着这个程序。因为所有终端机都是二十四小时连续开机，所以“屏锁”使密码破译员们可以安心地离开自己的电脑，不用担心有人会乱动电脑里的文件。苏珊输入了含有五个字符的个人密码，屏幕立刻进入黑屏状态。黑屏状态会一直保持下去，直到她回来输入正确的序列为止。

接着她麻利地穿上鞋，跟他走了出去。

“他到底在这儿干什么？”斯特拉思莫尔与苏珊一到三号网点外面就质问道。

“还是老样子，”苏珊回答说，“没干什么。”

斯特拉思莫尔显得忧心忡忡。“他没说什么有关万能解密机的事情？”

“没有。但是如果他进入看到显示器，发现上面已经显示十七个小时的话，他可有的说了。”

斯特拉思莫尔考虑了一下。“他没有理由会接近运行显示器的。”

苏珊望着副局长。“你要把他打发回家？”

“不。我们随他去吧。”斯特拉思莫尔瞥了瞥系统安全部办公室，“查特鲁基恩走了吗？”

“不知道。我没看到他。”

“天啊，”斯特拉思莫尔咕哝道，“这儿可真够热闹的。”他摸了一下过去三十六小时里刚长出来的胡子茬。“追踪程序那里有什么消息吗？我感觉我那儿没什么进展。”

“还没什么消息。戴维有消息吗？”

斯特拉思莫尔摇摇头。“我让他在找到戒指前不要给我打电话。”

苏珊一脸惊讶的表情。“为什么不能打？万一他需要帮助怎么办？”

斯特拉思莫尔耸耸肩。“我在这里帮不上什么忙——他只能全靠自己。另外，我不想跟他在不安全的电话上通话，以防有人偷听。”

苏珊显得焦虑不安，眼睛瞪得很大。“你这是什么意思？”

斯特拉思莫尔脸上立刻表现出歉意。他冲她微微一笑，想让她打消疑虑。“戴维很好。我只是出于谨慎。”

离他们三十英尺远的地方，就在三号网点的单向玻璃后面，格雷格·黑尔站在苏珊的终端机旁。她的电脑是黑屏。黑尔瞥了一眼外面的副局长和苏珊。然后，他伸手掏出钱包，从里面拿出一张不大的索引卡，看了几眼。

再一次确认斯特拉思莫尔和苏珊仍在谈话后，黑尔小心翼翼地在苏珊的键盘上按了五下键。片刻之后，她的显示器又亮了起来。

“耶！”他得意地笑了。

盗取三号网点里的个人密码是小菜一碟。在三号网点里，每台终端机都配有一模一样的可拆卸键盘。一天晚上，黑尔将自己的键盘带回了家，安装了一个能记录下每一次按键的芯片。第二天，他早早就来到办公室，把别人的键盘换成他改装过的键盘，等到快要下班的时候，他又把键盘换回来，查看芯片上记录下的数据。尽管上面有千万次按键记录，但是找到个人密码并非难事。密码破译员每天早上做的第一件事情就是输入个人密码，解开自己终端机的锁定。这就使黑尔不费任何力气就将密码搞到手——因为个人密码总是作为列表前五个字符出现。

这蛮有讽刺意味的，黑尔一边看着苏珊的显示器一边思忖道。他盗取个人密码只是为了追求刺激。他现在很高兴自己成功了，苏珊电脑屏幕上出现的程序看起来非同小可。

黑尔盯着屏幕想了半天。这个程序是用LIMBO语言写的——这并不是他的强项。但是看了一眼屏幕之后，有一点黑尔是确信无疑的——这绝不是什么诊断程序。他只知道其中几个字的意思，但这已经足够了。

追踪程序搜索中……

“追踪程序？”他失声叫道，“搜索什么东西？”黑尔立刻感到一阵不安。他坐在椅子上，仔细端详了一番屏幕。最后，他作出了决定。

黑尔知道LIMBO编程语言从C语言和Pascal语言那里借鉴了很多东西，而他对这两种语言则十分熟悉。抬头瞅了一眼斯特拉思莫尔和苏珊，确信他们仍在外面谈话，黑尔开始即兴发挥了。他键入几个修改过的Pascal语言命令，然后点击“返回”。一切正如他所愿，追踪程序的状态窗口作出了相应的反应。

中止追踪程序？

他快速地键入：是。

你确定？

他又一次键入了：是。

片刻之后，电脑发出了嘟嘟声。

追踪程序已中止。

黑尔脸上绽出了微笑。终端机刚刚发出信息，使她的追踪程序提前自我中止。不管她找什么，她只能继续等待了。

为了不留痕迹，黑尔熟练地进入电脑里的系统活动记录，删掉了所有刚才键入的命令，然后重新输入苏珊的个人密码。

显示屏顿时变成了黑屏。

当苏珊·弗莱切回到三号网点的时候，格雷格·黑尔正安静地坐在自己的终端机前。

第30章

阿方索十三世旅馆是一家小型的四星级旅馆，背靠雪利酒门，四周是粗熟铁围成的栅栏和丁香花。戴维沿着大理石的楼梯拾级而上。

当他正要伸手开门的时候，门神奇地开了，一个旅馆侍者将他迎了进去。

“有行李吗，先生？我能帮您什么忙吗？”

“没有，谢谢。我想找你们的接待员。”

旅馆侍者看起来有些不快，似乎他们之间短暂的相遇并不令人满意。“这边走，先生。”他领着贝克走进大厅，指了指接待员，然后匆忙离开了。

大厅不是很大，却赏心悦目，布置得格调高雅。西班牙的黄金时期已经十分遥远了，但在十七世纪中期的一段时间里，这个小国曾主宰了整个世界。这个房间总让人自豪地想起那段时期——几套盔甲、几张军事蚀刻画，还有一个来自新世界的金锭陈列盒。

标着“接待员”的柜台后面站着一位修长挺拔、衣冠楚楚的男子，他掩饰不住脸上的微笑，仿佛为了提供一些帮助，他已经在此等候了一辈子。“我能为您做些什么，先生？”他发音口齿不清，说话有些做作，眼睛上下打量着贝克。

贝克用西班牙语回答道：“我想跟曼纽尔谈谈。”

这人晒得黝黑的脸上绽出了更大的笑容。“是，是，先生。我就是曼纽尔。您有什么吩咐？”

“贝莱尼伴游公司的罗尔丹先生跟我说你可以——”

接待员挥手示意贝克不要作声，紧张不安地扫了一眼大厅四周。“请到这边来说。”他领着贝克来到柜台的末端，“现在，”他接着说道，声音低得几乎是在耳语。“我能为您做什么？”

贝克压低了声音继续说道：“我要跟他手下一个伴游说几句话，我确信她就在这里吃饭。她的名字是罗西奥。”

接待员长出一口气，似乎刚才紧张得喘不过气一样。“啊哈，罗西奥——一个美丽的尤物。”

“我要立刻见她。”

“但是，先生，她现在正在陪客人。”

贝克点点头，表示了歉意，接着说道：“我有很重要的事情。”关系到国家安全。

接待员摇头说道："不行。也许你可以留下——"

"一会儿就行。她在餐厅吗？"

接待员还是摇头："餐厅半小时前就关门了。我恐怕罗西奥和她的客人已经上床睡觉了。如果你想给她留个口信，我可以明早给她。"他用手指了指他身后一排编好号码的留言箱。

"我只要给她的房间打个电话——"

"对不起，"接待员答道，先前的客气态度已不见踪影，"阿方索十三世旅馆在客人隐私方面有严格的规定。"

贝克可不想花十个小时等一个胖男人和一个妓女，等到他们下楼吃早饭。

"我理解，"贝克说，"对不起，打扰你了。"他转身走回大厅。他迈着大步径直走到鲜红色的卷盖式书桌前，他进来的时候就已经注意到这张桌子。桌上摆着大量阿方索十三世旅馆的明信片和信笺，除此之外，还有钢笔和信封。贝克将一张白纸放入一个信封里，然后封好，随后在信封上写下了：

罗西奥。

随后他又回到接待员那里。

"对不起又来麻烦你，"贝克局促不安地说道，"我知道自己有些愚蠢。我刚才是想亲自告诉罗西奥我们前几天在一起的时光是多么美好。但今晚我将离开这里。也许我还是给她留张条子吧。"贝克将信封放到柜台上。

接待员低头看了看信封，惋惜地发出了啧啧声。*又一个害相思病的异性恋者，他暗忖道，真是浪费啊。*他抬起头，微微一笑。"当然，您是……"

"布伊桑，"贝克说道，"米格尔·布伊桑。"

"当然。我保证罗西奥早上会拿到这个信封。"

"谢谢你。"贝克微微一笑，转身要走。

小心谨慎的接待员确信贝克转过身后，从柜台上拿起信封，转向后面墙上编有号码的投信口。就在他将信封放进其中一个投信口的那一瞬间，贝克转身问了最后一个问题。

“我在哪里能打到出租车？”

接待员从挂着格架的墙边转身告诉了他。但是，贝克没有听他的回答。时机掌握得正好。接待员的手正从标着“三〇一套房”的盒子里抽了出来。

贝克谢过接待员，慢腾腾转身走开，去寻找电梯。

很快就回去了，他自言自语地重复着。

第 31 章

苏珊回到三号网点。她跟斯特拉思莫尔的谈话使她对戴维的安全越来越不放心。她脑子又开始胡思乱想起来。

“嗯，”黑尔坐在自己终端机那里连珠炮似地说道，“斯特拉思莫尔有何贵干？想单独跟他的首席密码破译员度过一个浪漫之夜？”

苏珊没理他，坐到终端机前。她键入个人密码，屏幕顿时亮了起来。追踪程序出现在眼前，仍然没有关于诺斯·达科塔的消息反馈回来。

该死，苏珊心里骂道，怎么要这么长时间？

“你看起来忧心忡忡的，”黑尔故装糊涂地说，“你的诊断程序出问题了？”

“小事一桩。”她回答说。但是苏珊心里可没底。追踪程序运行超过了预定的时间。她怀疑可能是自己在编写程序的时候犯了什么错误。她快速浏览屏幕上 LIMBO 编程语言里几行长长的字符，寻找任何一个可能出错的地方。

黑尔洋洋自得地望着她。“嘿，我刚才本想问你，”他进一步试探道，“远诚友加说他写了一个不可破解的算法，你对这个算法有何了解？”

苏珊的心里咯噔一下。她抬起头。“不可破解的算法？”她突然顿了一下，“哦，是的……我好像看过这方面的材料。”

“简直令人难以置信。”

“是的，”苏珊回答道，心想黑尔为什么突然提出这个问题，“但我并不认同。大家都知道不可破解的算法从数学上讲是不可能的事。”

黑尔微微一笑。“哦，是的……博格夫斯基定律。”

“还有常识。”她快速说道。

“天晓得……”黑尔故意叹气道，“天地间有很多事情是你想象不到的。”

“对不起，你刚才说什么？”

“莎士比亚的话，”黑尔说，“出自《哈姆雷特》。”

“你坐牢的时候看了不少书啊？”

黑尔轻声笑道：“说真的，苏珊，你是否想过也许这是有可能的，也许远诚友加确实编写了一个不可破解的算法？”

这次对话让苏珊有些心神不宁。“嗯，我们是办不到的。”

“也许远诚友加比我们技高一筹。”

“也许吧。”苏珊耸了耸肩，装作不感兴趣的样子。

“我们通信有一段时间了，”黑尔漫不经心地说道，“远诚友加和我。你知道这回事吗？”

苏珊抬起了头，竭力掩饰她的震惊。“是吗？”

“是的。在我揭穿‘飞鱼’算法之后，他给我写了封信——说在全世界为捍卫网络隐私的斗争中，我们亲如手足。”

苏珊几乎难以相信他的话。*黑尔和远诚友加私下里有交情！*她尽量显得无动于衷。

黑尔继续说道：“他祝贺我证明‘飞鱼’有个后门——称这是全世界人民隐私权的胜利。你不得不承认，苏珊，‘飞鱼’里的后门可不光明正大。偷看世界所有电子邮件？如果你让我说，斯特拉思莫尔应该被抓起来。”

“格雷格，”苏珊厉声说道，努力压住心中的怒火，“那个后门之所以存在，是因为国安局可以破解威胁到国家安全的电子邮件。”

“噢，是吗？”黑尔故意叹气道，“那么监视普通公民就只是附带产生的结果了？”

“我们没有监视普通公民，这你是知道的。美国联邦调查局能监听电话，但那并不意味着他们会监听每一个打过的电话。”

“如果人手充足的话，他们会的。”

苏珊没理这句话。“政府有权收集对人民构成威胁的信息。”

“天啊，”黑尔叹气道，“你听起来好像已经被斯特拉思莫尔洗过脑了。你非常清楚美国联邦调查局不能随时都监听——他们必须要有许可证。而被做过手脚的加密标准意味着，国安局可以随时随地对任何人进行监视。”

“你说得太对了——我们完全应该这样做！”苏珊的声音突然变得刺耳起来，“如果你不揭穿‘飞鱼’里的后门的话，我们可以获得任何一个我们想要破解的密码，而不只是万能解密机所能对付的那些。”

“如果我没找到那个后门的话，”黑尔辩称，“总有人会找到的。我发现后门之后就将其揭穿，我这是在帮你们。如果‘飞鱼’算法发行之后才有人揭穿，你能想象会造成什么后果吗？”

“都一样，”苏珊回击道，“如今，疑神疑鬼的电子新领域基金会认为我们在所有算法里都安上了后门。”

黑尔得意地问道：“哦，难道不是吗？”

苏珊冷酷地看着他。

“嘿，”他说，语气有些退让，“现在这已经无所谓了。你们建造了万能解密机。你们可以及时获得信息。你们随时都可以想看什么，就看什么——没人会再怀疑这一点。你们赢了。”

“难道不是我们赢了吗？你别忘了你是在为国安局工作。”

“我不会在这儿待很久的。”黑尔尖声说道。

“这话可不能随便说。”

“我是认真的。总有一天，我要离开这里。”

“那会让我‘心碎’的。”

那一刻，苏珊发现自己突然想大骂黑尔一顿，怪他惹出了那么多事情——“数字城堡”的出现，她与戴维之间的不快，以及她无法待在清烟山脉的事实——但这一切说来也不是他的错。黑尔唯一的缺点是太讨人厌了，但苏珊心胸应该更开阔一些。作为首席密码破译员，她应该维护正常的工作秩序，并对部下加以适当的教导，这是她的责任。黑尔还很年轻，想法太天真了。

苏珊望着房间对面的黑尔。真让人失望，她想，黑尔具备成为密码破译部骨干的潜力，却仍然还未理解国安局工作的重要性。

“格雷格，”苏珊说道，她的声音显得从容又克制，“我现在顶着巨大的压力。当你谈到国安局的时候，你的意思就好像我们是在用高科技偷窥别人，这个观点让我心里不舒服。这个组织的创建只有一个目的——保护这个国家的安全。这可能需要时不时地摇摇几棵树，找一找烂掉的苹果。我想大多数公民是愿意牺牲一些隐私，以保证那些坏蛋不会逍遥法外的。”

黑尔沉默无语。

“迟早有一天，”苏珊继续说道，“这个国家的人民还是要相信某个组织的。网络里有很多好的地方——但也有许多不好的地方掺杂其中。必须要有人接近所有东西，分辨好坏。这就是我们要做的事情。这是我们的职责。不管我们是否喜欢，一定要有一扇不太结实的大门将民主政体和无政府主义分开。国安局就是来护守这道门的。”

黑尔若有所思地点点头，用拉丁语说道：“谁来监视这些监视者呢？”

苏珊显得大惑不解。

“这是拉丁语，”黑尔说道，“摘自尤维纳利斯的《讽刺诗》，意思是‘谁来监视这些监视者呢？’”

“我还是不明白，”苏珊说，“你是说‘谁来监视这些监视者呢？’”

“是的。如果我们是社会的监视者，那么谁又来监视我们，保证我们不是危险分子呢？”

苏珊点了点头，不知说什么好。

黑尔脸上露出微笑。“远诚友加在所有给我的信上都是这样署名的。这是他最喜欢的一句话。”

第 32 章

戴维·贝克站在三〇一套房外面的走廊里。他知道戒指就在这扇雕饰华丽的门后面某个地方。这关系到国家安全。

贝克听到房间里有人在移动。还有微弱的谈话声。他敲了敲门。一个低沉的德国人的声音大声叫道：

“谁？”

贝克没作声。

“谁？”

门开了一个缝，一个胖乎乎的德国人低头盯着他。

贝克礼貌地笑了笑。他不知道这人的名字。“德国人，是吧？”他问。

这人点点头，有些不知所措。

贝克用地道的德语继续问道：“我能跟你说几句话吗？”

这人脸上露出不安的神情。“你有何贵干？”

贝克意识到在厚着脸皮敲陌生人的门之前，自己本应先演练一下。他脑子里快速搜索着适当的措辞。“你有我要的东西。”

这句话显然说得不是时候。德国人的眼睛眯成了一条缝。

“戒指，”贝克说道，“你有枚戒指。”

“滚开。”德国人咆哮道。他要关门了。贝克想也没想就将脚伸入门缝里，把门挤开。他立即后悔自己这么做。

德国人的眼睛瞪得很大。“你要干什么？”他质问道。

贝克知道自己做得有些过分。他紧张不安地上下扫了一眼大厅。他已经被撵出诊所，他可不想再被撵出来。

“拿开你的脚！”德国人大声吼道。

贝克瞅了一眼这人胖嘟嘟的手指，检查上面是否有戒指。什么也没有。*戒指就在附近*，他想。“戒指！”贝克重复道，门“砰”的一声关上了。

戴维·贝克在精心布置的走廊里站了许久。萨尔瓦多·达利一幅画作的复制品挂在近旁。“真够贴切的。”贝克嘟囔道。*超现实主义，我陷入了一个荒唐的梦*。早晨起床时他还躺在自己的床上，现在却在西班牙旅馆里要闯入一个陌生人的房间，寻找一个魔幻般的戒指。

斯特拉思莫尔冷峻的声音又把他拉回现实：*你一定要找到那个戒指*。

贝克深吸一口气，好容易才没骂出声来。他想回家。他回头看着标号301的房门。他回家的车票就在门那一边——一枚金戒指。他所要做的就是把它拿到手。

他长吁一口气，然后大步回到三〇一套房门前，狠狠地敲了敲门。是该动真格的时候了。

德国人猛地拉开门，正要表示抗议，贝克立即把他的话堵在了嘴里。他把自己马里兰壁球俱乐部会员卡在德国人眼前闪了一下，高声叫道：“警察！”接着贝克推门冲进房间，迅速打开了灯。

德国人转过身，惊愕地望着他。“干什么——”

“安静！”贝克换成英语说道，“这里是不是藏有妓女？”贝克仔细端详了一番这个房间。这个房间跟其他他所看到的宾馆房间一样豪华。玫瑰花、香槟、一张宽大的华盖床。罗西奥不见人影。浴室的门紧闭着。

“妓女？”德国人不安地瞥了一眼浴室紧闭着的门。他的块头比贝克想象的要大得多。他肥嘟嘟的下巴垂到毛茸茸的胸脯上，下面巨大的肚子努力向外挺着。他穿了一身阿方索十三世旅馆的白色毛巾布浴衣，浴衣拉带几乎不能将他的腰部围起。

贝克瞪着这个庞然大物，脸上带着最骇人的表情说道："你叫什么名字？"

德国人肥大的脸上突然闪过一阵惶恐。"你想干什么？"

"我是塞维利亚西班牙宪警旅游关系分局的。这里是不是窝藏了妓女？"

德国人不安地又瞥了一眼浴室紧闭着的门。他迟疑了一下。"是的。"他最终招了。

"你知不知道这在西班牙是违法的？"

"不，"德国人谎称，"我不知道。我立刻就把她送回家。"

"恐怕为时已晚，"贝克带着权威式的语气说道。他信步走进了房间。"我跟你谈个条件。"

"条件？"德国人喘气说道。

"是的。或者我现在把你带回总部……"贝克突然打住，指关节噼啪作响。

"或者？"德国人问，惊恐万分地睁大了眼睛。

"或者我们做笔交易。"

"什么交易？"德国人听说过西班牙宪警很腐败。

"你有我要的东西。"贝克说。

"是的，当然！"德国人满脸堆笑地说道。他立即去拿梳妆台上的钱包。"要多少钱？"

贝克张大嘴巴，故作愤慨地吼道："你是不是要向执法官行贿？"

"不！当然不是！我刚才只是想……"这个胖家伙猛地放下钱包，"我……我……"他完全乱了阵脚。他一屁股坐在床的一角，用力地撮着双手。床在他的重压下嘎吱作响。"对不起。"

贝克从房间中央花瓶里抽出一朵玫瑰花，随意闻了几下，然后一松手，花落到了地板上。他突然转过身来。"你对那桩谋杀案都了解多少？”

德国人的脸顿时煞白。“谋杀案？”

“是的。今早那个亚洲人？在公园里？那是谋杀。”贝克喜欢德语里暗杀这个词。谋杀。听了让人直打颤。

“谋杀？他……他是……”

“是的。”

“但……但那是不可能的，”德国人吞吞吐吐地说道，“我当时在场。他心脏病发作，我亲眼所见。没有血迹。没有子弹。”

贝克不屑地摇了摇头。“事情并不总是像看上去的那样。”

德国人的脸吓得更白了。

贝克心里一阵窃笑。谎言起作用了。可怜的德国人不停地直冒冷汗。

“你——你——想要什么？”他结结巴巴地说道，“我什么也不知道。”

贝克开始踱起步来。“被害那人戴了个金戒指。我就要它。”

“我——我没有戒指。”

贝克神气十足地叹了叹气，用手指了指浴室的门。“那么罗西奥呢？露珠呢？”

这人煞白的脸又开始发紫。“你认识露珠？”他擦掉肉嘟嘟的额头上的冷汗，毛巾布袖子都湿透了。他刚要张口，这时浴室的门“砰”地开了。

两人齐刷刷地抬起了头。

罗西奥·伊娃·格拉纳达就站在门口。一个美人。飘逸的红色长发，无可挑剔的伊比利亚人的皮肤，深褐色的双眼，高高平滑的额头。她穿了一件白色毛巾布浴衣，与德国人那件浴衣相配。她丰满的臀部上贴身地系了一个结，领口松散地敞开着，隐隐露出晒成褐色的乳沟。她走进卧室，脸上露出自信的神情。

“你要干什么？”她声音沙哑地用英语问道。

贝克在房间另一头盯着站在面前的这位美女，眼睛眨都没眨。“我要戒指。”他冷冷地说道。

“你是谁？”她质问。

贝克换成西班牙语，字正腔圆地说：“宪警。”

她笑了笑，用西班牙语答道：“不可能。”

贝克顿时语塞。罗西奥显然比她的客人要更加难缠。“不可能？”他镇定地重复道，“是不是要我带你到市中心证明一下？”

罗西奥得意地笑了笑。“我不会接受你的邀请而让你难堪的。好了，你是谁？”

贝克继续坚持道：“我是塞维利亚宪警。”

罗西奥气势汹汹地向他走去。“我认识警局里的每一个警官。他们是我最好的客人。”

贝克感到她锐利的眼神已经把自己看穿。他接着说道：“我来自旅游特遣队。把戒指给我，否则我就带你去警察局，然后——”

“然后怎样？”她厉声问道，眉毛高高扬起，嘲弄似地等他回答。

贝克沉默无语。他做得有些过火，结果事与愿违。她为什么就不买账呢？

罗西奥逼得更近了。“我不知道你是谁，也不知道你要干什么，但是如果你不立刻从这里滚开，我就叫旅馆保安，真正的宪警会以冒充警官的罪名而将你逮捕。”

贝克知道斯特拉思莫尔有本事在五分钟的时间里把他从监狱里弄出来，但他一开始就跟贝克讲得很清楚，这件事要谨慎对待。被警察逮捕只会节外生枝。

罗西奥在离贝克几英尺远的地方站住了，狠狠地瞪着他。

“好吧。”贝克叹气道，声音变得有些沮丧。他悄悄隐去了西班牙口音。“我不是塞维利亚警察局的。是一个美国政府部门派我找那枚戒指。我只能说这么多。上面允许我用钱买下戒指。”

屋子里沉默了良久。

罗西奥思考了一会儿后，露出了狡猾的笑容。“讲实话并不难吧？”她坐到椅子上，叉开双腿，“你开什么价钱？”

贝克想欣慰地呼口气，但还是忍了下来。他立刻就跟她谈起了价钱。“我可以付你七十五万比塞塔。相当于五千美元。”这是他身上所有钱的一半，但可能是戒指真正价值的十倍。

罗西奥扬起了眉毛。“一笔不小的数目嘛。”

“是的。成交吗？”

罗西奥摇摇头。“我真希望我能说是。”

“一百万比塞塔？”贝克脱口说道，“我的全部家当。”

“哎呀，哎呀，”她露出微笑，“你们美国人真不会讨价还价。你在我们的市场里肯定连一天都待不了。”

“现金，现在就给。”贝克说着，伸手去掏夹克里的信封。*我只想回家。*

罗西奥摇了摇头。“不行。”

贝克怒不可遏地说道：“为什么不行？”

“戒指已经不在我这儿了，”她充满歉意地说，“我已经把它卖了。”

第 33 章

德源昭高望着窗外，如困兽般在屋里踱来踱去。他还没收到他的联络人诺斯·达科塔任何消息。*该死的美国人！一点儿时间观念都没有！*

他本可以亲自给诺斯·达科塔打电话的，但达科塔没给他留电话号码。德源昭高痛恨这种做生意的方式——主动权掌握在别人手里。

德源昭高打一开始就有一个想法，诺斯·达科塔的电话很可能是个恶作剧——一个日本竞争者拿他寻开心。现在，从前这些疑问又塞满了他的大脑。德源昭高下决心要找到更多信息。

他冲出办公室，从昭高科技公司的主门厅左侧下了楼。在他飞速从手下的员工身旁经过的时候，他们都毕恭毕敬地向他鞠躬。德源昭高心里清楚，他们并不是真心对他表示爱戴——鞠躬是一种礼节，即使对最冷酷无情的老板，日本职员也会这样做的。

德源昭高径直来到公司的电话总交换台。所有电话都是由一个接线员在一台 Corenco2000 上操作的，这是一台连着十二条线的交换终端机。尽管女接线员很忙，但在德源昭高进去的时候，她还是起身鞠了一躬。

“坐下。”他干脆地说道。

她照吩咐坐下。

“今天四点四十五分我在私人电话上接了一个电话。你能告诉我这个电话是从哪儿打来的吗？”德源昭高为自己没有早这样做而悔恨不已。

接线员紧张地咽下口水。“我们这台机器上没有打电话人的身份记录，长官。但是我可以联系电话公司。我肯定他们能有所帮助。”

德源昭高毫不怀疑电话公司能帮上忙。在这个数字时代里，隐私已成为历史；任何事情都有记录。电话公司能准确告诉你打电话人的身份，以及谈话时间的长短。

“现在就做，”他命令道，“一有消息就通知我。”

第 34 章

苏珊独自一人坐在三号网点里，等待追踪程序的返回。黑尔决定出去走走，换换空气。她非常感激他作出了这个决定。但说也奇怪，独自一人待在三号网点并没让她有半刻休息。苏珊不禁又开始思考远诚友加和黑尔之间出现的新关系。

“谁来监视这些监视者呢？”她自言自语。这句话一直萦绕在她的大脑里，苏珊努力不去想它。

她又想起了戴维，希望他能平安无事。她仍然难以接受他在西班牙这一事实。他们如果能尽快找到两个密码，早点儿结束这一切就好了。

苏珊已经不知道自己坐在那里等追踪程序等了有多久。两个小时？三个小时？她凝视着外面空无一人的密码破译部的地板，盼着她的终端机能立刻响起来。但有的只是一阵沉寂。晚夏的太阳已经落山。头顶上的自动荧光灯早已亮了起来。苏珊感到时间已经不多了。

她低头看着追踪程序，皱了皱眉。“快点啊，”她咕哝道，“给你的时间已经不少了。”她握着鼠标，点击几下后调出了追踪程序的状态窗口。“看看你到底运行了多长时间？”

苏珊打开追踪程序的状态窗口——那是一个数字钟，跟万能解密机上面那个数字钟十分相似；上面显示了追踪程序运行的小时和分钟。苏珊盯着屏幕，希望能看到小时和分钟的显示。但她所看到的却是截然相反的东西。她眼前的景象使她的血液都凝固了。

追踪程序已中止。

“追踪程序已中止！”她失声叫道，“为什么？”

苏珊顿时一阵惊慌，疯狂地滚动着页面，检查屏幕上的数据，在程序里寻找任何一个能中止追踪程序的命令。但她却是在白费力气，毫无结果。似乎她的追踪程序是自动停止的一样。苏珊知道这种情况只有一个可能性——她的追踪程序出现了“虫子[①]”。

苏珊把“虫子”看成是电脑编程中最令人恼火的一个地方。因为电脑严格按照操作顺序运行，所以即使是最微不足道的程序错误也会产生严重的后果。简单的语法错误——例如，一个程序设计员本应插入一个句号，却错误地插入了一个逗号——会使整个系统乖乖就范。苏珊一直觉得“虫子”这个词的起源非常有趣。

---

① 作者这里用的是“bug”一词，本义是“虫子”，在计算机用语里表示“错误、故障”，指由于程序中存在的语法错误或逻辑错误而导致程序运行发生的错误。这里将之译为“虫子”。

“虫子”来自于世界第一台计算机——马克一号——这台电脑于一九四四年诞生于哈佛大学一间实验室里，体积占据了整个房间，它的机电电路交错在一起宛如一个迷宫。这台电脑有一天出现了一个小故障，没人能找到故障原因。在苦苦寻找几个小时之后，一个实验员最终发现了问题所在。似乎是一只飞蛾落到了计算机的电路板上，引起短路。从那个时候起，电脑故障就被谑称为“虫子”。

“我可没时间排除故障。”苏珊暗自骂道。

在程序里找到“虫子”需要花上几天的时间。为了找到一处细小的错误，你要查遍数以万计的程序行——就如同在一本百科全书里找一处印刷错误一样。

苏珊知道她只有一个选择——再一次将追踪程序发送出去。她也知道追踪程序几乎还会遇到相同的“虫子”，并再一次被中止。而排除追踪程序中的错误是要花时间的，而她和副局长已经没有多少时间了。

就在苏珊盯着追踪程序，思考自己哪里出了错，她突然感到有些事情非常蹊跷。她上个月用了同样的追踪程序，但什么问题也没出现。为什么现在会突然出现故障呢？

在她大惑不解的时候，斯特拉思莫尔先前说过的一句话在她耳边回响起来。*苏珊，我试着自己将追踪程序发出去，但发回的数据都毫无意义。*

那几个字又在苏珊耳边响起。*发回的数据……*

苏珊直起头。这有可能吗？发回的数据？

如果斯特拉思莫尔从追踪程序那里收到了数据，那显然说明追踪程序是好用的。他得到的数据之所以毫无意义，苏珊猜想，是因为他键入了错误的搜索串——但尽管如此，追踪程序仍然是好用的。

苏珊立刻意识到追踪程序被中止还有另外一个可能。内部编程错误不是程序出现故障的唯一原因；有时外部力量的影响——电力高峰、电路板上落下微尘以及出现故障的电缆线路也会导致程序出现故障。由于三号网点的硬件都被调试到最佳状态，所以这种可能性她想都没想。

苏珊站起身，快步穿过三号网点，走到一个摆有技术手册的书架前。她抓起一本标有“系统操作”的螺旋活页夹，迅速翻阅了起来。她找到要查的东西，然后拿着手册回到终端机前，键入了几条命令。接着，她就耐心地等待，电脑飞速显示了过去三小时里所运行的命令列表。她希望这次搜索能找出是什么外界干扰——电源故障，还是劣质的芯片产生了中止命令。

过了一会儿，苏珊的终端机发出了“嘟嘟”的响声。她的心跳加速。她屏住呼吸，目不转睛地盯着屏幕。

错误代码 22

苏珊心中顿时充满希望。这是个好消息。这次检查发现了错误代码这一事实表明：追踪程序是正常的。这次追踪被中止显然是因为某种外部异常情况造成的，这种异常不大可能会继续发生。

错误代码 22。苏珊绞尽脑汁，试图想起代码 22 代表什么意思。硬件故障在三号网点里极少出现，因此她根本想不起那些数字编码。

苏珊快速翻阅“系统操作”手册，浏览错误代码的列表。

19：错误硬分区

20：数据转换尖脉冲

21：媒体失效

当她读到数字 22 的时候，她眼睛停在那个地方，凝视了好半天。她还是不明白，又检查了一遍显示器。

错误代码 22

苏珊皱了皱眉，目光又转到“系统操作”手册上。她所看到的那行字根本没什么道理。后面是这样解释的：

22：手动中止

第 35 章

贝克一脸震惊地盯着罗西奥。“你把戒指卖了？”

那个女人点点头，柔软的红发垂到了肩上。

贝克希望这不是真的。“对不起……但是……”

她耸了耸肩，用西班牙语说道：“是公园附近的一个女孩。”

贝克感到两腿发软。这不可能！

罗西奥有些不好意思地微微一笑，用手指了指那个德国人。“他要收下戒指，但我不同意。我体内流淌着吉卜赛人的血。我们吉卜赛女郎除了有一头红发之外，还特别迷信。一个垂死之人给的戒指不是个好兆头。”

“你认识那个女孩吗？”贝克问道。

罗西奥扬起眉毛说道：“不认识。你特别想要这个戒指，是吧？”

贝克严肃地点点头。“你卖给谁了？”

体形硕大的德国人大惑不解地坐在床上。他的浪漫之夜被人毁了，而他显然还摸不着头脑。“发生了什么事？”他不安地问道。

贝克没理他。

“我实际上不算是卖掉的，”罗西奥说，“我本想卖掉，但她还是个孩子，而且身无分文。我最后把戒指送给了她。早知你能出这么高的价钱，我就把戒指留给你了。”

“你为什么离开了公园？”贝克问道，“有人死了。你为什么不等警察？然后把戒指给他们？”

“我向别人要过许多东西，贝克先生，但麻烦可不是我想要的。

另外，那位老人似乎已经控制住了局面。”

“那个加拿大人？”

“是的，他叫了救护车。我们决定离开。我可不想跟警察打交道。”

贝克心不在焉地点点头。他仍然在努力接受这次残酷的命运转变。*她竟然把那该死的东西送人了！*

“我想去帮那个将死的人，”罗西奥解释道，“但他似乎并不需要别人的帮助。他先想到的是那枚戒指——不断将它伸到我们面前。他竖起那三只畸形手指，不停把手伸向我们——好像我们就应该收下戒指一样。我可不想要，但我这位朋友最后收下了。随后那个家伙就一命呜呼了。”

“你对他试过心肺复苏急救？”贝克猜测道。

“没有，我们没碰他。我的朋友吓坏了。他虽然人高马大，却胆小如鼠。”他看着贝克，脸上露出妩媚的微笑，“别担心——他一句西班牙话都不会说。”

贝克皱了皱眉。他又想起了远诚友加胸上的淤伤。“医务人员是否做过心肺复苏急救？”

“我不知道。我不是跟你说过，他们到那儿之前我们就离开了。”

“你的意思是在你偷走戒指之后？”贝克板着脸问道。

罗西奥对他怒目而视。“我们没偷戒指。那人就要死了。他的意图很清楚。我们实现了他最后一个愿望。”

贝克态度软了下来。罗西奥是对的。要换成是他，他很可能也会这么做的。“但是后来你又把戒指送给了一个女孩？”

“我不是跟你说了嘛。那个戒指让我心里忐忑不安。那个女孩身上挂满了珠宝。我觉得她会喜欢。”

“难道她不觉得这事奇怪？你平白无故送她一枚戒指？”

“没有。我告诉她我是在公园里发现的。我当时还以为她会买下戒指，但她没给钱。我倒不在乎。我只是想把它处理掉。”

“你是什么时候把戒指给她的？”

罗西奥耸耸肩说道："今天下午。在我拿到戒指后大约一个小时。"

贝克看了一下手表：夜十一时四十八分。已经过去八个小时了。我到底在这儿做什么？我本应在清烟山脉的。他叹了口气，问了脑海里出现的唯一一个问题。"那女孩长什么样子？"

"一个朋客。"罗西奥回答道。

贝克抬起头，感到大惑不解。"朋客？"

"是的，朋客，"她用蹩脚的英语说道，然后又迅速转到西班牙语，"戴了很多珠宝。一个耳朵上戴了一个怪异的耳环。我觉得应该是个头骨。"

"塞维利亚有朋客摇滚歌手吗？"

罗西奥微笑着说："这儿要啥有啥。"这是塞维利亚旅游局的宣传口号。

"她有没有告诉你她的名字？"

"没有。"

"她没说要去哪儿？"

"没有。她的西班牙语说得很差劲。"

"她不是西班牙人？"贝克问道。

"是的。我估计她是英国人。她的头发十分狂野——染成了红色、白色和蓝色。"

一想到这怪异的形象，贝克不由得皱起了眉头。"也许是美国人。"他主动说道。

"我不这么认为，"罗西奥说，"她穿了一件样子像英国国旗的T恤。"

贝克默默地点点头。"好的。红色、白色和蓝色的头发，一件印有英国国旗图案的T恤，耳朵上挂着一个头骨耳环。还有什么特征？"

"没了。就是普通朋客那个样子。"

普通朋客？贝克生活的世界里只有大学生运动衫和保守的发

型——他甚至想象不出这个女人在说什么。“你还能想起什么吗？”他追问道。

罗西奥思考了片刻。“没了。就这些。”

就在那时，床突然吱吱作响，发出很大的声响。罗西奥的客人艰难地移动了一下身体。贝克转向他，用流利的德语说道：“还有什么要说的吗？能给我提供些那个拿走戒指的朋客摇滚歌手的信息吗？”

房间里沉默了好一会儿。那个巨人似乎想说什么，但又不知如何说好。他的下嘴唇哆嗦了一下，停了片刻，最后他开口说话了。他嘴里说出的四个字一定是英语，但在他浓重的德国口音下这些单词很难听清。“滚开去死。”

贝克惊得目瞪口呆。“对不起？”

“滚开去死”那人用蹩脚的英语重复道，并用左手掌轻拍一下他肉嘟嘟的右前臂——这个粗野的手势近似于意大利人表示“去你妈的”那个手势。

贝克现在疲惫不堪，已经没力气生气了。*滚开去死？这个胆小懦弱的人是怎么了？*他又转向罗西奥，用西班牙语说道：“听起来我已经待得太久而不受欢迎了。”

“不用担心他。”她笑道，“他只是有些沮丧。他会如愿以偿的。”她甩甩头发，向他眨了眨眼睛。

“还有什么要说的吗？”贝克问道，“还有什么能帮我的信息吗？”

罗西奥摇了摇头。“就这些了。但是你永远也找不到她的。塞维利亚是个大城市——这里很容易让人迷失方向。”

“我会尽力而为的。”*这关系到国家安全……*

“如果你运气不佳的话，”罗西奥说道，眼睛盯着贝克口袋里鼓出来的信封，“请您再回来。到时候我的朋友肯定已经睡了。轻轻地敲一下门。我会再开一个房间。你会看到西班牙让你永生难忘的一面。”她撩人地噘了噘嘴。

贝克礼貌地挤出微笑。“我要走了。”他为打扰德国人的良宵而向他表示了歉意。

那巨人胆怯地笑道："没关系。"

贝克走出房门。没关系？那"滚开去死"到底是怎么一回事？

第 36 章

"手动中止？"苏珊盯着显示屏，如堕五里雾中。

她知道自己没有键入过任何"手动中止"命令——至少不是有意这么做过。她怀疑也许自己按错了键，输入错误的序列。

"不可能。"她咕哝道。按照标题上所写的，中止命令发出时间离现在还不到二十分钟。苏珊知道自己刚才二十分钟里只是输入了个人密码，然后就出去跟副局长说话了。个人密码可能被误解成中止命令？这一想法十分可笑。

尽管知道这是在浪费时间，但苏珊还是调出"屏锁"的运行记录，仔细检查个人密码的输入是否正确。毫无疑问，输入无误。

"究竟是哪里，"她忿忿地说道，"被手动中止的呢？"

苏珊一脸不快地关掉了"屏锁"窗口。然而，没有料想到的是，就在窗口即将关掉的那一瞬间，她突然看到了什么。她重新打开窗口，仔细察看数据。那些数据毫无意义。当她离开三号网点的时候，会留下一个相应的"锁定"登录，但后面"解锁"登录的时间看起来有些奇怪。这两次登录相隔时间不到一分钟。苏珊确信她跟副局长在外面的时间绝不会少于一分钟。

苏珊向下滚动页面。眼前的画面让她惊得目瞪口呆。记录显示三分钟之后，又出现一对锁定—解锁的登录。按照记录里的显示，有人趁她不在的时候，打开了她的终端机的锁定。

"这怎么可能！"她失声喊道。唯一的可能是格雷格·黑尔干的，但苏珊可以肯定她从没有把自己的个人密码给过黑尔。按照严格的加密程序，苏珊是随机选择了她的密码，密码也从未写在纸上。黑尔正确无误地猜出含有五个字符的混合号码是不可能的——那是三十六的五次方，有超过六千万种可能。

但是“屏锁”的登录就清清楚楚地摆在面前。苏珊惊讶地盯着屏幕。在她不在的时候，黑尔设法打开了终端机。他向追踪程序发出了“手动中止”命令。

现在的问题已不再是他是怎么做的，而变成了他为什么要这样做。黑尔没有理由要闯入她的终端机。他甚至还不知道苏珊正在运行追踪程序。就算知道了，苏珊心想，他为什么要反对她跟踪一个叫诺斯·达科塔的人呢?

各种疑问似乎在她脑子里成倍地增加。“先做重要的事情。”她大声说道，待会儿再对付黑尔。苏珊集中精力，重新下载了追踪程序，点击了一下“回车键”。追踪程序又一次发出了嘟嘟声。

追踪程序已发出。

苏珊知道追踪程序要在几个小时后才会返回。她骂了黑尔几句，想知道他到底是怎样搞到自己的个人密码，以及他对她的追踪程序有何企图。

苏珊站起来，立刻大步流星地走到黑尔的终端机前。他的显示器是黑屏，但她知道屏幕并没加锁——因为屏幕边上还闪着微光。密码破译员除了晚上离开三号网点以外，其他时间很少会锁定自己的终端机。他们只是将显示器上的亮度调低——这是一个通用的行为准则，暗示外人不能乱动这台终端机。

苏珊把手伸向黑尔的终端机。“我要打破这个准则，”她说，“看看你到底在搞什么鬼？”

快速瞥了一眼空无一人的密码破译部的地板，苏珊调高亮度控制器。显示器的图像清晰起来，但上面什么也没有。苏珊对着空白的屏幕蹙起了眉头。她不知如何是好，突然想起了一个搜索引擎，便随手打入：

搜索："追踪程序"。

这要花一些时间，但只要黑尔的电脑里提到过苏珊的追踪程序，这次搜索就会找到它们。这可能会解释黑尔手动中止她的程序的原因。几秒钟后，屏幕刷新了。

没有找到匹配的信息。

苏珊在那里坐了一会儿，还拿不准自己要找什么。她又试了一次。

搜索："屏锁"。

显示器又刷新了一下，显示出一些无关紧要的参考信息——没有信息表明黑尔在他电脑里藏有苏珊个人密码的拷贝。

苏珊长叹了一口气。那么他今天一直在用什么程序呢？她打开黑尔的"近期应用程序"菜单，寻找他刚刚用过的程序。是电子邮件服务器。苏珊搜索了一下他的硬盘，最终在一些目录里找到了电子邮件文件夹，这个文件夹藏得相当隐秘。她打开文件夹，里面又出现几个新的文件夹；黑尔似乎拥有数不清的电子邮件身份和账户。苏珊并不吃惊地发现，其中一个是匿名账户。她打开那个文件夹，点击了其中一封过去收到的邮件，读了起来。

她突然止住了呼吸。这封邮件是这样写的：

收件人：NDAKOTA@ARA.ANON.ORG
发件人：ET@DOSHISHA.EDU
已取得巨大进展！"数字城堡"成功在即。

这个玩意可以让国安局倒退几十年！

仿佛是在梦里，苏珊反复读了几遍这封信。然后，她浑身颤抖着打开了另一封信。

收件人：NDAKOTA@ARA.ANON.ORG
发件人：ET@DOSHISHA.EDU
旋转明码电文成功了！变异串行得通！

这简直令人难以置信，却明明就摆在眼前。发自远诚友加的电子邮件！他一直在给格雷格·黑尔寄信。两人竟然一直狼狈为奸。看着眼前电脑里这难以置信的真相，苏珊惊得呆若木鸡，愣在那里。

格雷格·黑尔就是诺斯·达科塔？

苏珊双眼死死地盯着电脑屏幕。她的大脑在拼命寻找其他某种解释，但是毫无结果。证据确凿：远诚友加利用变异串发明了旋转明码电文功能，而黑尔则跟他密谋搞垮国安局。

“这……”苏珊结结巴巴地说，“这是……不可能的。”

仿佛是要表示反对，黑尔的话在她耳边回响：远诚友加给我写了几次信……斯特拉思莫尔雇我是在冒险……总有一天我要离开这儿。

尽管如此，苏珊还是不能接受眼前这一幕。没错，格雷格·黑尔既令人讨厌，又骄傲自大——但他不会是叛国者。他心里清楚“数字城堡”会对国安局造成何种影响。他绝不会与人密谋推出“数字城堡”的！

但苏珊转而一想，没有什么能阻止他做这件事情——除了荣誉和面子。她想起了“飞鱼”算法。格雷格·黑尔曾毁过一次国安局的计划。什么又能阻止他再这样做呢？

“但是远诚友加……”苏珊迷惑地喃喃道。为什么像远诚友加这样多疑的人会相信黑尔这种不牢靠的人呢？

她知道现在一切都无关紧要了，紧要的是找到斯特拉思莫尔。命运真会捉弄人，远诚友加的同伙就在我们鼻子底下。她想知道黑尔是否知道远诚友加已经死了。

她开始快速关闭黑尔的电子邮件文档，希望使这台终端机能保持原样。黑尔不会产生怀疑的——至少现在还没有。她突然惊异地认识到，“数字城堡”的密码很可能就藏在这台电脑的某个地方。

但就在苏珊关掉最后一个文件的时候，外面一个黑影走过三号网点的窗户。她猛抬头看去，发现格雷格·黑尔正向门口走近。她心里一阵狂乱。他几乎就要到门口了。

“该死！”她骂道，目测自己离座位的距离。她知道自己不可能立刻回到座位。黑尔马上就要进来了。

她拼命地转着身体，迅速扫视三号网点寻找对策。她身后两扇滑门“咔哒”一声响了，门马上就要滑开了。完全是出于本能，苏珊双脚猛蹬地毯，迈着大步加速冲向食品室。就在滑门“嘶”的一声打开的时候，苏珊在冰箱前面突然停住，猛地拉开了冰箱门。冰箱上面一个玻璃水罐摇摇欲坠，但晃了几下最终还是停了下来。

“肚子饿了？”黑尔走进三号网点，一边朝她走去，一边问道。他的声音镇定自若，又有些轻佻无礼。“想一起吃豆腐吗？”

苏珊长呼一口气，转身面向他。“不，谢谢，”她答道，“我只要——”但后半截话却在喉咙里卡住了。她脸色突然煞白。

黑尔表情奇怪地看着她。“发生了什么事情？”

苏珊咬了一下嘴唇，眼睛死死地盯着他。“没什么。”她勉强说道。但她在撒谎。房间另一边，黑尔的终端机正闪着亮光。她忘记将电脑弄暗。

第 37 章

在阿方索十三世旅馆的底楼，贝克疲惫不堪地走进一家酒吧。一个侏儒般的酒吧招待在他面前放了一张餐巾纸。“您喝点什么？”

“什么也不要，谢谢，”贝克答道，“我想知道城里有没有专门为朋客摇滚歌手开的酒吧？”

酒吧招待奇怪地打量着他。“酒吧？专门为朋客开的？”

“是的。他们经常在城里什么地方鬼混？”

“不知道，先生。但肯定不是这里！”他微笑道，“喝点什么？”

贝克想抓住这人的肩膀猛晃一番。一切都不是按照设想的那样发展。

“您要喝点什么？”酒吧招待重复道，“淡色干雪利酒，还是赫雷斯雪利酒？”

一段古典音乐的旋律在空中若隐若现地响起。*勃兰登堡协奏曲*，贝克心里想。*第四乐章*。他和苏珊去年曾在他执教的大学里看过圣马丁学院演奏勃兰登堡协奏曲。他突然希望苏珊现在能在身边。头上空调排气口吹出的微风提醒贝克外面是一幅什么情景。他想象着自己正走在特里亚纳充满汗臭味、贩毒猖獗的大街上，寻找一个穿着印有英国国旗图案T恤的朋客。他不由又想起了苏珊。“蔓越橘汁。”他喃喃地说道。

酒吧招待脸上露出迷惑的表情。“单独一杯？”蔓越橘汁在西班牙广受欢迎，但一人独饮却闻所未闻。

“是的，”贝克说，“单独一杯。”

“加少许司木露牌伏特加酒？”酒吧招待紧跟着问道。

“不，谢谢。”

“免费的，”他劝诱道，“算在酒吧头上。”

贝克狠狠地敲了敲自己的头，脑子里浮现出特里亚纳肮脏的街道、令人窒息的高温，以及等待着他的漫漫长夜。*真他妈的*。他点头说道：“好的，加少许伏特加。”

酒吧招待似乎宽慰了许多，赶忙给贝克去调酒。

贝克扫了一眼这间装饰华丽的酒吧，猜想自己是否在做梦。这一切都荒谬之极。*我是个大学教师*，他暗忖道，*却在执行一项秘密*

使命。

酒吧招待动作潇洒地走了回来，把饮料递给贝克。“您的口味，先生。带少许伏特加的蔓越橘汁。”

贝克谢过他，然后呷了一口，接着就吐了出来。这是少许伏特加？

第38章

黑尔在走向食品室的半路上停住了，双眼盯着苏珊。“怎么了，苏珊？你脸色很难看。”

苏珊努力打消心中阵阵袭来的恐惧感。十英尺之外，黑尔的显示器正闪着亮光。“我……我没事儿，”她勉强说道，心里狂跳不止。

黑尔看着她，脸上露出迷惑的神情。“你要水吗？”

苏珊不知如何回答。她心里在责备自己。我怎么会忘了弄暗他那该死的显示器呢？苏珊知道只要黑尔怀疑她偷看了他的终端机，他一定会认为苏珊已经发现了他的真实身份——诺斯·达科塔。她害怕黑尔为了将那个秘密隐瞒下去，可能什么事都做得出来。

苏珊考虑是否应该冲向大门，但她根本没这个机会。突然，有人砰砰地敲着玻璃墙。黑尔和苏珊两人都吓了一跳。是查特鲁基恩。他又一次用汗涔涔的拳头猛砸玻璃。他的样子就如同看到了哈米吉多顿[①]一样。

黑尔紧锁眉头看着窗外那个发狂的系统安全员，然后转向苏珊说道：“我一会儿就回来。给自己搞点儿喝的。你看起来脸色苍白。”黑尔转身走了出去。

苏珊定定身子，快速走到黑尔的终端机前。她向下伸手调了调亮

① 指世界末日的善恶大决战。

度控制器。显示器变成了黑屏。

她的心里一阵狂跳。她转过身，看到两人正站在密码破译部地板上交谈着。显然，查特鲁基恩没有回家。这位年轻的系统安全员惊慌失措，正在向格雷格·黑尔诉说着那个秘密。苏珊知道这已经无关紧要了——黑尔无所不知。

我要去找斯特拉思莫尔，她心里想，越快越好。

第 39 章

三〇一房间。罗西奥·伊娃·格拉纳达赤条条地站在浴室的镜子前。她一整天都在担心这一刻的到来。德国人正在床上等她。他是她服侍过的人中块头最大的一个。

她很不情愿地从水桶里拿起一小方冰块，在乳头上蹭了几下，乳头立即就变硬了。这是她的天赋——让男人感到女人需要他们，这也是他们频繁光顾，乐此不疲的原因。她伸出双手，交叉放在她柔软、黝黑的胴体上，希望自己的体形能再保持四五年，甚至更长的时间，直到她有足够的钱可以洗手不干为止。罗尔丹先生拿走她挣的大部分钱，但如果没有他，她知道自己会跟其他妓女一样只能勾搭一些特里亚纳的酒鬼。这些人起码有钱。他们从不打她，而且容易满足。她利索地将内衣穿上，深吸一口气，打开了浴室的门。

当罗西奥走进房间的时候，德国人的眼睛瞪得鼓鼓的。她穿了一件黑色睡衣。她栗色的皮肤在柔和的光线下散发出迷人魅力，带花边的织物下的乳头已经立正站好。

“快点儿过来，”他一边急切地说着，一边脱下浴袍，滚到床上，仰面朝天。

罗西奥勉强笑了笑，向床边走去。她低头注视着那个体形硕大的德国人。她欣慰地暗自笑了起来。他腿间那个器物真是小得可怜。

他一把抓住她，不耐烦地撕掉她的内衣。他肥嘟嘟的手指摸遍了她身体的每一寸肌肤。她倒在他身上，扭动身躯，发出阵阵呻吟声，装出一副特别兴奋的样子。当他把她拨到一边，爬到她上面的时候，她感到自己快要被压扁了。她喘着粗气，头抵着他油灰一样的脖子几乎喘不过气来。她祈祷他能快点结束。

“啊！啊！”她大声呻吟着。她用指甲戳他的屁股，想让他快点抽动。

她突然胡思乱想起来——她服侍过的数不清的男人的脸，黑暗中她盯了数小时的天花板，生一群孩子的梦想……

突然，也没有什么暗示，德国人的身体突然弓了起来，变得十分僵直，随即倒在她身上。*这就完事了？*她心里纳闷，既感到惊讶，也感到欣慰。

她用力想从他身下出来。“亲爱的，”她用沙哑的声音低声说，“让我到上面去。”但那人一动也不动。

她伸手用力推他宽厚的肩膀。“亲爱的，我……我不能呼吸了！”她开始感到头晕，感到自己的肋骨就要断了，“醒一醒！”她的手指本能地开始猛扯他乱蓬蓬的头发。*快醒过来！*

就在那时，她感到一股温暖的黏液，在他头发里粘成一团——流到她的脸上，流进她的嘴里。有点咸。她在他身下疯狂地扭动着身体。头顶上，一束奇异的光照亮了德国人那张扭曲的脸。鲜血从他太阳穴上的弹孔里汩汩流出，流得她全身都是。她想要尖叫，却叫不出声。他快把她压扁了。她变得神志不清，伸手抓向门口射来的那束光。她看到一只手。一把装有消音器的枪。一道闪光。接着什么也没有了。

第 40 章

在三号网点外面，查特鲁基恩一脸绝望的表情。他想让黑尔相信，万能解密机是真的出现了麻烦。苏珊快步从他们身边走过，心中只有一个念头——找到斯特拉思莫尔。

这位惊慌失措的系统安全员在她走过的时候，猛地抓住她的胳膊。“弗莱切女士！我们中了病毒！我敢肯定！你应该——”

苏珊从他手中挣脱开，狠狠地瞪着他。“我记得副局长命令你回家的。”

“但那个运行显示器！上面显示十八——”

“斯特拉思莫尔副局长命你回家！”

“去他妈的斯特拉思莫尔！”查特鲁基恩高声叫道，喊声在穹顶里回响。

一个低沉的声音从上面传了下来。“查特鲁基恩先生？”

三个密码破译部的职员都浑身僵住了。

在他们上方，斯特拉思莫尔正站在他办公室外面的栏杆边。

有那么一会儿，穹顶里只能听到地下发电机发出的忽大忽小的嗡嗡声。苏珊拼命想吸引斯特拉思莫尔的注意。*副局长！黑尔就是诺斯·达科塔！*

但斯特拉思莫尔却目不转睛地看着那位年轻的系统安全员。他眼睛眨也不眨地走下楼梯，一路上眼睛死死地瞪着查特鲁基恩。他穿过密码破译部地板，在离那位浑身发抖的技术员六英寸的地方站住了。“你刚才说什么？”

“长官，”查特鲁基恩吞吞吐吐地说道，“万能解密机有麻烦了。”

“副局长？”苏珊打断道，“我是否可以——”

斯特拉思莫尔挥手叫她打住。他的眼睛一直盯着这个系统安全员。

菲尔脱口说道：“我们有个文件被感染了。我敢保证！”

斯特拉思莫尔脸色变成了深红色。“查特鲁基恩先生，我们已经把这个问题解决了。绝不会有文件感染万能解密机。”

“有，确实有！”他叫道，“如果它进入主数据库——”

“这个被感染的文件到底在哪里？”斯特拉思莫尔咆哮道，“把文件拿给我看看！”

查特鲁基恩犹豫了一下。“我不行。”

“你当然不行！那个文件根本不存在！”

苏珊说道：“副局长，我一定——”

斯特拉思莫尔又一次愤怒地挥手让她打住。

苏珊不安地看着黑尔。他似乎有些洋洋得意，一副事不关己的样子。这完全合情合理，苏珊心想。黑尔不会担心有病毒；他心里清楚万能解密机里面到底发生了什么事情。

查特鲁基恩仍坚持说道：“被感染的文件确实存在，长官。但‘臂铠’没有查出来。”

“如果‘臂铠’没有查出来，”斯特拉思莫尔怒不可遏道，“那你怎么知道病毒存在？”

查特鲁基恩的口气突然变得更有底气。“是变异串，长官。我进行了全面扫描，探测器查出了变异串！”

苏珊现在明白为什么这个系统安全员会这么着急了。变异串，她陷入沉思。她知道变异串是一种能以极其复杂的手段破坏数据的程序序列。变异串在电脑病毒中非常普遍，特别是在改变大型数据块的病毒里。当然，苏珊也从远诚友加的电子邮件里得知，查特鲁基恩看到的变异串不会造成伤害——它只是“数字城堡”的一部分。

这个系统安全员接着说：“在我一开始看到那些变异串的时候，长官，我还以为‘臂铠’的过滤器坏了。但是后来我进行了一些测试，发现……”他停了一下，突然显得有些不安，“我发现有人手工绕过了‘臂铠’。”

话音刚落，屋子里一下子静了下来。斯特拉思莫尔的脸更红了。查特鲁基恩指责的是谁大家心里非常清楚；密码破译部里只有斯特拉思莫尔的终端机能绕过‘臂铠’的过滤器。

斯特拉思莫尔冷冰冰地说道：“查特鲁基恩先生，这件事跟你毫无关系，是我绕过了‘臂铠’。”他火气已经接近沸点，继续说道，“我早就跟你讲过，我在运行一个非常高级的诊断程序。你看到的变异串只是诊断程序的一部分；是我把变异串放进去的。‘臂铠’不许我装入那个文件，所以我就绕过了它。”斯特拉思莫尔突然眯起眼睛盯着查特鲁基恩，“现在，在离开之前，你还有什么事情吗？”

苏珊一下子恍然大悟。斯特拉思莫尔从因特网上下载了加密的“数字城堡”算法，想让其在万能解密机里运行，而变异串却被‘臂铠’的过滤器截住了。斯特拉思莫尔急于知道“数字城堡”是否可以被破解，所以就绕过了过滤器。

一般说来，绕过‘臂铠’是绝对不允许的。但在现在这种情况下，直接把“数字城堡”送进万能解密机并不危险；副局长清楚地知道该文件的内容和来源。

“虽然我很尊敬您，长官，”查特鲁基恩咄咄逼人地说道，“我没听说过有诊断程序可以使用变异——”

“副局长，”苏珊突然插话，已经迫不及待了，“我真的需要——”

这一次，她的话被斯特拉思莫尔手机刺耳的铃声打断了。副局长抓起手机。“发生了什么事！”他咆哮道。随后他沉默下来，静静地听着电话。

苏珊暂时忘记了黑尔。她祈祷打电话的人是戴维。*告诉我他没事儿*，她想。*告诉我他找到了戒指！*但斯特拉思莫尔看着她的眼睛，向她皱了一下眉头。不是戴维。

苏珊感到自己呼吸加速。她只想知道自己深爱的男人平安无事。苏珊知道，斯特拉思莫尔之所以不耐烦是另有原因的；如果戴维还找不到戒指，副局长会派国安局的驻外特工去支援。他希望用不着冒这个险。

“副局长？”查特鲁基恩急促道，“我真的认为我们应该检查——”

“别挂电话，”斯特拉思莫尔说，向那人表示了歉意。他用手捂住话筒，恶狠狠地看着这位年轻的系统安全员。“查特鲁基恩先生，”他怒吼道，“这次谈话已经结束。你给我离开密码破译部。现在就走。这是命令。”

查特鲁基恩愣在那里。“但是，长官，变异串——”

“现在就给我走！”斯特拉思莫尔咆哮道。

查特鲁基恩眼睛瞪了片刻，一时说不出话来。接着，他气冲冲地走向系统安全部实验室。

斯特拉思莫尔转过身，不解地看着黑尔。苏珊明白副局长为什么感到迷惑了。黑尔刚才一直保持安静——太过安静了。黑尔心里很清楚，不存在使用变异串的诊断程序，更不用说能使万能解密机忙活十八个小时的诊断程序了。但是黑尔自始至终没说一句话。他似乎对这场混乱无动于衷。斯特拉思莫尔显然很想知道为什么会这样，而苏珊知道答案。

“副局长，”她坚持说道，“我是否可以跟你说——”

“等一会儿，”他打断道，眼睛仍然迷惑地看着黑尔。“我要先接这个电话。”说完，斯特拉思莫尔转身向他的办公室走去。

苏珊刚要张嘴，但那话却在嘴边打住了。*黑尔就是诺斯·达科塔！*她僵直地站在那里，几乎喘不出气来。她感到黑尔正死死地盯着她。苏珊转过身去。黑尔站到一边，优雅地把胳膊挥向三号网点的门。“你先走，休。”

第 41 章

在阿方索十三世旅馆三楼的亚麻织品衣橱里，一个女仆躺在地上已不省人事。那个戴着金丝边眼镜的人将旅馆万能钥匙放回她的口袋里。在袭击她的时候，他并没察觉到她在尖叫，但他根本就不可能知道——他十二岁之后就什么也听不见了。

他小心翼翼地伸手去掏腰带上的电池组；这是一个客户送的礼物，这个机器赋予他新的生命。他现在在世界的任何一个角落里都可以接到生意。所有通讯都能即时收到，却很难被人跟踪。

他迫不及待地打开了开关。他的眼镜闪烁起来。他的手指又一次猛地探入空中，几个手指同时进行点击。跟从前一样，他已经将杀害的人的名字记录下来——简单得就像翻钱包一样。他手指上的触头连接在一起，眼镜镜片上浮现出一些字母，犹如空中的鬼魂一般。

目标：罗西奥・伊娃・格拉纳达——已干掉。

目标：汉斯・休伯特——已干掉。

在旅馆一楼，戴维・贝克付了账单，穿过大厅，手里还拿着喝了一半的饮料。他走向旅馆的露天阳台，想呼吸一些新鲜空气。很快就回去了，他思忖着。一切都不是像他预想的那样顺利。他要作出最后的决定。他现在是否应该放弃，回机场呢？这关系到国家安全。他低声骂了几句。他们干吗要派一个大学老师来这里？

贝克走出酒吧侍者的视线之外，将剩下的饮料倒在一盆茉莉花里。伏特加使他晕晕乎乎的。历史上最容易醉的人，苏珊经常这么叫他。贝克将沉重的水晶玻璃杯在饮水器下重新装满水后，大口地喝了起来。

他做了几次伸展运动，想要摆脱那种晕晕乎乎的感觉。随后，他放下杯子，穿过了大厅。

在他走过电梯的时候，电梯门慢慢地滑开了。里面有个男人。贝克只看到了厚厚的金丝边眼镜。这人拿起一只手帕擤了擤鼻子。贝克礼貌地露出微笑，然后继续向前走……走进令人窒息的塞维利亚的夜晚。

第 42 章

三号网点里，苏珊发狂般地走来走去。她真希望刚才时机成熟的时候就应该暴露黑尔的真实身份。

黑尔坐在他的终端机前。“压力会要人命的，休。有什么心里话要说吗？”

苏珊竭力使自己坐下。她本以为斯特拉思莫尔通完电话后，会过来跟她谈话，但他却不见踪影。苏珊努力使自己保持冷静。她盯着自己的电脑屏幕。追踪程序仍在运行——已经是第二次了。现在这已经无关紧要。苏珊知道追踪程序会找到谁的地址：GHALE@crypto.nsa.gov。

苏珊抬头望着斯特拉思莫尔的工作站，知道已经不能再等了。该打断副局长的电话了。她起身走向大门。

黑尔似乎突然不安起来，显然是注意到苏珊怪异的行为。他快步穿过房间，快她一步来到门口。他双臂抱胸，挡住了苏珊的去路。

“告诉我发生了什么事？”他问，“今天这里肯定有事情发生。发生了什么事情？”

“让我出去。”苏珊竭力平静地说道，突然感到自己处境危险。

“快点儿，”黑尔催促道，“斯特拉思莫尔因为查特鲁基恩忠于职守而几乎把他辞掉。万能解密机里面发生了什么事情？我们根本没有能运行十八个小时的诊断程序，这纯属胡说八道，你是知道的。快告诉我发生了什么事情？”

苏珊的眼睛眯成一条缝。*发生了什么事情你心里最清楚！*“走开，格雷格，”她命令道，“我要去洗手间。”

黑尔站在那里傻笑。他等了好一会儿，然后站到一边。“对不起，休，只是想跟你调调情。”

苏珊从他身边挤过去，离开了三号网点。在经过玻璃墙的时候，她感到黑尔的眼睛正在玻璃另一边死死地盯着她。

她极不情愿地兜了个圈子，走向洗手间。在找到副局长之前，她只能绕道而行。只有这样，格雷格·黑尔才不会产生疑心。

第 43 章

查德·布林克霍夫四十五岁，衣冠楚楚，消息灵通，总会给人留下很好的印象。他一身夏装就像他古铜色的皮肤一样，没有一丝褶皱和任何磨损的痕迹。他有一头浓密的黄棕色头发，最重要的是都是自己长出来的。他有一双亮蓝色的眼睛——有色隐形眼镜奇迹般地给双眼增加了不少生气。

他环顾了一下这个饰有木头镶板的办公室，知道自己已经坐在自己在国安局所能爬到的最高位置。他在九楼——指挥套房，9A197 号办公室，红木排。

因为是星期六下午，所以红木排几乎空无一人，那些官员们很早就离开了——去享受有权有势的人空闲时候所能享受的任何娱乐活动。尽管布林克霍夫总梦想着能在安全局里有一个“真正的”职位，但他最终却成为一名“私人助手”——身处你死我活政治斗争的死胡同里。尽管他与美国情报机构最有权力的人并肩工作，但这并没起到任何安慰作用。布林克霍夫是以优等成绩从安杜佛和威廉斯大学毕业的，而现在却待在这里，已人届中年，却没有任何实权——没有真正的影响力。他整天要做的是去安排别人的日程表。

当然，成为局长的私人助手也是有好处的——布林克霍夫在指挥套房里有一间豪华办公室，国安局的所有部门他都可以随意进出，他还享有身边的人给他带来的某种声望。他为拥有最高权力的人效力。在内心深处，布林克霍夫知道自己天生就是个私人助理的料——头脑灵活，擅长记录；风度翩翩，能够主持记者招待会；但不思进取，只是满足现状。

壁炉架上的时钟开始报时，发出甜腻的声音，似乎在宣布他可怜的生命中另一天的结束。妈的，他想。已经星期六五点钟了。我到底在这儿干吗？

“查德？”一个女人站在门口说道。

布林克霍夫抬起头。是米奇·米尔肯，方丹的内部安全分析员。她年届六十，身体微胖，特别令布林克霍夫感到不解的是，她依然魅力不减当年。米奇是个调情高手，已经结过三次婚，她常常在含有六个房间的指挥套房里以一种调皮的权威穿梭其间。她思维敏捷，有敏锐的洞察力，工作时间长得让人难以置信，传说她对国安局内部运作方式知道得比上帝还要清楚。

该死，布林克霍夫心想，眼睛望着一身灰色开司米礼服的她。是我老了，还是她显得年轻。

“每周报告。”她笑着说道，手里挥舞着一个复写簿，“你要检查一下里面的数字。”

布林克霍夫盯着她的身体。“你的数字[①]看起来不错。”

“事实上，查德，”她笑道，“我这岁数都可以做你妈妈了。”

用不着提醒我，他想。

米奇大步走进办公室，侧身走到他的桌子前。“我马上就走，局长希望在他从南美洲回来之前这些数字能整理好。时间星期一，一大早。”她把打印好的材料放在他的面前。

“我难道是这儿的会计吗？”

“不是，亲爱的，您是负责保驾护航的。我还以为你知道的。”

“那么干吗还要我处理这些数字？”

她挠了挠头，说道：“你一直想承担更多的责任。现在机会来了。”

他不满地抬头看她。“米奇……我没有自己的生活。”

她用手指敲了敲纸。“这就是你的生活，查德·布林克霍夫。”她低头望着他，口气软了下来，“在走之前，我能替你做些什么吗？”

---

① figure 在这里是双关语，暗指米奇的“体形、身材”。

他扭了扭隐隐作痛的脖子，用祈求的眼光看着她。“我的肩膀绷得很紧。”

米奇没有上当。“吃一片阿司匹林。”

他噘着嘴说：“就不能给我按摩一下后背？”

她摇摇头说道：“《大都市》说有三分之二的背部按摩都会导致性的发生。”

布林克霍夫一脸愤怒的表情。“我们之间绝不会发生这种事！”

“确实如此，”她挤了挤眼睛，说道，“这就是问题所在。”

“米奇——”

“晚安，查德。”她向门口走去。

“你这就要走？”

“你知道我本是可以留这儿的，”米奇在门口停住，说道，“但我这个人很骄傲。我不甘居于别人之下——特别还是在一个小孩之下。”

“我妻子不是小孩，”布林克霍夫辩称，“她只是做事方式有些像而已。”

米奇用惊讶的表情看着他。“我不是说你的妻子。”她故意使劲眨了眨眼睛，“我说的是卡门。”她说这个名字的时候，操着浓重的波多黎各口音。

布林克霍夫的声音突然有些沙哑。“谁？”

“卡门？餐厅里那个？”

布林克霍夫感到自己的脸刷地一下红了。卡门·韦尔塔，二十七岁，是国安局餐厅里的糕点厨师。布林克霍夫下班后，曾与她在仓库里偷过几次情，这件事似乎还无人知晓。

她顽皮地向他挤了挤眼睛。“别忘了，查德……‘老大哥’可是无所不知。”

*老大哥？*布林克霍夫倒吸了一口凉气，心里半信半疑。*老大哥连仓库也监视？*

“老大哥”，米奇经常称其“大哥”，是一台 333 型号的虚拟用户交换机，位于一小块壁橱大小的地方，与指挥套房的中心房间相隔。

“大哥”是米奇的整个世界，它所获得的数据来自于国安局综合大楼里一百四十八台闭路摄像机、三百九十九扇电子门、三百七十七个电话窃听器和两百一十二个独立的窃听器。

国安局历任局长在历经风风雨雨之后发现，他们手下的两万六千个员工不仅仅是一笔财富，而且还是一大负担。国安局历史上每一次重大安全事故都是祸起萧墙。作为一名内部安全分析员，米奇的工作就是对国安局高墙内发生的任何事情都进行监视……当然也包括餐厅的仓库了。

布林克霍夫起身想为自己辩护，但米奇已经向外面走去。

“手放在桌子上，”她扭头喊道，“我走之后正经点儿。隔墙有耳。”

布林克霍夫坐在那里，听着她鞋跟的声音在走廊里渐渐消失。他知道至少米奇不会把这事告诉别人。她也不是没有弱点。米奇自己也做过一些不检点的事情——多半是找布林克霍夫谈谈情。

他的思绪又回到了卡门身上。他脑袋里浮现出她柔软的身躯、那双浅黑色的大腿和她高声播放的调幅收音机——节奏强烈的圣胡安萨尔萨舞曲。他露出微笑。也许做完这件事之后我应该顺便去拿份小吃。

他打开第一份打印材料。

密码破译部——生产／开销

他心里一下子轻松许多。米奇给了他一份免费赠品，密码破译部的报告总是很容易搞定。严格地说，他应该整理所有打印材料，但局长要看的数字只是MCD——平均解密成本。MCD代表万能解密机破解一个密码估计需要的成本。只要每个密码的成本低于一千美元，方丹就根本不会在乎。一千元一个密码。布林克霍夫轻声笑了笑。花的都是纳税人的钱。

他翻阅着这些文件，核对着每天的平均解密成本的时候，卡门·韦尔塔将蜂蜜和精制细砂糖抹在自己身体上的景象又浮现在他脑海里。三十秒钟后，他差不多就干完了。密码破译部的数据跟过去一样准确无误。

但就在他要继续检查下一份报告的时候，有一个地方引起了他的注意。在那张表格的后面，最后一个平均解密成本有些不正常。这个数字很大，以至于都延伸到下一栏，把这一页搞得乱七八糟。布林克霍夫目瞪口呆地瞪着这个数字。

999，999，999？他喘着粗气。*十亿美元？*卡门的影像立刻消失了。一个耗费十亿美元的密码？

布林克霍夫僵坐在那里，吓得不知所措。突然，他惊恐万分地冲入走廊。“米奇！回来！”

第44章

菲尔·查特鲁基恩站在系统安全部实验室，气不打一处来。斯特拉思莫尔的话在他脑海里回响：*现在就走！这是命令！*他踢了一脚垃圾桶，在空荡荡的实验室里高声骂道：

“诊断程序，放屁！如果真是这样，那个副局长又是什么时候绕过了‘臂铠’的过滤器的呢！？”

上级给系统安全部的人发高薪水是要他们保护好国安局的电脑系统，查特鲁基恩知道上级对他们只有两个要求：一是要聪明绝顶，二是要对任何事情都持有怀疑的态度。

*该死，*他骂道，*这根本不是多疑！那个该死的运行显示器都显示十八个小时了！*

查特鲁基恩的直觉告诉他，那一定是个病毒。他对发生的一切心知肚明：斯特拉思莫尔错误地绕过了“臂铠”的过滤器，现在试图用诊断程序这样一个漏洞百出的托词来竭力掩盖。

如果只是万能解密机让查特鲁基恩担心的话，他还不至于如此急躁不安。而事实并非如此。尽管这个能够解密的庞然大物看起来是独立的，但实际上它绝不是一座孤岛。尽管密码破译员相信建造“臂铠”的唯一目的是保护他们这台解密的杰作，但系统安全部的人知道真相。“臂铠”的过滤器还为一位更为神圣的上帝服务——国安局的主数据库。

建造数据库的历史总会令查特鲁基恩感到着迷。二十世纪七十年代末期，尽管国防部努力想把因特网据为己有，但这个工具的功能太强大，因此不可能会不引起公共部门的注意。最终，各所大学都偷偷地进军这个领域。不久之后，商务服务器诞生了。从此因特网的门户大开，人们纷纷涌入。到九十年代初期，政府本来安全的“因特网”如今却充斥着公共电子邮件和网络色情，成为拥挤不堪的荒地。

海军情报局曾发生过几起破坏性极大的电脑渗透事件，尽管事件没有公开，但有一点已经越来越清楚——与发展迅猛的因特网连接的电脑里的政府机密已不再高枕无忧。在国防部的支持下，总统通过了一个秘密法令，该法令要投资建造一个全新的、完全安全的政府网络，来代替乌烟瘴气的因特网，并将美国各情报机构连为一体。为了避免再有人通过电脑盗取政府机密，所有敏感的数据被重新放到一个非常安全的地方——新建的国安局数据库——美国情报数据的诺克斯堡①。

美国上千万个最为保密的照片、磁带、文件和录像差不多都被数字化处理，然后发送到巨型的贮存器里，硬拷贝随即被销毁。该数据库受到三层功率继电器和分层数据备份系统的保护。数据库位于地下二百一十四英尺处，可免受磁场的干扰和可能发生的爆炸的损害。控制室内的活动被称为“最高机密阴影”……美国的最高安全级别。

美国的机密从没有如此安全过。这个坚不可摧的数据库现在存有高级武器的设计图、要保护的证人名单、驻外特工的化名、秘密军事

① 诺克斯堡，位于肯塔基州，系美国联邦政府的黄金贮存地。

行动的具体分析和提议。里面的秘密真是说也说不完。从那以后，不会再有有损美国情报的非法秘密搜查了。

当然，国安局的官员们也认识到存储的数据只有在使用的时候才有价值。该数据库最成功的地方不是把秘密数据放在安全的地方，而是里面的数据只可以被适当的人使用。所有储存的信息都按照保密度，配以相应的安全等级，按照不同等级被不同政府官员使用。潜水艇指挥官可以打电话，索要国安局最近用卫星对俄国港口拍摄的照片，却无权获取南美反毒品行动的计划。中央情报局的分析家可以得到历史上有名的暗杀者的历史，但不能拿到专门为总统保存的原子弹发射密码。

当然，系统安全部的人无权看到数据库里的信息，但他们对数据库的安全负责。跟所有大型数据库一样——从保险公司到大学——国安局的设施一直受到电脑黑客的攻击，这些黑客想偷看里面藏有的机密。但美国安全局的安全编程师是世界上最好的编程师。还没人能渗透国安局的数据库，而国安局也没有理由相信有人会成功。

在系统安全部实验室里，查特鲁基恩为是否应该走开而犹豫不定，出了一身冷汗。万能解密机有麻烦也就意味着数据库有麻烦。斯特拉思莫尔的无动于衷让人迷惑不解。

所有人都知道万能解密机与国安局的主数据库是拴在一根绳上的蚂蚱。每次破解一个新的密码，得到的信息都会从密码破译部通过四百五十码的光导纤维电缆发送到国安局数据库保护起来。这个神圣的贮存器的入口不多——万能解密机是其中之一。“臂铠”应该扮演坚不可摧的守护神的角色，而斯特拉思莫尔却绕过了它。

查特鲁基恩能听到自己的心脏像打鼓一样怦怦直跳。万能解密机已经被困十八个小时了！一想到电脑病毒进入万能解密机，然后在国安局底部恣意妄为，他心里就非常难受。“我一定要向上级报告这件事情。”他突然大声喊道。

在这种情况下，查特鲁基恩知道他只能给一个人打电话：国安局系统安全部资深技术专家。他是个电脑权威，脾气暴躁，体重四百磅，“臂铠”就是他的杰作。他的绰号是“杰巴”，是国安局里被视若神明的人物——他常常穿梭在办公大楼里，扑灭虚拟世界的大火，大骂那些愚蠢无知的人是低能儿。查特鲁基恩知道只要杰巴知道斯特拉思莫尔绕过了“臂铠”的过滤器，整个世界就会变成地狱。*真不幸，*他心想，*我有事儿做了。*他一把抓起电话，拨打了杰巴全天都开机的手机号码。

第45章

戴维·贝克漫无目标地走在锡德大街上，努力想理清头绪。模糊的黑影在脚下的鹅卵石上晃来晃去。伏特加的酒劲还没有退。现在，他的生活似乎是一团糟。他的思绪又回到苏珊身上，想知道她是否听到了他的电话留言。

前方，一辆塞维利亚公共汽车在一个停车站前戛然刹住。贝克抬起头。公共汽车门砰地打开了，但没人下车。柴油机又发出轰鸣声，但就在车即将离开的时候，三位少年从街上一家酒吧里冒了出来，他们一边向车跑去，一边挥手大叫。发动机又一次停了下来，孩子们急忙赶上。

他们身后三十码处，贝克直勾勾地盯着前方，简直不敢相信自己的眼睛。他的目光突然集中到一点，但他知道眼前这一幕是不可能发生的。这是千万分之一的机会。

我是不是产生了幻觉。

车门打开，孩子们蜂拥着上车。就在那一刻，贝克又看到了那个东西。这一次他确信无疑。在拐角街灯雾蒙蒙的灯光下，贝克看到了她。

少年上车之后，发动机又一次加速运转。贝克突然全速奔跑起来，那奇怪的形象锁定在他脑海里——黑口红、夸张的眼影，还有那头发……笔直向上，形成三个明显不同的尖顶。红色、白色和蓝色。

公共汽车开始慢慢移动，贝克飞速冲上大街，迎面扑来一阵一氧化碳。

“等一下！”他大叫道，一路追向公共汽车。

贝克脚上的科尔多瓦皮革制成的懒汉鞋在人行道上飞速掠过。但他并没表现出打壁球时的那种敏捷；他感到自己快要失去平衡。他的大脑跟不上自己的双脚。他骂了几句那个酒吧侍者和飞行时差反应。

这辆公共汽车是一辆塞维利亚老式柴油车，让贝克感到幸运的是，公共汽车挂的是一挡，正在吃力地爬坡。贝克感到自己与车的距离正在缩小。他知道他必须要在调低速挡前赶上那辆公共汽车。

司机准备把车调到二挡的时候，车后一对排气管排出了一团浓烟。贝克拼命加快速度。在他赶上车后面的保险杠的时候，他移向车的右边，在车旁飞速地奔跑。他看到了车的后门，跟塞维利亚所有公共汽车一样，后门是敞开的：廉价的空调。

贝克双眼紧盯着那个开口，全然忘记腿部的灼烧感。他的身旁是齐肩高的轮胎，发出的轰鸣声越来越响。他冲向门口，但没抓住把手，几乎失去了平衡。他更加飞快地跑着。车下面的离合器“咔哒”响了一声，司机就要换挡了。

他要换挡了！我追不上的！

但就在发动机的嵌齿分开对准更大的齿轮的时候，公交车稍微放慢了一下速度。贝克突然加速向前猛冲。就在他的指尖抓到门把手的时候，发动机的齿轮又一次咬合在一起。就在发动机全力开动的时候，贝克猛一下子被拉进了车里，他的肩膀差点被撕裂。

戴维·贝克正好倒在车门口。从门口看去，人行道离车只有几英寸远，正飞速地向后退去。他现在酒意全无，完全清醒了。他的双腿和肩膀隐隐作痛。他摇摇晃晃地站了起来，站稳脚跟，钻进了黑乎乎的车厢。他只能看到车里人的轮廓，就在几个座位之外，就是那三个明显不同的头发尖。

红色、白色和蓝色！我找到了！

贝克的脑子里这时充满了戒指的图像、等着他的60式利尔喷气式飞机，还有苏珊。

贝克走到那个女孩的座位旁边，思忖着该对她说些什么，这时，公交车从一个街灯下开了过去。那个朋客的脸顿时被照亮了。

贝克一脸恐惧地望着她。她脸上的化妆品上面冒出一道浓密的胡子茬。她根本不是个女孩，而是个年轻男子。他的上嘴唇挂着一个银金属扣，穿着一件黑色皮夹克，里面没穿衬衣。

“你他妈的想干什么？”那人带着沙哑的声音问道。他操着一口纽约的口音。

如同是在缓慢自由降落，贝克感到一阵恶心，好像没了方向感。他盯着这一车乘客，他们都转过头瞪着他。他们全是朋客。至少有一半人留着红色、白色和蓝色的头发。

“坐下！”司机叫道。

贝克呆若木鸡地站在那里，根本没听到他的声音。

“坐下！”司机又一次尖声叫道。

贝克转过身，茫然地看着后视镜里那张愤怒的脸。但司机已经不耐烦了。

司机十分恼火，狠狠地踩下刹车。贝克感到身体不稳。他伸手去抓一个座椅靠背，但没抓到。就在那一瞬间，戴维·贝克的身体飞了起来，随即狠狠地摔在了撒有沙砾的地板上。

在锡德大街上，一个人从黑影中走了出来。他扶了一下金丝边眼镜，凝视着开走的公共汽车。戴维·贝克逃脱了，但他插翅难飞。塞维利亚这么多公共汽车，贝克先生偏偏坐上了臭名昭著的27路公共汽车。

二十七路公共汽车只有一个目的地。

第 46 章

菲尔·查特鲁基恩狠狠地扣上电话。杰巴的电话占线。杰巴认为电话的“呼叫等待”功能是个扰人的伎俩，因而拒绝使用。由美国电话电报公司推出的“呼叫等待”通过将每次呼叫连接起来而大赚了一笔。“我正在用另一部电话，一会儿给你打回去”这简单的一句话使电话公司每年有千万元收入入账。国安局要求杰巴随身携带一部手机来应付紧急情况，他对此极为不满，表示强烈反对，因而故意关闭了“呼叫等待”这项功能。

查特鲁基恩转身望着屋外空荡荡的密码破译部地板。地下发电机的轰鸣声越来越响了。他感到时间已经来不及了。他知道自己应该离开，但听到密码破译部下面的轰鸣声，系统安全部的口号开始不断在他耳边响起：*先斩后奏*。

在电脑安全这个高风险的世界里，一个电脑系统的去与留常常就决定于几分钟时间。一般说来，根本没有时间证明采取防御措施是否有必要。系统安全部的人是靠他们的专门技能吃饭的……除此之外，还有他们的直觉。

先斩后奏。查特鲁基恩知道自己应该做什么。他也知道当一切尘埃落定的时候，如果他不能成为国安局的英雄，就一定会丢掉手上的饭碗。

超级解密计算机中了病毒——这个系统安全员对此确信无疑。解决这个问题只有一个可行的办法：关掉万能解密机的电源。

查特鲁基恩知道只有两个方法能关闭万能解密机。一个是副局长自己的终端机，但它锁在他的办公室里——排除这个可能性。另一个是手工开关，位于密码破译部地下的次层内。

查特鲁基恩狠狠地咽下口水。他痛恨次层。他只是在培训的时候去过那儿一次。那里就好像来自外星球，复杂得像迷宫一样的各种天桥，氟利昂输送管，那里令人晕眩地下落一百三十六英尺后就是隆隆作响的电源……

那儿是他最不想去的地方，斯特拉思莫尔则是他最不想看到的人，但说归说，做归做。*他们明天会感谢我的*，他心里想，不知自己这样做是否正确。

查特鲁基恩深吸一口气，打开了系统安全部资深技师的金属存物箱。在一个摆满电脑零件的架子上，放着一个媒体集中器和局域网测试仪，它们后面是一个校友纪念杯。他直接把手伸到杯子里面，拿出一把美迪高钥匙。

“真让人惊讶，”他咕哝着说，“系统安全部的头儿竟然不懂安全。”

第 47 章

“一个耗费了十亿美元的密码？”米奇一边跟布林克霍夫回到大厅，一边窃笑道，“你真会编故事。”

“我发誓是真的。”他道。

她斜着眼睛看了他一眼。“但愿这不是要我脱衣服的花招。”

“米奇，我绝不会——”他自以为是地说道。

“我知道，查德。用不着提醒我。”

三十秒后，米奇坐在布林克霍夫的椅子上，仔细看着密码破译部的报告。

“看到了吗？”他身体向她凑去，指着那个数字，说道，“这项平均解密成本？十亿美元！”

米奇轻声笑道：“看起来确实有些偏高，是吧？”

“是的。”他咕哝着说，“只是有一点。”

“看起来像是一个除以零的数。”

“一个什么？”

“一个除以零的数，”她边说，边扫了一眼其余的数据，“平均解密成本是以分数的形式来计算的——用总共的开销除以破解的密码的数量。”

“当然。”布林克霍夫面无表情地点点头，尽量不去低头看她衣服前面。

“当分母为零的时候，”米奇解释说，“商就变得无限大。电脑不喜欢无限大，所以打出来的都是九。”她指着另外一栏，“看到了吗？”

“是的。”布林克霍夫重新盯向那张纸。

“这是今天的原始生产数据。看看这个已破解的密码数量。”

布林克霍夫顺从地看向她指出的那一栏。

破解密码数量＝0

米奇点了点那个数字。“跟我想的一样。一个除以零的数。”

布林克霍夫扬起了眉毛。“也就是说，一切都正常了？”

她耸耸肩。“只是表明我们今天一个密码都没破解。万能解密机一定是在休息。”

“休息？”布林克霍夫一脸疑惑。他跟局长待了这么长时间，知道“休息”不是他喜欢的字眼——特别是对万能解密机而言。方丹建造这台解密的庞然大物花了二十亿美元，他希望这些钱没有白花。只要万能解密机闲置在一边，就相当于把大把大把的钱扔进了马桶。

“啊……米奇？”布林克霍夫说道，“万能解密机是不会休息的，只会二十四小时连轴转。这你是知道的。”

她耸耸肩，说道：“也许斯特拉思莫尔昨晚不想让它在周末也运行。他可能知道方丹不在，所以就早早地离开钓鱼去了。”

“算了吧，米奇，”布林克霍夫厌恶地看了她一眼，“还是让那家伙休息一下吧。”

米奇·米尔肯不喜欢特雷弗·斯特拉思莫尔已不是什么秘密。斯特拉思莫尔曾狡猾地重新编写了“飞鱼”算法，但最后却被人抓住了。尽管斯特拉思莫尔怀有大胆的计划，但国安局却为此付出了惨重的代价。电子新领域基金会占了上风，方丹失去了国会对他的信任，最糟糕的是，国安局已站在了明处。立刻就有一些明尼苏达州家庭主妇向美国在线和“小天才”公司[①]起诉，说国安局可能偷看了她们的电子邮件——就好像国安局对山药蜜饯的神秘配方有什么兴趣似的。

斯特拉思莫尔愚蠢的错误使国安局付出了代价，而米奇感到自己负有不可推卸的责任——不是因为她本应预见到副局长这次惊人之举，关键是未获批准的行为在利兰·方丹的背后发生了，而米奇的工作就是监视他背后的一切。方丹对这事不加干涉的态度使他也受到牵连；这也使米奇感到紧张不安。但局长向来都是退到一边，让聪明人做自己的事情；他同样也是这样对待雷弗·斯特拉思莫尔的。

“米奇，你非常清楚斯特拉思莫尔是不会偷懒的，”布林克霍夫争辩说，“他运行万能解密机都有些上瘾。”

米奇点点头。在心灵深处，她知道指责斯特拉思莫尔逃避工作是荒唐可笑的。副局长跟他们刚来的时候一样敬业——敬业得有些过头。他把世界上所有的不幸都当作自己的苦难来忍受。国安局的“飞鱼”计划是斯特拉思莫尔想出来的——一个想要改变世界的大胆之举。不幸的是，就像许多神圣的探索一样，这次改革运动最终被钉死在十字架上。

“好吧，”她承认说，“我是有些苛刻了。”

“有些？”布林克霍夫眼睛眯了起来，说道，“斯特拉思莫尔要处理的文件有一英里那么长。他绝不会让万能解密机在周末闲置的。”

“好了，好了，”米奇叹气道，“都是我的错。”她蹙起眉头，想知道为什么万能解密机一整天都没有破解一个密码。“让我再查一下一

---

① 即 Prodigy 公司，成立于 1990 年的美国网络服务商。

个地方。”她边说，边开始浏览报告。她找到要找的地方，凝视着上面的数字。过了一会儿，她点了点头。“你是对的，查德。万能解密机一直都在全力运转。消耗的原材料甚至还有些偏高。从昨天午夜开始我们已经耗去了五十多万度电。”

“那么这个数字又是怎么回事？”

米奇摸不着头脑。“我拿不准。这非常奇怪。”

“你想重新运行那些数据吗？”

她不以为然地瞪了他一眼。有两个东西是不能对米奇·米尔肯表示怀疑的。其中之一就是她的数据。米奇开始核对数据，而布林克霍夫则等在一边。

“哈，”她终于哼着说道，“昨天的数据看起来还不错：有二百三十七个密码被破解。平均解密成本是八百七十四美元。解密的平均时间稍稍高于六分钟。消耗的原材料是平均水平。最后一个进入万能解密机的密码——”她突然打住。

“是什么？”

“非常奇怪，”她说，“在昨天的等待记录里的最后一个文件是在晚上十一点三十七分开始运行的。”

“也就是说？”

“也就是说，万能解密机大约每六分钟就破解一个密码。每天最后一个文件通常在接近午夜的时候开始运行。这上面看起来根本不像是——”米奇突然停住，倒吸了一口凉气。

布林克霍夫吓了一跳。“怎么了！”

米奇难以置信地盯着纸上的信息。“这个文件？昨晚进入万能解密机那个文件？”

“到底怎么了？”

“那个文件还没有破解。它的等待时间是23:37:08——却没有显示破解时间。”米奇手忙脚乱地翻着那堆纸，“昨天没显示，今天也没显示！”

布林克霍夫耸耸肩。“也许那些家伙正在运行一个复杂的诊断程序。”

米奇摇了摇头。“能坚持十八个小时？”她顿了顿，接着说道，“根本不可能。另外，排队数据显示它是来自外界的文件。我们应该打电话给斯特拉思莫尔。”

“他会在家里吗？”布林克霍夫咽了一下口水，说道，“在一个星期六晚上？”

“不会的，”米奇说道，“如果不出我所料，他一定对这件事一清二楚。我敢打包票他就在这里。只是一种直觉。”米奇的直觉是另一个别人不能怀疑的东西。“快点儿，”她边说，边站了起来，“让我们瞧瞧我说的对不对。”

布林克霍夫跟着米奇来到她办公室。她坐了下来，开始像一个管风琴演奏大师一样敲起了“老大哥”的键盘。

布林克霍夫抬眼凝视着墙上一排闭路字幕视频监视器，屏幕上都显示着印有国安局标记的画面。“你要监视密码破译部？”他不安地问道。

“不，”米奇回答说，“我倒希望能监视，但密码破译部并不允许。那里没有视频，没有声音。什么也没有。是斯特拉思莫尔的命令。我能获取的只是近似统计数据和一些万能解密机的基本材料。能获得这些材料我们已经倍感幸运了。斯特拉思莫尔还想完全独立出去，但方丹坚持要得到一些基本的东西。”

布林克霍夫一脸困惑。“密码破译部没装视频监视器？”

“怎么了？”她问道，眼睛还在盯着显示器，“你和卡门想要找个更隐秘的地方？”

布林克霍夫小声咕哝了几句。

米奇又点击了几个键。“我正在调出斯特拉思莫尔的电梯记录。”她仔细端详了显示器片刻，然后用指关节敲了敲桌子，“他在这儿，”她语气平淡地说道，“他现在就在密码破译部。看看这个。上面显示的时间很长——他昨天一大早就来了，打那之后他的电梯就没有动过。我这里还显示他没有在大门上使用过磁卡。所以他肯定就在这里。”

布林克霍夫欣慰地呼出一口气。“如果斯特拉思莫尔在这里，那么一切都应该正常，对吧？”

米奇思考了片刻，最后说道：“也许吧。”

“也许？”

“我们应该给他打电话，再核实一次。”

布林克霍夫咕哝说：“米奇，他是副局长。我肯定他已经控制住局势了。我们不要再瞎猜了——”

“唉，别这样，查德——别像个孩子似的。我们只是在履行我们的职责。我们的数据里碰到点麻烦，我们应该调查到底。”她又补充说，“另外，我要提醒斯特拉思莫尔，‘老大哥’时刻都在监视。如果他又想做出一些轻率的惊人之举来拯救世界，那么他最好三思而后行。”米奇拿起电话，开始拨号。

布林克霍夫显得有些不安。“你真觉得你应该打扰他？”

“不是我要打扰他，”米奇边说，边把听筒扔给了他，“是你。”

第 48 章

“什么？”米奇气急败坏地说，一脸怀疑，“斯特拉思莫尔称我们的数据是错的？”

布林克霍夫点点头，挂上了电话。

“斯特拉思莫尔矢口否认万能解密机被一个文件纠缠了十八小时？”

“他对整体情况非常满意，”布林克霍夫面带微笑，庆幸自己逃过电话这一劫，“他向我保证万能解密机运转正常。还说就在我们说话的时候，它还每隔六分钟就破解一个密码。他感谢我对他的监督。”

“他在说谎，”米奇厉声说道，“我负责密码破译部的统计数据已经两年了。那些数据从没有错过。”

“任何事情都会有第一次。”他漫不经心地说道。

她不以为然地瞪了他一眼。“我已经将数据运行了两次。”

“嗯……你知道人们是怎么说计算机的。如果计算机出错的话，至少它还会再错下去。”

米奇转身面向他。“这可不好笑，查德！副局长刚刚明目张胆地向局长办公室撒谎。我要知道为什么会这样！”

布林克霍夫突然感到要是没把她叫回来该多好。给斯特拉思莫尔打的电话把她惹毛了。自“飞鱼”事件之后，每当米奇感到有可疑的事情发生，她总是会可怕地从调情高手变成人间魔鬼。不理出什么头绪，她是不会善罢甘休的。

“米奇，很可能是我们的数据不对，”布林克霍夫坚定地说道，“我的意思是，好好想想——一个能困住万能解密机长达十八个小时的文件？这闻所未闻。回家吧。天色不早了。”

她傲慢地看了他一眼，将报告扔到柜台上。“我相信数据。直觉告诉我数据是正确的。”

布林克霍夫蹙起了眉头。甚至连局长也不会怀疑米奇·米尔肯的直觉——她总是对的，似乎有什么特异功能。

“一定发生了什么事，”她郑重地说道，“我要查出真相。”

第 49 章

贝克迈着沉重的脚步向车厢后面走去，一屁股坐在一个空座上。

“干得不错，笨蛋。”顶着三个刺猬式发尖的那个孩子讥笑道。贝克在暗淡的光线里眯眼仔细看了看。他就是那个他一路追到公共汽车上的少年。他一脸沮丧地看着那一片红色、白色和蓝色发式的海洋。

“你们的头发怎么会弄成这样？”贝克咕哝着说道，指了指其他人，“头发都是……”

“红色、白色和蓝色？”少年问道。

贝克点点头，尽量不看那少年上嘴唇上已感染的穿孔。

“犹大禁忌。”少年淡淡地说道。

贝克丈二和尚摸不着头脑。

这朋客朝过道啐了一口唾沫，显然是对贝克的无知表示厌恶。“犹大禁忌？自西德·维舍斯之后最伟大的朋客。一年前的今天他在这里崩了自己的脑袋。今天是他的周年纪念。”

贝克茫然地点点头，显然没搞懂其中的关系。

“禁忌自杀的时候留的就是这种发型，”少年又啐了一口，“每一个爱戴他的歌迷今天都把头发染成红色、白色和蓝色。”

贝克半晌没说话。仿佛打了一针镇静剂一样，他缓缓转身面向前方。贝克仔细看了看车上这帮人。他们全都是朋客。大部分人都在盯着他。

每个歌迷今天都把头发染成红色、白色和蓝色。

贝克伸手去拉墙上呼叫司机用的绳子。该下车了。他又拉了一下。没有反应。他第三次拉了下去，这次的动作比前两次要猛得多。还是没有反应。

“二十七路公交车里这些装置都被切断了，”少年又吐了一口，“所以我们也不碰这些绳子。”

贝克转身说道：“你的意思是，我下不了车？”

少年笑着说道：“直到最后一站。”

……

五分钟后，公共汽车沿着西班牙没有路灯的乡村大道飞速行驶着。贝克转向身后的少年。“这车会停吧？”

少年点点头。“再过几英里。”

“我们要去哪儿？”

他突然把嘴咧到一边，大笑起来。“你的意思是你不知道？”

贝克耸耸肩。

少年开始狂笑不止。“噢，妈的。你会爱上那儿的。”

第 50 章

离万能解密机机身只有几码远的地方，密码破译部地板上有一段白色文字，菲尔·查特鲁基恩站在旁边。

密码破译部次层

未经许可，不得进入

他知道自己肯定没有获得许可。他抬头迅速瞥了一眼斯特拉思莫尔的办公室。那里的窗帘依然是拉上的。查特鲁基恩刚才看到苏珊·弗莱切去洗手间了，因此他知道她不会有问题。现在就剩下黑尔了。他看了一眼三号网点，也不知道那位密码破译员是否正在看他。

“他妈的。”他咕哝了一句。

在他脚下，嵌进去的活板门的轮廓几乎看不出来。查特鲁基恩将自己刚从系统安全部实验室里拿出来的钥匙握在手里。

他跪在地上，将钥匙插进地板里，然后拧了几下。下面的插销“咔哒”一声开了。他拧开门外的特大号蝶形撞锁，扫清了开门的障碍。他又扭头看了一眼，然后坐在地上，开始向上拉门。镶板不大，只有三英尺长，三英尺宽，但是分量却不轻。最后打开门的时候，这个系统安全员差点仰脸摔向后面。

一股热气直冲他的面门，里面还伴有刺鼻的氟利昂气。蒸汽如巨浪般从开口处翻滚而出，红色通用灯灯光从下面投射上来。远处发电机的嗡嗡声此刻已变成了阵阵轰鸣声。查特鲁基恩站了起来，向开口下面探望着。与其说这是个电脑的维修入口，倒不如说是通往地狱的大门。有一个狭窄的梯子引向地下一个平台。更远的地方还有楼梯，但他眼前只有旋转而上的红色薄雾。

格雷格·黑尔站在三号网点的单向玻璃后面。他看着菲尔·查特鲁基恩小心翼翼地爬下通向次层的梯子。从黑尔站的地方望去，这位系统安全员的脑袋似乎已经与身体分了家，留在了密码破译部的地板上。随后，他的脑袋也慢慢地沉入了打着旋的薄雾里。

“真乃壮举。”黑尔咕哝道。他知道查特鲁基恩要去哪里。如果他认为电脑中了病毒，那么紧急手工中止万能解密机的行为是合情合理的。不幸的是，大约十分钟之后，密码破译部里肯定到处都会是系统安全部的人。紧急行动会使主控制板上亮起警戒小旗。系统安全部对密码破译部进行调查是黑尔担当不起的。黑尔离开三号网点，朝活板门走去。一定要制止查特鲁基恩。

第 51 章

杰巴活像一只巨大的蝌蚪。他的绰号取自电影里一个动物的名字，跟那个动物一样，他也是秃顶，整个就像一只球。作为国安局所有电脑系统的常驻守护神，杰巴常会穿梭在不同部门之间，这儿拧两下，那儿焊一下，这也再次证实了他的信条：预防是最好的药物。在杰巴的管理下，国安局里没有一台电脑被病毒感染过，他也希望能一直这样保持下去。

杰巴的工作基地是一个架高的工作站，那里能俯视国安局的地下和高度保密的数据库。在数据库那里，电脑病毒的损害作用最大，而他也把自己大部分时间花在那里。现在，杰巴正在国安局通宵开业的餐厅里休息，享用夹有意大利辣肠的烤馅饼。他张开嘴正要吃第三个馅饼，这时他的手机响了。

“请讲。”他边说，边咬了满满一口，呛得咳嗽了两声。

“杰巴，”一个女人的声音轻轻地说道，“我是米奇。”

“数据女皇！”这个大块头激动地说。他对米奇·米尔肯总有一种好感。她头脑敏捷，同时也是杰巴遇到的唯一跟他调过情的女人。“你怎么样？”

“好得没法说。”

杰巴擦了擦嘴巴。“你在工作？”

“是的。”

“愿意跟我一起吃烤馅饼吗？”

“非常乐意，杰巴，但我正在看一些男人的屁股。”

“真的？”他嘿嘿笑道，“介意我加入吗？”

“你真坏。”

“你不知道……”

“很高兴找到你，”她说道，“我需要你的建议。”

他喝了一大口“胡椒博士”。“快讲。”

“可能没什么大不了的，”米奇说道，“我的密码破译部统计数据显示出一些奇怪的东西。我希望你能给我一些启发。”

“你得到什么数据？”他又喝了一口。

“我有个报告上显示万能解密机已经连续十八个小时运行同一个文件，还没有将其破解。”

杰巴将“胡椒博士”浇到他的烤馅饼上。“你想怎样？”

“有何建议？”

他用一张纸巾轻轻拍了拍他的烤馅饼。“这是什么报告？”

“生产报告。有关基本成本分析的。”米奇快速解释她和布林克霍夫的这次发现。

“你给斯特拉思莫尔打过电话吗？”

“是的。他说密码破译部一切正常，万能解密机正在全速运转，还说是我们的数据错了。”

杰巴鼓鼓的额头上皱起了眉头。“那还会有什么问题。肯定是你的报告错了。”米奇没有应答。杰巴明白了她的意思。他眉头紧锁。“你不认为你的报告错了？”

“是的。”

“那么你认为斯特拉思莫尔在撒谎？”

“我可不是那个意思，”米奇老练地说道，知道自己并没拿到确凿的证据，“我的意思是我的统计数据过去从未出过错。我本以为你会有什么主意。”

“嗯，”杰巴说，“我不愿跟你这么说，但你的数据是错的。”

“你也是这么认为的？”

“我敢拿我的工作打赌，”杰巴咬了一大口黏糊糊的烤馅饼，咬得满嘴都是，接着说道，“曾有一个文件在万能解密机里待了三个小时，这是时间最长的了。那文件里面有诊断程序、边界探测器，几乎无所不包。只有似病毒性程序才能将其锁定十八个小时，其他文件都不行。”

“似病毒程序？”

“是的，一种冗余回路。进入处理器后，这个回路会衍生出一个循环，这个循环会把里面所有东西搞得一塌糊涂。”

“嗯，”她大胆问道，“斯特拉思莫尔在密码破译部已经待了足足三十六个小时。有没有可能他正在杀病毒？”

杰巴笑着说：“斯特拉思莫尔在这儿已经待了三十六个小时了？可怜的傻瓜。他妻子好像不让他回家了。我听说她让那个傻瓜滚蛋了。”

米奇思考了片刻。她也听说了这件事。她思忖着也许是她多疑了。

“米奇。”杰巴喘着粗气，又大喝一口饮料，“如果斯特拉思莫尔的宝贝中了病毒，他一定会打电话给我的。斯特拉思莫尔头脑敏捷，但他对病毒是屁也不懂。万能解密机是他的一切，要是看到危险的苗头，他一定会按下紧急按钮——通知这里，也就是说通知我。”杰巴吞下一条长长的白干酪。“另外，万能解密机根本不可能有病毒。‘臂铠’里装有我编过的最棒的一组过滤器。没有病毒能突破这道防线。”

米奇沉默半晌之后，叹气道：“还有其他解释吗？”

“有。你的数据是错的。”

“这你已经说过了。”

“一点不错。”

她皱了皱眉。“你没有听到什么风声？什么消息吗？”

杰巴发出刺耳的笑声。“米奇……听着。‘飞鱼’令人讨厌。是斯特拉思莫尔把它搞砸了。但生活还要继续——一切都结束了。”电话那头沉默良久，杰巴知道自己扯得太远了，“对不起，米奇。我知道当时那场混乱的局面使你顶着很大的压力。斯特拉思莫尔错了。我知道你对他有看法。”

“这跟‘飞鱼’没什么关系。”她坚定地说道。

是的，当然，杰巴心想。“听着，米奇，我对斯特拉思莫尔不带有半点儿私人感情。我的意思是，那个家伙是个密码破译员。他们基本都是以自我为中心的饭桶。他们需要前一天的数据。每一个该死的文件都可能拯救这个世界。”

“那么你的意思是？”

杰巴叹气道：“我的意思是，斯特拉思莫尔跟其他人一样精神变态。而我的另一个意思是，他对万能解密机的热爱要甚于对他那该死的老婆的爱。如果有任何问题的话，他一定会给我打电话的。”

米奇半天没说话。最后她勉强地吐了一口气，说道：“那么你的意思是我的数据是错的？”

杰巴轻声笑道：“电话里是不是能产生回声啊？”

她笑了笑。

“听着，米奇。给我写一份工作程序。我星期一会去检查你们的机器。还有，给我离开这个鬼地方。现在可是星期六晚上。找个男人，放松一下。”

她叹气道：“我在努力，杰巴。相信我，我一直在努力。”

第 52 章

“男巫俱乐部”位于郊区，是二十七路公共汽车的终点站。它看起来更像是一座堡垒，而不像是舞厅。俱乐部的四周耸立着灰泥砌成的高墙，墙上插着啤酒瓶的碎片——一个简陋的安全系统，如果有人敢非法闯入，走的时候必会是血肉模糊。

坐在车里，贝克不得不承认自己已经失败了。应该给斯特拉思莫尔打个电话，告诉他这个坏消息——已经没希望找到戒指。他已经尽力而为，现在该回家了。

但当贝克望着车外一群客人推搡着通过俱乐部入口的时候，贝克不知道他的良心是否允许自己放弃这次追寻。他盯着自己所看到过的最多的一群朋客；到处都是红白蓝三色发式。

贝克叹了口气，盘算着下一步怎么办。他扫了一眼人群，耸了耸肩。一个星期六晚上她还能去哪儿？贝克一边骂着自己的好运气，一边走下了公共汽车。

进入“男巫俱乐部”的通道是一条石头砌成的狭窄走廊。进去之后，贝克立刻感到自己已身处一片躁动不安的人海中。

“给我让开，老玻璃[①]！”一个脑袋像针垫的人粗鲁地从他身边挤过，照着贝克的体侧就是一肘子。

“不错的领带。”有人猛地拉了一下贝克的领带。

“想性交吗？”一个十几岁的女孩抬头盯着他，那样子就像从《僵尸的黎明》里走出来的一具僵尸。

黑乎乎的走廊延伸到一个巨大的水泥砌成的房间，房间里散发出酒精的气味和体臭。眼前这一幕十分离奇，仿佛是在梦里——在一

① 这里作者用的是 faggot，是男同性恋的俚语说法，用作贬义。

个深邃的山洞里，成百上千个身体就像一个人一样左右摇摆。他们上下疯狂地跳着，双手紧紧地压着体侧，脑袋上下来回地摆动，如同硬刺上毫无生气的球茎一样。一些发狂的人疯跑着跳下舞台，落在舞动着四肢的人海里。那些人的身体被传来传去，就像是在玩沙滩气球一样。头顶上面，脉冲频闪闪光灯就好像在放着一部年代久远的无声电影。

远处的墙上，小型货车一般大小的扬声器放出极为震撼的音乐，甚至连最疯狂的舞者也难以走近剧烈震动的低音喇叭三十英尺以内的地方。

贝克双手堵住耳朵，在人群中不停地搜索。他满眼都是留着红色、白色和蓝色头发的脑袋。人们的身体都紧紧地贴在一起，因此他根本看不清他们穿了什么衣服。他连英国国旗的影子都没看到。很显然，如果走到人群中去，他的脚肯定会被踩来踩去。身旁有人开始呕吐。

真恶心。贝克咕哝了一声。他沿着一个墙上喷有各种图案的走廊离开了舞厅。

走廊后面连着一条两边挂有镜子的狭窄隧道，隧道通向一个露天院子，院子里零星地摆着一些桌椅。院子里挤满了朋客摇滚歌手，但在贝克看来这里就像是一段通向香格里拉的大门——夏季的天空在他的头顶上展开，嘈杂的音乐也慢慢消失了。

没去理会四周好奇的目光，贝克走了出来，走进了人群。他松了松领带，一屁股坐在离他最近的空桌边的椅子上。从清晨给斯特拉思莫尔打过电话到现在，他似乎已经过了整整一辈子。

将桌上啤酒瓶子清理干净后，贝克将脑袋靠在手上。*就睡几分钟，他心想*。

五英里外，那个戴着金丝边眼镜的人坐在一辆菲亚特出租车后座上，出租车沿着乡村大道疾驰而过。

“男巫。”他咕哝了一声，提醒司机他们要去的目的地。

司机点点头，从后视镜里打量着这样子古怪的新乘客。“男巫，”他嘟囔道，“那里每天晚上都有特别古怪的人。”

第 53 章

德源昭高赤条条地躺在他阁楼办公室里的按摩桌上。他的私人女按摩师正在松解他颈部的肌肉痉挛。她用手掌挤压他肩胛骨周围肉乎乎的凹处，然后手掌沿着身体慢慢地滑到了盖着后背的毛巾上。她的手慢慢地下滑……滑到了毛巾下面。德源昭高几乎没有觉察到。他的心在另一个地方。他一直在等私人电话，而电话却一直没响。

有人在敲门。

“进来。”德源昭高哼了一声。

女按摩师迅速把手从毛巾下面抽了出来。

电话总机接线员走进来，鞠了一躬。“尊敬的社长？”

“讲。”

接线员又鞠了一躬。“我跟电话局通过电话了。那个电话来自代码为一号的国家——美国。”

德源昭高点点头。这是个好消息。*那个电话是从美国打来的*。他露出微笑。*那个电话不是冒牌的*。

“美国什么地方？”他问道。

“他们正在查找，长官。”

“非常好。一有消息就通知我。”

接线员又鞠了一躬，离开了。

德源昭高顿时感到肌肉松弛下来。代码为一号的国家。真是好消息。

第 54 章

苏珊·弗莱切在密码破译部的洗手间里焦急地踱着步，慢慢地数到五十。她的心在扑通狂跳。*再多待一会儿*，她心里想，*黑尔就是诺斯·达科塔！*

苏珊思忖着黑尔打的是什么算盘。他会将密码公布出去吗？他是否会贪婪到想卖掉那个算法呢？苏珊已经等不及了。是时候了。她要找到斯特拉思莫尔。

她小心翼翼地将门打开一条缝，眯眼睛仔细瞅着外面密码破译部远处那面反光的墙。黑尔是否还在看着她，她根本无从知晓。她要迅速走到斯特拉思莫尔办公室那里。当然也不能太快——她不能使黑尔以为她已经知道了他的真实身份。她伸出手，正要拉门的时候，她突然听到了什么。是几个人的声音。是男人的声音。

声音是从地板附近的通风井里传出来的。她打开门，朝通风井走去。那声音被地下发电机沉闷的嗡嗡声盖过了。对话听起来好像是从次层的狭窄通道里传出来的。其中一个人声音尖锐、愤怒。听起来像是菲尔·查特鲁基恩。

“你不相信我？”

响起一阵激烈的争吵。

“我们中了病毒！”

然后又是一阵尖声喊叫。

“我们要给杰巴打电话！”

然后响起了一阵搏斗的声音。

“放开我！”

随后的声音几乎不像是人发出来的。那是充满恐惧的一声嚎叫，就像一个备受折磨的动物即将死去。苏珊站在井旁浑身僵住。那声音就像开始叫的时候一样戛然而止。随后是一阵死寂。

就在那一刹那，仿佛是为一场廉价的日场恐怖电影精心设计的一样，洗手间的灯光慢慢暗了下来，然后灯光闪烁不定，最终熄灭了。苏珊·弗莱切发现四周一片黑暗。

第 55 章

“你坐在我的座位上了，混蛋。”

贝克把脑袋从胳膊上抬起。这个该死的国家难道没人会说西班牙语吗？

一个身材矮小的少年低头怒视着他，他一脸疙瘩，胡子刚刚刮过。他的头皮一半是红色，一半是紫色，看起来活像一只复活节彩蛋。“我刚才说你坐在我的座位上了，混蛋。”

“你第一次说话的时候我听到了。”贝克说着，站了起来。他没心思跟人干架。该走了。

“你把我的瓶子放哪儿了？”少年咆哮道。他的鼻子上挂着一枚安全别针。

贝克指了指他放到地上的啤酒瓶子。“都是空的。”

“这些他妈的空瓶子是我的！”

“对不起。”贝克说道，转身要走。

这个朋客挡住他的去路。“捡起来！”

贝克眨了眨眼，并不觉得好笑。“你在开玩笑，是吧？”贝克要比他整整高出一英尺，要比他重出大约五十磅。

“我他妈的像是在开玩笑吗？”

贝克没有吭声。

“捡起来！”少年粗声喊道。

贝克试着绕过他，但那少年总是拦住去路。“我说，你他妈的捡起来！”

坐在附近桌子边上那些醉醺醺的朋客纷纷转身看这场好戏。

“你不想这样的，孩子。”贝克静静地说道。

“我警告你！”少年大发雷霆道，“这是我的桌子！我每天晚上都来这儿。给我捡起来！”

贝克已经忍无可忍了。他本来不是该跟苏珊在清烟山脉吗？他现在怎么会在西班牙跟一个精神不正常的少年吵架呢？

贝克二话不说，一把将少年夹在腋窝下，将他提了起来，猛地把他屁股摔到桌子上。“听着，你这个还流着鼻涕的黄毛小子。你现在给我走开，否则我就把安全别针从你的鼻子上扯下，把你的嘴封住。”

那少年的脸顿时煞白。

贝克把他在桌子上按了一会儿，然后松开了手。贝克一边盯着那个吓得半死的少年，一边弯腰捡起地上的酒瓶，放回到桌子上。“你应该说什么？”他问道。

少年一时说不出话来。

“不客气。”贝克厉声说道。这孩子真是个宣传节制生育的活广告牌。

“去死吧！”少年大声喊道，发觉他的同龄人都在嘲笑他，“白痴！”

贝克站着不动。他突然想起少年刚才说过的一句话。我每天晚上都来这儿。贝克猜想这个少年可能会帮上他忙。“对不起，”贝克说，“我还不知道你叫什么名字？”

“双色。”他咬牙说道，仿佛是在宣判死刑。

“双色？”贝克若有所思地说，“让我猜一下……因为你的头发？”

“这还用问，夏洛克。”

“好记的名字。是你自己起的？”

“非常正确，”他得意地说，“我要申请专利。”

贝克皱了皱眉。“你是说为你的名字注册商标？”

少年被弄糊涂了。

“你需要为你的名字申请一个商标，”贝克说，“而不是专利。”

“随便怎样！”朋客沮丧地叫道。

附近桌子边有一些醉醺醺、刚吸过毒品的少年，他们都狂笑不止。双色站了起来，对贝克讥笑道：“你他妈的到底想干吗？”

贝克想了片刻。我要你洗头发，净化语言，然后找份工作。贝克估计第一次见面就问这么多问题可能有些过分。“我需要一些信息。”他说道。

“去你妈的。”

“我在找一个人。”

“我没见他[①]。”

“没有见过他。”贝克纠正他刚才说过的话，同时示意一个路过的女侍者过来。他买了两杯鹰牌啤酒，递给双色一杯。男孩大为震惊。他大喝一口啤酒，警惕地看着贝克。

“你是不是对我有意思，先生？”

贝克露出微笑。“我要找个女孩。”

双色发出一声尖笑。“你这身打扮是不会找到人跟你睡觉的！”

贝克皱了皱眉。“我不找人睡觉。我只是想跟她说几句话。也许你能帮我找到她。”

双色放下啤酒。“你是警察？”

贝克摇摇头。

少年的眼睛眯了起来。“你看起来像个警察。”

“孩子，我来自马里兰。如果我是警察，这里也已经在我的权限之外了，难道你不这么认为吗？”

这个问题似乎把他难住了。

“我叫戴维·贝克。”贝克微笑着把手伸到桌子对面。

朋客恶心地缩了缩身子。“伸回去，你这个老玻璃。”

---

① 此处原文是 I ain't see him。ain't 系 have not 的缩略语，被认为是教育程度不高之用语，乃粗俗语，故贝克要对其进行纠正。不过，这类语句现在在美国用得相当普遍。

贝克把手缩了回来。

少年讥笑道："我可以帮你，但是要付费的。"

贝克表示合作。"多少钱？"

"一百美元。"

贝克蹙起眉头。"我只有比塞塔。"

"什么都行！那就一百比塞塔吧。"

外汇兑换显然不是双色的强项；一百比塞塔约等于八十七美分。"成交。"贝克说，用他的瓶子敲了一下桌子。

少年第一次露出笑容。"成交。"

"好的，"贝克继续低声说道，"我觉得我要找的那个女孩可能也在这里。她有红白蓝三色头发。"

双色哼着说道："这是犹大禁忌周年纪念。每个人都——"

"她还穿了一件印有英国国旗的T恤，一个耳朵上挂着一个头骨耳环。"

一种似曾相识的表情掠过双色的脸。贝克看到后心里顿生希望。但是双色的表情很快变得严肃起来。他砰的一声把瓶子放下，揪住贝克的衬衣。

"她是爱德华多的女人，你这个混蛋！小心点！你敢碰她一根汗毛，他就会杀了你！"

第56章

米奇·米尔肯愤怒地从她办公室走进会议室。会议室摆放着一张三十二英尺长的红木长桌，桌子上嵌有黑樱桃木和胡桃木装饰的国安局标记。除此之外，会议室还有三张马里恩·派克的水彩画、一株波士顿蕨、一个大理石小酒吧，当然还有必备的斯帕克莱特牌冷水器。米奇给自己倒了一杯水，希望能让自己冷静一下。

她一边小口喝水，一边凝视着对面的窗户。月光透过打开的软百叶帘，在桌子的纹理间跳动着。她一直认为这里可以成为极佳的局长办公室，远远好过大楼前部方丹现在的办公室。会议室这里望下去不再是国安局停车场，而是一排大气的国安局附属建筑物——其中就包括密码破译部的穹顶，如同一座脱离了主楼的高科技小岛，漂浮在三英亩树木繁茂的地方。密码破译部故意藏在一小片枫树林的天然防护后面，因此从国安局综合楼的大多数窗户上很难看到它的身影，但从指挥套房里却看得清清楚楚。在米奇眼里，会议室似乎是一个国王视察他的领地的最佳位置。她曾建议方丹把办公室迁到这里，但局长只是回答说："不到后面去。"方丹做什么事情都不会落在后面。

米奇拉开百叶窗，凝视着外面的山丘。她沮丧地叹了口气，视线落到密码破译部所在的位置。每次看到密码破译部的穹顶，米奇就感到心里很踏实——不管什么时候，它都像一座灯塔照亮四周。但是今夜，当她望出去的时候，踏实感顿时没了。她突然发现自己什么也没看到。她把脸贴到窗户玻璃上，像个小女孩一样感到异常惊骇。下面什么也没有，只是漆黑一片。密码破译部消失了！

第 57 章

密码破译部的洗手间没有窗户，因此苏珊·弗莱切四周是漆黑一片。她站着一动不动，想弄清自己的方位，清楚地感到一阵恐惧向她袭来。通风井里发出的骇人叫声似乎仍在纠缠着她。尽管她想竭力打消向她袭来的恐惧感，但恐惧还是扫过她每一寸肌体，笼罩着她。

手足无措的苏珊焦急地摸索着走过隔间门和水池。她分不清方向，只好向前伸出手，在黑暗中转动着身体，努力想要记起房间的布局。她碰翻了一个垃圾桶，发现自己又碰到墙的瓷砖。她用手摸着墙向出口走去，伸手抓向门把手。她一把将门拉开，跌跌撞撞地走到密码破译部地板上。

她站在那里惊呆了。

密码破译部的地板跟几分钟前一样什么也看不到。在穹顶上泻下的微弱的光线里，万能解密机只剩下灰色的轮廓。头顶所有灯都灭了，连门上的电子键盘也没了光亮。

随着苏珊的眼睛慢慢适应了黑暗，她发现密码破译部唯一的亮光是来自打开的活板门那里——地下通用灯发出微弱的红光。她朝那儿走去。空气中有股淡淡的臭氧的气味。

当她走到活板门的时候，她向洞里望了望。透过红光能看到，氟利昂通风孔仍在喷涌出漩涡般的雾气，依据发电机轰隆隆的响声来判断，苏珊知道密码破译部正在靠备用电力运行。透过薄雾，她看到斯特拉思莫尔正站在下面的平台上。他靠在栏杆上，凝视着万能解密机隆隆作响的机身深处。

“局长！”

他没有应答。

苏珊利索地爬到梯子上。一股热气从下面冲进她的裙子里。梯子横档上的水珠使其异常光滑。她爬下楼梯，落到装着格栅的楼梯平台上面。

“局长？”

斯特拉思莫尔并没有转身。他仍然一脸震惊地向下看着，好像进入了催眠状态。苏珊随着他的视线向栏杆下面看去。有那么一会儿，她除了股股蒸汽之外什么也看不见。突然，她看到那个东西。一个人的轮廓。就在六层楼梯下面。它在滚滚蒸汽里一闪而过。一会儿又出现了。扭曲的四肢纠缠在一起。在他们下面九十英尺的地方，菲尔·查特鲁基恩手脚伸开着躺在那里，身体已被主发电机锋利的铁制散热片刺穿。他的身体已经变黑，是被烧焦了。他这一落使密码破译部的主电源短路了。

但最令人战栗的景象不是查特鲁基恩，而是另一个人，另一个身体，蜷缩在长楼梯下面一半的地方，藏在黑影中。这强健的体格不是别人，正是格雷格·黑尔。

第 58 章

朋客向贝克尖叫道：“梅根是我朋友爱德华多的！你离她远点儿！”

“她在哪儿？”贝克的心如脱缰的野马飞驰着。

“去你妈的！”

“这是紧急情况！”贝克突然道。他一把抓住少年的袖子。“她有一枚属于我的戒指。我会用钱买下的！很多钱！”

双色愣了一下，突然歇斯底里地喊道：“你是说那枚该死的、丑陋的金戒指是你的？”

贝克的眼睛睁得很大。“你看到过它？”

双色有些胆怯地点了点头。

“它在哪儿？”贝克问道。

“不知道，”双色轻声笑道，“梅根曾来这儿想把戒指当掉。”

“她要卖掉戒指？”

“别担心，老兄，她运气不佳。你对珠宝的品位太差了。”

“你确信没人买走戒指？”

“你开什么玩笑？四百美元？我跟她说我只出五十美元，但她嫌少。她想买一张飞机票——一个备用的座位。”

贝克的脸色顿时变得煞白。“去哪里？”

“他妈的康涅狄格州，”双色快速说道，“埃迪流浪过的地方。”

“康涅狄格州？”

“妈的，是的。回到郊区爸爸和妈妈住的大房子里。她痛恨现在住的那个西班牙家庭。美籍西班牙兄弟仨儿一直都在打她的主意。那里还没他妈的热水。”

贝克感到自己紧张得有些喘不过气来。“她是什么时候离开的？”

双色抬起头。“什么时候？”他笑道，“她已经走了很长时间。几小时前去了机场。那里是当掉戒指的最佳地点——有他妈的有钱人。她一弄到钱，就会坐飞机回去。”

贝克顿时感到一阵恶心。这难道不是个令人恶心的玩笑吗？他沉默地站在那儿好半天。“她姓什么？”

双色想了想，然后耸耸肩。

“她会乘哪趟航班？”

“她说了一些有关蟑螂飞机的事情。”

“蟑螂飞机？”

“是的。周末的红眼睛——塞维利亚，马德里，拉瓜迪亚。他们是这么叫它的。因为便宜，所以大学生都乘这个飞机。想想他们坐在后面抽着大麻烟烟蒂那副样子。”

真恶心，贝克哼了一声，一只手插进头发里。“这个飞机什么时候起飞？”

“每个星期六凌晨两点整。她现在应该在大西洋上空某个地方了。”

贝克看了一下表。表上显示的时间是凌晨一点四十五分。他迷惑不解地转向双色。“你刚才说那是凌晨两点的航班？”

朋客点点头，笑道：“你的样子就好像被人骗了，老兄。”

贝克愤怒地指着他的手表。“但现在只有一点四十五分！”

双色盯着那块表，显然也有些迷惑。“哦，是我该死，”他笑道，“我通常会一醉醉到早上四点！”

“怎样才能最快赶到机场？”贝克厉声说道。

“出租车站点就在前头外面那个地方。”

贝克从口袋里抓出一张一千比塞塔的纸币，塞到双色手里。

“嘿，老兄，谢谢了！”朋客在后面喊道，“如果你看到梅根，替我向她问好！”但贝克已经不见踪影。

双色叹了口气，摇摇晃晃地向舞池走去。他醉得迷迷糊糊的，没注意到后面有个戴着金丝边眼镜的男人跟着他。

来到舞厅外面，贝克扫了一眼停车场，到处寻找出租车。一辆也没有。他跑到一个矮壮的保镖跟前。“出租车！”

保镖摇了摇头。“太早了。”

太早了？贝克骂道。都已经早晨两点了！

“给我叫一辆！”

这人掏出一台步话机。他对着步话机说了几句话，然后关掉步话机。“再等二十分钟，”他说道。

“二十分钟？！”贝克问道，“公共汽车呢？”

保镖耸耸肩。“等四十五分钟。”

贝克猛地举起双手。*真是倒霉透顶！*

突然，一个小型发动机的声音吸引了贝克的注意，他转过头去。那声音听起来就像链锯。一个人高马大的少年和身上挂着锁链的女友驾着一辆破旧的250黄蜂牌小型摩托车，驶进停车场。女孩的裙子被风刮到了大腿上，她似乎根本就不在乎。贝克一个箭步冲了过去。*我真不敢相信我会做出这种事，*他心想。*我痛恨摩托车。*他向开车的人喊道：“我付你一万比塞塔带我到飞机场！”

那个少年没有理他，关掉了马达。

“两万！”贝克脱口喊道，“我要去机场！”

少年抬起了头。“对不起？”他是个意大利人。

“飞机场！拜托。那辆黄蜂摩托车！两万比塞塔！”贝克用意大利语说道。

那个意大利人看着自己破旧的小摩托车，笑了起来。“两万比塞塔？这辆黄蜂摩托车？”

“五万！”贝克主动说道。这相当于四百美元。

意大利人半信半疑地笑道：“现金在哪里？”

贝克从口袋里掏出五张一万比塞塔纸币，递给了他。那个意大利人看了看钱，又看了看女朋友。女孩一把抓起钱，塞进她的衣服里。

“谢谢！”那个意大利人笑道。他把摩托车钥匙扔给了贝克。然后，他抓住女朋友的手，两人大笑着跑进楼里。

“等一下！我只想搭车！”贝克大声喊道。

第 59 章

苏珊伸手握住副局长的手，斯特拉思莫尔拉着苏珊爬出了通向密码破译部的梯子。菲尔·查特鲁基恩身体扭曲地躺在发电机上的惨状使她心里特别难受。一想到黑尔藏在密码破译部的深处，苏珊就感到头晕目眩。真相是显而易见的——黑尔将查特鲁基恩推了下去。

苏珊踉踉跄跄地走过万能解密机的黑影，向着密码破译部的主出口走去——几小时前，她曾穿过这扇门。她疯狂地猛按门上没有亮光的电子键盘，但面前的大门却纹丝不动。她被困住了；密码破译部现在变成了监狱。穹顶的样子像一颗卫星，与国安局主体结构相距一百零九码，主门是唯一的入口。由于密码破译部是独立供电，所以电源控制室那里甚至可能还不知道他们已经身处困境。

“主电源已经停止供电了，”斯特拉思莫尔说着，来到她身后，“我们现在用的是备用发电机。”

密码破译部的备用电源设计初衷是，先给万能解密机和其冷却系统供电，再给灯光和门道等其他系统供电。这样的话，万能解密机在运行重要文件时就不会因突然停电而受到干扰。这也意味着，万能解密机没有氟利昂冷却系统的话也不会运转。如果它的周围不加以冷却的话，三百万台处理器产生的热量就会累积到相当危险的水平——甚至可能会点燃硅片，最终引发火灾。没人敢想象那会是什么样子。

苏珊努力想冷静下来。但她满脑子都是发电机上的那位系统安全员的惨相。她又开始猛按键盘，仍然没有反应。“中止这次运行！”她突然说道。中止万能解密机寻找“数字城堡”的密码会关掉它的电路，留出足够多的备用电力使大门重新运转起来。

“放松，苏珊。”斯特拉思莫尔说道，一只手放在她肩上想要让她放心。

副局长这一安慰的举动使苏珊不再感到迷茫。她突然想起她要找他的目的。她突然转身说道：“副局长！格雷格·黑尔就是诺斯·达科塔！”

黑暗中，密码破译部似乎陷入了无尽的沉寂。斯特拉思莫尔终于开口说话了。他的声音听起来更像是迷惑，而不是震惊。“你在说什么？”

“黑尔……”苏珊低声说，“他就是诺斯·达科塔。”

斯特拉思莫尔开始思考苏珊的话，随后又是一段长时间的沉默。“追踪程序？”他似乎有些不解，“追踪程序查出了黑尔？”

“追踪程序还没返回。黑尔将其中止了！”

苏珊继续讲述黑尔是如何中止她的追踪程序，她又是如何在黑尔的账户里找到远诚友加的电子邮件。随后，又是一阵长时间沉默。斯特拉思莫尔难以置信地摇摇头。

“远诚友加绝不会将宝押在格雷格·黑尔身上！这太荒唐了！远诚友加永远不会信任黑尔的。”

“局长，”她说，“黑尔曾坑过我们一次——‘飞鱼’惨败。远诚友加相信他。”

斯特拉思莫尔似乎不知说什么好。

“中止万能解密机，”苏珊恳求道，“我们已经找到诺斯·达科塔。快叫保安。让我们离开这里。”

斯特拉思莫尔伸手示意让他想一想。

苏珊不安地向活板门那个方向看去。那个开口就在万能解密机后面，现在不在他们的视线之内，而里面散出的红色的光映照在黑色瓷砖上，就像冰上燃着火一样。*快点，去叫保安，局长！中止万能解密机！让我们离开这里！*

突然，斯特拉思莫尔一跃而起，说道：“跟我来。”接着，他大步走向活板门。

“副局长！黑尔是个危险分子！他——”

但斯特拉思莫尔已经消失在黑暗中了。苏珊急忙追随他的身影。副局长绕过万能解密机，来到那个开口旁。他向洞里望去，下面冒出股股升腾的热气。他默默地环顾了一下密码破译部地板四周，然后弯下腰，拉起笨重的活板门。活板门在空中划出一道低低的弧线。他手一松，活板门砰的一声关上了。密码破译部又变成了一片死寂的黑洞。似乎诺斯·达科塔被困在里面了。

斯特拉思莫尔跪下身子。他拧了几下沉重的蝴蝶形锁，将其转回原处。次层已被封死。

但他和苏珊都没有听到从三号网点那里传来的微弱的脚步声。

第60章

双色穿过连接露天的院子和舞池的过道，过道两边饰有镜子。他转向镜子查看鼻子上的安全别针，这时他感到身后一个身影正向他逼近。他刚要转身，但已为时太晚。一双铁钳般的手臂将他按在镜子上，他的脸压在玻璃上，动弹不得。

双色拼命想转过身去。“爱德华多？嘿，老兄，是你吗？”双色感到那人的手迅速把他的钱包拿走了，随后那人紧紧抵着他的背，“埃迪！”双色叫道，“别瞎闹了！有人在找梅根。”

那人牢牢地把他按在那里。

那张脸上布满了麻子和伤疤。两只毫无生气的眼睛像煤块一样，从金丝边眼镜后面向外瞪着。那人身体前倾，嘴巴靠近双色的耳朵。一个怪异的声音突然问道：“他去哪儿了？”这话说得让人毛骨悚然。

双色愣住了，吓得不能动弹。

“他去哪儿了？”那声音重复道，“那个美国人。”

“机……机场。”双色结结巴巴地说道。

“机场？”那人又问，他黑乎乎的眼睛看着镜子里双色的嘴唇。

双色点点头。

“他有那个戒指吗？”

双色吓呆了，摇摇头说：“没有。”

“你看到过那戒指吗？”

双色停了一下。应该怎么回答呢？

“你看到过那戒指吗？”那人压低了声音又问。

双色肯定地点点头，希望诚实能得到回报。但事实恰恰相反。几秒钟后，他倒在地上，脖子已被扭断。

第 61 章

杰巴躺在一个已拆开的大型计算机里，身子一半露在外面。他嘴里咬着一个笔形电筒，手里拿着一个烙铁，肚子上还架着一张设计图。他刚刚将一套新的衰减器焊到一个出了故障的母板上，这时他的手机突然响了起来。

“该死，”他边骂边将手穿过一堆电缆摸索着电话听筒，“我是杰巴。”

“杰巴，我是米奇。”

他脸上露出了喜色。“一晚上打两次电话？人们会说闲话哦。”

“密码破译部有麻烦了。”她的声音非常焦急。

杰巴皱了皱眉。“我们已经探讨过这个问题。忘了吗？”

“这回是电力问题。”

“我不是电工。找工程部。”

“穹顶是黑的。”

“你有幻觉了。回家吧。”他重新盯着设计图。

“漆黑一片！”她叫道。

杰巴叹了口气，放下笔形电筒。“米奇，首先，我们那里有备用电源，所以那儿绝不会是漆黑一片。其次，斯特拉思莫尔现在比我能更清楚地看到密码破译部。你为什么不找他？”

“因为这件事跟他有关系。他在掩盖什么事情。”

杰巴眼睛转了转。“亲爱的米奇，我正在一堆串联的电缆里忙得不可开交。如果你找人约会，我就去找你。其他的事情，去找工程部。”

“杰巴，这次是真的很严重。我能感觉到。”

她能感觉到？这个理由真是冠冕堂皇，杰巴心想，米奇一定心情不好。“如果斯特拉思莫尔不担心的话，我也不担心。”

“密码破译部一片漆黑，该死！”

“也许斯特拉思莫尔正在遥望星空。”

“杰巴！我可不是开玩笑！”

“好吧，好吧，”他咕哝着说道，用肘部把自己支撑起来，“也许发电机短路了。这里一完，我马上就去密码破译部，然后——”

“备用电源是怎么了！”米奇问道，“如果发电机坏了，为什么没有备用电源呢？”

“我不知道。也许斯特拉思莫尔还在运行万能解密机，备用电源都用在那上面了。”

“那么为什么他不中止操作呢？也许有病毒。你早些时候提到过病毒。”

“该死，米奇！”杰巴火冒三丈地说道，“我告诉过你，密码破译部里没有病毒！不要再这样疑神疑鬼了！”

电话那头沉默无语。

“噢，该死，米奇，”杰巴道歉道，“听我解释。”他的声音显得很紧张。“首先，我们有‘臂铠’——没有病毒能从这里通过。其次，如果停电的话，那是硬件的原因——病毒不会关掉电源，只会攻击软件和数据。密码破译部无论发生什么事情，都不会是病毒造成的。”

电话那头还是没有动静。

“米奇？你还在听吗？”

米奇冷冷地回应道：“杰巴，我有自己的工作。我不想为此而被人呵斥。当我打电话询问为什么一个造价上百亿的设备一片黑暗的时候，我希望能听到专业的回答。”

“好的，夫人。”

“简单的是或不是就足够了。密码破译部遇到的麻烦会不会跟病毒有关？”

“米奇……我跟你说过——”

“是还是不是。万能解密机会不会是中了病毒？”

杰巴叹了口气。“不会的，米奇。根本不可能。”

“谢谢。”

他勉强笑了笑，努力想调节一下气氛。“除非你认为斯特拉思莫尔自己写了个病毒，然后绕过我的过滤器。”

米奇愣在那里，说不出话来。当她开口说话的时候，声音里带有一种莫名的恐惧。“斯特拉思莫尔可以绕过‘臂铠’？”

杰巴叹了口气。“只是开个玩笑，米奇。”但他知道已经太晚了。

第 62 章

副局长和苏珊站在关紧的活板门边，争论着下一步怎么做。

“我们的菲尔·查特鲁基恩已经死在下边了，”斯特拉思莫尔说道，“如果我们叫人援助，密码破译部会乱成一团的。”

“那么你认为我们应该做什么呢？”苏珊问道，心里只想赶快离开这里。

斯特拉思莫尔思考了片刻。“不要问我这事是怎么发生的，”他一边说着，一边低头瞥了一眼锁上的活板门，“但似乎我们已经无意中找到了诺斯·达科塔，并将其擒获。”他难以置信地摇了摇头。“如果要我说，我想说我们太走运了。”他似乎仍然不敢相信黑尔参与了远诚友加这个计划。“我猜黑尔一定把密码藏在他终端机里某个地方——也许他家里还有份拷贝。不管怎样，他已经被困在下面了。”

“那为什么不叫保安，让他们把他押走。”

“还不是时候，”斯特拉思莫尔说道，“如果系统安全部的人看到万能解密机这次长时间运行留下的数据，我们会遇上一大堆新问题的。我想在‘数字城堡’被删得不留一点儿痕迹之后再把门打开。”

苏珊勉强点了点头。这是个不错的计划。当安全部队最后从次层把黑尔拖出来，控告他谋杀查特鲁基恩的时候，他很可能会扬言将“数字城堡”告诉全世界。但证据已经销毁——斯特拉思莫尔可以装作不知道。*长时间运行？不可破解的算法？太荒唐了！难道黑尔没听说过博格夫斯基定律吗？*

“下面是我们要做的事情，”斯特拉思莫尔语气镇定地介绍了自己的计划，“我们清除黑尔跟远诚友加的所有信件。我们要销毁我绕过‘臂铠’的所有记录、所有查特鲁基恩做的系统安全分析、运行显示器的数据、所有相关的东西。‘数字城堡’消失了，就好像从没在这里出现过。我们隐瞒黑尔的密码，并祈求上帝保佑戴维能找到远诚友加那个密码。”

戴维，苏珊心想。她努力不去想他。她要先集中精力处理手上这件事。

“我负责系统安全部实验室，”斯特拉思莫尔说，“删掉运行显示器统计数据、变异活动统计数据，以及相关的所有信息。你负责三号网点。删除黑尔所有的电子邮件，任何与远诚友加的通信记录，任何提到‘数字城堡’的信息。”

“好的，”苏珊回答道，脸上神情专注，“我会删掉黑尔整个驱动器上的信息，将所有东西都重新格式化。”

“不！”斯特拉思莫尔严厉地回答，“不能那么做。黑尔很可能把密码的拷贝藏在那里。我要得到它。”

苏珊惊讶得目瞪口呆。“你要那个密码？我还以为我们是要把两个密码都毁掉！”

“是要这样的，但我想要一份拷贝。我想打开这该死的文件，瞧瞧远诚友加这个程序。”

跟斯特拉思莫尔一样，苏珊对这个程序也很好奇，但她的直觉告诉自己，破译“数字城堡”的算法可能非常有趣，却并非明智的做法。现在，这致命的程序正安全地存放在加有密码的穹顶里——根本不会造成伤害。他一旦将其破解……“局长，我们是不是应该——”

“我要那个密码。”他回答说。

苏珊不得不承认，自从听说“数字城堡”以后，她产生了一种学术上的好奇心，想知道远诚友加是如何编写出这种程序的。“数字城堡”的存在与密码学最基本的规则相矛盾。苏珊看了一眼副局长。“看过其真面目之后，你会立即删掉那个算法吗？”

“不留一点痕迹。”

苏珊皱起了眉。她知道找到黑尔手中的密码是要花时间的。在一个三号网点的硬驱上漫无目的地找一个密码，就如同在一间德克萨斯州大小的卧室里找一只袜子一样。只有当你知道自己要找什么，电脑搜索才会发挥作用；而这个密码却是随机的。但幸运的是，因为密码破译部处理过很多随机的材料，所以苏珊和一些同事开发出一种称为“非常规搜索”的程序。这种搜索程序主要是让电脑检查硬躯里每个字符串，将每个字符串与一部大字典相对照，找出其中似乎无意义或随机的字串。尽管需要不厌其烦地改进参数，但这种方法还是可行的。

苏珊知道她是寻找密码的合适人选。她叹了口气，希望自己将来不会后悔。“如果一切顺利，我要花大约半个小时的时间。”

“那么我们开始工作吧。”斯特拉思莫尔说着，将一只手放在她肩膀上，引导她穿过黑暗朝三号网点走去。

头顶上，挂满繁星的天空在穹顶上伸展开来。苏珊想知道戴维能否在塞维利亚看到同样的星星。

当他们走近三号网点沉重的玻璃门的时候，斯特拉思莫尔低声骂了几句。三号网点门上电子键盘的灯没亮，门关得死死的。

“该死，”他说，“我忘记没电了。”

斯特拉思莫尔仔细研究了一下那几扇滑门。他把手掌平放到玻璃上，身体侧向一边，使劲想把门滑开。他手上都是汗，一下子滑脱了。他把手擦了擦裤子，又试了一次。这次，门滑开一条细小的缝隙。

苏珊觉得有些进展了，便来到斯特拉思莫尔后面，一起用力推门。门滑开大约一英寸。他们坚持了一会儿，但是门的弹力太大，砰地又弹了回去。

“坚持住，”苏珊边说，边站到斯特拉思莫尔前面，“好的，这次再试试。”

他们用力推门。门还是只开了约一英寸的距离。三号网点里发出一道微弱的蓝光。一圈终端机依然是开着的。这些终端机对万能解密机有极为重要的作用，所以也能获得备用电源的支持。

苏珊脚尖拼命蹬地，更加卖力地推着。门开始移动了。斯特拉思莫尔挪动了一下身体，找到了一个更好的角度。他把手掌集中放在左边的滑门上，直向后推。苏珊则向相反的方向推着右边的滑门。两扇门开始缓慢而艰难地分开了，现在间距几乎有一英尺。

“不要松手，”斯特拉思莫尔一边更加用力，一边喘着粗气说道，“让门分得再开一些。”

苏珊把肩膀挤进门缝里。她又开始用力推了起来，这次的角度更佳。门也使劲地抵着她。

还没等斯特拉思莫尔制止，苏珊就将她苗条的身躯向开口里面挤去。斯特拉思莫尔表示反对，但她一心要进去。她想离开密码破译部，她非常了解斯特拉思莫尔，知道找不到黑尔的密码，她哪儿也去不了。

她站在开口当中，用尽全力推门。门似乎被推向了两边。突然苏珊没有抓牢，门向她弹去。斯特拉思莫尔竭力想止住门的移动，但滑门回弹的力量太大了。就在门砰地关上的时候，苏珊挤了进去，猛地摔到另一边的地板上。

副局长又一次用力把门打开一条缝。他把脸靠在狭小的缝隙上，说道："天哪，苏珊——你没事吧？"

苏珊站了起来，拍了拍身上的灰尘。"没事。"

她四下望了望。三号网点空无一人，只有电脑显示器还在亮着光。浅蓝色的阴影使这个地方笼罩着幽灵般的气氛。她转向门缝外的斯特拉思莫尔。他面如死灰，在蓝光的映衬下显出一种病态。

"苏珊，"他说，"给我二十分钟删掉系统安全部的文件。清除所有痕迹后，我会到我的终端机那里，中止万能解密机的运行。"

"最好是这样。"苏珊看着厚重的玻璃门说道。她知道在万能解密机停止使用备用电源之前，她会一直都被囚禁在三号网点里。

斯特拉思莫尔松开手，门"啪哒"一声关上了。苏珊透过玻璃目视着副局长消失在系统安全部的黑暗中。

第 63 章

贝克新买的黄蜂摩托车摇摆着开上了塞维利亚飞机场的进站通路。他用力握着车把，指关节都没了血色。他的手表上显示：当地时间，刚过清晨两点。

在接近机场主候车室的时候，他驶上人行道，还没等车停下就跳了下来。摩托车咔哒几声冲上人行道，啪的一声停了下来。贝克一个箭步噌地就穿过旋转门。*以后再不接这差事了*，他暗自骂道。

候车室没什么人气，灯光暗淡。这里空荡荡的，只有一个看门人在擦地板。大厅对面，一个售票员正要关掉伊比利亚航空公司的柜台。贝克感到这不是个好兆头。

他跑了过去。“去美国的飞机起飞了吗？”

柜台后面那个迷人的安达卢西亚女人抬起头，充满歉意地微笑道：“你刚误了这班飞机。”她的声音在空中回响了好半天。

我误了航班。贝克的肩膀无力地垂了下去。“这班飞机上有没有备用座位？”

“很多，”那女人笑道，“几乎都是空的。但明天上午八点也有——”

“我想知道我的一个朋友是否搭上那一班飞机。她买的就是备用票。”

那女人皱了皱眉。“对不起，先生。今晚有几个乘客买了备用票，但我们的隐私条款规定——”

“这事事关重大，”贝克急着说道，“我只要知道她是否坐上那班飞机就可以了。”

女人同情地点点头。“跟恋人吵架了？”

贝克想了片刻，然后局促不安地朝她咧嘴笑道：“有那么明显吗？”

她冲他眨了眨眼睛。“她叫什么名字？”

“梅根。”他伤心地回答。

售票员露出微笑。“你的女朋友有姓氏吗？”

贝克长吁一口气。有的，但我不知道！“实际上，这次情况有些复杂。你刚才说飞机几乎都空着。也许你能——”

“不知道她姓什么，我真的不能……”

“那么，”贝克打断她，心中又生一计，“你今晚一直都在值班吗？”

那女人点点头。“从晚上七点到早上七点。”

“那么也许你见到过她。她是个年轻女孩。可能十五或十六岁大。她的头发是——”还没等说出下面的话，贝克意识到自己犯了个错误。

售票员的眼睛眯了起来。“你的情人才十五岁？”

“不是！”贝克气吁吁地说，“我的意思是……”*该死*。“请你帮帮我，这件事非常重要。”

“对不起。”那女人冷冷地说道。

“事情并不是你想的那样。请你——”

“晚安，先生。”这个女人猛地将铁栅栏拉到柜台上面，走进了后面的房间。

贝克呻吟了一声，朝天空望去。*真够倒霉的*，戴维。简直倒霉透顶。他朝开阔的大厅望去。空无一人。*她一定卖掉戒指，坐飞机走了*。他朝看门人走去。“你看到过一个姑娘吗？”他大声叫道，声音盖过了瓷砖减震器的声音。

那位老人向下伸手关掉机器。“什么？”

“一个女孩。”贝克重复道，“一头红色、白色和蓝色的头发。”

看门人笑着说道：“听起来挺难看的。”他摇摇头，又回头继续工作。

戴维·贝克站在空无一人的机场大厅中间，思忖着下一步做什么。这个晚上就像一出充满各种错误的喜剧。斯特拉思莫尔的话语在他脑海里不停回响：找到戒指再打电话。他突然感到浑身疲惫不堪。如果梅根把戒指卖了，搭上那趟航班，那么现在戒指在谁那儿就根本无从知晓了。

贝克闭上眼睛，努力集中精神。*我下面应该怎么做*？他决定过一会儿再考虑这个问题。他现在先要去一趟厕所，已经憋很久了。

第64章

苏珊独自一人站在灯光昏暗的三号网点里，四周一片寂静。现在的任务很简单：进入黑尔的终端机，找到他的密码，然后删掉他跟远诚友加的所有通信。不能留下任何“数字城堡”的痕迹。

苏珊最初对留下密码，然后将“数字城堡”解锁的恐惧现在又向她袭来。未来的命运令她感到一阵不安，但又显得十分诱人。事到如今，他们还算幸运。诺斯·达科塔神奇地在他们鼻子底下出现了，现在又被困在地下。唯一剩下的问题就是戴维了，他要找到另一个密码。苏珊希望他现在有所进展。

苏珊边向三号网点深处走去，边努力想使自己头脑清醒过来。说也奇怪，她在如此熟悉的地方竟然会感到一阵不安。三号网点里的一切在黑暗中似乎都很陌生。但除此之外，还有别的什么东西。苏珊突然一阵犹豫，回头扫了一眼那几扇无法打开的门。无路可逃。*还要二十分钟*，她想。

在转向黑尔的终端机的时候，她闻到一股奇怪的麝香味——肯定不是三号网点的气味。她猜想也许是去离子剂出了问题。这气味似曾相识，她浑身不由得打了一个冷战。她脑海里浮现出黑尔被锁在地下巨大的蒸汽牢房里的画面。*他是不是烧着了什么东西？*她抬头朝通风孔望去，用鼻子嗅了嗅。但那气味似乎来自附近某个地方。

苏珊朝小厨房的花格门望去。刹那间，她认出了那个气味。那是*古龙香水……还有汗臭*。

她本能地向后退了几步，不敢正视眼前的东西。在小厨房花格门板条后面，有两只眼睛正在瞪着她。她顿时就明白了这骇人的真相。格雷格·黑尔并没有被锁在次层里——他在三号网点！在斯特拉思莫尔关上活板门之前，他悄悄地爬上楼梯。他身强体壮，自己一人就把门打开了。

苏珊曾听说极度的恐惧能使人吓得呆若木鸡，动弹不得——她现在知道实际上根本不是那回事。就在那一瞬间，她立刻明白发生了什么，紧接着就行动起来——她跌跌撞撞地穿过黑暗向后面走，心里只有一个念头：逃出去。

她身后突然发出一声巨响。黑尔刚才一直静静地坐在炉子上，伸开双腿就像一头正在顶角的公羊。房门轰的一声脱离了铰链。黑尔冲进房间，咆哮着大步向她追去。

苏珊随手放倒身后一座灯，想要绊倒追向她的黑尔。但她感到他毫不费力地跳了过去。黑尔快步追了上来。

他伸开右臂从后面一把抱住她的腰，她感到自己就好像碰到了一根钢筋。她呼吸困难，痛苦地大口喘着气。他的二头肌紧紧压在她的胸腔上。

苏珊奋力反抗，拼命地扭动着身躯。她的肘部不知怎么击中了他的软骨。黑尔放开她，双手捂着鼻子。他跪倒在地，双手捂着脸。

“狗娘养的——”他痛苦地尖叫道。

苏珊“噌”地一下跳到门的压盘上，祈祷斯特拉思莫尔能马上恢复电力，门能迅速打开，但滑门还是纹丝不动。她随即用拳头猛砸玻璃。

黑尔步履蹒跚地向她走去，鼻子上满是鲜血。他很快又从后面把她抱住——一只手紧紧地压在她左边的乳房上，另一只手拦住她的腰。他猛地一使劲把她从门那儿拽了过去。

她发出尖叫，伸手奋力反抗，但无济于事。

他把她向后面拽去，他的腰带扣刺进了她的脊背。苏珊不敢相信他的力气竟然是如此惊人。他拽着她向后穿过地毯，她的鞋子半路上被碰掉了。黑尔一把将她抬起，摔到他终端机旁的地板上。

苏珊顿时仰面躺在地上，裙子在臀部那里堆成一团。她上衣最上面那个扣子已经松开，她的胸部在浅蓝色的灯光下起伏不定。黑尔跨在她身上，使她动弹不得，她一脸恐惧地盯着他。她看不懂他的眼神。是恐惧？还是愤怒？他的眼睛直勾勾地看着她的身体。一种突如其来的恐惧感向她袭来。

黑尔死死地坐在她的腰部，低头冷冷地瞪着她。苏珊脑子里飞快地掠过从前学过的所有自卫招数。她想奋起反抗，但她的身体却动弹不得。她身体僵在那里，全身麻木。她闭上了眼睛。

哦，求求你，上帝。不要啊！

第 65 章

布林克霍夫在米奇的办公室里走来走去。“没人能绕过‘臂铠’。这是不可能的！”

“你错了，”她反驳道，“我刚跟杰巴通过话。他说他去年装了一个旁路开关。”

这位私人助理一脸迷惑。“我从没听说过这件事。”

“没人知道。一切都是暗中进行的。”

“米奇，”布林克霍夫争着说道，“杰巴患有安全强迫症！他绝不会去安装一个开关来绕开——”

“是斯特拉思莫尔让他这样做的。”她打断道。

布林克霍夫几乎可以听到她的脑袋里发出“咔哒”一声。

“还记得去年，”她问道，“斯特拉思莫尔打击加利福尼亚那个反犹恐怖集团吗？”

布林克霍夫点点头。那是斯特拉思莫尔去年的胜仗之一。在万能解密机破解一个被截获的密码之后，他发现了一个用炸弹炸毁洛杉矶一家犹太人学校的阴谋。他破解恐怖分子这个密码的时间离炸弹爆炸仅仅相隔十二分钟。他快速通过电话通知有关当局，最终挽救了三百个学生的性命。

“注意，”米奇故弄玄虚地压低声音说，“杰巴说斯特拉思莫尔在炸弹爆炸六个小时前就截获了那个恐怖分子的密码。”

布林克霍夫吃了一惊。“但是……他为什么要等到——”

“因为他不能使万能解密机破解那个文件。他曾经试过，但‘臂铠’总是将其拒之于门外。那个文件是用一个新的公钥算法加密的，过滤器以前没有碰到过这种算法。杰巴用了几乎六个小时来改动那过滤器。”

布林克霍夫惊得目瞪口呆。

“斯特拉思莫尔当时大发脾气。他让杰巴在‘臂铠’装上一个旁路开关，以防这种事情再次发生。”

“天哪。”布林克霍夫吹了一声口哨，“我竟然什么也不知道。”接着他的眼睛眯了起来。“那你的意思是？”

“我认为斯特拉思莫尔今天用了那个开关……处理一个被‘臂铠’拒绝的文件。”

“怎么了？那个开关不就是干这个的嘛？”

米奇摇摇头说道：“如果这个文件是病毒的话，就不是这样了。”

布林克霍夫吓得跳了起来。“病毒？谁说这是病毒了！”

“这是唯一的解释，”她说，“杰巴说只有病毒才会使万能解密机运行这么长时间，所以——”

“等一下！”布林克霍夫挥手让她打住，“斯特拉思莫尔可说过一切正常！”

“他在撒谎。”

布林克霍夫有些不知所措。“你是说斯特拉思莫尔故意将病毒放进万能解密机里了？”

“不，”她快声说道，“我认为他还不知道那是个病毒。我觉得他肯定被人耍了。”

布林克霍夫没有吭声。米奇·米尔肯这回输定了。

“这可以解释很多问题，”她坚持说道，“这正好解释了他整晚都在那儿干什么。”

“将病毒放进自己的电脑里？”

“不是，”她不耐烦地说，“是在努力掩盖他的错误！他现在不能中止万能解密机，获得备用电力，是因为那个病毒将处理器锁定了！”

布林克霍夫转了转眼睛。米奇过去也发过火，但从没有像今天这样厉害。他试着使她平静下来。“杰巴似乎并不很担心这事。”

“杰巴是个傻瓜。”她咬牙切齿地说。

布林克霍夫一脸惊讶。从没有人叫过杰巴傻瓜——也许有人叫过猪，但决没有叫过傻瓜。“你太相信你的女性直觉了，却不相信杰巴在反侵略程序编写方面的专业水平。”

她狠狠地瞪了他一眼。

布林克霍夫举起双手表示投降。“别往心里去，我收回刚才的话。”他知道米奇在预感灾难方面具有神奇能力。“米奇，”他恳求道，“我知道你恨斯特拉思莫尔，但是——”

“这跟斯特拉思莫尔毫无关系！”米奇厉声说道，“我们现在要做的第一件事就是要确定斯特拉思莫尔绕过了‘臂铠’，然后我们就通知局长。”

“太棒了。”布林克霍夫咕哝道，“我给斯特拉思莫尔打电话，让他给我们发一份声明，上面要他亲笔签名。”

“不行，”她回答道，没去理会他讽刺的口吻，“斯特拉思莫尔今天已经向我们撒过一次谎。”她抬头看了他一眼，目光锐利地盯着他的眼睛。“你有方丹办公室的钥匙吗？”

“当然有。我是他的私人秘书。”

“我要用那些钥匙。”

布林克霍夫难以置信地看着她。“米奇，我是不会让你进入方丹的办公室的。”

“你必须给我！”她命令道，接着转身开始敲击“老大哥”的键盘，“我需要一份万能解密机的等待列表。如果斯特拉思莫尔手动绕过‘臂铠’的话，打印材料就会显示出来。”

“这跟方丹办公室有什么关系？”

她转身狠狠地瞪着他。“等待列表只有方丹的打印机能打出来。你是知道的！”

“这是因为那是绝密文件，米奇！”

“这是紧急情况。我要看那个列表。”

布林克霍夫双手放到她的肩膀上。“米奇，请冷静一下。你知道我不能——”

她使劲呼出一口气，又转向键盘。“我只要打印一张等待列表就可以。我走进办公室，拿起列表，接着就出来。现在给我钥匙。”

“米奇……”

她打完字后又转向他。“查德，三十秒后报告就会打出来。我们做笔交易。你把钥匙给我。如果斯特拉思莫尔绕过‘臂铠’，我们就叫保安。如果是我错了，我就走开，然后你就可以将柑橘酱涂遍卡门·韦尔塔的全身。”她恶狠狠地瞪了他一眼，伸手要钥匙，“给我钥匙。”

布林克霍夫一声叹息，后悔叫她回来检查密码破译部的报告。他望着伸向他的手。“你要的是局长私人领地里的绝密信息。你知不知道如果我们被人发现会有什么结果？”

“局长在南美洲。”

“对不起。我就是不能帮你。”布林克霍夫双手抱胸走了出去。

米奇瞪着他的身影，灰色眼睛里充满了怨恨。“哼，你当然能。”她低声说道。然后，她又转身对着“老大哥”，启动了视频资料库。

米奇会忘了这个的，布林克霍夫坐在自己桌旁喃喃自语，然后开始浏览剩下的报告。不能米奇一有疑心，他就交出局长的钥匙。

就在他开始检查通信安全措施故障材料的时候，他的思绪被另一个房间传来的声音打断了。他放下手中的事情，走到门口。

主套房一片黑暗——只有一束暗淡的灰光从米奇半开着的门里射出来。他侧耳聆听。那声音还在继续，听起来好像很兴奋。“米奇？”

没人应答。

他大步流星地穿过黑暗来到她的办公室。那声音有些熟悉。他推开了门。房间里空荡荡的。米奇的椅子是空的。声音是从上面传来的。布林克霍夫举头望向视频监视器，顿时感到一阵恶心。十二个屏幕上放着同一个画面——就像是特意编排的芭蕾舞一样。布林克霍夫靠在米奇椅子的后背上站稳脚跟，惊愕地看着屏幕。

“查德？”声音是从他身后发出的。

他迅速回过身，眯起眼睛望向暗处。米奇站在双扇门前主套房接待区的斜对面。她伸出手掌。“钥匙，查德。”

布林克霍夫满脸通红。他又转向显示器。他试着挡住头上的图像，但无济于事。他的影像到处都是，他放荡地呻吟着，急切地抚摸着卡门·韦尔塔小巧的、涂满蜂蜜的双乳。

第66章

贝克穿过大厅，向洗手间大门走去，不料却发现标着“男厕所”的门被一个橘黄色的路标塔和一辆装满清洁剂和拖把的清洁手推车挡住了。他又看向另一扇门。*女厕所*。他大步走过去，用力地敲了敲门。

“有人吗？”他一边叫着，一边将女厕所的门推开一英寸，“可以进去吗？”

里面寂静无声。

他走了进去。

这个厕所是典型的西班牙公厕——四四方方，白色瓷砖，天花板上挂着一个白炽灯泡。跟其他厕所一样，这里也有一个隔间和一个小便池。女厕所里的小便池是否有人使用并不重要，因为修建小便池能帮承包商省下再建一个隔间的费用。

贝克一脸厌恶地望着这个厕所。这个厕所极其肮脏。水池已经堵住，里面满是混浊的褐色液体。脏乎乎的纸巾扔得到处都是。地板上到处是水。墙上一台破旧的电子手摇鼓风机上抹满了绿色指印。

贝克走到镜子前面，叹了口气。那双敏锐而清澈的眼睛今晚不再那么清澈了。*我在这里已经忙活了多久？*他思忖着。他算不出来。出于职业习惯，他将领带的温莎结推到衣领上。然后，他转向身后的小便池。

他站在那里不禁在想苏珊现在是否会在家里。她会去哪里？独自一人去石头庄园了？

“嘿！”一个女人在他身后愤怒地说道。

贝克吓了一跳。“我——我……”他结结巴巴地说道，急忙扣上拉链，“对不起……我……”

贝克转身面向刚走进来的这个女孩。她虽然年轻，却显得世故老练，仿佛是从《十七杂志》上蹦出来的女郎。她穿着一条不很时兴的格子花纹长裤和一件白色无袖上衣。她手里提着一个红色的L·L·比恩牌行李袋。一头金发被吹风机吹得十分有型。

“对不起。”贝克手忙脚乱地扣上腰带，“男厕所已经……无论如何……我要走了。”

“他妈的神经病！”

贝克大吃一惊。这种污秽的东西似乎不应出自她的嘴里——就如同优雅的玻璃水瓶里流出污水一样。但仔细打量她一番之后，他发现她并不是如他开始想的那样优雅。她的眼睛有些肿胀，布满了血丝。她的右前臂有些浮肿，有些红色的炎症，上面还隐隐显出蓝色的痕迹。

上帝啊，贝克想。静脉注射毒品。一看就知道！

“滚出去！”她叫道，“给我滚出去！”

贝克顿时忘记了寻找戒指的事情、国安局、所有一切。他心里想的全都是这个年轻女孩。她的父母可能给她一张维萨信用卡，送她来这里参加预科学习课程——她却半夜独自一人在洗手间里吸食毒品。

“你没事吗？”他边问，边向门口退去。

“我很好。”她不屑地说道，“你现在可以走了！”

贝克转身走开。他最后痛心地瞥了一眼她的前臂。你帮不上什么忙的，戴维。随她去吧。

“现在就走！”她大声叫道。

贝克点点头。走出去的时候，他朝她苦笑道：“保重。”

第 67 章

“苏珊？”黑尔喘着气说道，他的脸压在她的胸前。

他双腿跨在她身体两边，身体重量集中在她腹部上。他的尾骨透过她薄薄的裙子，顶着她的耻骨，使她疼痛不已。他鼻子流出的血滴满了她全身。她心生恶心，差点吐了出来。他双手放在她的胸上。

她全身麻木。他在摸我吗？苏珊半晌才意识到黑尔正在扣上她最上面那个纽扣，帮她把身体遮好。

“苏珊，”黑尔气吁吁地说，有些上气不接下气，“你要帮我离开这里。”

苏珊愣在那里。这话根本没什么道理。

“苏珊，你要帮我！斯特拉思莫尔杀了查特鲁基恩！我亲眼看到了！”

苏珊半天才转过神来。斯特拉思莫尔杀了查特鲁基恩？显然，黑尔并不知道刚才苏珊在楼下看到了他。

“斯特拉思莫尔知道我看见他了！”黑尔突然说道，“他也会杀我的！”

如果不是吓得喘不过气来，苏珊一定会当着他的面大笑起来。她知道这位前美国海军陆战队队员这种心理——挑拨离间，然后各个击破。编造谎言，使你的敌人相互攻击。

“千真万确！”他喊道，“我们要寻求帮助！我觉得我们俩的处境都非常危险！”

她根本不相信他的话。

黑尔粗壮的双腿有些抽筋，他提起屁股，想要挪动一下身体。他张开嘴想要说话，但她没有给他这个机会。

就在黑尔的身体上升的时候，苏珊感到体内的血液迅速流回双腿。还没等她明白发生了什么事情，本能的反应使她猛地扬起左腿，狠狠地顶向黑尔的胯部。她感到自己的膝盖骨撞碎了他两腿间那个软囊组织。

黑尔极度痛苦地呜咽着，一下子软了下来。他滚向一边，紧紧捂着痛处。苏珊从他的重压之下挣脱开。她踉踉跄跄地向门口走去，知道自己永远没有足够的力气逃出去。

苏珊当机立断，来到长方形枫木会议桌后面，双脚陷在地毯里。幸运的是，桌子下面装有小脚轮。她竭尽全力推动桌子，大步向弓形玻璃墙冲去。小脚轮非常灵活，桌子毫不费力地转了起来。走过三号网点一半的时候，她开始全速冲刺。

距玻璃门五英尺的地方，苏珊猛地一推，松开了手。她蹦到一边，双手捂住眼睛。随着一声巨响，玻璃墙顿时化作一堆碎片。这是三号网点自建好之后第一次能清楚地听到密码破译部发出的声音。

苏珊抬起头。透过锯齿状的洞口，她还能看到那张桌子。桌子仍在向前滚动，穿过密码破译部地板的时候划出几个大圈，最后消失在黑暗中。

苏珊用力穿上已经损坏的菲拉格慕平跟鞋，最后瞥了一眼仍在扭动身体的格雷格·黑尔，猛一下子跳过满地的碎玻璃，冲到密码破译部的地板上。

第 68 章

“现在这不就简单多了吗？”布林克霍夫交出方丹办公室钥匙的时候，米奇冷笑道。

布林克霍夫显得精疲力竭。

“我会在离开之前抹掉这一段，”米奇许诺道，“除非你和你妻子想将其私人收藏。”

“赶快去拿该死的打印材料，”他厉声道，“然后滚出来！”

“是，先生。”米奇用浓重的波多黎各口音高声笑道。她挤了挤眼睛，然后穿过套间朝方丹的双扇门走去。

利兰·方丹的私人办公室跟指挥套间的其他房间没什么两样。这里没有画作，没有配着软垫的椅子，没有榕属植物，也没有老式时钟。他办公室的空间为了追求高效而简单化了。他玻璃表面的办公桌和黑色的皮椅径直放在大型落地窗前面。角落里有三个文件柜，旁边是一个放着法国压力咖啡壶的小桌子。月亮高高地挂在米德堡上空，柔和的月光透过窗户照进来，更显出局长办公室里陈设的荒凉。

*我到底在做什么？*布林克霍夫问自己。

米奇大步走向打印机，拿起等待列表。她在黑暗中使劲眯着眼睛盯着列表。“我看不清这些数据，”她抱怨道，“打开灯。”

“你到外面看去。快走。”

但是米奇显然是觉得不够过瘾。她把布林克霍夫的话当耳旁风，直接走到窗前，将打印材料放到一个更佳的角度。

“米奇……”

她一直盯着数据。

布林克霍夫在门口不安地挪动着身体。“米奇……别这样。这是局长的私人领地。”

“肯定在上面某个地方，”她一边仔细端详着材料，一边咕哝道，“我肯定斯特拉思莫尔绕过了‘臂铠’。”她又向窗户凑近了一步。

布林克霍夫开始直冒冷汗。米奇还在看着数据。

几分钟后，她倒吸了一口凉气。“我就知道！是斯特拉思莫尔干的！真是他干的！这个傻瓜！”她举起那张纸晃了晃，“他绕过了‘臂铠’！瞧瞧！”

布林克霍夫呆若木鸡地望着她，突然猛地冲过局长办公室。他来到窗前，凑到米奇旁边。她指着纸的底部。

布林克霍夫难以置信地看了起来。“到底怎么……”

纸上印着最后进入万能解密机的三十六个文件的列表。每个文件后面跟着一个四位数的“臂铠”清除密码。然而，最后一个密码后面却没有清除密码——上面只是写着：手动绕过。

天啊，布林克霍夫心想。米奇这次又对了。

“这个傻瓜！”米奇气急败坏地说，“看这个！‘臂铠’拒绝了这个文件两次！是变异串！但他还是绕了过去！他脑子里到底在想什么？”

布林克霍夫意识到自己的软弱。他想知道为什么米奇总是对的。两人都没有注意到旁边窗户上反射出的映像。一个高大的身影站在方丹办公室敞开的门口。

“啊，”布林克霍夫激动地说道，“你认为我们中病毒了？”

米奇叹气道：“不会是别的东西。”

“这不关你们的事！”一个低沉的声音在他们身后如滚滚闷雷似的说。

米奇一下子将脑袋碰到了窗户上。布林克霍夫靠着局长的椅子站稳，急忙转向那声音。他立刻就认出了那个轮廓。

“局长！”布林克霍夫急促地说道。他大步走了过去，伸出手。“欢迎回来，先生。”

那高大的男人没跟他握手。

“我——我还以为，”布林克霍夫一边结结巴巴地说着，一边收回了自己的手，“我还以为你在南美洲。”

利兰·方丹低头瞪着他的助手，目光像子弹一样射向他。“说得没错……但现在我回来了。”

第 69 章

“嘿，先生！”

贝克正穿过大厅，朝一排投币电话走去。他停了下来，转过身去。后面向他走来的正是他在厕所里意外遇到的那位女孩。她挥手示意他等一下。“先生，等一等！”

现在又要干吗？贝克呻吟着。难道还要索要隐私侵犯费不成？

女孩拖着行李袋向他走去。走到他跟前的时候，她脸上绽开灿烂的笑容。“很抱歉刚才在那里向你大喊大叫。你刚才吓着我了。”

“没关系，”贝克安慰道，心中有些不解，“我去错地方了。”

“这听起来有些疯狂，”她边说，边眨了一下满是血丝的眼睛，“您能否借我一些钱？”

贝克将信将疑地盯着她。“你要钱干什么？”他问道。如果你想吸毒，我是不会给你钱助长你的吸毒癖好的。

“我想回家，”金发女孩说道，“你能帮忙吗？”

“错过班机了？”

她点点头。“我的票丢了。他们不让我上飞机。航空公司真卑鄙。我没钱再买票。”

“你父母在哪儿？”贝克问道。

“美国。”

“你能联系上他们吗？”

“不行。试过一次。我猜他们正在别人的游艇上度周末。”

贝克扫了一眼女孩身上价格不菲的衣服。“你没有信用卡吗？”

“有的，但我爸爸将其注销了。他以为我在吸毒。”

“你到底是不是在吸毒呢？”贝克面无表情地问道，眼睛盯着她浮肿的前臂。

女孩怒目而视，愤愤不平道：“当然没有！”她故意向贝克吹了口气，他顿时感到自己被她戏弄了。

“别磨蹭，”她说，“你看起来像个有钱人。你就不能给点钱让我回家？我以后会寄给你的。”

贝克估计他给这女孩的所有钱最后都会落入特里亚纳毒贩的手里。“首先，”他说，“我不是个有钱人——我只是个老师。但我会告诉你我要怎么做……”我要揭穿你，这就是我要做的。“为什么我就不能为你买机票呢？”

金发女孩大为震惊地看着他。“你会那样做吗？”她结结巴巴地说，眼睛睁得很大，闪烁着希望的光芒，“你会为我买一张回家的机票？哦，上帝，谢谢你！”

贝克说不出话来。显然，他判断失误了。

女孩伸开手臂抱着他。“这个夏天太不幸了，”她哽咽道，眼泪在眼眶里直打转，“噢，谢谢你！我终于可以离开这里了！”

贝克假惺惺地抱了抱她。女孩松开了手，他又望着她的前臂。

她随着他的目光看向那片发青的皮疹。“龌龊，是吧？”

贝克点点头。“我记得你说自己不吸毒的？”

那个女孩大笑起来。“这是神奇水笔留下的！我努力想擦掉它，却擦掉我一大块皮。墨水抹得一塌糊涂。”

贝克凑近仔细看了看。在荧光灯下，他看到在她胳膊的发红的肿块下面模糊地显现出模糊的字迹——皮肤上涂写了几个字。

“但……但你的眼睛，”贝克说道，感到自己有些语无伦次，“眼睛都是红的。”

她笑道：“我大哭了一场。我跟你说过，我没赶上班机。”

贝克又望着她手臂上的字。

她局促不安地皱了皱眉头。“哎呀，你仍能看清那些字，是吧？”

贝克这回凑得更近了。他看得清清楚楚。上面的字迹十分清晰。在看着那四个模糊的字的时候，过去的十二个小时在他眼前闪过。

戴维·贝克感觉自己又回到了阿方索十三世旅馆那个房间。那个肥硕的德国人摸着自己的前臂，用蹩脚的英语说出：滚开去死。

“你没事吧？”女孩看着一脸茫然的贝克，问道。

贝克的视线没有从她的胳膊上移开。他感到一阵晕眩。女孩胳膊上被擦过的那四个字清楚地写着：滚开去死。

金发女孩尴尬地低头看着胳膊。“我的一个朋友写的……特别傻，是吧？”

贝克说不出话来。*滚开去死*。他简直难以相信。那个德国人原来不是想羞辱他，而是要帮他。贝克抬头望着女孩。在大厅的荧光灯下，他看到女孩金色头发上还有些许红色和蓝色的痕迹。

“你——你……”贝克盯着她没有穿孔的耳朵，结结巴巴地说道，“你不会还戴耳环吧？”

女孩诧异地打量着他。她从口袋里掏出一个小东西，递到他面前。贝克盯着她的手，上面悬荡着一个头骨耳环。

“能用夹子夹住？”他结巴着问道。

“见鬼，是的，”女孩回答，“我特别怕针。”

第 70 章

戴维·贝克站在空荡荡的大厅里，感到双腿发软。他看着眼前这个女孩，知道自己对戒指的找寻已经结束。她刚洗过头发，换了一身衣服——也许希望这样能给自己带来好运，顺利地卖掉戒指——但她却没有登上飞往纽约的飞机。

贝克尽力保持冷静。他的疯狂之旅即将结束。他扫了一眼她的手指。上面什么也没有。他低头看着她的行李袋。*戒指在那儿，他想。一定在那儿！*

他面露微笑，几乎难以掩饰自己激动的心情。“这听起来有些疯狂，”他说，“我认为你有我要的东西。”

“哦？”梅根似乎顿时有些不知所措。

贝克伸手掏钱包。“当然，我很乐意付钱给你。”他低头开始在钱包里找钱。

看着他数钞票，梅根突然吓得倒吸一口凉气，显然误解了他的意图。她慌张地瞅了一眼旋转门……心里估算着距离。她离门有五十码。

“我可以给你足够的钱买票回家，只要你——”

“不用再说了，”梅根脱口而出，强作欢笑，“我认为我知道你到底想要什么。”她弯下腰，开始在行李袋里翻找起来。

贝克心中顿时充满希望。*她有那个东西！*他心里想。*她有那个戒指！*他不知道她是怎么知道他要什么的，但他疲惫不堪，已经管不了那么多了。他身上每根肌肉都松弛下来。他想象着自己亲手将戒指交给笑盈盈的国安局副局长时的样子。然后，他就跟苏珊躺在石头庄园里那张华盖床上，补回丢失的时间。

女孩终于找到要找的东西——她的辣椒粉护身器——它是梅斯催泪毒气喷射器的无污染替代品，是由辣椒粉和红辣椒混合而成的烈性物。说时迟，那时快，她猛地一挥手，直接朝贝克的眼睛喷去。随后，她一把抓起行李袋，朝门冲去。当她回头看的时候，戴维·贝克躺在地上，双手捂着脸，痛苦地扭动着身体。

第 71 章

德源昭高点燃第四支雪茄，继续踱着步。他抓起电话，拨通了接线总机的电话。

“有没有那个电话号码的消息？”还没等接线员说话，他就问道。

“还没有，先生。比预计的时间要长一些——是从一个手机里打来的。”

手机，德源昭高陷入沉思。*这要花多少钱。*对日本经济来说是个幸事，美国人对电子产品有一种无法满足的欲望。

“升压站，”接线员补充道，“是在电话区号 202 那里。但我们还没找到电话号码。”

“202？那是在哪儿？”*这个神秘的诺斯·达科塔到底藏在辽阔的美国疆土什么地方？*

“华盛顿特区附近什么地方，长官。”

德源昭高扬起眉毛。“找到号码就通知我。”

第 72 章

苏珊·弗莱切跌跌撞撞地穿过黑乎乎的密码破译部，朝斯特拉思莫尔办公室旁的天桥走去。副局长办公室是苏珊在这与外界隔绝的大楼里能够到达的离黑尔最远的地方。

当苏珊走到天桥楼梯的顶端时，发现副局长办公室的门半掩着，停电使门上电子锁毫无作用。她闯了进去。

“局长？”里面唯一的光亮发自斯特拉思莫尔的电脑显示器，“局长！”她又叫了一次，“局长！”

苏珊突然想起副局长现在应该在系统安全部实验室里。她在空无一人的办公室里转了几圈，黑尔对她的折磨仍然让她心有余悸。她得离开密码破译部。不管有没有“数字城堡”，是行动的时候了——中止万能解密机的运行，然后逃出去。她看了一眼斯特拉思莫尔发光的显示屏，然后冲到他的桌子前。她摸索着敲着键盘。中止万能解密机！既然她现在用的是一台能中止万能解密机的终端机，那么这个任务就简单了。苏珊调出正确的命令窗口，然后键入：

中止运行

她的手指在回车键上悬了片刻。

“苏珊！”一个声音从门口大声吼道。苏珊吓得赶忙转过身，以为那人是黑尔。但他不是黑尔，而是斯特拉思莫尔。他站在那里，面色惨白，在终端机发出的微光下显得非常怪异，胸口不停地起伏着。“到底发生了什么事？！”

“副局长！”苏珊气喘吁吁地说，“黑尔就在三号网点！他刚才袭击我了！”

“什么？不可能！黑尔已经被锁在——”

“不，他没有！他逃脱了！我们这里现在需要保安！我要中止万能解密机！”苏珊把手伸向键盘。

“不要碰键盘！”斯特拉思莫尔冲向终端机，一把将苏珊的手拨开。

苏珊退了几步，呆若木鸡。她盯着副局长，这是这一天里她第二次不认识他了。苏珊突然感到自己孤独无援。

斯特拉思莫尔看到苏珊衣服上的血迹，立即后悔自己刚才的冲动。“天哪，苏珊。你没事吧？”

她没有吭声。

他真希望自己刚才没有向她发火，这完全没有必要。他神经紧张，已经草木皆兵了。他编的谎言太多了。他脑子里有一些事情——苏珊·弗莱切不知道的事情——这些事情他没有告诉她，祈祷永远不用告诉她。

“对不起，”他温和地说道，“告诉我发生了什么事。”

她转过脸说道：“没关系。这血不是我的。我只想离开这里。”

“你没受伤？”斯特拉思莫尔将一只手放到她的肩膀上。苏珊身体向后缩。他放下手，把脸转到一边。当他再次转向苏珊的时候，她好像在看着他后面墙上什么东西。

黑暗中，那儿有个电子键盘正闪着亮光。斯特拉思莫尔跟着苏珊的视线望去，皱了皱眉头。他并不希望苏珊发现那个发光的控制板。那个发光的键盘控制着他的私人电梯。斯特拉思莫尔跟那些身居要位的客人用那个电梯在密码破译部里穿梭，这样其他员工就不会知道他们的行踪。这部私人电梯从密码破译部穹顶向下直落五十英尺，然后横向穿过一个加固的地下隧道，移动一百零九英尺来到国安局主楼的次层。这个将密码破译部和国安局连起来的电梯是由主楼供电；即使密码破译部停电了，这个电梯也不会断电。

斯特拉思莫尔早就知道电梯是有电的，但即使在苏珊猛敲楼下的主出口的时候，他也对它只字不提。他不能让苏珊出去——至少现在还不行。他思忖着要告诉她多少真相，才能使她愿意留下来。

苏珊把斯特拉思莫尔推到一边，飞快地朝后墙走去。她照着亮光的按钮就是一番猛按。

“拜托了。”她祈求道。但门却没有开。

“苏珊，”斯特拉思莫尔静静地说道，“这个电梯有密码。”

“密码？”她愤怒地重复道。她瞪着控制器。主键盘下面还有一个键盘——体积要小一些，上面带着小巧的按钮。每个按钮都标着字母表里一个字母。苏珊迅速转向他。“密码是多少？”她厉声问道。

斯特拉思莫尔思考片刻，深深地叹了口气。“苏珊，坐下。”

苏珊脸上的表情就好像她不敢相信自己的耳朵一样。

“坐下。”副局长语气坚定地重复道。

“让我出去！”苏珊不安地瞥了一眼办公室敞开的门。

斯特拉思莫尔看了一眼惊慌失措的苏珊·弗莱切。他镇定自若地向办公室门走去。他走到外面的平台上，朝黑暗看去。看不到黑尔的身影。副局长又走回来，随手把门带上。然后，他用一把椅子挡住门，走到桌前，从抽屉里拿出一样东西。在显示器射出的微光里，苏珊看清了他手里那样东西。她的脸顿时煞白。那是把枪。

斯特拉思莫尔将两把椅子拉到房中央。他把椅子转向关上的办公室的门。然后他坐了下去。他举起闪闪发亮的贝雷塔半自动手枪，稳稳地对准微开着的门。过了一会儿，他把枪放到腿上。

他严肃地说道：“苏珊，我们在这里是安全的。我们需要交流沟通。如果格雷格·黑尔穿过那扇门……”他没有继续说下去。

苏珊沉默无语。

斯特拉思莫尔在办公室里昏暗的光线下盯着她。他拍了拍身边的椅子。“苏珊，坐下。我有话要跟你讲。”她一动也不动。“说完之后，”他说，“我会告诉你电梯密码。到时候，你可以决定是否离开这里。”

房间里沉默良久。不知所措的苏珊走过办公室，坐到斯特拉思莫尔身旁。

“苏珊，”他开口说道，“我向你隐瞒了一些东西。”

第 73 章

戴维·贝克感觉他的脸好像浸过松节油，然后被点燃了一样。他在地上滚来滚去，迷迷糊糊地看到那个女孩正在去旋转门的半路上。她惊恐万分，一路小跑着，身后拖着行李袋在瓷砖上滑过。贝克拼命想站起来，却无能为力。他眼睛几乎什么也看不见，眼前好像有一片烈火。*她不能离开这儿!*

他试着叫出声来，但他的肺里已没有多余的空气，只有阵阵剧痛。“不！”他咳出声来。那声音低得几乎没有发出来。

贝克知道只要她走出那扇门，他就再也找不到她了。他竭力再叫出声来，但他的喉咙灼烧得厉害。

女孩几乎就要走到旋转门了。贝克摇摇晃晃地站了起来，大口喘着气。他跌跌撞撞地跟着她。女孩冲进了旋转门第一个隔间，后面拖着行李袋。在她身后二十码的地方，瞎子般的贝克摸索着向门走去。

“等一下！”他上气不接下气地说，“等一下！”

那女孩奋力推着门的里侧。门开始旋转，却突然卡住了。金发女孩惊愕地转过身，发现是行李袋堵在门口了。她跪在地上，奋力想使其挣脱。

贝克模糊地看到门缝里突出的那个东西。他猛扑过去，眼里只看到尼龙包从门缝里露出来的红色一角。他伸出双手向那一角飞去。

在戴维·贝克即将落地的时候，他的手离行李袋只有几英寸了，突然行李袋滑进门缝消失了。他的手指抓了个空，而旋转门猛地又转了起来。带着行李袋的女孩差点摔到外面的街上。

“梅根！”贝克边击打着门边呜咽道。他感觉好像有无数个灼热的细针从他眼窝后面刺了进去。他眼前一片黑暗，感到一阵恶心。他的声音在黑暗中回响。梅根！

戴维·贝克不知自己躺了多久，醒过来的时候他听到头上的荧光灯泡发出的嗡嗡声，而其他东西都是静悄悄的。一片寂静中传来了一个声音。有人在叫他。他努力把头从地板上抬起来。整个世界都是倾斜的，水汪汪的。他眯着眼望向大厅，看到二十码外有个人影。

“先生？”

贝克听出那个声音了。是那个女孩。她正站在大厅远处一个入口，行李袋紧紧抱在怀里。她的样子比刚才还要惊恐万分。

“先生？”她声音颤悠悠地问道，“我从没告诉过你我的名字。你是怎么知道我叫什么的？”

第 74 章

利兰·方丹局长身材伟岸，六十三岁，留着军队式的短发，一副意志坚定的样子。他被激怒时的眼睛就像煤炭一样乌黑发亮，而且几乎一直都是这个样子。他工作努力，计划安排得体，赢得了前任领导的尊敬，因而得以在国安局平步青云。他是第一个坐到国安局局长这个位置的非裔美国人，却从没有人提到过这个；方丹的政治策略绝对不怀任何种族偏见，因而他的下属也明智地不抱种族偏见。

方丹跟往常一样默默地给自己倒了一杯危地马拉的爪哇咖啡，却让米奇和布林克霍夫站在一边。然后，他坐在他的办公桌前，让他们继续站着，就像在校长办公室里质问小学生一样。

米奇开口说话——讲述了迫使他们擅入不可侵犯的方丹办公室的不同寻常的一系列事件。

“病毒？”局长冷冷地问道，“你们两个认为我们中病毒了？”

布林克霍夫皱了皱眉头。

“是的，长官。”米奇干脆地答道。

“因为斯特拉思莫尔绕过了‘臂铠’？”方丹看着眼前的打印材料说。

“是的，”她说，“有一个文件已有二十多个小时没有被破解。”

方丹眉头紧锁。“或许是你的数据告诉你的吧。”

米奇想要表示不满，但她还是忍住没说。她提高嗓门说：“密码破译部停电了。”

方丹抬起头，显然大吃一惊。

米奇迅速点了一下头表示确认。“所有电力系统都出现故障。杰巴认为也许——”

“你给杰巴打过电话了？”

“是的，长官，我——”

“杰巴？”方丹站起身，大发雷霆，“你为什么不打电话给斯特拉思莫尔？”

“我们打过了！”米奇争辩道，“他说一切正常。”

方丹站了起来，胸口不停地上下起伏。“那么我们就没有理由怀疑他。”他的声音突然有些沙哑。他喝了一小口咖啡。“请你们原谅，我现在有事情要做。”

米奇愣了一下说道：“我还有事禀报。”

布林克霍夫已经朝门的方向走去，但米奇好像两脚生根一样站在原地不动。

“我的意思是，晚安，米尔肯女士，”方丹重复道，“你可以离开了。”

“但——但长官，”她结结巴巴地说道，“我……我表示反对。我认为——”

“你要表示反对？”局长问道。他放下咖啡。“我还要表示反对呢！我反对你来我办公室里。我反对你影射这个部门的副局长撒谎。

我反对——”

“我们中了病毒，长官！我的直觉告诉我——”

“你的直觉是错的，米尔肯女士！只有这次是错的！”

米奇牢牢地站在那里。“但是，长官！斯特拉思莫尔副局长绕过了‘臂铠’！”

方丹大步向她走去，几乎难以抑制心中的怒火。“这是他的特权！我雇你监视分析员和部门职员——而没让你暗中监视副局长！如果没有他，我们现在就仍然还是用纸和笔来破解密码！现在给我走开！”他转向站在门口的布林克霍夫，他现在面无血色，身体不停地抖动着。“你和她。”

“尽管我非常尊敬您，长官，”米奇说道，“但我建议我们派一支系统安全部小分队到密码破译部那里，只是为了确保——”

“我绝不会做这种事情的！”

米奇心里一番激烈斗争之后，点了点头。“非常好。晚安。”她转身离开了。在她从布林克霍夫旁边走过的时候，他能从她的眼神里看出她绝不会就此善罢甘休——她会一直坚持到证明自己的直觉是对的为止。

布林克霍夫望着房间那头他的顶头上司，人高马大的他正在桌子后面大发脾气。这不是他认识的那位局长。他所认识的局长对细节一丝不苟，连包裹都要求摆放整齐。他总是激励部下检查并弄清日常工作中矛盾的地方，即使微不足道也要这样。但现在发生了一系列怪事，他却让他们不要插手。

局长显然要掩盖什么东西，但布林克霍夫的职责是提供帮助，而不是表示质疑。方丹一次次地证明他把大家的利益放在心上；如果现在对他提供帮助意味着需要睁一只眼闭一只眼的话，那么就这样做吧。不幸的是，米奇的职责是表示怀疑，布林克霍夫害怕她现在去密码破译部就是做这件事。

她是不想在这儿干了，布林克霍夫边想边朝门转去。

“查德！”方丹在他身后厉声叫道。在米奇离开的时候，方丹也看到了她脸上的神情。“不要让她离开指挥套房。”

布林克霍夫点点头，急忙追向米奇。

方丹吁了一口气，双手抱头。他黑色的眼睛显得很沉重。这次回来路途遥远，一切让人意想不到。过去的一个月里，利兰・方丹心中一直充满期待。国安局里现在发生的一些事情可能会改写历史，具有讽刺意味的是，方丹局长竟是意外发现这件事的。

三个月前，方丹听说斯特拉思莫尔副局长的妻子离开了他。他还听说，斯特拉思莫尔没日没夜地工作，似乎已不堪重负。尽管方丹与斯特拉思莫尔在许多问题上意见不合，但他一直都很尊敬这位副局长；斯特拉思莫尔才华横溢，也许是国安局历史上最优秀的雇员。与此同时，自“飞鱼”计划失败之后，斯特拉思莫尔一直肩负着巨大的压力。这一点使方丹感到不安；副局长拥有国安局多把钥匙——而方丹则要保护整个国安局。

方丹需要有人盯着状态不稳定的斯特拉思莫尔，从而保证他百分之百不会出错——但这并没那么简单。斯特拉思莫尔骄傲自负，权力很大；方丹需要在不损害他的信心和威信的前提下对他进行监督。

出于对斯特拉思莫尔的尊敬，方丹决定亲自做这个工作。他在斯特拉思莫尔副局长的密码破译部账户上装了一个隐身监视程序——他的电子邮件，他与其他办公室的通信，他的行动计划，账户里的一切都会受到监视。如果斯特拉思莫尔不堪重负的话，局长会在他平时工作中看到预兆。没有看到崩溃的预兆，方丹却发现斯特拉思莫尔在为一项机智得令人难以置信的计划做准备工作。难怪斯特拉思莫尔有些急不可待；如果他能实现这个计划的话，这会大大地补偿“飞鱼”惨败所造成的损失。

方丹得出的结论是，斯特拉思莫尔一切正常，把百分之一百一十的精力都投入到工作中——他跟从前一样狡黠、精明、爱国。局长所要做的就是退在一旁，放手让副局长创造奇迹。斯特拉思莫尔策划了一个计划……这个计划方丹可不想搅和。

第 75 章

斯特拉思莫尔用手指拨弄着腿上的贝雷塔手枪。即使已经怒火中烧，但他还是要按照计划保持清醒的头脑。格雷格·黑尔胆敢冒犯苏珊·弗莱切的事实让他心生恶心，但是这一切都是他造成的，这使他更加感到恶心，因为是他让苏珊进入三号网点的。斯特拉思莫尔心里清楚自己不能感情用事——这绝不能影响他对“数字城堡”的处理。他是国安局副局长。而且，他今天的工作比以往任何时候都要重要。

斯特拉思莫尔放慢了呼吸。“苏珊。”他的声音清晰有力，“你把黑尔的电子邮件删掉了吗？”

“没有。”她不解地回答道。

“你拿到密码了吗？”

她摇了摇头。

斯特拉思莫尔皱起眉头，咬了咬嘴唇。他的脑子在飞速地转着。他进退两难。他可以轻松地输入电梯密码，然后苏珊就可以离开了。但他需要她在这里。他需要她帮他找到黑尔的密码。尽管斯特拉思莫尔还没告诉她，但找到那个密码远远不止满足学术好奇那么简单——而是绝对必要的。斯特拉思莫尔猜想他可以运行苏珊的“非常规搜索”，亲自找到密码，但他已经在运行追踪程序时遇到过一些问题。他不会再冒这个险了。

“苏珊，”他坚定地叹气道，“我要你帮我找到黑尔的密码。”

“什么？”苏珊站起来，眼睛瞪得很大。

斯特拉思莫尔打消了和她一起站起来的念头。他是个谈判高手——深知只有坐下来，才能好好谈。他希望她能照他说的去做，但她却一意孤行。

“苏珊，坐下。”

她没理他。

“坐下。”这回是命令的口气。

苏珊仍然站在那儿。“局长，如果你还急着想查出远诚友加的算法的话，你可以自己去查。我要离开这儿。”

斯特拉思莫尔垂下了头，深吸了一口气。显然，她需要一个说法。她应该得到一个说法，他心想。斯特拉思莫尔当机立断——他要把一切真相都告诉苏珊·弗莱切。他祈祷自己这样做是对的。

“苏珊，”他开始说道，“事情本不会这样的。”他用手摸了摸头皮。“有一些事情我没告诉你。有时候，处于我这个位置的人……”副局长犹豫不决，仿佛是在痛苦地坦白。“有时候，处于我这个位置的人被迫要对他所爱的人撒谎。今天就是这样的一天。”他伤心地看着她。“我下面要跟你说的，其实我从没打算告诉你……也没打算告诉其他人。”

苏珊不禁打了一个冷战。副局长的表情异常严肃。显然，他的日程表上有一些东西是她不应该知道的。苏珊坐了下来。

斯特拉思莫尔半晌无语，双眼盯着天花板，想要理清头绪。“苏珊，”他终于开口说道，声音有些无力，“我没有家庭。”他的目光又落到她身上，“我的婚姻不值一提。我的生命里只有对这个国家的热爱。我这一生都在国安局工作。”

苏珊默默地听着。

“可能你已经猜到了，”他接着说道，“我打算不久就退休。但我希望能骄傲地离开这里。我希望在退休的时候知道自己干过一番事业。”

“但您已经干了一番事业，”苏珊不禁说道，“您建造了万能解密机。”

斯特拉思莫尔似乎并不在听。“在过去的几年中，国安局这里的工作越来越具有挑战性。我们面对过我从未想过会向我们发起挑战的敌人。我说的是我们自己的公民。那些律师、追求民权的狂热者，以及电子新领域基金会——他们都向我们发起过挑战，但还远远不止这些。那就是我们的人民。他们失去了信仰。他们变得多疑起来。他们突然视我们为敌人。你和我这样的人，那些真正将国家最大利益放在心上的人，我们不禁要为服务我们的国家的权力而战。我们不再是维护和平的人。我们变成了偷听者，喜欢窥探别人隐私，侵犯他人的权利。”斯特拉思莫尔长吁一口气，“不幸的是，这个世界总有一些天真的人，他们难以想象如果没有我们介入的话，他们会面对什么样的恐怖事件。我一直认为将他们从无知中拯救出来是我们的责任。”

苏珊等着他切入正题。

副局长疲倦地盯着地板，然后又抬起头。“苏珊，听我说完，”他温柔地朝她笑着说，“你可能想阻止我，但听我说完。在过去将近两个月的时间里，我一直试图破解远诚友加的电子邮件。你能想象得出，当我第一次看到他写信告诉诺斯·达科塔一个叫‘数字城堡’的不可破解的算法的时候，我有多么震惊。我认为这不可能发生。但每次我截获一封新的邮件，信中远诚友加的口气都更让我相信确实有这样的算法。当我读到他用变异串编写了一个旋转明码的时候，我意识到他要比我们领先很多很多；这里没有人试过那个方法。”

“我们为什么一定要那样做呢？”苏珊问道，“那几乎毫无意义。”

斯特拉思莫尔站起来，开始在房间里走来走去，一只眼睛瞅着门。“几周前，当我听说拍卖‘数字城堡’的事情的时候，我终于认识到远诚友加是认真的。我知道如果他将他的算法卖给一家日本软件公司的话，我们就完了，所以我想尽一切办法去阻止他。我曾想过派人杀他，但那个算法出尽了风头，而他最近又多次谈到万能解密机，所以如果杀了他的话，我们就会成为头号嫌疑犯。就在那个时候，我渐渐明白了。”他转向苏珊，“我认识到‘数字城堡’是不可以被阻止的。”

苏珊望着他，显然有些不知所措。

斯特拉思莫尔接着说道：“我立刻将‘数字城堡’视为千载难逢的机会。我突然想到，如果做出一些改动的话，‘数字城堡’可以为我们工作，而不是跟我们作对。”

苏珊从没听过这么荒唐的话。“数字城堡”是个不可破解的算法，它会毁了他们的。

“如果，”斯特拉思莫尔接着说道，“如果我只是在那个算法里做一处小小的改动的话……在它投放市场之前……”他的眼睛狡猾地向她闪了闪。

就在那一瞬间。

斯特拉思莫尔看到苏珊眼神里流露出的惊讶之情。他兴奋地继续解释他的计划。“如果我找到密码，我就将我们手上这个‘数字城堡’解开锁定，进行一下修改。”

“一个后门。”苏珊说，脑子里已经忘记副局长向她撒谎这回事。她心里顿时充满了希望。“就像‘飞鱼’一样。”

斯特拉思莫尔点点头。“然后我们就将远诚友加在因特网上公开的‘数字城堡’换成我们修改过的版本。因为‘数字城堡’是一个日本人的算法，所以没人会怀疑国安局会参与它的编写。我们要做的就是将两个‘数字城堡’调换过来。”

苏珊意识到这个方案不只是巧妙那么简单，而是完全……斯特拉思莫尔式的。他想尽快发行一个国安局可以破解的算法！

“如果人们能自由下载的话，”斯特拉思莫尔说，“‘数字城堡’一夜之间就会成为加密标准。”

“一夜间？”苏珊说道，“你怎么会这么想？即使‘数字城堡’在所有地方都可以免费下载，但大多数电脑用户为了方便还会使用老的算法。他们为什么要换成‘数字城堡’呢？”

斯特拉思莫尔微微一笑。“很简单。我们可以泄漏情报。让整个世界都知道万能解密机的存在。”

苏珊惊呆了。

“非常简单，苏珊，我们让这一真相传遍大街小巷。我们告诉整个世界国安局有一台电脑可以破解任何一个算法，除了‘数字城堡’。”

苏珊惊讶不已。“那么每个人都会喜新厌旧，转向‘数字城堡’……却根本不知道我们能破译它！”

斯特拉思莫尔点点头。“是的！”他沉默半天，接着说道，“对不起，我对你撒谎了。重写‘数字城堡’风险太大，我不想把你牵连进来。”

“我……明白，”她缓缓地说道，仍然为整个想法的巧妙而心醉神迷，“您可真是个撒谎高手。”

斯特拉思莫尔轻声笑道：“熟能生巧。只有撒谎才能不把你扯进这个圈子。”

苏珊点点头。“这个圈子有几个人？”

“都在这个房间里。”

苏珊露出了这段时间里的第一次微笑。“我就知道您会那么说。”

他耸耸肩。“只要把‘数字城堡’搞定，我就通知局长。”

苏珊被这个计划深深打动了。斯特拉思莫尔这个计划是世界情报史的一大创举，涉及范围之广令人难以想象。而且他还要单独来做这件事，看起来凭他自己也会成功。密码就在楼下。远诚友加已经死了。远诚友加的同伙也已找到。

苏珊沉默了一下。

远诚友加已经死了。这似乎省力多了。她想起斯特拉思莫尔对她说过的所有谎言，顿时感到不寒而栗。她不安地看着副局长。“是你杀了远诚友加？”

斯特拉思莫尔显得很吃惊。他摇摇头说道：“当然不是。我没必要杀远诚友加。事实上，我更希望他活着。他的死会让人怀疑跟‘数字城堡’有关。我希望这一调换尽可能顺利，尽可能不引人注意。原本的计划是调换‘数字城堡’之后，让远诚友加卖掉他的万能钥匙。”

苏珊不得不承认这是讲得通的。远诚友加没有理由怀疑因特网上那个算法不是原先的那个。除了他和诺斯·达科塔，没有人能进入其中。除非远诚友加在发行“数字城堡”之后，回头仔细检查里面的程序，否则他是不会知道里面有个后门的。而他已经把大把时间花在“数字城堡”上，所以他很可能不想再检查它的程序了。

苏珊一切都明白了。她顿时明白副局长为什么不希望别人打扰密码破译部。手上的任务耗费时间，需小心处理——在一个复杂的算法里写一个隐藏的后门，在因特网上调换的时候还不能被发现。隐蔽性至关重要。改动“数字城堡”时只要留下一点迹象就会毁了副局长的计划。

直到现在，她才真正理解为什么他决定让万能解密机一直运行下去。如果“数字城堡”要成为国安局的新的杰作，那么斯特拉思莫尔要确信它是不可破解的！

“还想走吗？”他问道。

苏珊抬起头。不知为什么，在黑暗中跟伟大的特雷弗·斯特拉思莫尔坐在一起，她的恐惧感竟然消失得无影无踪。重写“数字城堡”会创造历史——功德无量——斯特拉思莫尔需要她助他一臂之力。苏珊勉强挤出笑容。“我们下一步怎么办？”

斯特拉思莫尔面露喜色。他一只手放在她的肩膀上。“多谢。”他微微一笑，接着直奔主题。“我们一起下楼。”他拿起他的贝雷塔手枪，“你搜索黑尔的终端机，我掩护你。”

苏珊一想到要下楼就毛发直竖。“我们就不能等戴维找到远诚友加那份密码打电话过来再去吗？”

斯特拉思莫尔摇摇头。“我们换得越早越好。我们不敢保证戴维一定会找到另一个密码。如果戒指意外落入外人之手，我宁愿我们已经把算法调换过来。那样的话，无论是谁最后得到密码，都会下载我们这个版本的算法。”斯特拉思莫尔用手拨弄着他的枪，站了起来，“我们要去找黑尔的密码。”

苏珊沉默无语。副局长说得对。他们需要黑尔的密码。而且，现在就要。

苏珊站起来的时候，她的双腿不停地瑟瑟发抖。她真希望刚才踢黑尔的时候能更狠一些。她看了一眼斯特拉思莫尔手中的武器，突然一阵不安。“你要打死格雷格·黑尔吗？”

“不会的。”斯特拉思莫尔皱了皱眉，大步走向门口，“但愿他并不知道我不会。”

第76章

塞维利亚机场候机室外面停着一辆出租车，计价器还在转着。戴着金丝边眼镜的那个乘客透过灯火通明的候机室厚玻璃板窗户向里面望去。他知道他来得正是时候。

他看到了一个金发女孩。她扶着戴维·贝克坐到一个椅子上。贝克一脸痛苦的表情。*他还不知道真正的疼痛是什么样子*，那乘客想。那女孩从她口袋里掏出一个不大的东西，递给了他。贝克把它举在半空，在灯光下仔细端详了一番。接着，他把那东西戴到他的手指上。他从口袋里拿出一沓纸币，付给了那女孩。他们又说了几分钟话，然后女孩抱了抱他。她挥挥手，将行李袋放在肩膀上，穿过大厅离开了。

终于等到了，出租车里那人心里想。*终于*。

第77章

斯特拉思莫尔走出办公室，来到楼梯平台，举枪瞄准。苏珊紧跟在身后，脑子里还惦记着黑尔是否还在三号网点里。

斯特拉思莫尔办公室里显示器发出的光在底部是格栅的平台上投射出两人身体的怪异的影子。苏珊小步走着，身体离副局长更近了。

他们离门越来越远，光线也越来越暗，最终他们在一片黑暗中消失了。密码破译部地板上的唯一的光亮来自天上的星星和三号网点打破的窗户里散发出的薄雾。

斯特拉思莫尔向前挪着步子，摸索着狭窄的楼梯开始的地方。他把贝雷塔手枪换到左手，右手摸索着楼梯栏杆。他估计自己左手的枪法跟右手一样好不到哪儿去，而他需要用右手支撑身体。从这段楼梯上掉下去能使一个人终生残废，斯特拉思莫尔可不想退休后在轮椅上度过。

密码破译部穹顶黑乎乎一片，苏珊什么也看不见，下楼的时候只好一只手放在斯特拉思莫尔的肩膀上。即使两人只相距两英尺，她还是看不见副局长的轮廓。她每踩到一级金属踏板，就将脚趾向前伸伸，寻找踏板的边缘。

苏珊又重新考虑冒险到三号网点去拿黑尔的密码这件事。副局长坚持认为黑尔不敢碰他们，但苏珊并不这么想。黑尔会铤而走险的。他只有两个选择：逃出密码破译部，或者蹲监狱。

苏珊脑子里不断响着一个声音：他们应该等戴维的电话，用他找到的密码，但她知道没人敢保证他一定能找到密码。她奇怪的是戴维怎么会花这么长时间。苏珊竭力不使自己焦虑，继续向前走。

斯特拉思莫尔悄无声息地走下楼梯，因为没有必要打草惊蛇，让黑尔知道他们来了。在接近楼梯底部的时候，斯特拉思莫尔放慢脚步，摸索着最后一级台阶。当他踩到那个台阶的时候，他的懒汉鞋的鞋跟咔嗒一声落在硬邦邦的黑瓷砖上。苏珊感到他肩膀突然绷得很紧。他们进入了危险区域。黑尔说不准会藏在什么地方。

远处，万能解密机后面就是他们的目的地——三号网点。苏珊祈祷黑尔还在那里，躺在地上，跟刚才一样像狗一样痛苦地呜咽着。

斯特拉思莫尔放开栏杆，把枪重新换回右手。他一言不发地走进黑暗中。苏珊紧紧抓着他的肩膀。如果两人走散的话，她找到他的唯一办法就是叫他的名字，而黑尔很可能会听到他们的声音。在他们离开安全的楼梯的时候，苏珊想起了孩提时代常在深夜里玩的捉迷藏游戏——她离开大本营，身处户外，孤立无援。

万能解密机是这片浩瀚黑色海洋上唯一的一个小岛。每走几步斯特拉思莫尔就停一停，握着枪不动，侧耳倾听。唯一的声响是从地下发出的微弱的嗡嗡声。苏珊想拉他回来，回到安全的地方，回到大本营。黑暗中，她的四周似乎到处都是眼睛。

在去万能解密机的半路上，密码破译部的沉寂突然被打破了。黑暗中某个地方，似乎就在他们头顶上，一声尖锐的“嘟嘟”声穿透了这个夜晚。斯特拉思莫尔迅速转身，苏珊一下子从他身上滑脱了。苏珊惊恐万分，猛地向外伸手，摸索着找他。但副局长已经不在了。他的肩膀刚才在的地方现在什么也没有。她跌跌撞撞地向前走去。

嘟嘟的声音继续响着。声音就在附近。苏珊在黑暗中转着身子，她听到一阵衣服的沙沙声，突然嘟嘟声没了。苏珊愣在那里。片刻之后，仿佛是从她童年时最可怕的噩梦中走来，一个身影出现了。一张脸突然出现在她前方，那脸是绿色的，如同幽灵一般。那是一张魔鬼的脸，轮廓清晰的黑影向上突着，穿过那张畸形的脸。她吓得直往后跳，转身拔腿就跑，但魔鬼一把抓住了她的胳膊。

“不要动！”他命令道。

就在一瞬间，她觉得她从那双燃烧的眼睛中看到了黑尔。但那声音不是黑尔的，手也没有抓得很紧。是斯特拉思莫尔。他的脸被下面一个他刚从口袋里拿出的发光的物体照亮了。她感到十分欣慰，身体有些瘫软。她感到自己又开始呼吸了。斯特拉思莫尔手中那个东西有一个电子发光二极管，发出了一种绿光。

“该死，”斯特拉思莫尔低声骂道，“我新买的传呼机。”他厌恶地看着手上的天空传呼机。他忘记把传呼调成震动了。具有讽刺意味的是，他是在一家当地电子产品商店里买的这个玩意。他付额外费用使其保持匿名，不让别人知道。斯特拉思莫尔比谁都清楚国安局对自己人的监视有多么严密——从这个传呼机收发的数字信息当然是斯特拉思莫尔最不想让别人知道的。

苏珊不安地环顾了一下四周。如果黑尔刚才还不知道他们来了，他现在肯定知道了。

斯特拉思莫尔按了几下按钮，阅读收到的信息。他静静地哼了一声。西班牙发来了更糟糕的消息——不是来自戴维·贝克，而是来自斯特拉思莫尔派到塞维利亚的另一个人。

三千英里之外，一辆移动监视货车沿着塞维利亚黑乎乎的街道飞驰而过。它从罗塔岛一个军事基地出发，受国安局委派，执行一个叫做“暗影”的秘密行动。车里的两个人神情紧张。这已不是他们第一次收到米德堡的紧急命令，但那些命令从没有从如此高的级别发出过。

开车的特工扭头问道：“有没有看到我们的人？”

他同事的双眼一直盯着车顶的宽角度视频监视器的信号。“没有。继续开车。”

第 78 章

躺在一堆缠在一起的电缆下面的杰巴已是满头大汗。他仍然躺在那里，嘴里紧咬着一个笔形电筒。他已经习惯在周末工作到很晚；通常只有在国安局不忙的时候，他才有时间对硬件进行维修。当他手拿炽热的烙铁穿过上面错综复杂的电线的时候，他显得格外小心；烧焦任何一根悬着的导线外皮都会是灾难性的。

只要再移几英寸就行了，他心想。这活儿花的时间比他想象的要长得多。

就在他用烙铁顶端接触生焊料最后一根线的时候，他的手机突然尖声叫了起来。杰巴吓了一跳，他的胳膊猛地一抖，一大滴嗞嗞作响的液化铅落到他的胳膊上。

“该死！”他扔下烙铁，差点把笔形电筒吞了下去，“该死！该死！该死！”

他气愤地把那块已经冷却的焊料擦掉。焊料滚了下去，留下痕迹明显的伤痕。他要焊到原位的芯片掉了下来，砸在他头上。

“真是见鬼！”

杰巴的手机又一次向他发出了召唤。他没去接电话。

“米奇。”他低声骂道。混蛋！密码破译部一切正常！电话还在响。杰巴重新开始安装那块新的芯片。一分钟后，芯片装好，但他的电话仍然不停地响着。看在上帝的分上，米奇！不要打了！

电话又响了十五秒钟，终于停了下来。杰巴如释重负地叹了口气。

六十秒钟后，头上的内部通话系统传出刺耳的声音。“请首席系统安全师跟电话总机联系，有人给你留了消息。”

杰巴不解地转着眼睛。她就是不肯放弃，是吧？他忘记了身边还有呼机。

第79章

斯特拉思莫尔将他的天空传呼机放回口袋，然后透过黑暗凝视着三号网点。

他伸手去拉苏珊的手。“快点。”

但两人的手指却没有碰到一起。

黑暗中有人大叫一声，那叫声是从喉咙里发出的。一个黑影在黑暗中森然逼近，发出了雷鸣般的响声——一辆没亮前灯的马克牌卡车开了过去。片刻之后，有东西撞在了一起，斯特拉思莫尔滑向地板另一侧。

一定是黑尔。传呼机将他们暴露了。

苏珊听到贝雷塔手枪落地的声音。她好像脚底生了根一样一动不动，她不知道应该向哪儿跑，也不知道要做什么。她的本能告诉她赶快逃走，但她不知道电梯密码。她脑子里想着去帮斯特拉思莫尔一把，但是怎么帮呢？她绝望地转着身体，希望能听到地上拼死搏斗的声音，但什么也听不到。周围突然陷入了沉寂——仿佛黑尔在袭击副局长之后，又在黑夜中消失了。

苏珊等待着，瞪着眼睛向暗处望去，希望斯特拉思莫尔没有受伤。过了好一会儿，她轻声唤道："副局长？"

话一说完，她就知道自己犯了一个错误。黑尔的气味突然从她身后冒了出来。她已经来不及转身了。转眼间，她不停地扭动着身体，大口地呼着气。她发现自己的脑袋又被夹紧了，她的脸抵在黑尔的胸上。

"我的睾丸疼死了。"黑尔在她耳边喘着气说。

苏珊的双腿发软。穹顶上的星星好像开始绕着她转起来。

第 80 章

黑尔紧紧扼住苏珊的脖子，向暗处叫道："副局长，你的心上人就在我手上。我要出去！"

随之而来的是一阵沉寂。

黑尔扼得更紧了。"我会弄断她的脖子！"

他身后突然响起了枪的扳机被扣上的声音。斯特拉思莫尔的声音镇定而平和："放开她。"

苏珊疼得咧着嘴叫道："副局长！"

黑尔迅速把苏珊的身体向那声音转去。"要是开枪，就会击中你所珍爱的苏珊。你想试一试吗？"

斯特拉思莫尔的声音越来越近。"放开她。"

"休想。你会杀了我的。"

"我不杀任何人。"

"噢，是吗？也这样对查特鲁基恩说去！"

斯特拉思莫尔逼得更近了。"查特鲁基恩已经死了。"

“胡说！是你杀了他。我亲眼看到了！”

“投降吧，格雷格。”斯特拉思莫尔镇定地说道。

黑尔紧紧扼住苏珊，在她耳边低声说道：“斯特拉思莫尔将查特鲁基恩推了下去——我发誓是真的！”

“她不会落入你挑拨离间、各个击破的圈套，”斯特拉思莫尔边说边向他们走近，“放开她。”

黑尔向暗处咬牙说道：“看在上帝的分上，查特鲁基恩只是个孩子！你为什么要下此毒手？为了保住你的小秘密？”

斯特拉思莫尔仍然十分冷静。“那是什么小秘密啊？”

“你他妈最清楚那是什么秘密！‘数字城堡’！”

“哎呀，哎呀，”斯特拉思莫尔傲慢地低声道，声音冷酷得就像一座冰山，“也就是说，你确实知道‘数字城堡’了。我还以为你会矢口否认呢。”

“他妈的！”

“非常机智的辩护。”

“你是个蠢蛋，”黑尔厉声说道，“告诉你：万能解密机的温度已经过高。”

“是吗？”斯特拉思莫尔轻声笑道，“让我想一下——我是不是应该打开门，把系统安全部的人叫来？”

“是的，”黑尔回击道，“如果你不这么做，你就是个傻瓜。”

这次，斯特拉思莫尔放声大笑起来。“那是你的伎俩吧？万能解密机的温度过高，那么就打开门，离开这里？”

“事实就是这样，妈的！我刚才去过次层！备用电力设施没有放出足够的氟利昂！”

“谢谢你的提示，”斯特拉思莫尔说，“但万能解密机具有自动关闭的功能。如果它的温度过高，‘数字城堡’会自动中止的。”

黑尔冷笑道：“你是疯了头了。如果万能解密机爆炸了，我才不在乎呢。这台该死的机器早就该禁用了。”

斯特拉思莫尔叹气道：“孩子的伎俩只对孩子起作用，格雷格，放开她。”

“这样你就可以向我开枪了？”

“我不会向你开枪的。我只想要密码。”

“什么密码？”

斯特拉思莫尔又叹气道：“远诚友加给你的那个。”

“我不明白你在说什么。”

“撒谎！”苏珊竭力说道，“我在你账户里看到了远诚友加的电子邮件！”

黑尔顿时浑身僵住。他急忙将苏珊转过来。“你进过我的账户？”

“是你先中止了我的追踪程序。”她厉声说道。

黑尔感到血脉贲张。他还以为自己没留下任何痕迹；他根本没想到苏珊会知道是他干的。难怪她不相信他说的每一句话。黑尔感到四周的墙壁开始向他逼近。他知道自己不可能说服他们让他出去了——已经来不及了。他绝望地低声对她说：“苏珊……斯特拉思莫尔杀死了查特鲁基恩！”

“放开她，”副局长平静地说道，“她不会相信你的。”

“为什么她就应该相信？”黑尔反诘道，“你这个会撒谎的杂种！你已经把她洗过脑了！你只告诉她符合你利益的事情！她知道你用‘数字城堡’的真实意图吗？”

“是什么呢？”斯特拉思莫尔不屑地问道。

黑尔知道自己下面的话如果不能成为奔向自由的车票，就会是他的死刑执行令。他深吸一口气，打算孤注一掷。“你打算在‘数字城堡’里开个后门。”

随之而来的是一片沉寂，黑暗中那人似乎有些大惑不解。黑尔知道自己正中要害。

显然，斯特拉思莫尔的镇静受到了考验。“谁告诉你的？”他厉声问道，声音突然变得尖刻刺耳起来。

“我看到了，”黑尔洋洋自得地说道，想利用好这次局势的转变，“在你的一个行动计划里。”

“不可能。我从没有把我的计划打印出来。”

“我知道。我是直接在你的账户上看到的。”

斯特拉思莫尔似乎难以置信。“你去过我办公室？”

“没有。我在三号网点监视你。”黑尔竭力露出一个自信的笑容。他知道为了活着离开密码破译部，他要使出浑身解数，用上在海军陆战队学过的所有谈判技巧。

斯特拉思莫尔又慢慢向他挪动了几步，将贝雷塔手枪对准了他。“你是怎么知道我的后门的？”

“我刚才说了，我偷看了你的账户。”

“不可能。”

黑尔装出一副不屑的神情，冷冷地笑道：“这是雇用最优秀的人常出现的一个问题，副局长——有时他们比你还优秀。”

“年轻人，”斯特拉思莫尔气急败坏地说，“我不知道你是从哪里得到这个信息，但你是昏了头了。你现在放开弗莱切女士，否则我就叫来保安，让你蹲一辈子监狱。”

“你不会这么做的，”黑尔淡淡地说，“叫来保安会毁了你的计划。我会把一切都告诉他们。”黑尔顿了顿，接着说道，“但如果让我清白地离开这里，我会只字不提‘数字城堡’。”

“不行，”斯特拉思莫尔回击道，“我要密码。”

“我根本没他妈的密码。”

“谎言够多了！”斯特拉思莫尔咆哮道，“密码在哪里？”

黑尔紧紧扼住苏珊的脖子。“要么我出去，要么她死！”

特雷弗·斯特拉思莫尔一生经历过无数次极为危险的谈判，他知道黑尔正处于一个非常危险的状态。这位年轻的密码破译员把自己逼上了绝路，一个走投无路的对手常常是最危险的——孤注一掷、难以捉摸。斯特拉思莫尔知道他下一步非常关键。苏珊的性命就全看这一步了——“数字城堡”的未来也在于此。

斯特拉思莫尔知道他首先要做的就是缓解这种紧张局势。过了好一会儿，他很不情愿地吁了口气。“好吧，格雷格。你赢了。你想让我怎么做？”

随之而来的是一阵沉默。黑尔似乎突然对副局长这种配合的口气有些不知所措。他扼紧苏珊脖子的手松开了一些。

“啊……”他结结巴巴说道，声音突然一阵颤抖，“首先，你要把枪给我。你们两个一起跟我走。”

“做人质？”斯特拉思莫尔冷冷地笑道，“格雷格，这可不是什么好主意。从这里到停车场的路上大约有一打全副武装的警卫。”

“我不是傻子，”黑尔厉声说道，“我要坐你的电梯。苏珊跟我走！你留下！”

“我不得不告诉你，”斯特拉思莫尔回答道，“电梯没电。”

“胡说八道！”黑尔快速说道，“这个电梯是靠主楼的电力运行！我见过图表！”

“我们已经试过了，”苏珊竭力说道，希望能帮上什么忙，“电梯没电。”

“你们两个都满口胡言，这根本不可能。”黑尔扼得更紧了，“如果电梯没电，我就中止万能解密机，恢复供电。”

“乘电梯得要密码。”苏珊忙不迭地说道。

“有什么了不起。”黑尔笑道，“我相信局长会告诉我们的。对吧，局长？”

“根本不可能。”斯特拉思莫尔忿忿地说。

黑尔勃然大怒道：“现在，听着，老家伙——照我说的做！让苏珊和我乘你的电梯出去，我开车离开这里，几个小时后我就放了她。”

斯特拉思莫尔感到赌注的砝码增加了。他把苏珊卷了进来，因此他要救她。他的声音沉稳得坚如磐石。“那么我的‘数字城堡’计划呢？”

黑尔笑了笑。“你可以继续写你的后门——我会守口如瓶的。”接着他威胁说，“但只要发现你在跟踪我，我就去报社把一切都抖出来。我会告诉他们‘数字城堡’被人篡改过，我会搞垮你们他妈的这个机构！”

斯特拉思莫尔考虑了一下黑尔提出来的条件。这个条件简单明了。苏珊能活下来，“数字城堡”也保住了后门。只要斯特拉思莫尔不找黑尔的麻烦，这个后门就会一直无人知晓。但斯特拉思莫尔知道黑尔不会一直沉默下去的。但尽管如此……知道“数字城堡”的秘密是黑尔的唯一一根救命稻草——也许他很聪明，不会说出来。不管发生什么事，斯特拉思莫尔明白如有必要可以日后再除掉黑尔。

“快作决定，老家伙！”黑尔骂道，“我们能否离开这里？”黑尔的双臂像老虎钳一样将苏珊夹紧。

斯特拉思莫尔知道如果他现在拿起电话叫来安全部的人，苏珊就没事了。对此，他深信不疑。他脑子里清楚地浮现出那一幕。打电话会让黑尔大吃一惊的。他会惊慌失措，最终一支小分队会出现在他面前，黑尔根本无还手之力。在一阵短时间的僵持之后，他最后肯定会投降。*但是如果我把安全部的人叫来*，斯特拉思莫尔心想，*我的计划就完了*。

黑尔又一次扼紧苏珊的脖子。她痛得叫出声来。

“到底怎么样？”黑尔叫道，“让我杀了她？”

斯特拉思莫尔盘算着自己的对策。如果他让黑尔带着苏珊离开密码破译部，他不敢保证以后会发生什么事情。黑尔驾车几个小时，然后把车停在小树林里。他有一支枪……斯特拉思莫尔心头一缩。谁也不知道黑尔放走苏珊之前会发生什么事……如果他确实决定放她走的话。*我要打电话叫安全部*，斯特拉思莫尔作出了决定。*我还能做什么？*他脑海里浮现出黑尔在法庭上把“数字城堡”的秘密都抖了出来。*那样的话，我的计划就毁了。一定还有其他办法*。

“快作决定！”黑尔喊道，一边把苏珊拽向楼梯。

斯特拉思莫尔根本没听到黑尔在喊什么。如果救苏珊意味着毁掉他的计划，那么就让它毁掉吧——为了救她，失去一切也在所不惜。特雷弗·斯特拉思莫尔难以负担失去苏珊·弗莱切的代价。

黑尔把苏珊的胳膊别在身后，把她脑袋拨到一边。“这是你最后的机会了，老家伙！把枪给我！”

斯特拉思莫尔的大脑仍在飞快地转着，想找到更好的解决办法。总会有更好的办法！最后，他沉着、近乎悲伤地说道：“不行，格雷格，很抱歉。我就是不能让你走。”

黑尔显然是惊呆了，他的喉咙仿佛被呛了一下。“什么！”

“我要打电话叫保安。”

苏珊倒吸了一口凉气。“副局长！不要！”

黑尔扼得更紧了。“你如果叫保安，她就去死！”

斯特拉思莫尔从腰带上拔出手机，咯哒一声打开。“格雷格，你在吓唬人。”

“你是不会那么做的！”黑尔喊道，“我会说出去的！我会毁掉你的计划！你离实现梦想只差几个小时了！控制世界上所有的数据！不再有万能解密机。没有其他限制——只有畅通无阻的信息。这是千载难逢的机会！你不会放过的！”

斯特拉思莫尔的声音冰冷如铁。“走着瞧。”

“但——但苏珊怎么办？”黑尔结结巴巴地说道，“你敢打那个电话，她就去死！”

斯特拉思莫尔紧紧握着手机。“我打算试一下。”

“胡说！比起‘数字城堡’，你更想得到她！我了解你！你不会冒这个险的！”

苏珊刚要厉声驳斥，斯特拉思莫尔抢先说道：“年轻人！你根本不了解我！我这一生就是冒险。如果你要玩硬的，我奉陪到底！”他开始猛按手机上的键，“你看错人了，孩子！没人能威胁我手下员工的性命，从这儿走出去的！”他举起手机，向听筒高声喊道：“总机！给我接通保安的电话！”

黑尔开始狠扭苏珊的脖子。“我——我会杀了她。我发誓！”

“你不会这么做的！”斯特拉思莫尔说道，“杀死苏珊只会让事情更——”他突然停住，猛地把电话凑到嘴边。“安全部！我是特雷弗·斯特拉思莫尔副局长。我们密码破译部有人劫持人质！带一些人过来！是的，就是现在，该死！我们这里还停电了。我要你用所有可用的外部电源将电力发送过来。我要所有系统五分钟后都能通上电！格雷格·黑尔杀死了我们一个年轻的系统安全员。他把我的首席密码破译员扣作人质。如有必要，你可以向我们使用催泪瓦斯！如果黑尔先生不合作的话，就派狙击手把他当场击毙。我负全部责任。现在就行动！”

黑尔站在那里一动不动——显然是因难以置信而瘫软无力。他抓着苏珊的手松了许多。

斯特拉思莫尔啪地关掉了手机，猛地放到腰带上。“该你了，格雷格。”

第 81 章

贝克站在机场大厅里的电话亭旁边，眼前一片模糊。尽管他脸上有强烈的灼烧感，还感到有些恶心，但他的精神高涨。一切都结束了。真正结束了。他要启程回家了。他手指上的戒指就是他一直在找寻的圣杯。他将手举到有光亮的地方，眯着眼睛仔细端详着金戒。他根本看不清戒指上刻的字，但上面的字看起来似乎不是英语。第一个符号看起来像是个 Q，或者是字母 O，抑或是个零，但他的眼睛疼得实在是看不清。贝克仔细研究了一下头几个字母。它们毫无意义。*这难道关系到国家安全？*

贝克走进电话亭，给斯特拉思莫尔打电话。还没等他拨完国际长途号码，电话里就放出一段录音。“请挂上电话，稍后再拨。”电话那头说道。贝克皱了皱眉，挂上了电话。他忘记了一件事情：在西班牙打国际长途就像玩轮盘赌，全凭时机和运气。他只好几分钟之后再试了。

胡椒粉的灼烧感在慢慢减弱，贝克努力不去想它。梅根跟他说，用手揉眼睛只会使事情更糟；他想也不敢想。他迫不及待地又拨了一次电话。电话仍然没有接通。贝克已经等不及了——他的眼睛如火中烧，他得用水把胡椒粉冲掉。斯特拉思莫尔只好再等一两分钟了。几近瞎眼的贝克朝厕所走去。

图像有些模糊的清洁手推车依然停在男厕所门前，因此贝克只好又转向标着“女厕所”的那扇门。他觉得自己听到里面有动静。他敲了敲门。“有人吗？”

里面寂静无声。

可能是梅根，他想。她还要再等上五个小时才能搭上飞机，而且她还说要把胳膊擦到干净为止。

“梅根？”他叫道。他又敲了敲门。没有回应。贝克轻轻把门推开。“有人吗？”他走了进去。厕所里似乎空无一人。他耸耸肩，向水池走去。

水池还是很脏，但水是凉的。贝克把水朝眼睛泼去，他顿时感到自己的毛孔开始收缩。疼痛感开始消退，笼罩在眼前的那片雾霭也慢慢消散了。贝克盯着镜子中的自己，他的样子就好像已经哭了好几天了。

他用夹克的袖子把脸擦干，突然他想起了什么。他是兴奋过了头，竟然忘记自己现在身在何处。他在飞机场！外面停机坪的某个地方，就在塞维利亚飞机场的三个私人飞机库中的一个里，有一架60式利尔喷气式飞机正等着带他回家。那个飞行员说得很清楚，上面命我在这里等你回来。

真是难以置信，贝克心想，历经千辛万苦，他最后竟然又回到了他出发的地方。我还等什么？他笑了笑。我肯定那个飞行员能用无线电给斯特拉思莫尔发送消息。

贝克暗自笑了起来，他望着镜子，整了整领带。就在他要离开的时候，身后一个东西在镜子中的映像引起了他的注意。他转过身去。似乎是梅根的行李袋的一角，从一个隔间半开着的门下面突了出来。

“梅根？”他叫道。没人应答。“梅根？”

贝克走了过去。他用力敲了敲隔间的侧面。还是没人应答。他轻轻地推了一下门，门却砰的一声开了。

贝克吓得差点叫起来，最终还是忍住了。梅根坐在马桶上，眼睛向上翻着。她额头的正中央有一个弹孔，血红的液体从弹孔里慢慢流到脸上。

“噢，上帝！”贝克惊愕地大声叫道。

“她死了。”一个几乎算不上是人的声音在他身后嘶哑地说道。

这就像一场梦。贝克转过身。

“你是贝克先生？”那人阴森森地问道。

贝克愣在那里，望着那人走进厕所。令人感到奇怪的是，这人好像在哪里见过。

“索伊·赫洛霍特，”杀手说，“我是赫洛霍特。”那个怪异的声音似乎是从肚子深处发出来的。赫洛霍特伸出手。“戒指。”

贝克一脸茫然地望着他。

那人把手伸进口袋里，掏出一把枪。他举起枪，对准贝克的脑袋。“戒指。”

一切突然变得清晰起来，贝克心里产生了一种从未有过的感觉。仿佛受到潜意识求生本能的暗示，他身上每一块肌肉突然一起绷紧。就在枪响那一刻，他飞身跃起，砰地落在了梅根身上。一颗子弹在他身后的墙上炸开了。

“臭狗屎！”赫洛霍特气急败坏地骂道。在那一瞬间，戴维·贝克竟然躲过了子弹。杀手急忙跟了上去。

贝克从死去的少女身上挣脱开。耳边传来前进的脚步声、呼吸声和扣上扳机的声音。

“再见了。”那人一边低声说，一边像一头黑豹一样冲了上去，猛地把枪挥向那个隔间。

枪砰的一声响了。空中闪过一道红光。但那不是血，而是别的什么东西。不知从哪里冒出一个东西，飞出隔间，击中了杀手的胸部，使他早一秒钟开了枪。那是梅根的行李袋。

贝克从隔间里冲了出来。他的肩膀用力顶着那人胸部，一直把他推进水池里。伴之而来的是一次猛烈的撞击，镜子被打碎了。枪从手中滑落。两人一起摔到地上。贝克挣扎着站了起来，一个箭步冲向出口。赫洛霍特急忙抓起他的枪，接着转身射击。贝克猛地将门关上，子弹嗖的一声射了进去。

贝克眼前空荡荡的飞机场大厅就像一片难以穿越的沙漠。他拼命地奔跑，比以往任何时候都快。

在他冲进旋转门的时候，身后又响起了枪声。他面前的玻璃嵌板顿时化作一堆碎片。贝克用肩膀猛挤门框，门开始向前转动。不一会儿，他挣扎着来到外面的人行道上。

一辆出租车正在外面等人。

“让我进去！”贝克大叫道，用拳头猛砸锁着的车门。司机不让他上车；那位戴着金丝边眼镜的乘客让他在这儿等着。贝克转过身，看到赫洛霍特手里拿着枪，飞速穿过大厅。贝克瞥了一眼人行道上那辆黄蜂牌小型摩托车。我这回死定了。

赫洛霍特冲出旋转门，正好看到贝克拼命踩油门，却怎么也启动不了。赫洛霍特露出微笑，举起了枪。

是阻塞门！贝克摆弄了几下油箱下面的控制杆。他又一次猛踩油门。摩托车响了几声，很快又没了动静。

“戒指。”那个声音越来越近。

贝克猛抬头。他看到枪管。枪膛正在转着。他又一次用力踩油门。

小摩托车突然发动起来，猛地向前冲去，赫洛霍特的子弹刚好擦过贝克的头皮。贝克拼命抓牢不让自己掉下去，摩托车颠簸地冲下长满青草的路基，摇摆着绕过机场大楼的拐角，驶上飞机跑道。

赫洛霍特怒不可遏地冲向等他的出租车。几秒钟后，司机已经目瞪口呆地躺在路边，看着他的出租车在一片尘土中飞驰而去。

第 82 章

早已乱了方寸的格雷格·黑尔已经明白了局长打给安全部的电话的弦外之音，一阵惶恐使他疲软了下来。保安来了！苏珊拔腿就溜。黑尔这才回过神来，一把抓住苏珊的腹部，想把她拽回来。

“放开我！”她大喊道，喊声回荡在屋顶。

黑尔的大脑失控了，局长的电话让他惊得呆若木鸡。斯特拉思莫尔给保安打了电话！他真要牺牲自己的“数字城堡”计划了！

他万万不曾想到，局长情愿坐失“数字城堡”！这个后门可是个千载难逢的好机会。

突然一阵惊恐袭来，黑尔的大脑似乎也在捉弄他。放眼望去，他看到的全是斯特拉思莫尔的贝雷塔手枪的枪管。他紧紧地抓住苏珊转起了圈，试图躲过局长的射击。由于心里害怕，黑尔莽撞地将苏珊拖向楼梯处。五分钟后，所有的灯都会亮起来，门也会打开，一支特警队将冲进来。

“你快掐死我了！”苏珊哽咽着说。她大口地呼着气，踉踉跄跄地跟着黑尔拼命地转着圈。

黑尔考虑过先放了苏珊，自己再飞速奔向斯特拉思莫尔的电梯，可这无异于是自杀。他没有密码，进不了电梯。再说，他一旦逃出了国安局，不带着人质，同样是死路一条。即使他的莲花跑车开得比国安局的直升机还要快，还是于事无补。苏珊是唯一能阻止斯特拉思莫尔把我给毙了的人！

“苏珊，”黑尔一边拖着苏珊朝楼梯走去，一边禁不住说道，“跟我走！我保证不会伤害你！”

苏珊挣扎着，黑尔意识到他又有麻烦了。即使他设法打开了斯特拉思莫尔的电梯，带上苏珊一起走，可是毫无疑问，苏珊一路上都会挣扎个不停。他十分清楚，斯特拉思莫尔的电梯只有一个停靠站："地下通道"，那是一条层层设卡、迷宫式的地下隧道，国安局的掌权人士就是在那儿秘密采取行动的。黑尔可不打算拖着个奋力反抗的人质，迷失在国安局的地下走道里。那可是个危险的地方。他意识到，纵然逃了出去，可他连枪都没有，怎么带着苏珊穿越停车场呢？怎么开车呢？

这时，黑尔过去在海军陆战队学习的时候，一位讲授军事战略的教授的话回响在他的耳边：

若是强拉一个帮手，教授告诫他，这样于你不利。可要是说服一个人，让他按你所希望的那样去思考，你则会得到一个盟友。

"苏珊，"黑尔不由得说道，"斯特拉思莫尔是个杀人犯！你在这里很危险！"

苏珊似乎并没有听他说话。黑尔知道，不管怎样，这样说都让人觉得荒唐可笑。斯特拉思莫尔是绝不会伤害她的，这一点苏珊清楚。

黑尔瞪大了双眼向黑暗中望去，心里琢磨着副局长究竟藏在何处。斯特拉思莫尔一下子没有了声响，这反倒让黑尔更加感到惊慌失措。他感到自己快要没有时间了。保安随时都会出现。

他突然一使劲，双臂抱紧苏珊的腰部，一下子把她拉上了楼梯。苏珊用两只脚后跟钩住第一个台阶，奋力拉了回去，但没有什么用，黑尔比她有劲得多。

黑尔拖着她，小心翼翼地后退着上楼。或许推着她上楼会容易一些，但斯特拉思莫尔的计算机屏幕的光芒已经把上面楼梯拐角处的平台照亮了。若是苏珊先上去了，斯特拉思莫尔会准确无误地射中他的后背。他从苏珊背后拉着她向上退，这就等于在自身与密码破译部的地板之间夹了块活人盾牌。

大约刚向上走了三分之一，黑尔突然发觉下面楼梯口有动静。斯特拉思莫尔开始行动了！"别冒险，副局长，"他咬牙切齿地说，"这样只会杀了她。"

黑尔停住了，可四周却是一片宁静。他侧耳倾听，却什么也没听到。楼梯口静悄悄的。难道是错觉吗？不过没关系，有苏珊挡着，斯特拉思莫尔绝不会贸然开枪。

但是，正当黑尔拽着苏珊后退着上楼的时候，意想不到的事情发生了。他隐约听到身后楼梯的平台上传来“砰”的一声响。黑尔心头一惊，收住了脚步。斯特拉思莫尔已经溜到楼上去了吗？直觉告诉他斯特拉思莫尔在楼梯下。但是紧接着，又是“嘭”的一声——这次响声更大了。上面的平台上传来了清晰的脚步声！

惊恐万分的黑尔意识到自己犯了个错误。*斯特拉思莫尔就在我身后的平台上！他可以准确无误地射中我的后背！*绝望中，他一把扭转苏珊对着上面，开始退着下楼。

黑尔退到下面楼梯口的时候，抬头怒视着平台上面，高声叫喊：“后退，副局长！往后退，要不然我扭断她的——”

正在这时，贝雷塔手枪从下面的楼梯口划向空中，枪托正好砸在了黑尔的脑袋上。

眼看着黑尔就要栽倒在地，苏珊猛地从他怀中挣脱出来，慌忙转过身去。斯特拉思莫尔一把抓住她搂了过来，抱着她那发抖的身体。“嘘，”他安慰道，“是我，没事了。”

苏珊的身体还在颤抖。“副局……局长，”她喘着气说，有些不知所措，“我还以为……我还以为你在楼上……我听到……”

“好了，”他低声说道，“你听到的是我把懒汉鞋扔到平台上的声音。”

苏珊心里悲喜交加。副局长刚刚救了她一命。站在黑暗之中，苏珊感到一种莫大的宽慰。然而，这样并没有消除她的内疚感——保安就要来了。她真笨，竟然让黑尔抓到并利用自己要挟斯特拉思莫尔。苏珊知道，副局长为了救她付出了巨大的代价。“对不起。”她说。

“为什么这么说？”

“你的‘数字城堡’计划……全被我弄砸了。”

斯特拉思莫尔摇了摇头说："丝毫没有。"

"可……可保安呢？他们随时都会出现。我们已经没有时间来……"

"保安不会来了，苏珊。我们有的是时间。"

苏珊迷惑不解。不会来了？"可你打了电话……"

斯特拉思莫尔轻声笑着说："那是书上最古老的把戏。我是在假装打电话。"

第 83 章

在塞维利亚的机场跑道上出现过的车中，无疑就数贝克的黄蜂牌摩托车最小了。最高时速只有五十英里，开起来嘎嘎直响，这哪里是摩托车，简直就是链锯，而现在贝克真恨不得插翅能飞。

通过侧镜，贝克一眼看到那辆出租车忽然拐了出来，冲上漆黑的跑道，在后面大约四百码处，加快了速度。他望着前方，远处约半英里开外，机库的轮廓就嵌在夜幕中。贝克算不出半英里之内，那辆车会不会追上他；可他知道，换了苏珊，两秒钟就能算出来。他顿时感到一种未曾有过的恐惧。

他低下头，拧动车把加大油门，摩托车最终达到了全速。贝克估计后面那辆车的时速差不多达到九十英里，比他的快了一倍。他紧盯着远处隐约可见的三座房子。就是中间的那个。利尔喷气式飞机就停在那里。突然一声枪响。

子弹落在贝克身后几码外的跑道上，他回头一看，只见杀手把身子伸出了车窗正瞄准他。贝克一歪身，侧镜炸成了碎片。一路上，他都能听到子弹在头顶嗖嗖地飞过。他平趴在车上。上帝救我，我可不想挨枪子儿！

贝克前方的柏油路现在越来越亮了。出租车仍穷追不舍，车头灯在跑道上投下了鬼魅般的阴影。枪声再次响起，子弹打到摩托车外壳上弹了出去。

贝克尽量不再躲闪。我得想法儿到机库去！他不清楚利尔喷气机上的飞行员有没有看到他们正追过来。他有没有枪？能不能及时打开机舱门？但是，贝克临近机库，看到库门敞开，里面一片空旷，这才意识到刚才的问题已经变得不重要了。飞机不见了。由于夜色朦胧，他眯起双眼仔细瞅着，真希望是看花眼了。可他看得清清楚楚，机库确实空空如也。我的天哪！飞机去哪儿了！

两辆车都像离弦的箭一般飞向空机库，贝克拼命地寻找出口。可那里一个出口也没有。机库的后墙是由一大块波形金属做的，根本就没什么门窗。出租车呼啸着从侧面冲了上来，贝克向左一看，只见赫洛霍特端起了手枪。

说时迟，那时快，贝克一脚踩住刹车，可他根本就没怎么慢下来。机库的地板光滑锃亮。摩托车猛地滑向了前方。

出租车在贝克的身旁一个急刹车，磨光的轮胎在光滑的地面上打起了滑，发出刺耳的嘎吱声。伴随着一阵烟雾，那辆车打了个转，轮胎直冒火花。就在那车右侧几英寸的地方，贝克那辆摩托车还在打着滑。

两辆车此时都失控了，一起飞速地撞在了机库的后墙上。贝克拼命地踩住刹车，然而车子已经没有了牵引力，就像开在冰面上一样。眨眼间，那堵墙已经赫然耸立在他面前。速度实在是太快了。出租车还在一边发疯似地打转，贝克面向墙壁，已经做好了撞击的准备。

钢铁与波形金属墙撞击发出了震耳欲聋的响声，可是贝克一点也不觉得痛。他这才发现自己飞出了墙外，弹到一片草地里，人依然在摩托车上。机库的后墙似乎在他面前一下子消失了。出租车仍在他侧旁，歪歪斜斜地冲到这片草地上。一大块波形金属从机库后墙上给撞了下来，腾空越过出租车的发动机罩，又掠过了贝克的头顶。

贝克心惊肉跳，赶紧加大油门，匆匆消失在夜色中。

第 84 章

焊完最后一个接点，杰巴心满意足地长吁了一口气。他关掉烙铁，放下笔形电筒，就在这漆黑的大型计算机里面躺了一会儿。他太累了，脖子生疼。做网络内部的维护工作总是让人伸不开手脚，特别是对于像他这样身材高大的人来说，更是如此。

人们只管将计算机做得越来越小，杰巴思忖道。

正当他闭上双眼，准备好好地休息一下的时候，有人在外面用力拉起了他的皮靴。

“杰巴！给我出来！”一个女人大声叫道。

还是让米奇找到了我。他抱怨道。

“杰巴！给我出来！”

他很不情愿地蹭了出来。“看在上帝的分上，米奇！我跟你说过——”然而，那人并不是米奇。杰巴抬起头，惊讶不已地问：“草志？”

草志九田，体重九十磅，是个活跃分子。她毕业于麻省理工学院，是系统安全部的技术骨干，杰巴最得力的助手。她经常同杰巴一起工作到深夜，而且，在杰巴所有的职员中，她是唯一不怕他的人。草志气呼呼地瞪了他一眼，问道：“你怎么不接我的电话？传呼也不回？”

“你的传呼，”杰巴重复道，“我还以为是——”

“算了。主数据库出现异常。”

杰巴看了一下时间。“异常？”他顿时不安起来，“你能说得再具体点儿吗？”

两分钟后，杰巴冲下大厅，朝数据库奔去。

第 85 章

格雷格·黑尔蜷缩着躺在三号网点的地板上。斯特拉思莫尔和苏珊刚才把他从楼梯口拖过来，用三号网点里的激光打印机上的 12 规格的电缆，捆住了他的手脚。

局长刚才使用的高明策略令苏珊折服，这会儿她还没回过神儿来。*他原来是在假装打电话！*毕竟，斯特拉思莫尔抓住了黑尔，救出了苏珊，并且为改写"数字城堡"赢得了时间。

苏珊心神不安地看着这位被绑着的密码破译员，他正大口地喘着气。斯特拉思莫尔坐在长沙发上，把贝雷塔手枪不太雅观地搁在大腿上。苏珊重新将注意力转向黑尔的终端机，继续对任意字符串进行搜索。

第四个字符串搜索完毕，没有任何结果。"还是不走运。"她叹了口气说，"我们可能要指望戴维找到友加的那个密码了。"

斯特拉思莫尔不以为然地看了她一眼。"如果戴维没有找着密码，友加的密码落入坏人手中……"

斯特拉思莫尔的话没必要说完，苏珊已经明白了。只要斯特拉斯莫尔的修订版还没有替换掉因特网上的那个"数字城堡"文件，那么，友加的密码就会带来危险。

"在我们做过替换之后，"斯特拉思莫尔补充道，"不管外面流传多少密码，我都不在乎。流传得越多，我会越开心。"他示意苏珊继续搜索。"可在那之前，我们得首先找出密码。"

苏珊正要回答，可突然一阵刺耳的响声压过了她的声音。次层传来的警报声打破了密码破译部内的沉寂。苏珊和斯特拉思莫尔吃惊地对视了一眼。

"什么声音？"苏珊在两声警报之间问道。

“万能解密机！”斯特拉思莫尔忧虑不安地回答，“那里的温度太高了！黑尔也许是对的，备用电源没有释放足够的氟利昂。”

“万能解密机自动关机了吗？”

斯特拉思莫尔想了一会儿，然后高声喊道：“一定是什么东西短路了。”一盏黄色的警报灯在密码破译部的穹顶下旋转着，灯光扫过了他的脸庞。他瞪着眼睛，脸上的肌肉抽动着。

“最好还是关机！”苏珊喊道。

斯特拉思莫尔点了点头。要是那三百万台硅处理器由于温度过高而燃烧起来的话，谁也说不准会出什么事。他必须马上上楼，用他的终端机中止“数字城堡”的运行——特别要赶在密码破译部之外的任何人发现问题并派来地面部队救援之前。

斯特拉思莫尔瞥了一眼仍昏迷不醒的黑尔，然后把手枪放在苏珊旁边的桌上，顶着阵阵警报声喊道：“我马上就回来！”就要跑出三号网点墙上的出口的时候，他扭头喊了一声，“给我查出那个密码！”

苏珊看着毫无结果的搜索，希望斯特拉思莫尔能快点关机。密码破译部内，声声警报和闪烁的灯光让人以为是在发射导弹。

地板上，黑尔突然动了一下。伴随着阵阵警报声，他抽搐着。苏珊上去一把抓住手枪，这让她自己都吓一跳。黑尔睁开眼睛，看见苏珊·弗莱切举枪瞄准了他的胯部，正密切监视着他。

“密码在哪儿？”苏珊质问道。

黑尔这会儿还不知道自己身处何方。“出——出什么事了？”

“都是你把事情搞砸了。行了，密码在哪儿？”

黑尔想要活动一下胳膊，结果却发现自己被捆住了。他一阵惊慌，脸上的肌肉都绷紧了。“放开我！”

“我要密码。”苏珊又说了一遍。

“我没有密码！放开我！”他试图站起来，却只是在地上勉强打了几个滚。

在阵阵警报声中，苏珊大叫：“你是诺斯·达科塔，远诚友加把密码告诉了你。我现在需要它！”

“你疯了！”黑尔喘着气大喊，“我不是诺斯·达科塔！”说完他又使劲挣着绳子，但没挣开。

苏珊气呼呼地质问：“你少骗我。为什么别人发给诺斯·达科塔的邮件全在你的账户里？”

“我以前跟你说过了！”伴随着不绝于耳的警报声，黑尔争辩道，“我偷看了斯特拉思莫尔的账户！我账户里的电子邮件都是拷贝他的——他通过通信情报系统偷了友加的邮件！”

“胡说八道！你根本不可能偷看到局长的账户！”

“你根本就不明白！”黑尔大叫，“斯特拉思莫尔的账户上早就有监视程序！”在阵阵警报声中，黑尔连珠炮似的说个没完：“别人装上去的。我猜是方丹局长干的！我只不过顺手牵羊拷了一份！你得相信我！我就是这样发现他要改写‘数字城堡’的计划的！我一直都在关注斯特拉斯莫尔的‘头脑风暴’行动！”

“头脑风暴”？苏珊顿了一下。斯特拉思莫尔肯定早已用“头脑风暴”软件制定了改写“数字城堡”的计划。如果有人偷看局长的账户，那他早就获得了所有的信息……

“改写‘数字城堡’，真是变态！”黑尔叫道，“你知道后果会怎么样吗——所有信息将向国安局敞开！”警报长鸣，盖过了黑尔的叫声，可他仍发疯般地喊道：“你以为我们负得起这个责任啊？谁负得起啊？真他妈的没见识！你以为政府会为人民着想啊？好吧！那如果以后的政府不把我们放在心上怎么办？技术可是不变的！”

苏珊几乎听不到他在讲什么，密码破译部里的吵闹声震耳欲聋。

黑尔拼了命要挣脱绳子。他盯着苏珊的眼睛不停地喊道：“如果总统能够看到我们的所有信件，老百姓还怎么对抗这样极权的国家？他们还怎么造反？”

这样的争论，苏珊听得多了。对于未来政府这个问题，电子新领域基金会一直都有所抱怨。

“我们应该阻止斯特拉思莫尔！”伴随着警报的吼鸣声，黑尔尖叫起来，“我发誓要阻止他。我整天待在这里，就是干这些事情——监视他的账户，等待他采取行动，然后我就可以记录下他的转换过程。我要有证据才行——证明他编了后门。就因为这样，我才把他所有的电子邮件都拷到我的账户里。很明显，他一直都在监视‘数字城堡’的动静。我原打算去报社把这一切都抖搂出来。”

苏珊心头一颤。她没有听错吧？她突然觉得这还真像是格雷格·黑尔的作风。这有可能吗？如果黑尔知道斯特拉思莫尔投放市场的“数字城堡”有漏洞，他就会等到全世界的人都用过这种软件之后，再惊曝内幕——而且证据充分！

苏珊想象着那则头条新闻：格雷格·黑尔密码破译员惊曝美国控制全球信息计划内幕！

难道这是“飞鱼”事件的翻版？再次曝光国安局的后门会让格雷格·黑尔闻名于世，这可是他连做梦都想不到的美事儿。可这同样会击垮国安局。苏珊不由得在想，也许黑尔说的是事实。不！她下定决心，绝对不是！

黑尔继续为自己辩解：“我终止了你的追踪程序，那是因为我以为你在查我！我还以为你怀疑到有人偷看斯特拉思莫尔的账户！我不想让你找出漏洞，查到我头上来！”

乍一听，这话似乎有道理但又不大可能。“那你为什么要杀死查特鲁基恩？”苏珊厉声问道。

“我没有！”黑尔的尖叫压过了警报声，“是斯特拉思莫尔把他推下去的！我在楼下看得一清二楚！当时，查特鲁基恩正要打电话给系统安全部，他要破坏斯特拉思莫尔的后门计划！”

黑尔真有能耐，苏珊想，他真是诡计多端！

“放开我吧！”黑尔乞求道，“我什么都没做！”

“你什么都没做？”苏珊大声叫道，心中纳闷是什么事让斯特拉思莫尔耽搁了那么久，“你和友加合伙威胁国安局，起码在你出卖他之前是这样。快说，”她进一步逼问道，“友加真的死于心脏病，还是你的弟兄们干掉了他？”

“你真是瞎了眼了！”黑尔叫道，“没看出来没我的事吗？快给我解开！趁保安还没来，快给我松绑！”

“保安不会来了。”她厉声说道。

黑尔脸色一下子变得煞白。“什么？”

“斯特拉思莫尔是在假装打电话。”

黑尔突然瞪大了双眼，似乎一下子全身僵住了。然后，他开始猛烈地扭动着身体，吼道：“斯特拉思莫尔会杀了我的！我知道他干得出来！我知道的事情太多了！”

“别紧张，格雷格。”

伴随着刺耳的警报声，黑尔大叫起来：“我是无辜的！”

“你撒谎！我有证据！”苏珊大步地绕着那圈终端机走了过去，“还记得你中止的那个追踪程序吗？”说着，她来到了自己的终端机前。“我重新执行了！现在，我们来看看追踪程序有没有返回信息。”

果然，苏珊的终端机屏幕上，一个闪亮的图标提示她，追踪程序有了结果。她握住鼠标，打开信息。*这条信息将决定黑尔的命运！*她想，*黑尔就是诺斯·达科塔。*数据包打开了。*黑尔就是——*

苏珊顿了一下。追踪结果显示出来了，她却目瞪口呆地愣在那里。一定是出了什么错误，追踪结果显示的是另一个人——一个最令人想不到的人。

苏珊在终端机前定了定神，又看了一遍眼前的这条信息。他执行追踪程序得到的结果与斯特拉思莫尔所说的完全一致！苏珊一直以为是斯特拉思莫尔配置出了错，但她清楚自己设定的追踪程序可是准确无误。

可屏幕上的信息却让人觉得不可思议：

NDAKOTA=ET@DOSHISHA.EDU

“ET？”苏珊问着，感到一阵头昏脑涨，“远诚友加（Ensei Tankado）就是诺斯·达科塔（North Dakota）？”

这太不可思议了。如果信息没有错的话，友加和他的同伙就是同一个人。苏珊一下子没了头绪。她真希望那刺耳的警报声能够停下来。*为什么斯特拉思莫尔还没关掉那该死的东西？*

黑尔在地上扭动着身体，瞪大眼睛瞅着苏珊。“查到什么了？快说！”

苏珊没有理会黑尔的问话和周遭的吵闹声。*远诚友加就是诺斯·达科塔……*

她重新梳理了一下头绪，想弄个明白。如果友加就是诺斯·达科塔，那么，他就是把电子邮件发给了自己……那就意味着诺斯·达科塔此人并不存在。所谓的友加的同伙，其实只是个骗局而已。

诺斯·达科塔是个幽灵，她自言自语道，*他挥舞着魔镜，释放出迷雾。*

这个花招要得太高明了。显然，斯特拉思莫尔一直监视的只是网球赛的一方。由于网球在不停地弹回来，他就以为网的那一边一定另有他人。然而，友加一直都在对着墙壁打球。他在发给自己的邮件中，一直都在鼓吹“数字城堡”的优越性能。他写好邮件，发送给匿名信件转发器，几个小时过后，邮件就给转发回来了。

此刻，苏珊终于明白了一切。友加早就想让斯特拉思莫尔来偷看他的账户……读那些邮件。他从来就不放心把密码交给任何人，于是就想出了这样一个万无一失的计谋。当然，为了使整出闹剧看起来真实可信，他用的是秘密账户……秘密到刚好可以不让任何人怀疑所有事情都是事先策划好的。友加是他自己的同伙。根本就不存在诺斯·达科塔这个人。远诚友加一个人演了这出戏。

一出独角戏。

苏珊的脑海中突然闪现一个可怕的念头。*友加很可能是用了他那些伪造的邮件，让斯特拉思莫尔相信了这一切。*

苏珊记得，当初斯特拉思莫尔告诉她有关不可破解算法的事情的时候，她的第一反应是什么。她坚决不信存在那种算法。这种怀疑一直深埋在她心里。事实上，他们有什么证据能够证明友加真的编出了“数字城堡”呢？他在电子邮件中提到的只是一堆骗人的鬼话，当然……万能解密机除外。那台计算机陷入死机状态差不多已经有二十个小时了。苏珊知道，不管怎么说，病毒也能使万能解密机运行那么久，而病毒程序远比不可破解的算法简单。

病毒。

想到这，她不由得浑身一哆嗦。

病毒怎么可能进入万能解密机呢？

此刻，她耳边响起了菲尔·查特鲁基恩的声音，仿佛是从坟墓里传出来的一般。*斯特拉思莫尔绕过了“臂铠”！*

苏珊顿时明白了事情的真相，全身不由得一阵战栗。斯特拉思莫尔下载了“数字城堡”文件，想把它放到万能解密机里面破解。但“臂铠”拒绝让这种文件通过，因为这个文件包含危险的变异串。换作平时，斯特拉思莫尔肯定会十分小心，但这次他是因为看了远诚友加的电子邮件——*变异串是算法的关键！*在确信“数字城堡”可以安全输入之后，斯特拉思莫尔才绕过“臂铠”，将其送进万能解密机。

苏珊一时无语。“压根儿就没有‘数字城堡’。”她几乎说不出话了，警报还在叫个不停。慢慢地，她无力地靠在了终端机上。友加一直都在等待傻瓜上钩……而国安局偏偏就吞下了诱饵。

就在这个时候，楼上远远地传来一声悲痛的叫声。那是斯特拉思莫尔在惨叫。

第 86 章

苏珊气喘吁吁地来到特雷弗·斯特拉思莫尔的办公室的门前，只见他弓着身子坐在桌子边上。他低着头，汗津津的额头在荧屏光的照射下晶莹发亮。下面的警报发出了刺耳的叫声。

苏珊疾步走到桌边喊道：“副局长？”

斯特拉思莫尔一动也不动。

“副局长！我们必须关掉万能解密机！我们中了——”

“我们中了远诚友加的圈套，”斯特拉思莫尔垂着头说，“他把我们所有人都骗了……”

听他那语气，苏珊明白他已经知晓了事情的真相。不可破解的算法……拍卖密码，所有这一切都是友加的阴谋诡计——只是一场表演，一出骗人的把戏。友加早就设下了圈套，让国安局偷看他的邮件，相信他有个同伙，还下载了病毒文件。

“变异串——”斯特拉思莫尔声音发颤地说。

“我知道。”

斯特拉思莫尔缓缓地抬起头。“我从网上下载的文件……那是……”

苏珊努力保持着平静。一切全都颠倒过来了。从来就不曾有什么不可破解的算法——根本就没有“数字城堡”。友加在网上公布的文件是一种加密病毒，使用的加密算法很可能就是普通大众市场上常见的那种，可那也足以确保每一个用户都能安全使用——每一个用户，但国安局除外。万能解密机解开了起保护作用的程序，导致病毒肆虐。

“变异串，”局长用嘶哑的声音说道，“友加说过，那只是算法的一部分。”说完，他一下子趴倒在桌上。

苏珊理解局长的痛处。他彻头彻尾地上当受骗了。友加从来就不曾想让任何一家电脑公司来购买他的算法。根本就不存在那种算法。那全是骗人的把戏。“数字城堡”是一个幽灵，一场闹剧，一个诱饵，只为引诱国安局上钩。斯特拉思莫尔每走一步，都是远诚友加在幕后操纵。

“我绕过了‘臂铠’。”局长呻吟着说。

“您那时还不知情。”

斯特拉思莫尔“嘭”的一拳砸在了桌上。“我本该知道的！看看他的用户名，我的天哪！NDAKOTA！快看！”

“什么意思？”

“他这是在嘲笑我们！这是他妈的换音词！”

苏珊冥思苦想了一会儿。*NDAKOTA*是换音词？她想象着这些字母，并在脑海中重新进行排序：*Ndakota*……*Kado-tan*……*Oktadan*……*Tandoka*……她一下子明白了过来。斯特拉思莫尔说得没错。这是明明白白的事情，他们怎么就漏掉了呢？原来诺斯·达科塔和美国政府根本就没有关系——远诚友加这是在往他们伤口上撒盐！他甚至已经向国安局发出警告，清楚地提醒他们，他自己就是NDAKOTA。这些字母拼起来就是TANKADO（友加）。即便如此，世上最高明的密码破译员竟然还是没有识破，而这恰如友加所料。

“友加是在嘲笑我们。”斯特拉思莫尔说。

“必须赶紧中止万能解密机的运行。”苏珊说。

斯特拉思莫尔面无表情地盯着墙壁。

“副局长。关机吧！天晓得会出什么事！”

“我试过了。”斯特拉思莫尔轻声说道。这是苏珊听他说过的最苍白无力的话。

“您试过了，什么意思？”

斯特拉思莫尔将显示屏转向苏珊。屏幕已经暗淡成一片褐紫色。底端的对话框表明他已经尝试了很多次。每次他试着关闭万能解密机的时候，系统都作了同样的回应：

> 对不起。无法中止。
> 对不起。无法中止。
> 对不起。无法中止。

苏珊浑身一颤。*无法中止？为什么？*她恐怕自己已经知道了答案。*如此看来，这算是友加的报复了？他要毁掉万能解密机！*多年来，远诚友加一直想让世人了解万能解密机，可从来没人相信他。因此，他决定亲手摧毁这个大怪物。为了捍卫自己的信仰，维护个人的隐私权，远诚友加奋战到死。

楼下，警报发出了刺耳的响声。

“我们得关闭全部电源，”苏珊说道，“现在就得关闭！”

苏珊知道，如果动作快的话，他们还能够挽救那台巨大的并行处理机。世界上的每台计算机——从 Radio Shack[①] 的个人计算机到国家航空和宇航局的卫星控制系统——针对诸如此类的情况，都有一种内置的故障安全系统。虽说这算不上是个理想的补救措施，但总还是起作用的。这种措施就是人们所说的“切断电源”。

通过断开密码破译部内的残余电源，他们可以强制关闭万能解密机，然后就能清除病毒。那样问题就简单了，只要重新格式化万能解密机的硬盘驱动器就可以了。重新格式化会彻底抹掉计算机的内存信息——数据、程序、病毒等一切内容。大多数情况下，这样会丢失大量的文件，有时候多年的工作成果就这样付之东流了。但是，万能解密机与众不同——对它进行重新格式化几乎不会有任何损失。这种并行处理机的设计是让它来思考，而不是记忆的。实际上，万能解密机里面什么信息都没储存。每解开一个密码，它都会将结果传到国安局的主数据库内，以便——

想到这里，苏珊呆住了。她顿时彻底明白了事情的真相，连忙用手捂住嘴巴，压低了嗓子，发出一声尖叫：“主数据库！”

斯特拉思莫尔凝视着眼前漆黑的一片，声音听起来很空。他显然早已意识到这一点。“是的，苏珊。主数据库……”

苏珊木然地点点头。*友加利用万能解密机把病毒传入了我们的主数据库。*

斯特拉思莫尔有气无力地示意她看显示屏。苏珊重新盯着面前的屏幕，看着对话框的下面。屏幕的下端这样写着：

把万能解密机公之于众

① 这是美国一家电脑品牌，该公司生产的个人计算机适用于非专业人员使用，现为美国五大消费电子产品零售商之一。

现在唯有事实能拯救你们。

……

苏珊感到一阵胆战心惊。美国最高机密信息都储存在国安局：军事通讯协议，通信情报确认码，外国间谍身份名单，先进武器计划书，数字化文献，贸易协定——诸如此类的文件数也数不完。

“远诚友加真是胆大包天！”她厉声说道，“竟敢破坏国家机密文件！”苏珊不敢相信，就连远诚友加都敢攻击国安局的数据库。她注视着那条信息：

现在唯有事实能拯救你们。

“事实？”苏珊不禁问道，“什么事实？”

斯特拉思莫尔长叹一口气。“万能解密机，”他用嘶哑的声音说道，“有关万能解密机的事实。”

苏珊点点头。这完全解释得通。友加这是在逼国安局把万能解密机公之于众。归根结底，这是一种敲诈。他要让国安局做出选择——要么把万能解密机公之于众，要么丢失数据库。苏珊忐忑不安地盯着眼前的信息。屏幕底部闪动着一行文字，像是在威胁他们：

输入密码

看着这行跳动着的文字，苏珊明白了病毒、密码、友加的戒指与这起绝妙的敲诈阴谋之间的联系。密码破解不了算法，那只是一剂解毒药，可以中止病毒程序的运行。苏珊看过很多诸如此类病毒的介绍——那些病毒程序都有一种内在的解决方法，一种清除病毒的秘密对策。*友加根本就没打算破坏国安局的数据库——他只是想让我们把万能解密机公之于众！然后他会给我们密码，我们就能够杀死病毒了！*

苏珊现在明白了，原来友加的计划是给彻底打乱了。友加不曾料到自己会先走一步。他原本想的是坐在西班牙的一家酒吧里，听着有线新闻网的新闻发布会，听他们曝光美国绝对机密的密码破解计算机。然后，他给斯特拉思莫尔打个电话，将戒指上的密码念给他，在最后的紧要关头，挽救数据库。痛快地大笑过后，他就会消失得无影无踪，这可真是位电子新领域基金会式的英雄。

苏珊一拳砸在桌上。“我们需要那枚戒指！那是唯一的密码！”她现在全明白了——根本就没有诺斯·达科塔这个人，也不存在第二份密码。即使现在国安局将万能解密机的事情公之于世，远诚友加也回天乏术了。

斯特拉思莫尔沉默不语。

当前的形势远比苏珊想象的严峻。最令人震惊的是友加竟然让事情发展到了这步田地。他显然早就知道，若是国安局得不到戒指会发生什么事情——可是，在他人生的最后一刻，他却把戒指送给了别人。他是故意不想让他们找到密码。转念一想，苏珊明白了，她还能指望友加做什么呢——当友加知道是国安局要了自己的命的时候，他还能为他们保存那枚戒指吗？

苏珊还是无法相信友加竟然是这样打算的。远诚友加是个和平主义者。他并不想造成破坏，只是想让真相大白于天下罢了。这关系到万能解密机，关乎个人的隐私权问题。他就是要让全世界都知道，国安局在监视每一个人。删除国安局的数据是一种侵略行径，苏珊想不到远诚友加竟要犯下这种滔天罪行。

警报声又把苏珊拉回到现实中来。她看了一眼虚弱无力的局长，明白了他的心思。他想的不仅是他为“数字城堡”开设后门的机会没了，而且，由于他的疏忽，国安局已经站在了灾难的边缘，那将是美国历史上最惨重的安全灾难。

“局长，这不是您的错！”苏珊坚持道，她的声音压过了警报声，“要是友加没有死，我们还可以跟他讨价还价——我们本来有选择的余地的！”

然而，斯特拉斯莫尔局长已经什么也听不进去。他的人生就这样结束了。他为这个国家效力了三十年。这本应是他人生最辉煌的一刻，应该是他的主要成就——在世界加密标准上开一扇后门。但事与愿违，他却把病毒输进了国安局的主数据库。他们根本就不可能中止这个病毒程序——除非切断电源，删除众多不可恢复的资料中的每一个字。只有戒指能拯救他们，可如果戴维到现在都还没找到戒指的话……

"我得去关闭万能解密机！"苏珊主动说，"我要去次层打开断路开关。"

斯特拉斯莫尔慢慢地扭头望着她。他现在已经心力交瘁。"我去吧。"他用嘶哑的声音说道。说罢，斯特拉斯莫尔颤巍巍地站了起来，要从桌子后面走出来。

苏珊又让他坐了回去。"不用，"她大声说道，"我去。"她的语气容不得别人半点争论。

斯特拉斯莫尔双手掩面。"好吧，在最底层，氟利昂泵附近。"

苏珊一个转身朝门口跑去。快要跑到门口的时候，她转身向后望了望。"局长，"她大叫，"这还没有结束。我们还没输。如果戴维及时找到戒指的话，我们就能挽救数据库了！"

斯特拉斯莫尔什么也没说。

"快打电话给数据库！"苏珊嘱咐道，"警告他们数据库出现病毒！您是国安局的副局长，您什么大风大浪都闯过来了，您是幸存者！"

斯特拉斯莫尔缓缓地抬起头来。像是做出一生中最大的抉择一般，他对着苏珊悲壮地点了点头。

苏珊决心已下，转身冲进黑暗之中。

第 87 章

贝克开着黄蜂牌小型摩托车，歪歪斜斜地冲上了韦耳瓦公路的慢车道。天还没有大亮，公路上已经是车水马龙——一批批的塞尔维亚年轻人参加完通宵沙滩狂欢会归来了。一辆满载着一大群青少年的货车，不停地鸣着喇叭，疾驰而过。贝克的摩托车感觉就像是车上掉出来的玩具，一下子落在了高速公路上。

身后四分之一英里处，那辆被撞扁的出租车，猛地拐出草地，在一片火花之中冲上了高速公路。出租车加速前进，与一辆标致 504 轿车擦边而过。标志车被撞出了公路，歪斜着一头栽进草地中央。

贝克路过一个高速公路路牌，上面写着：塞维利亚市中心——2公里。只要能够到达城边，他知道自己可能还有逃生的机会。他现在时速为六十公里。两分钟就可以进入市区了。但他知道自己也许没有那么长的时间了。身后某个地方，那辆出租车还在加速追赶。贝克举目眺望那片离他越来越近的塞维利亚市区的灯光，祈祷自己能够活着到那儿。

快要到达市区入口的时候，贝克隐隐约约地听到身后有金属摩擦地面的嘎嘎声。他弓起身子骑在摩托上，猛地抓紧车把大开油门。只听得一声闷响，一颗子弹从他身旁呼啸而过。贝克急忙向左一闪，躲了过去，他在车道间穿梭着前进，希望这样能够争取到更多的时间。可这样还是无济于事。出租车呼啸着追了过来，和他就隔着几辆车，可是，进入市区的坡道却仍在三百码之外的地方。贝克知道，几秒之内，他就是不被枪打死也得给车撞死。他仔细望着前方，看看有没有可能找个出口，然而，沙砾砌成的斜坡将公路两边堵得严严实实的。又一声枪声传来，贝克当机立断。

他猛地向右一拐，车胎擦出刺耳的响声，迸发出一片火花，随后车子就拐出了公路。摩托车的轮胎撞到了路堤的底部。贝克紧抓住车把保持身体平衡，车子扬起一团沙砾，然后晃动着车尾开始往斜坡上冲去。车轮猛烈地转动着，似乎要抓住疏松的土地。摩托车飞快地跑着，那个小小的发动机发出了一阵微弱的、呜咽似的声响。贝克用力加大油门，希望发动机不要中途熄火。他不敢往后看，因为他清楚，那辆出租车随时都可能一个急刹车停下来，那个杀手就会举枪对他一阵扫射。

然而，子弹并没有飞过来。

贝克一下子冲上斜坡，看到了那个地方——市中心。市区的灯火就展现在眼前，像是布满繁星的夜空。他快速地穿过一片灌木丛，奔上公路。贝克顿时觉得摩托车越来越快了。路易斯·蒙托托大道似乎在车轮下飞快地向后退，左边的足球体育场也“飕”的一下闪向后面。他现在是畅行无阻了。

就在这个时候，贝克听到了那熟悉的声音，那是金属在混凝土地面上摩擦发出的刺耳响声。他抬起头，看到前方一百码的地方，那辆出租车正呼啸着奔上进入市区的坡道。突然，那辆车冲出坡道，拐上路易斯·蒙托托大道，径直朝他加速奔来。

贝克本来以为他会感到一阵慌乱，但他一点儿也不慌。他清楚地知道自己将要去哪里。他猛地转向左边的梅嫩德斯·佩拉约大道，然后开足了马力。贝克驾车歪歪斜斜地穿过一个小公园，冲上马特乌斯·加戈的鹅卵石通道——那是一条狭窄的单行道，通向圣克鲁斯区的城门。

就要到了，他想。

出租车追了过来，车子的隆隆声越来越近。那辆车跟踪贝克穿过圣克鲁斯的城门，在通过一个狭窄的拱门时，撞破了一边的侧镜。贝克知道他赢了。圣克鲁斯是塞维利亚最古老的街区。在那里，楼房之间除了那些罗马时代修建的小路之外，再也没有街道了。那些小路只够走得下行人，轻型摩托车偶尔也能开过去。他曾经就有一次在这里迷了路，转悠了好几个小时才找到出口。

贝克驱车加速来到马特乌斯·加戈大道的尽头，一眼看到塞维利亚教堂如高山一样赫然耸立在眼前。这座教堂建于十一世纪，是座哥特式建筑。就在教堂的旁边，那座高达四百一十九英尺的希拉达塔直插云霄。这就是圣克鲁斯区，除了具有塞维利亚最古老、最虔诚的天主教徒之外，这里还是世界第二大天主教堂之乡。

贝克驾车快速驶过一个石头铺成的广场。突然一颗子弹飞了过来，但已经太迟了，贝克和他的摩托车早已消失在一条小路上——那是圣母路。

第88章

贝克摩托车前灯的灯光照在狭窄的小路两侧的墙壁上，投射出苍凉的阴影。他使劲扳动变速手柄，骑着轰响的摩托车在粉刷的高楼之间疾驰而过，在这个星期日的清晨，为圣克鲁斯区的居民，早早敲响了起床的铃声。

他从逃离机场到现在，还不到三十分钟。他一直在逃亡，而他心里不停地琢磨着一些问题：谁要杀我？这枚戒指到底有什么特别之处？国安局的喷气式飞机在哪儿？他想起梅根死在厕所里的样子，顿时感到一阵恶心。

他本来打算直接穿过这个区到对面去，可是圣克鲁斯的阡陌小路如迷宫一般，让人晕头转向。贝克不是拐错了路口，就是走进了死胡同，很快就迷失了方向。他抬头寻找希拉达塔以辨别自己身处何方，可是四周的围墙太高了，除了天空中透出的一丝晨曦之外，什么也看不到。

贝克不知道那个戴金丝边眼镜的人现在何方，也不奢望那个攻击他的人会放过他。那个杀手很可能在步行跟踪他。贝克费劲地控制着摩托车，拐过一个个陡弯，发动机“噼啪”的声响回荡在小路之间。他知道，在寂静的圣克鲁斯，他很容易就会被发现。这个时候，唯一对他有利的就是速度。我得赶紧到对面去！

他拐了很多个弯，又走了许多直路之后，最后停在了一个标有埃斯基纳·德洛斯雷耶斯的三向岔口。他知道，自己遇到麻烦了——他刚刚来过这个地方。他叉开双脚，站在发动机空转的摩托车上，正想看看该往哪里转弯，突然“哔剥”一声，发动机熄火了。油表的指针指向了零刻度。像是突然收到信号一样，一个身影出现在贝克左侧的小路上。

人脑是世上反应最快的电脑。就是一眨眼的工夫，贝克的脑海中又闪现出那名男子戴的眼镜，他冥思苦想那人是谁，终于想了起来，随即意识到自己的危险处境，他得赶紧做出决定。他拿定主意，甩开没油的摩托，拔腿就跑。

这一回，贝克就没那么幸运了，赫洛霍特此刻并没有坐在摇摇晃晃的车里，而是稳稳当当地立在地上。他镇定地端起了手枪，“砰”的一声打出一颗子弹。

正当贝克磕磕绊绊地跑到拐弯处，眼看就要跑出手枪射程的时候，子弹打中了他的腰部。他又跨出去五六步之后，才意识到自己中了枪。一开始，他只是感觉臀部上方的肌肉被猛地一拉，紧接着是一阵热乎乎、又麻又痒的感觉。看到血流了出来，贝克这才知道原来自己中弹了。可是他哪里都不觉得疼，只是一个劲地朝前奔，穿梭在这迷宫般迂回曲折的圣克鲁斯的小路之间。

赫洛霍特飞快地追赶着自己的猎物。他本来打算击中贝克的头部，可他是个职业杀手，要盘算一下成功的可能性。目标是不停地移动的，而瞄准他的腰部，不管是纵向还是横向，都不会有太大的偏差。他的算盘打对了。在最后一刹那，贝克即将要拐弯的时候，他没有瞄准他的头部，而是打在了他的腰间。赫洛霍特知道，尽管子弹可能只是让他擦破点皮，并无大碍，可有那一枪已经足够了。子弹已经碰到贝克的身体。那就让他感受到了死神的气息。这是一局全新的比赛。

贝克朝着前面乱冲。他不停地拐弯，绕着圈儿跑，避免跑成直线。身后的脚步声似乎一直没有消失。他的大脑现在是一片空白，对一切事物都一无所知——他在哪儿，谁在追杀他——他只是靠直觉在自我保护，根本就不知道疼痛，他只感到害怕，还有就是使不完的劲。

枪声再次响起，子弹打到他身后的花砖上，炸出零星的碎片，飞溅到他脖子后面。贝克跌跌撞撞地向左拐进另一条巷子里。他禁不住大呼救命，但是，除了脚步声和紧张的呼吸声之外，清晨的天空非常寂静。

此刻，贝克的腰间火烧火燎般地疼。他真担心自己在这粉刷的墙壁上留下了一片殷红的血迹。他四处寻找着，寻找一扇开启的房门，一扇打开的大门，哪怕是任何一个能让他从这令人窒息的巷子中逃出来的通道，可是他什么也没找到。脚下的道路渐渐变得狭窄。

“救命啊！”贝克的叫声微弱得几乎听不见。

道路两边的墙壁靠得越来越近。道路在曲曲折折地延伸着。贝克寻找着任何一个交叉口，一条岔道，任何一个出口。到处都是狭窄的路，紧锁的门。道路越来越窄，大门还是紧锁不开。脚步声越来越近。贝克走在一条笔直的巷子里，突然那条巷子变成了上坡路。路面越来越陡，他感到自己两条腿上的肌肉都绷得紧紧的，速度也放慢了。

然后，他来到了那个地方。

就像是修筑高速公路突然断了资金一样，巷子一下到了尽头。前面是一堵高墙，还有一把长木椅，除此之外什么也没了。没有出口。贝克抬起头，朝旁边三层小楼的顶部看了一眼，然后转个身，沿着来时的那条悠长的巷子往回走。他刚走出去几步，突然又停了下来。

在这条笔直的巷子的斜坡下，出现了一个身影。他从容不迫地朝贝克走来，手中的枪在晨光的照耀下熠熠生辉。

贝克退回到墙角，神智顿时清醒了许多。他突然感到腰间隐隐作痛。他轻轻地摸到中枪的地方，低头一看，殷红的鲜血流淌在指缝间，流到了远诚友加的金戒指上。他大脑一片混乱。盯着这枚刻有字母的戒指，他百思不得其解。他早就不记得自己还戴着这枚戒指，也不记得自己缘何来塞维利亚。他抬起头，看了看渐渐逼近的杀手，又低下头，望了望这枚戒指。梅根就是因它而丧命？他也将为此而死去?

那个身影渐渐走上了斜坡。贝克看到自己四面受困——背后是条死路。在他和杀手之间的这条路上，倒是有几个装有大门的通道，可此时再去敲门求救为时已晚。

贝克紧靠着巷子尽头的墙壁。突然，他能够感觉到脚底下的每一颗砂粒，背后灰泥墙上的每一块凸起的地方。他的思绪回到了从前，想起了他的童年时光，他的父母……还有苏珊。

哦，天哪……苏珊。

这是贝克长大以后第一次祈祷。他不祈求自己能够死里逃生，因为他不相信会有奇迹发生。他要为那个他留在尘世的女人而祈祷，祈祷她获得生的力量，让她明白他一直都爱着她。他闭上双眼，任往事如决堤的潮水般涌来。他想到的不是系里的会议，不是大学里的事物，不是那构成他生命百分之九十的事情。他想到的全是她。那是简单的回忆：教她用筷子吃饭，和她一起扬帆在科德角的海面上。*我爱你*，他想。*记住……爱你到地老天荒。*

每一次的强词夺理，每一次的装腔作势，每一次心神不定的自吹自擂，都像是被看穿了似的。他赤条条地站着——赤身裸体地站在上帝的面前。*我是人*，他想。在这带有几分嘲弄意味的时刻，他想道，*我是个没有蜡的人*。他站在那里，闭上了双眼。那个戴金丝边眼镜的人越走越近了。附近某个地方，钟敲响了。贝克在黑暗中等待着，等待着那声结束他生命的枪声。

第 89 章

黎明的晨曦洒落在塞维利亚人的屋顶上，照耀着下面的峡谷。希拉达塔尖的钟声催促着人们日出而起去做弥撒。这一刻，塞维利亚的居民们期盼已久。住在这个古老城区的每家每户，大门都敞开着，人们鱼贯涌入这些巷道里。就像是血液流过古老的塞维利亚的血管一样，塞维利亚人沿着小路走向这座古老城区的中心，朝着历史的中心走去，去觐见上帝，去朝拜圣殿，去他们的大教堂。

贝克心中某个地方，丧钟在鸣。*我已经死了吗？*他很不情愿地睁开双眼，眯成一条线，望着清晨第一缕阳光。他清楚地知道自己身处何地。他睁大眼睛凝视远方，在这条小路上寻找着那个攻击者。然而，那个戴金丝边眼镜的男子已不在那儿了。他看到的却是其他人。一家家的西班牙居民，身着盛装，有说有笑地从各自家门口走到小路上。

小路深处，贝克看不见的地方，赫洛霍特沮丧地咒骂了一声。刚开始，原本只有一对夫妻出来了，赫洛霍特只得和自己的猎物分开。他确信那对夫妻会离去。可是，塔尖的钟声一直回荡在小路里，吸引了更多的人走出家门。第二对夫妻出来了，还带着几个孩子。两家人彼此打了声招呼，边说边笑，还在脸颊上互相亲了三下。然后又一家人出来了。这时，赫洛霍特已经看不到他的猎物。他怒火中烧，迅速冲进越来越拥挤的人群中。他得抓住戴维·贝克！

赫洛霍特拼命地朝小路尽头挤去。一瞬间，他发现自己陷入了人的海洋——到处都是西装领带，黑色套装，还有弓着腰的妇女肩头上的蕾丝披风。他们似乎根本没注意到赫洛霍特的存在。他们悠闲地散着步，每个人都穿着黑色衣服，缓缓地踱着脚步，全体一起走着，一下子挡住了赫洛霍特的去路。他一路挤出人群，冲到小路的尽头，举起了手枪。随后，他压低了嗓子，发出一声无情的尖叫。戴维·贝克已经不知去向。

贝克踉踉跄跄地侧步挤进人群中。*跟着人群走。*他想，*他们知道出去的路。*他插进队伍的时候刚好是在十字路口，小路一下子变宽了。家家户户的大门都打开了，人们纷纷涌出家门。此时，当当的钟声越来越响。

贝克的腰间依然是火烧般的疼痛，不过他感觉已经不流血了。他疾步向前。他身后某个地方，有个带枪的人正紧紧地跟着。

他在这群做礼拜的人中间穿来穿去，尽量低着头。已经不太远了。他能感觉得到。人越来越多了。小路一下子变得开阔起来，他们不再是挤在一条小岔路上，这儿是一条主干道。贝克转了一个弯，眼前顿时一亮，面前矗立的正是那两座建筑物——大教堂和希拉达塔。

钟声震耳欲聋，回荡在高墙围起的露天广场内。拥挤的人群汇集到一起，每个人都一身黑衣，推挤着穿过广场，朝塞维利亚大教堂敞开的大门走去。贝克试图从人群中挤出来，朝马特乌斯·加戈走去，可他陷在人群中了。他与周围拥挤的人并肩走着，真是摩肩接踵。西班牙人对于距离的概念总是和其他国家的不一样。贝克夹在了两个敦实的妇女中间。那两个妇女闭着眼睛，随着人群一起走着。她们口中喃喃地祷告着，手中紧紧拈着一串念珠。

人群渐渐靠近一座巨大的由石头砌成的建筑物，贝克又试着从左边挤出来，可此时，人群的力量更大了。他们的那种宗教期望，那股推挤劲儿，那种对宗教的盲目膜拜，还有口中念念有词的祷告，所有的一切都汇成了一股巨大的力量。他重新回到人群中，试图顶着狂热的信徒往回走。那根本是不可能的，就像是在一英里深的河里逆流而上那么难。他只好转过身来。前面，教堂的大门若隐若现——像是通往某个黑色嘉年华旋转木马的入口，那是个他并不愿意去的地方。猛然间，戴维·贝克意识到，他这是要去教堂做礼拜。

第 90 章

国安局内的警报声不绝于耳。斯特拉斯莫尔不知道苏珊去了多久。他独自坐在黑暗中，嗡嗡作响的万能解密机像在对他叫喊：*你是幸存者……你是幸存者……*

是的，他想。我是幸存者——可失去了荣誉，幸存下来也没有任何价值。我情愿死去也不要生活在耻辱的阴影下。

然而，等待他的恰恰是一种耻辱。他一直对局长隐瞒着事实，还把病毒带入这个国家最安全的计算机。毫无疑问，他罪大恶极，应该被吊死。虽然他本是出于爱国心，然而事情并没有像他原本预计的那样进展。有的人死了，还有的人被出卖了。接受审讯，指控罪行，以及公众的愤怒将会接踵而来。他怀着一颗廉耻之心与一种正直之情，为国家服务了这么多年，他不允许自己的事业就这样结束。

我是幸存者，他想。

你是骗子，他的良心反驳道。

这是实话，他就是骗子。他对很多人都无法做到开诚布公。苏珊·弗来切就是其中之一。他对她隐瞒了太多的事情，就是现在，他都为那些事情感到羞耻。这些年来，她一直是他的梦，他鲜活的白日梦。睡觉的时候，他会梦见她，还会大声喊出她的名字。他简直不能自已。苏珊是他所能想象的最出色、最漂亮的女人。他的妻子曾试着容忍他这样，可是，在最终见到苏珊之后，她的希望顿时就破灭了。贝弗·斯特拉斯莫尔从不责怪丈夫的多情。她曾试着尽可能去忍受这种痛苦，但终于难以承受。她告诉斯特拉斯莫尔，他们的婚姻就要结束了，她绝不愿在另一个女人的阴影中度过余生。

刺耳的警报声让斯特拉斯莫尔渐渐清醒过来。他利用自己的分析能力，寻找解脱的方式。虽然很不情愿，可他还是肯定了心里的想法。只有一条理想的出路，那是唯一的解决办法。

斯特拉斯莫尔低下头，看着键盘，打起字来。他根本不愿费劲调亮显示屏来看清输入的文字，就知道上面的内容。他缓慢而果断地敲出了要说的话。

我最亲爱的朋友们，今天，我用自己的生命……

对于这种方式，没人会感到惊讶。这样就不会有司法调查，也不会有人指控罪名。他可以对世人详细地诉说事情的来龙去脉。很多人都已经死去了……当然，还有个人等待着裁决。

第91章

大教堂里面永远都是黑夜。即使白天外面的天气再温暖，这里都还是那么的潮湿、阴冷。尽管教堂外面人声嘈杂，厚重的花岗岩后面却是一片沉寂。再多的大枝形吊灯也无法点亮头顶的这片黑暗。地面上到处都是人影。彩色玻璃镶嵌在上面很高的地方，它过滤掉外面尘世的一切丑恶事物，投下缕缕柔和的红色与蓝色光线。

和欧洲所有的大教堂一样，塞维利亚大教堂的堂内布置成十字形。圣堂和祭台就处在这个十字形的中点的正上方，向下与主圣堂相对。长木椅摆满了教堂的垂直轴两侧，从祭台一直排到堂基，长达一百一十三码。祭台左右两侧是耳堂，耳堂里面是告解亭、圣墓和附加座位。

贝克发现自己坐在一张长条椅的中间，这张椅子靠近门口。他抬头向上望，空旷的屋顶让人觉得头晕目眩。一个如冰箱那般大的银制香炉拴在一根磨损的绳索上，摆出巨大的弧线，散发着缕缕乳香的味道。希拉达的钟在不停地敲着，响声穿透石头，发出一阵低沉的隆隆声。贝克眼睛向下凝视着祭台后面镀金的墙壁。有太多的事情是他应该感恩的。他还能呼吸，他还活着。这可真是个奇迹。

牧师准备进行开场祷告的时候，贝克检查了一下腰部的伤口。衬衫上有一片红色污点，伤口已经不淌血了。伤口很小，只是擦破了皮，并没有打穿。贝克重新把衬衫下摆塞进裤腰里，伸直脖子看了一下。身后，教堂的门快要关上了。他知道，如果现在杀手跟上来的话，他肯定会给堵在这里。塞维利亚大教堂只有一个入口。这种设计以前很流行，那时的教堂是作为城堡使用，是用来抵御摩尔人入侵的安全避难所。因为只有一个入口，人们只要防住这一道门就可以保证安全了。现在，只设一个入口倒派上了用场——保证所有游客都得买票进入教堂。

那扇高达二十二英尺的镀金大门“砰”的一声关上了，声音干脆响亮。贝克给堵死在上帝的圣所里了。他闭上双眼，陷在椅子里。他是教堂里面唯一没穿黑衣服的人。某个地方，人们唱起了圣歌。

教堂的后排，一个人躲在阴影里，正沿着旁边的走道缓缓向前走。他是在门刚要关上的一刹那溜进来的。他暗自发笑。这次追击越来越有意思了。贝克就在这里……我感觉得到。他有条不紊地走着，一次前进一排。头上，盛乳香的细颈瓶摇晃出长而弯曲的弧线。这可真是个受死的好地方，赫洛霍特想，真希望将来我也能死在这里。

贝克跪在冰冷的地板上，把头一低躲开人们的视线。旁边座位上的人低头瞪着他——在上帝的圣所里，这样的举止实在不成体统。

“我有点不舒服。”贝克深表歉意地说。

他知道他必须躲在下面。刚才他瞥见了那个熟悉的人影，就在旁边的走道里走动。就是他！他就在这里！

虽然夹在众人中间，可他还是担心自己很容易就被发现——他的卡其色外套夹在这些黑衣服中间，就像是路边的照明灯一样显眼。他想脱下外套，可里面那件白色牛津布衬衫更好不到哪儿去。他只得把身子躲得再低一些。

旁边那人皱起了眉头。“游客。”他咕哝道。接着，他小声地，半带讽刺语气地问：“要叫医生吗？”

贝克抬头看着那位满脸是痣的老人，回答：“不用了，谢谢。就好了。”

那人狠狠地瞪了他一眼，说：“那就请坐下！”周围人群中有人嘘了几声，老人不再说话，面向了前方。

贝克闭上眼睛，把身子缩到更底下去，不知道这个仪式要持续多久。贝克从小接受的是新教的教育，一直认为天主教的仪式是冗长的。他祈望这是真的——仪式一结束，他就得站起来，让其他人过去。他穿着那么显眼的卡其色衣服，必死无疑。

他知道，这一刻他别无选择，只有跪在大教堂冰冷的石地板上。最终，老人也懒得理他了。教堂里的人现在都站了起来，唱着圣歌。贝克藏在下面。他双腿都快要抽筋了，那里实在是伸不开腿。*忍耐一下*，他想，*忍耐一下*。他又闭上了双眼，深深地吸了一口气。

好像刚过去几分钟，贝克突然感到有人在踢他。他抬头一看，满脸是痣的那人正站在他右边，很不耐烦地等着离开。

贝克突然感到一阵恐慌。*他现在就要走了？我得站起来了！*他示意那人从他身上跨过去。那人几乎难以抑制自己的愤怒。他一把抓住自己黑色外套的下摆，气鼓鼓地拉平整，身子往后一挺，让他看到右边一排的人都在等着离开。贝克往左一看，发现刚才坐在那里的那个妇女早就走过了。从他左边一直到中间走道的座位上全都没人了。

仪式不可能结束！这不可能！我们可是刚到这儿呀！

然而，他看到祭台助手站在这一排的最后面，又看到两路纵队沿着中间的走道正朝着祭台走去，这时候，他明白怎么回事了。

圣餐仪式。他抱怨道，*该死的西班牙人竟然先领受圣餐！*

第 92 章

苏珊沿梯子下到次层。此时，浓厚的蒸汽翻滚着弥散在万能解密机机身周围。蒸汽在天桥的两侧凝结成水滴，湿漉漉的一片。她差一点跌倒，那双平跟鞋一点儿都不防滑。她不清楚万能解密机还能坚持多久。警报是一声高过一声，警报灯两秒钟转动一次。就在地下三层，备用发电机因负荷过大而不停抖动着，发出“嘎嘎”的声响。苏珊知道，断路开关就在这团模糊的水蒸气下面的某个地方。她感到快要没时间了。

楼上，斯特拉斯莫尔手里握着贝雷塔手枪。他又看了一遍打出来的绝命书，然后把它搁在房间的地板上。毫无疑问，他接下来要做的完全是懦夫所为。*我是幸存者*，他想。他想起了国安局数据库中的病毒，想起了远在西班牙的戴维·贝克，想起了他的后门计划。他撒了太多的谎，感到罪孽深重。他知道，这是唯一可以逃脱责任的方式……避免蒙羞的唯一一条路。他小心翼翼地用枪瞄准目标，然后闭上双眼，扣动扳机。

苏珊刚下了六段楼梯，突然就听到一声沉闷的枪声。那声音很遥远，几乎被发动机的轰鸣声淹没了。除了在电视上，苏珊从来没有听到过枪声，但是她确信那就是枪声。

她突然收住了脚步，那声音还在她的耳边回响。一阵恐惧袭来，她害怕极了。她想起了斯特拉斯莫尔局长的梦想——“数字城堡”的后门，那本来应该是个令人震惊的举动。她又想到数据库里的病毒，想到他失败的婚姻，还有刚才他对自己怪异的点头。她双腿发软。站在楼梯拐角处的平台上，她感到一阵眩晕，一把抓住了楼梯扶手。*局长！不！*

刹那间，苏珊僵住了，大脑一片空白。枪声的回音似乎要淹没她周遭的嘈杂声。她想要继续往前走，可是双腿却不听使唤。*局长！*过了一会儿，她发觉自己正跌跌撞撞地往回走，完全忘记自己已身处险境。

她摸索着跑开了，双脚还在光滑的金属地板上打着滑。头上方的湿气很重，感觉像在下雨。她走到梯子前，往上爬去，感觉自己像是从下面被一团巨大的蒸汽托起了一样。事实上，她是被蒸汽从活板门内扔出来的。她翻滚着来到了密码破译部，感到一阵冷气吹过全身。她的白色衬衫湿透了，紧紧地贴在身上。

那里是一片漆黑。她顿了一下，想要看清楚自己周围的环境。枪声还在她的头脑中不停地回响。热蒸汽从活板门里滚滚地冒出来，像是从即将喷发的火山口喷出的热气。

苏珊咒骂自己不该把手枪留在斯特拉斯莫尔那里。她是把手枪留在他那里了吗？还是放在三号网点了？她的眼睛适应了那片黑暗之后，她朝三号网点墙上的洞口看了一眼。里面的显示屏发出昏暗的光线，可她还是看到，就在不远处，黑尔一动不动地躺在地板上，还在她刚才离开时的地方。里面没有斯特拉斯莫尔的踪影。她被自己的发现吓坏了，转身朝局长的办公室走去。

正要走开，她突然发觉有点不对劲。她后退几步，又朝三号网点里面看了一下。在一片柔和的灯光下，她看到了黑尔的一只胳膊。那只胳膊并没有紧贴着身体。黑尔不再像木乃伊似的被绑着。那只胳膊举到了头顶，四肢伸开平躺在地板上。他已经挣开绳索了吗？里面什么动静也没有。黑尔死一般的安静。

苏珊抬头凝望着坐落在楼上的斯特拉斯莫尔的办公室。“局长？”

四周是一片静寂。

她迟疑不决地朝三号网点里面走去。黑尔的手中握着个东西，那东西在显示屏的照射下闪烁着微光。苏珊越走越近……越走越近。突然，她看清了那样东西。那是贝雷塔手枪。

苏珊吓得屏住了呼吸。顺着黑尔弯着的手臂，她看到了他的头。那情形很怪异。格雷格·黑尔的头有一半都浸泡在血泊中。黑色的污迹早已渗透了那块地毯。

*哦，我的天！*苏珊踉跄着向后退去。她听到的不是局长开枪自杀的声响，竟然是黑尔！

苏珊朝尸体的方向走过去，好像处于恍惚之中一般。显然，黑尔自己解开了绳索。打印机的电缆被扔在了他身旁的地板上。*我肯定是把手枪丢在沙发上了*，她想。鲜血从黑尔的头上汩汩地流出来，在蓝光的照射下，呈现出一片黑色。

地板上，黑尔的身旁放着一张纸。苏珊摇晃着走了过去，捡起那张纸。这是一封绝命书。

我最亲爱的朋友们，今天我用自己的生命来赎还以下罪行……

苏珊满腹狐疑地注视着手中的绝命书。她看得很慢。这简直太离奇了——一点都不像黑尔所为——他竟然罗列了一大堆的罪行。他承认了一切——他猜出了 NDAKOTA 是个骗局，买通唯利是图的家伙暗杀远诚友加，取走戒指，推倒菲尔·查特鲁基恩，设计卖掉“数字城堡”。

苏珊读到了最后一行，没有半点思想准备。绝命书末尾的几句话给了她当头一棒，击得她一下子失去了知觉。

对于戴维·贝克，我尤其感到抱歉。宽恕我吧，我被自己的野心给蒙蔽了。

她颤抖着站在黑尔的身旁，听到身后传来一阵跑步声，慢慢地转过身去。

斯特拉斯莫尔气喘吁吁地出现在玻璃破碎的窗前，面色苍白。他低下头看着黑尔的尸体，一副貌似很震惊的样子。

“哦，天哪！”他说，“发生了什么事？”

第 93 章

圣餐仪式。

赫洛霍特一眼就认出了贝克。他不可能注意不到那件卡其色外套，何况腰间还有一小块血迹。在这片黑色的海洋中，那件外套向着中间的过道走去。贝克肯定不知道我在这里。赫洛霍特暗笑，他已经成为我的囊中之物了。

他轻轻地吹了吹手指间那个微小的金属触头，迫不及待地想把这个好消息告诉他的美国联系人。快了，他想，很快就能报捷了。

赫洛霍特如一头顺风而行的食肉动物一般，走到教堂的后面。然后，他开始一步步地靠近目标——径直走上了中间的走道。他可没心情跟着贝克穿插在这群人中走出教堂。他的猎物给困在这里了，这可真是个幸运的转折点。赫洛霍特只要想个办法，安静地除掉他就行了。手枪消声器，这简直是金钱所能买到的最好的东西了。手枪安上它之后，发出的声音会如咳嗽声那般轻微。那样可就真的是万事俱备了。

赫洛霍特紧盯着那件卡其色外套，从人群中穿过，根本就没意识到大家对他的低声抱怨。他们能够理解这名男子在接受上帝恩赐时的那种兴奋心情，可是不管怎么说，这里还是有严格的教规的——人们要先排成两列，再合成一路纵队。

他继续向前挤着，很快就靠近了目标。他的拇指在外套口袋里拨动着左轮手枪。这一刻早该来了。逃了这么长时间，戴维·贝克总是异乎寻常的幸运，现在，黑尔再没必要陪他玩了。

穿卡其色衣服的人在前面和他之间只隔着十个人，那人低着头，正朝前走着。赫洛霍特在心里排练着刺杀的过程。他的想象条理清晰——先插队到贝克身后，放低手枪不让别人看见，对准他的后背就是两枪，就在贝克摇晃着快要跌倒的时候，赫洛霍特一把抓住他，像个关心人的朋友那样，扶他到长椅上。然后，他装作出去求救，迅速地向教堂后面走去。在一片慌乱之中，趁大家还没明白怎么回事，他就消失得无影无踪。

现在还隔着五个人。四个。三个。

赫洛霍特的手指触碰到了衣袋里的手枪，他往下压了压枪口。他会在贝克臀部以上到脊柱的范围内开枪。这样，子弹要么打在脊柱上，要么穿透肺部直中心脏。即便子弹没有打中心脏，贝克也必死无疑。打穿肺部是致命的，也许在医疗发达的国家未必如此。但是，在西班牙，必死无疑。

就隔着两个人了……一个。赫洛霍特来到了他的背后。就像是名舞蹈演员在表演反复排练过的动作那样，他走到了那人的右手边，把左手搭在卡其色外套的肩头，瞄准目标，然后……枪响了。手枪发出了沉闷的噼啪两声。

那人的身体立刻就变得僵硬起来，眼看着就要跌倒在地，赫洛霍特从腋下一把拉住了他。他上前一步，趁那人的后背还没有流出血来，扳过他的身体，拖到了长椅上。旁边的人都扭过头来看着，赫洛霍特一点也没注意——他得立刻离开。

他摸到那人失去知觉的手指，寻找那枚戒指。没有。他又找了一遍。手指上没戴戒指。他愤怒地转过那人的身体，顿感惊骇。这人竟然不是戴维·贝克。

拉斐尔·德拉马萨，这位来自塞维利亚市郊的银行家，几乎立刻就死了。当时，他的手中还紧紧地攥着五万比塞塔，那是一个陌生的美国人为换他那件廉价的黑色外套而付的钱。

第 94 章

米奇·米尔肯愤怒地站在会议室入口处的冷水器旁边。*方丹到底在搞什么鬼？*她揉皱了手中的纸杯，使劲把它扔进了垃圾桶里。*密码破译部出事了！我能感觉得到！*米奇知道，只有一种方法能证明自己是正确的。她要亲自去密码破译部检验一番——如有需要，找杰巴帮忙也未尝不可。她一个转身，朝门口走去。

布林克霍夫不知从哪里冒了出来，挡住了她的去路。“去哪儿呀？”

“回家！”米奇骗他。

布林克霍夫拦着不让她过去。

米奇瞪着眼睛问：“是方丹让你拦住我的吧？”

布林克霍夫把脸扭向一边。

“查德，听我说，密码破译部那里出问题了——是大问题。我不知道方丹为什么要装聋作哑，但是万能解密机确实有麻烦了。今晚那里不太对劲！”

“米奇，”布林克霍夫一边安慰着她，一边从她身旁朝会议室内那挂着窗帘的窗口走去，“我们让局长来处理吧。”

米奇目光尖锐地瞪着他。“你知不知道，要是制冷系统出了故障的话，万能解密机会发生什么问题？”

布林克霍夫耸了耸肩，走到了窗前。“不管怎样，电路现在很可能正在恢复中。”他拉开窗帘看着外面。

“密码破译部那里还黑着吗？”米奇问道。

然而，布林克霍夫并没有回答。他像是被符咒镇住了一般。楼下，密码破译部内的景象简直令人难以想象。整个玻璃屋顶下面，警报灯不停地旋转着，频闪仪不断地闪着亮光，团团的蒸汽也在不断翻滚着。布林克霍夫呆若木鸡地站着，头脑一下子蒙住了，摇摇晃晃地撞在了玻璃窗上。接着，他脸上现出一副丧魂落魄的惊恐状，急忙冲了出去。“局长！局长！”

第 95 章

基督之血……救世之杯……

拉斐尔·德拉马萨的尸体放到了长椅上，人们围拢了过来。头顶上，盛放乳香的细颈瓶平静地挥动着弧线。赫洛霍特愤怒地走在中间的走道上，转来转去地搜寻着教堂里的每个角落。*他应该在这里！*他转身朝祭台走去。

向前三十排座椅的地方，神圣的圣餐仪式还在进行中。帕德·古斯塔夫斯·埃雷拉，这位主要负责捧住圣餐杯的人，好奇地朝中间那张长椅处瞟了一眼，发现那里出现一片无声的混乱。不过，他并不怎么担心那里的状况。时常，一些年老的家伙，因得到神灵的恩赐会兴奋得昏倒。其实，这多半是由于这里空气不畅所致。

同时，赫洛霍特正发了疯似地寻找贝克。贝克不见了。大约一百多号人跪在长长的祭台上正在领圣餐。赫洛霍特不知道贝克是否也在其中。他扫视着那群人的后背，准备从五十码之外开枪，然后再冲过去看看。

耶稣之躯，天堂之粮。

给贝克分发圣餐的那位年轻的牧师，不以为然地盯着他看。虽然他能够理解这位陌生人在接受圣餐时那份热切的心情，可那也不能成为他加塞儿的借口呀。

贝克低下头，使劲地嚼着圣饼。他感到身后出事了，涌出一股骚动。贝克想起了那个卖给他这件黑色夹克的人，希望那人听取了他的忠告，没有换上他的衣服。他想要转身看个究竟，可又害怕那个戴金丝边眼镜的人就在背后盯着他。贝克蜷缩着身子，希望那件黑色的夹克衫遮得住他卡其色裤子的后面。然而，那件衣服并没有遮住裤子。

圣餐杯很快又从他右边端了出来。大家已大口喝葡萄酒，在自己身上画着十字，准备起身离开。*慢一点！*贝克一点也不急着离开祭台。但是，两千人都在等待领圣餐，却只有八个牧师担当助祭，为了一小口酒而在这里磨磨蹭蹭，确实很讨人嫌。

……

圣餐杯刚好来到贝克的右边，就在这个时候，赫洛霍特发现了那条不配套的卡其色长裤。“你死定了，”他轻声地嘶叫道，“你死定了。”赫洛霍特沿着中间的走道朝前走。谨慎行事的时候早过了。他要对准贝克后背开两枪，抢走戒指拔腿就跑。塞维利亚最大的出租车站就在半个街区之外的马特乌斯·加戈。他拿起了手枪。

永别了，贝克先生……

基督之血，救世之杯。

帕德·埃雷拉放低了那个被握在手中磨得发亮的银制圣餐杯，一股浓郁的红酒的醇香顿时扑鼻而来。现在喝正是时候，贝克想着就把身子伸向前去。正当红酒从那个银制的高脚杯中滴出来，落到眼前的时候，他模模糊糊地看到有人过来了。一个身影快速地朝这边奔了过来，影子弯曲地映在圣杯上。

贝克看见一道金属的亮光闪过眼前，那人拔出了手枪。说时迟，那时快，贝克就像踩在起跑器上的运动员突然听到了枪声，不由得迅速向前腾跃而起。牧师吓得往后一退，红酒从圣餐杯中晃荡出来，飞到空中，雨点般地落在白色大理石上。牧师和祭台助手惊慌失措地散开了，贝克一下子扑到祭坛前的围栏上。无声手枪发出咳嗽般的声响，打出一颗子弹。贝克重重地跌到地上，子弹打在了他身旁的大理石上。很快，他滚了三个花岗岩台阶，摔进一个狭窄的通道。那是神职人员的通道。他们从那里出来，让人感觉他们如超凡脱俗的神灵一般，优雅地降落在祭台上。

贝克在楼梯的下端踉跄着冲了下来。他感到自己失控似的滑过了抛光的石头。他侧身跌落在地板上，感到肚子上一阵刀绞般的疼痛。过了一会儿，他跌跌撞撞地穿过一个挂着门帘的通道，沿着一段木楼梯往前跑。

贝克感到浑身一阵疼痛。他跑着穿过一个更衣室。这里一片漆黑。祭台那边传来阵阵尖叫声，身后是响亮的追赶的脚步声。他猛地穿过一组双扇门，跌跌绊绊着冲进一个书房模样的屋子。屋子里黑魆魆的，房间里摆着丰富的珠宝和抛光的红木家具。里面的墙壁上挂着一个实物般大小的十字架。贝克摇晃着停住了脚步。没出口了。他已经在十字架的顶端了。这时，他听见了赫洛霍特渐近的脚步声。他盯着十字架，咒骂自己太背运了。

"真见鬼！"他尖叫道。

突然，贝克的左边传来了打破玻璃的声音。他转过身去，看到一个身穿红袍的人急促地喘着气，恐惧地望着自己。那位神职人员如一只被猫逮住的金丝雀一样，擦了擦嘴巴，试图掩饰脚边那个破碎的圣餐酒瓶。

“让我出去！”贝克喊道。

格拉红衣主教本能地反应了一下。一个魔鬼闯进了他的圣殿，还强烈要求从上帝的圣所里逃出去。格拉决心满足他这个愿望——立刻就满足。这个魔鬼进来得太不是时候了。

红衣主教面色煞白，指了指左边墙壁上挂着的一块帘子。帘子的后面，藏有一扇门。三年前，他安装了那道门。那里直接通向教堂外面的庭院。红衣主教早已厌倦了像个普通人那样从前门走出教堂。

第 96 章

苏珊浑身湿透了，打着哆嗦，缩成一团坐在三号网点的长沙发上。斯特拉斯莫尔把自己的外套披在她的肩头。黑尔的尸体躺在几码外的地方。警报声声，不绝于耳。像是正在解冻的池塘一般，万能解密机的机身发出刺耳的噼啪声。

“我要下楼断开电源，”斯特拉斯莫尔说着把手放在苏珊的肩头，“我会很快回来的。”

苏珊茫然地目送他冲出密码破译部。他不再是十分钟前她所看到的那个神情紧张的男人。特雷弗·斯特拉斯莫尔局长又恢复了常态——做事有逻辑，懂得克制，不遗余力地完成任务。

黑尔的绝命书的最后几句话萦绕在苏珊的脑际，就像是失控的火车一般撞击着她：*对于戴维·贝克，我尤其感到抱歉。宽恕我吧，我被自己的野心给蒙蔽了。*

苏珊·弗莱切的噩梦应验了。戴维现在身处险境……也许更糟。或许已经出事了。*对于戴维·贝克，我真的很抱歉。*

她盯着那张绝命书看了一下，黑尔甚至都没有签名——只是在绝命书的末尾打上了自己的名字：格雷格·黑尔。他吐露了自己的心机，点击“打印”按钮，然后开枪自尽——毫不费力一枪就解决问题了。黑尔曾发誓再也不进监狱。他信守誓言——不过，他选择了死亡。

“戴维……”她抽泣着。*戴维！*

就在那一刻，在密码破译部地下十英尺的地方，斯特拉斯莫尔局长早已走下楼梯，来到第一个拐角处的平台。这可真是失败的一天。他最初的爱国行为早已偏离了方向，完全失控了。他迫不得已做了让人无法接受的决定，犯下可怕的罪行——他从来就不曾想过自己也会犯下这种罪行。

那是个解决办法！那是他妈的唯一的解决办法！

他得考虑自己的职责：他要为国效力，还要维护自己荣誉。斯特拉斯莫尔知道他仍有时间。他可以关闭万能解密机，用那枚戒指来挽救美国最宝贵的数据库。*是的，他想，还有时间。*

斯特拉斯莫尔专心地看着周围的险象。头顶上的喷水装置已经打开。万能解密机还在吱吱嘎嘎地响着。警报发出了刺耳的响声。闪动的警报灯看起来像是穿过浓雾围拢过来的直升机。他每走一步，看到的都是格雷格·黑尔的身影——那个年轻的密码破译员抬头凝视着他，眼睛里满是恳求，然后，枪响了。黑尔是为国捐躯……死得光荣。国安局再也经不起另一起丑闻的折腾了。斯特拉斯莫尔需要找个替罪羊。何况，格雷格·黑尔迟早也是个祸患。

斯特拉斯莫尔的思绪被一阵手机铃声打断了。与警报的轰鸣声和“嘶嘶”冒热气的声音相比，他手机的铃声简直就听不到。他从皮带上一把扯下手机，继续大步往前走。

“请讲。”

“我的密码在哪儿？”一个熟悉的声音问道。

“你是谁？”斯特拉斯莫尔的喊声压过了嘈杂声。

“我是昭高！”电话那头生气地冲着他大声咆哮，“你答应了给我密码！”

斯特拉斯莫尔继续朝前走着。

“我要‘数字城堡’！”昭高嘶叫道。

“没有‘数字城堡’！”斯特拉斯莫尔一口回绝了他。

“什么？”

“根本就没有不可破解的算法！”

“当然有！我已经在网上看到了！我的手下已经试着破解好多天了！”

“那是加密病毒，蠢货——你们没解开，真他妈的太幸运了！”

“可是——”

“交易取消了！”斯特拉斯莫尔尖叫道，“我不是诺斯·达科塔。根本就没有这个人！忘了我给你提的事情吧！”他紧紧地攥住手机，挂断电话，关掉铃声，用力地塞回到皮带上。不能再有人来打扰了。

一万两千英里之外，德源昭高目瞪口呆地站在平板玻璃窗前，嘴巴无力地叼着尤麦米牌雪茄。他这一生中最重要的交易，就这样眼睁睁地看着取消了。

斯特拉斯莫尔继续朝下面走去。交易取消了。昭高科技公司永远都得不到不可破解的算法……国安局永远不会得到后门。

斯特拉斯莫尔的梦想很久以前就开始编织了——他很谨慎地选中昭高科技公司。这家公司实力雄厚，很有希望成为密码拍卖的赢家。如果它拿到密码的话，没有人会起疑心。昭高科技公司是最不易让人怀疑与美国政府有交易的。德源昭高是个守旧的日本人——遵从士可杀不可辱的信条。他憎恨美国人，讨厌他们的食物，厌恶他们的风俗，最重要的是，他痛恨美国人牢牢地控制了全世界的软件市场。

斯特拉斯莫尔的设想非常大胆——国安局独有的带后门的世界加密标准。他早就渴望与苏珊共同分享自己的梦想，并携她一起实现这个美梦，然而他知道不能这样做。即使远诚友加的死可以让未来很多人免遭厄运，苏珊也绝不会同意他这样做的，她是个和平主义者。我也是和平主义者，斯特拉斯莫尔想，只不过我无法奢望在行动上也那样。

对于选择谁去暗杀远诚友加，局长从来就没产生过疑虑。远诚友加，人在西班牙——在西班牙，那就要找赫洛霍特。这个年龄42岁的葡萄牙雇佣兵是局长所中意的职业杀手之一。多年来，他一直都在为国安局卖命。赫洛霍特是地地道道的里斯本人，负责国安局在整个欧洲的暗杀活动。他进行的暗杀活动，从来都没有被追查到米德堡过。唯一麻烦的是他是个聋子，无法进行电话联系。最近，斯特拉斯莫尔为他准备了国安局最新研制的小装置，单片眼镜式计算机。他为自己买了个空中传呼机，还与赫洛霍特的计算机调成相同的频率。从那一刻起，他不仅可以随时与赫洛霍特取得联系，而且绝对不会遭到跟踪。

斯特拉斯莫尔发给赫洛霍特的第一条信息不会有任何曲解。他们早就商议过了。杀掉远诚友加，拿到戒指。

他从不过问赫洛霍特如何创造奇迹，但是不管怎样，赫洛霍特又一次得逞了。远诚友加已经死了，官方确认死于心脏病。这简直是一起经典的谋杀案——当然，有件事除外。赫洛霍特选错了地方。友加死在公共场所，这显然是他们制造的错觉。但是，未曾料想，行人出现得过早了。赫洛霍特还没来得及从友加身上搜出密码，就被迫躲了起来。等到事态平息了，友加的尸体也交给塞维利亚的验尸官处理了。

斯特拉斯莫尔怒不可遏。这还是赫洛霍特第一次搞砸事情——他选择了一个很不利的时机下手。虽说拿到友加的密码事关重大，可斯特拉斯莫尔明白，派一个失聪的杀手去塞维利亚停尸房，这无异于让他自取灭亡。他只得考虑其他的选择。第二套方案随之形成了。斯特拉斯莫尔突然意识到，这可是个让他两边获益的机会——真可谓一举两得。那天早上六点半，他给戴维·贝克打了电话。

第 97 章

方丹急匆匆地闯进会议室。布林克霍夫和米奇紧跟在后。

“快看！”米奇紧张万分地指向窗外，吓得差点说不出话来。

方丹看着窗外密码破译部穹顶的频闪仪，惊得瞪大了双眼。这绝对不在计划之内。

布林克霍夫气急败坏地说：“下面都快成他妈的迪厅了！”

方丹凝视着窗外，很想弄清楚是怎么回事。万能解密机正常运转了好几年了，还从来不曾出现过这种状况。*那里热度过高*，他想。他纳闷斯特拉斯莫尔怎么还不关闭万能解密机。他立刻就打定了主意。

他一把抓过会议桌上的内部电话，使劲按着密码破译部的分机号码。听筒嘟嘟地响了起来，感觉像是分机那头出了故障。

方丹“砰”的一声扔下电话，吼道：“真该死！”他立刻又拿起电话，拨打斯特拉斯莫尔的手机。这一次，电话接通了。

电话铃声响了六遍。

布林克霍夫和米奇看着方丹扯着电话线走来走去，活像一头被拴在锁链上的老虎。整整一分钟之后，方丹气得满脸通红。

他再次摔下电话。“简直难以置信！”他大声地咆哮着，“密码破译部都快要爆炸了，斯特拉斯莫尔竟然不接这该死的电话！”

第 98 章

赫洛霍特从格拉红衣主教的房间里冲了出来，走到一片阳光下，早晨的太阳刺得人眼睛都睁不开。他把手挡在眼前遮住阳光，咒骂了一声。他站在教堂外面的一个小小的庭院里，这个院子四周分别由一堵高高的石墙、希拉达塔的西墙和两道锻铁栅栏围起来。庭院的门开着。门外就是广场。广场上空荡荡的。不远处就是圣克鲁斯区的围墙了。贝克不可能动作那么快，一下子就逃那么远。赫洛霍特转过身，仔细地察看着这个庭院。*他在这里。绝对在这里！*

这个庭院是塞维利亚人的柑橘园。在塞维利亚，它以那二十株开满花朵的柑橘树而闻名遐迩。这些柑橘树，作为英国橘子酱的诞生地在这里享有盛誉。十八世纪的一位英国商人，曾经从塞维利亚教堂购买了三十六蒲式耳柑橘，带回伦敦之后，却发现这些柑橘苦得没法入口。他试着用那些柑橘皮做成果酱，结果放了很多食糖，才使它变得稍许可口一些。橘子酱就此产生了。

赫洛霍特端起枪，向前穿过一片小树林。那都是一些古树，树干上的枝叶已经长得很高了。就连最低的树枝，人也都够不到，下面稀疏的枝叶根本就藏不住人。他很快就发现这个庭院里面空无一人。他抬起头直直地向上看去，那是希拉达塔。

希拉达塔内的螺旋形楼梯的入口处被一条绳索和一块小木牌隔了起来。那条绳索一动不动地挂在那里。赫洛霍特向上望着这座四百一十九英尺的高塔，立刻觉得自己的想法荒谬得可笑。贝克不可能那么傻。这里只有一个楼梯，旋转着向上通到一个石砌的四方形平台。平台的墙壁上有几个用来观赏风景的细长的裂口，不过，那里没有出口。

戴维·贝克走完了这段陡直的楼梯，气喘吁吁地摇晃着走进一个小小的石砌的平台。四周是高高的围墙和墙壁上细长的裂口。这里竟然没有出口。

今天早晨，命运并不曾眷爱贝克。他从教堂里冲出来，跑进敞着门的庭院的时候，外套钩在了门上。一步还没有跨出去，人就给拽了回来。虽说衣服没被钩破，可他却被猛地甩到了左边。他顿时失去了平衡，跌跌绊绊地就走进一片刺目的阳光下。等到他抬起头一看，才发现自己正径直奔向一个楼梯。他跳过那条绳索，冲上楼去。直到那一刻，他才意识到这条路通向何方，可已经无法后退了。

此时，他站在这个狭小的平台上，歇了口气。他受伤的腰还是火燎一般地疼。早晨的阳光透过墙壁上的罅隙射进几条狭长的光线。贝克向外看去。那个戴金丝边眼镜的人远远地站在下面，背对着贝克，正向露天广场那边望去。贝克走到裂罅前想看得更清楚一点。穿过广场，贝克希望那家伙会这样做。

希拉达塔的影子倒映在广场上，像是一棵被放倒的红杉。赫洛霍特注视着影子的长度。在这个影子的顶端，三束光线斜穿过塔上的瞭望口，映射在下面的鹅卵石路上，形成了轮廓分明的矩形。在这些矩形当中，刚好有个瞭望口被一个人的身影给遮住了。赫洛霍特朝塔顶瞅都没瞅一眼，一个转身，飞奔向希拉达塔的楼梯。

第 99 章

方丹的拳头重重地砸进自己的另一只手中。他在会议室里踱着步子，看着窗外破译部内旋转的警报灯，说道："关机！该死！快关机！"

米奇挥动着新得到的信息报告出现在了门口，喊道："局长！斯特拉斯莫尔关不了机！"

"什么！"布林克霍夫同时惊叫起来。

"他试过了，长官！"米奇举着那份报告说，"已经试了四次！万能解密机死机了。"

方丹转过身，又向着窗外望去。"老天哪！"

会议室里的电话铃刺耳地叫起来。这位局长双臂猛地一扬，说道："应该是斯特拉斯莫尔！来得正是时候！"

布林克霍夫急忙拿起听筒，说道："局长办公室。"

方丹伸手要接电话。

布林克霍夫一脸的尴尬，转身对米奇说："是杰巴。他要你听电话。"

局长扭头盯着米奇看了看，她已经朝这边走了过来。米奇拿起听筒说："说吧，杰巴。"

杰巴那铿锵有力的声音回响在整个房间里。"米奇，我现在在主数据库。我们这里出现异常现象。我不知道——"

"真见鬼，杰巴！"米奇不耐烦地说，"那正是我一直要跟你说的！"

"可能是小问题，"杰巴闪烁其词地说，"不过——"

"不要那样说！那不是小问题！无论下面发生什么事情，都要严肃对待，要非常严肃。我管理的数据没被破坏——从来没有过，永远也不会。"正要挂电话时，她又加了一句，"噢，对了，杰巴？其实也不算什么出乎意料的事了……斯特拉斯莫尔绕过了'臂铠'。"

第 100 章

赫洛霍特一步就跳上三个台阶。这是个螺旋形的楼梯，楼梯间内相对的两面墙壁上都有通风窗，这里唯一的光线就从这些小窗口照进来的。*戴维·贝克已无路可逃！他必死无疑！*赫洛霍特拔出手枪，盘旋着往上走。他紧贴着外侧的墙壁，以防贝克从上面袭击他。楼梯里每个拐角处的平台上都有根放蜡烛的铁棒，如果贝克用它来防身的话，那会是很不错的武器。赫洛霍特睁大了双眼，万一贝克来袭击，他可以一眼就发现。手枪的射程可比那根五英尺的铁棒远多了。

赫洛霍特迅速而谨慎地向上走着。那些楼梯很陡，曾有游客从那里摔死过。此地不是美国——这里没有安全标志，没有扶栏，没有保险放弃声明。这里是西班牙。要是不小心摔了下去，这只能归咎为自己的失误，不管是谁造的楼梯都是这样。

他路过一个与肩齐高的窗口，停了一会儿，向外看了一眼。根据周围事物的外观来判断，他是面朝北方，大约爬到一半高了。

他从拐角处可以看到观景台的入口。通向顶层的楼梯上空无一人。戴维·贝克并没有袭击他。赫洛霍特意识到，也许贝克根本就没看到他进来。这对于赫洛霍特同样是个惊喜——他可不是有意要这样做的。他掌握了整个局势。就连楼梯的设计对他也很有利，楼梯从西南角通向观景台——在那里，他可以清楚地向每个角落开火，而不用担心贝克藏在他身后。尤为重要的是，他是从暗处走向明处。*这可真是打靶的好地方*，他暗自想道。

赫洛霍特目测了一下到入口的距离：七步远。他在大脑里排练着射击的过程。假如是沿着右墙根儿朝入口处走的话，在到达观景台最左边的角落之前，他就可以看到那里的情形。要是贝克在那儿的话，他就开枪；如果不在，就移进去，面对右墙角快速向东边走，这样，贝克就只可能躲藏在剩下的那个角落里了。他不禁暗笑。

目标：戴维·贝克——已干掉

机会已经来了。他检查了一下手枪。

他突然一使劲，猛地冲上楼去。观景台一下子闪现在眼前。左边的角落没人。像刚才排练的那样，他跳上观景台，冲到左边的角落，面朝右边，对着那个角落就是一枪，子弹从光秃秃的墙壁上反弹回来，险些打中他自己。他愤怒地转过身来，压低嗓子，尖叫了一声。那里连个人影儿都没有。戴维·贝克早已消失了。

向下三段楼梯处，柑橘园上方三百二十五英尺的地方，贝克的身体悬吊在希拉达塔的外墙上，就像一个人拉住窗台在做引体向上。赫洛霍特刚才急匆匆地上楼的时候，贝克刚下了三段楼梯，然后跳上窗台将身体吊在墙外面，恰好及时地躲过了赫洛霍特的视线。那个杀手刚好从他旁边冲过去。他跑得太急了，连贝克紧紧抓在窗台上的指关节都没注意到。

悬吊在窗户的外面，贝克暗自庆幸，为了锻炼二头肌，他每天都照例在鹦鹉螺机上打二十分钟的壁球，才使得双臂有力气吊在头顶坚持那么久。然而，不幸的是，尽管他胳膊强健有力，此刻再把他自己拉进窗户还是有困难。他的肩膀拉得生疼。腰部的伤口感觉像是要撕裂了一样。这个窗台是用粗略切削的石头砌成的，很难抓紧，石头的尖棱像碎玻璃碴一样刺进他的指尖。

贝克知道，只要几秒钟的时间，那个攻击他的人就会从上面跑下来。站在高处，那个杀手肯定会看见自己抓在窗台上的手指。

他闭上眼睛费劲地向上拉着身体。他知道，要逃脱死神的魔爪，真需要发生奇迹。他的手已经没有了力气。透过悬垂的双腿，他向下瞟了一眼。这里与下面柑橘树的落差有一个足球场地竖起来那么大，掉下去的话必死无疑。腰间的疼痛越来越厉害。此刻，楼上传来响亮的脚步声，那是从楼梯上跳着冲下来发出的“嗵嗵嗵”的声响。贝克闭上了双眼。机不可失，时不再来。他咬紧牙关，猛地向上拉动身体。

贝克将身体猛向上提的时候，石头擦破了他的手腕。杀手的脚步越来越快了。他紧紧地抓住窗口的内侧以便抓得牢靠一些。他双脚踢着墙壁往上爬，身体像灌了铅那样沉，似乎有人在他的脚踝上拴了一根绳索正把他往下拽。他使劲地挣扎着，猛地向上一撑，把胳膊肘支在了窗台上。现在贝克已经很显眼了，他的头半露出窗口，像是趴在断头台上的恶人。他两腿蹬着向上爬，踢打着墙壁将身体提到窗口上面。他就快要爬进来了，现在一半身子已经在楼梯内了。脚步声渐近。贝克抓住窗口两侧的墙壁，一下子就把身体拖了进来。他重重地摔在了楼梯间里。

赫洛霍特听到贝克身体摔在地板上的声音，就在他下面。他跳向前方，架起了手枪。一扇窗口映入眼帘。就是这里！赫洛霍特走到外墙边，瞄准了下面的楼梯。贝克的腿刚好消失在拐弯处。赫洛霍特失望地开了一枪，子弹在楼梯下面弹了出去。

他冲下楼梯追赶自己的猎物，始终贴着外侧的墙壁走，以便视线更开阔一些。楼梯间总是旋转着出现在他面前，所以感觉贝克总是消失在他前面的拐弯处，刚好看不见。贝克一直是靠楼梯内侧走，这样不用绕很大的弯，一步就能跨四五个台阶。赫洛霍特穷追不舍。只要一枪就能解决问题。赫洛霍特在加速。他知道即使贝克到达楼下，也无处可逃，他可以在贝克穿越敞着门的庭院的时候，一枪打中他的后背。两个人仍旧沿着螺旋形的楼梯拼命地向下冲。

为了下得更快一些，赫洛霍特也走楼梯内侧。他感觉自己的速度在加快。每次路过窗口的时候他都能看到贝克的身影。向下，向下，拐弯。似乎贝克总是出现在拐弯处。赫洛霍特一只眼睛盯着贝克的身影，另一只眼睛还要留意着楼梯。

突然，赫洛霍特看到贝克的身影晃动了一下。那个身影向左倾斜过去，然后好像在半空中转了个身，紧接着朝楼梯中央飞了过来。他猛地向前跳去。逮住他了！

楼梯上，贝克把铁棒往赫洛霍特眼前“唰”的一挥，猛地从角落刺向空中，随后往前一戳，就像是剑术师对着对手的脚踝刺去一剑一样。赫洛霍特想躲到左边，但是太迟了，铁棒已经挡在了他两只脚踝之间。他后一只脚向前一跨，“铛”的一声踢到了铁棒上，铁棒狠狠地敲在他的胫骨上。赫洛霍特伸开双臂想要找个支撑，却抓了个空。突然，他一个侧翻身，腾空而起。他越过贝克的头顶，飞向楼梯底端，“啪”的一声趴在地板上，双臂直直地伸了出去。贝克手中的铁棒夹在了赫洛霍特的双腿之间，随他滚下了楼。

赫洛霍特撞上了外侧的墙壁之后，摔在了楼梯上。落到地板上的时候，他人还在打滚。手中的枪“咔嗒”一声掉到地板上。人依然在向前翻跟斗。他滚了整整五圈之后才停下来。再滚十二个台阶，赫洛霍特就会滚进庭院里了。

第 101 章

戴维·贝克从没拿过手枪，可此刻他正握着一支。希拉达塔的楼梯间里一片漆黑，赫洛霍特缩成一团，身上血肉模糊。贝克压低枪管对准这个攻击者的太阳穴，小心翼翼地跪了下去。只要他动一下，贝克就会开枪。然而赫洛霍特一动也没动。他死了。

贝克丢掉手枪，一屁股坐到了楼梯上。这么多年，这是他第一次感到泪水要涌上眼眶，但他还是忍住了。他知道，现在还不是动感情的时候，该回家了。他想要站起来，但因为过度劳累却怎么也站不起来。筋疲力尽的他就在这石头楼梯上坐了许久。

他一脸茫然地看着面前那具扭曲的尸体。这个杀手的眼睛开始变得呆滞无神，木然地望着前方。不知何故，他的眼镜却是完好无损。这副眼镜十分怪异，贝克想，眼镜脚后面竟然伸出了一根电线，连到那人皮带上的一个装置上。贝克疲惫不堪，已经对此打不起兴趣。

贝克独自坐在楼梯上，打起精神，注视着手上的戒指。他的眼睛已清澈了许多，终于看清了上面刻的字母。跟他想的一样，那不是英语。他对着这些字母看了许久，不禁眉头一蹙。*人们值得为了它而互相厮杀吗？*

贝克最终走出希拉达塔，来到庭院里，清晨的阳光令人目眩。腰上的疼痛已经减轻了，眼睛也恢复了正常。贝克站立片刻，恍惚之中享受着柑橘花的馨香。随后，他又慢慢穿过庭院。

就在他大步离开钟塔的时候，一辆货车突然停在他身旁。两名男子从车里跳了出来。他们都很年轻，一身军装。两人板着脸朝贝克走过来，僵硬的动作看起来如同两台步调一致的机器。

“戴维·贝克吗？”一个问道。

贝克突然收住脚步，惊讶于他们竟知道自己的名字，问道："你……你是谁？"

"请跟我们走。马上就走。"

这次相遇让他觉得很离奇——有样东西又开始刺痛他的神经末梢了。他不由得向后退了一步。

个头矮一些的男子冷冷地盯着他说："这边走，贝克先生。马上就走。"

贝克转身想跑，却只跑出去了一步。其中一人拔出了手枪。一声枪响。

贝克突然感到胸膛上一阵灼痛。那阵痛立刻又涌上大脑。他的手指变得僵硬，一头栽到了地上。没过多久，他眼前一片漆黑，什么也看不到了。

第 102 章

斯特拉斯莫尔来到万能解密机的底层，穿过天桥，踏进地板上一英尺深的积水中。那台巨大的计算机在他身旁震动着。大颗的水滴穿过团团升起的薄雾，雨水般地落了下来。警报雷鸣般地高声叫着。

这位副局长朝发生故障的主发电机看了过去。菲尔·查特鲁基恩的尸体歪歪斜斜地放在那里，一组散热片已穿透他烧焦的躯体。那场景看起来有点像是古怪离奇的万圣节演出的造型。

尽管斯特拉斯莫尔对他的死痛惜不已，但是毋庸置疑，这是"不可避免的伤亡"。菲尔·查特鲁基恩让他别无选择。这位系统安全员从下面飞奔着冲上来，嘴里大叫有病毒。斯特拉斯莫尔正好在平台上碰到他，想和他讲一番道理，可他全然不理。*我们中毒了！我要打电话给杰巴！*他想挤过去，可局长挡住了他的去路。平台不宽，他无法从旁边穿过。他们扭打起来。楼梯的扶手很低，他掉了下去。这可真让人啼笑皆非，斯特拉斯莫尔想，菲尔·查特鲁基恩一开始就认为有病毒，他竟然说对了。

菲尔·查特鲁基恩一头摔了下去，令人胆战心惊——他发出一声惊恐的嚎叫，紧接着是一阵沉寂。但斯特拉斯莫尔副局长接下来看到的景象更让他心跳不已。格雷格·黑尔藏在下面黑影里，正抬头盯着他，脸上惊恐万分。斯特拉斯莫尔就是在那个时候决定非杀死格雷格·黑尔不可的。

万能解密机一阵噼啪作响，斯特拉斯莫尔重新把注意力转向手上的事情：关闭电源。断路器的左侧是氟利昂气泵，右侧是菲尔的尸体。他看得清清楚楚。他只要扳动一下控制杆，密码破译部内的电源就会断开。几秒钟之后，他再重新打开，所有入口和设备都会重新通上电。氟利昂也会继续喷出。万能解密机就会安然无恙。

斯特拉斯莫尔一步一步地挪向断路器，他突然意识到还有一个障碍。查特鲁基恩的尸体还压在主发电机的散热片上。断开然后再接通主发电机，只会使电源再次断开。他必须先搬走这具尸体。

他望着这具奇形怪状的尸体，径直走了过去。他伸手抓起一只手腕。那只手腕上的肌肉像是聚苯乙烯泡沫塑料一样，肌肉组织已经烧焦，整个身体没了水分。局长闭上眼睛，牢牢地抓住那只手腕，拉了一下。尸体滑动了一两英寸。他更加用力拉着，尸体又滑动了一点。他脚下站稳，使出浑身的力气向后拉，突然脚后跟绊了一跤，整个人猛地撞上了身后的电源罩。他从地上越积越多的水里艰难地坐起来，低头盯着手里抓的东西，顿时感到一阵恐怖。查特鲁基恩的前臂被他从胳膊肘上拽了下来。

苏珊还在楼上等着。她坐在三号网点内的长沙发上，浑身僵硬。黑尔就躺在脚边，她想不出什么事情让局长耽搁这么久。时间在一分一秒地过去。她试着把戴维从自己的思绪中赶走，可就是做不到。伴随着阵阵警报，黑尔的话在她耳边回响：*对于戴维·贝克，我真的很抱歉。*苏珊觉得自己简直就要疯了。

她刚要从沙发上跳起来，冲到密码破译部去，她一直在等待的事情最终发生了。斯特拉斯莫尔推动开关，关闭了所有电路。

密码破译部顿时笼罩在一片沉寂中。警报声刚响到一半突然停了下来，三号网点里的显示屏“啪”的一声灭了。格雷格·黑尔的尸体也消失在一片黑暗中。苏珊本能地把腿猛地抽回到沙发上，迅速将斯特拉斯莫尔的外套裹在身上。

四周一片漆黑。

房间里静悄悄的。

她从没见密码破译部这般安静过。以前这里总能听到发电机的低鸣声。但此刻，除了那只巨大的野兽发出的喘息以及如释重负的叹息声之外，什么声响都没了。在一阵噼啪声和嘶嘶声之后，一切都慢慢平静了下来。

苏珊闭上眼睛为戴维祈祷。她的祈祷很简单——愿上帝保佑那个她爱的人。

她并不是个虔诚的信徒，所以从不期望自己的祈祷能得到回应。但是，她突然感到胸口上一阵震动，她慌乱不安地坐直了身子，猛地捂住胸口。她立刻明白了过来。刚才的振动根本不是上帝的援助之手——那是局长的外套口袋里发出的振动。他将自己的空中传呼设置为无声振动状态。刚才有人给斯特拉斯莫尔副局长发了条信息。

就在地下六层，斯特拉斯莫尔站在断路器旁边。此时，密码破译部的下面已是漆黑一片。他站在那里，沉浸在这片黑暗中。水从上面汩汩地流淌下来，如同午夜下起了一场暴雨。斯特拉斯莫尔把头向后一仰，任这温暖的水流洗净自己的罪恶。*我是幸存者*。他跪在地上，洗去手上残留的查特鲁基恩的肉。

“数字城堡”的计划破灭了，他还能承受得住。现在，对他而言，苏珊最重要。几十年来，这是他第一次真正明白，原来生命中还有比国家和荣誉更重要的东西。*为了国家，为了荣誉，我奉献出生命中最美好的时光。可是，我的爱情呢？*他已经委屈自己太久了。*这是为了*

什么呢？就为了眼睁睁地看着那个年轻的教授偷走自己的梦想吗？他培养苏珊，保护她，并赢得了她的信任。现在，他终于可以拥有她了。孤独无援的时候，她会投入他的怀抱。遭受了失败的创伤，苏珊会无助地来找他，然后斯特拉斯莫尔就会向她证明：爱情拯救一切。

*荣誉，国家，爱情。*为了这三样东西，戴维·贝克很快就要死去。

第103章

副局长如死而复生的拉撒路①一般，起身从活板门里爬了出来。尽管衣服已经透湿，可他脚步轻盈。他迈开大步，走向三号网点——走向苏珊，走向他的未来。

密码破译部再次亮起了灯。氟利昂向下流进冒烟的万能解密机，像是在给血液充氧。斯特拉斯莫尔知道，虽然散热剂要几分钟之后才能到达机身底部以防止最底下的处理器燃烧，可他确信已经及时地采取了行动。他胜利般地舒了口气，根本就没有觉察到这样一个事实——这样做其实已经晚了。

*我是幸存者，*他想。他连看都没看一眼三号网点墙上敞开的洞口，就阔步走向了电动门。滑门“咝”的一声开了。他跨了进去。

苏珊站在他面前，披着他的外套，全身湿漉漉的，一副蓬头垢面的狼狈样儿。她看起来像个大一女生，刚刚淋过一场雨。斯特拉斯莫尔自我感觉像是大四的学长，把自己大学校队的运动衫借给了她披。这么多年来，他第一次有了年轻的感觉。他的梦想快要实现了。

但是，在向她走近的时候，斯特拉斯莫尔却发现她的眼神有点陌

① “拉撒路”原文是Lazarus，基督教《圣经·约翰福音》中的人物，Mary和Martha的兄弟，死后四天，耶稣使他复活。这里是把斯特拉斯莫尔比作拉撒路。

生。那种眼神冷冰冰的，昔日的温情已经荡然无存。苏珊·弗莱切僵直地站着，像是一尊脚下生根的雕像。唯一能觉察到在动的是她眼里打转的泪水。

“苏珊？”

一颗泪珠滑落在她那颤抖的脸上。

“怎么了？”局长恳切地问道。

黑尔身下那摊血已经渗透了地毯，就像是海面上发生了石油泄漏。斯特拉斯莫尔局促不安地看了一眼尸体，又望了一下苏珊。*她会不会已经知道了真相？*不可能。他确信自己没有留下任何痕迹。

“苏珊？”他说着向她走了过去，“怎么了？”

苏珊纹丝不动。

“你在担心戴维吗？”

她的上唇微微翕动了一下。

斯特拉斯莫尔又走近了一步。他想伸手去拉她，可又犹豫了。她一听到戴维这个名字，悲伤的潮水冲垮了感情的堤坝。她身体微微一动——先是颤抖了一下，紧接着是一阵战栗。然后，一股雷鸣般的悲伤之潮在她体内翻腾。苏珊难以自制地抖动着双唇，张口想要说点什么，却一个字也没说出来。

她冷冰冰地盯着斯特拉斯莫尔，手从外套口袋里掏了出来。她手里握着一样东西，颤巍巍地伸了出去。

斯特拉斯莫尔低下头，以为伸过来的是那把贝雷塔手枪。可手枪还在地板上，恰好就在黑尔的手里。苏珊手中握着的东西要小一些。斯特拉斯莫尔低头盯着那样东西，立刻全明白了。

望着那样东西，斯特拉斯莫尔感到现实已经扭曲，时间突然变得很慢。他都能听到自己的心跳。这个多年来曾战胜过无数巨人的男人立刻就被打败了。他被爱情击败，自食其果。他只想大献殷勤，随手就把外套给了苏珊，却忘了里面还有他的空中传呼机。

此时，斯特拉斯莫尔变得呆若木鸡。苏珊伸出去的手颤抖着，传呼机从手中掉在了黑尔的脚边。苏珊·弗莱切从他身旁跑出了三号网点，那惊愕与背弃的神情，让斯特拉斯莫尔永生难忘。

局长没有去拦她。他慢慢地弯下腰，捡起那个传呼机。传呼机里没有新信息——苏珊全都已经读过了。斯特拉斯莫尔拼命地翻读着上面的信息。

目标：远诚友加——已干掉。

目标：皮埃尔·克卢沙尔德——已干掉。

目标：汉斯·休伯——已干掉。

目标：罗西奥·伊娃·格拉纳达——已干掉……

上面还有其他信息。斯特拉斯莫尔感到一阵恐惧。我可以解释！她会理解我的！全是为了荣誉！为了国家！但是，此刻，有一条信息他还不曾读到——那是一条让他绝对无法解释的信息。他哆哆嗦嗦地翻到了最后传来的那条信息。

目标：戴维·贝克——已干掉。

看罢，斯特拉斯莫尔垂下了头。他的美梦破灭了。

第 104 章

苏珊踉踉跄跄地走出了三号网点。

目标：戴维·贝克——已干掉。

她朝着密码破译部的主出口走去，感觉像是在梦里一般。格雷格·黑尔的话回响在她的耳边：苏珊，斯特拉斯莫尔会杀了我的！苏珊，局长爱上了你！

苏珊来到那扇巨大的圆形旋转门前，用手指拼命地戳着门上的键盘。门一动也不动。她又试了一次，可那扇厚板门还是没有转动。她发出一声低声尖叫——显然是停电删除了出口密码。她还是不能离开这里。

突然，两只胳膊从身后抱住了她，紧紧地搂住她那几近麻木的身体。这感觉并不陌生，但此刻却令人作呕。那人虽没有格雷格·黑尔抱她的那种蛮力，却有一种让人难以忍受的粗暴，透着钢铁一样的决心。

苏珊转过身去。这个紧抱住她的男人显得伤心忧郁，惊恐不安。那张脸此刻变得很陌生。

“苏珊，”斯特拉斯莫尔抱着她乞求道，“我一切都可以解释。”

她奋力想挣脱他。

局长紧紧地搂住她不放。

苏珊想要尖叫，可叫不出声来。她想要跑开，可那双强有力的手紧抓住她不放，一把将她拽了回来。

“我爱你，”他低声说道，“我一直都爱着你。”

苏珊感到一阵恶心。

“跟我在一起。”

苏珊的脑海中快速闪现出一个个令人毛骨悚然的画面——戴维那双明亮的绿眼睛最后一次慢慢地合上了，鲜血从格雷格·黑尔的尸体里慢慢流到地毯上，菲尔·查特鲁基恩烧焦的尸体扭曲地躺在发电机上。

“痛苦会过去的，”他说，“你会再恋爱的。”

苏珊什么都听不进。

“跟我在一起，”他恳求道，“我会治好你的伤。”

她无助地挣扎着。

“我是为了咱俩才这样做的。咱们是天造地设的一对儿。苏珊，我爱你。”那些话那么流畅地从他口中说出来，感觉像是他苦等十年，如今终于得以说出口了一样，“我爱你！我爱你！”

就在那一瞬间，在三十码之外的地方，万能解密机似乎是在反驳斯特拉斯莫尔可耻的表白，发出了愤怒而冷酷的嗞嗞声。他们从没听到过这种声音——那声音从远处传来，给人一种不祥的感觉，似乎是地窖深处的毒蛇发出的嘶嘶声。看来氟利昂并没有及时到达下层的处理器。

局长松手放开苏珊，转向那台价值二十亿美元的计算机。他吓得瞪大了双眼。“不！”他双手抱头大叫，“不！”

这台六层高的火箭形状的机器摇晃了起来。斯特拉斯莫尔磕磕绊绊地冲向那台发出雷鸣般声响的计算机，一下子跪倒在地，像是愤怒的上帝面前的罪人。可这已经于事无补了。在这个竖井的底部，万能解密机钛锶合金的处理器已经着火了。

第 105 章

一团火球飞速地向上穿过三百万颗硅芯片，发出一种奇怪的响声，像是森林大火的噼啪声，龙卷风的呼啸声，还像热腾腾的天然喷泉的喷涌声……所有声音都交织在一起，发出阵阵回响。这是魔鬼的呼吸声。那只魔鬼在密封的山洞里喷出团团气体，找寻着逃走的出口。听着地下传来的阵阵恐怖的响声，斯特拉斯莫尔吓得跪着动弹不得。世界上最昂贵的计算机很快就会变成一个深达八层楼的地狱。

斯特拉斯莫尔又慢慢地转向苏珊。她呆若木鸡地站在密码破译部的门旁。斯特拉斯莫尔凝望着她那布满泪痕的脸庞。她泪光盈盈地站在荧光灯下。*她是个天使*，斯特拉斯莫尔想。他在苏珊的眼睛里寻找着天堂，可看到的却只是死亡。那种信任感消失了。爱情与荣誉已不复存在。多年来一直驱使他前进的梦想也已破灭。他永远都不会拥有苏珊·弗莱切。永远不会。他顿时感到一种莫大的空虚。

苏珊茫然地注视着万能解密机。她知道，一团火球堵在了这个陶瓷外壳里，此刻正朝着他们飞速地滚过来。她意识到，那团火球以燃烧的芯片释放出的氧气作燃料，升腾的速度会越来越快。密码破译部很快就会成为一座烈焰熊熊的地狱。

她想要逃出去，可戴维的死讯重重地压在她心头。苏珊感到自己听到了戴维在呼唤她，让她快逃出去，可是她无处可逃。密码破译部是一座密封的坟墓。不过，这已经不重要了。她并不觉得死有多可怕。死亡可以消除她的痛苦，而她将会与戴维在一起了。

密码破译部的地板开始摇晃，似乎下面有一头狂怒的海怪，正从海下升起。她似乎又听到戴维在呼唤她。*快跑呀，苏珊！快跑！*

此时，斯特拉斯莫尔朝苏珊走了过来，他那张脸像是久远的记忆。那双浅灰色的眼睛显得毫无生气。这个爱国者的形象，苏珊心目中的英雄，已经不复存在——他现在变成了杀人凶手。他突然又抱住了苏珊，拼命地把她搂在怀里，亲吻着她的双颊。“原谅我。”他乞求道。苏珊想要挣脱出去，可斯特拉斯莫尔紧搂住不放。

万能解密机像是即将发射的导弹一样震动起来。密码破译部的地板开始摇晃起来。斯特拉斯莫尔搂得更紧了，说道：“搂着我，苏珊。我需要你。”

一股愤怒的潮水涌遍苏珊的四肢。她耳边又传来戴维的喊声。*我爱你！快逃！*她突然一使劲，猛地挣脱了他。万能解密机发出的吼叫声变得震耳欲聋。火势已经烧到这个竖井的顶部。万能解密机呻吟着，机身连接处受到猛烈的拉扯。

戴维的声音似乎在鼓舞着她，指引着她。她飞快地冲出密码破译部，一下子跑上通往斯特拉斯莫尔办公室的天桥楼梯。在她身后，万能解密机发出了一声惊天动地的吼叫。

最后一块硅芯片裂开的时候，一股巨大的上升热浪冲破竖井盖，将陶瓷碎片抛到三十英尺的空中。转眼间，密码破译部内含氧量高的空气流进来，填补了那片巨大的真空。

那股剧烈的气流猛地吹向苏珊的时候，她已经来到上面的楼梯拐角处的平台上，抓住了扶手。气流吹得苏珊直打转，她恰好看到远在下面的副局长。斯特拉斯莫尔站在万能解密机旁边正抬头注视着她。他周遭的爆炸如暴风雨肆虐一般，然而他的眼中却是一片平静。他双唇开启，吐出生命中最后一个词语："苏珊。"

空气一经冲进万能解密机体内，即刻燃烧起来。特雷弗·斯特拉斯莫尔副局长被吞噬在一片明亮的火海中，化成一副剪影，成为一个传奇。

爆炸的气浪冲击着苏珊，吹得她后退了十五英尺，把她吹进了斯特拉斯莫尔的办公室。她所能记起的，就只剩这灼人的热浪了。

第 106 章

局长会议室位于密码破译部穹顶的上方，会议室的窗户后面出现了三张面孔。三人屏住了呼吸。密码破译部的爆炸使整座国安局综合大楼都摇晃了一下。利兰·方丹、查德·布林克霍夫与米奇·米尔肯全都一声不吭，惊恐万状地盯着窗外。

往下七十英尺的地方，密码破译部在熊熊地燃烧。虽然聚碳酸酯材料做成的屋顶依然完好无损，可在房屋透明框架里面，火势在蔓延。滚滚的黑烟像雾一样盘旋在屋顶内。

三人盯着下面，一句话也说不出来。那场面壮观得可怕。

方丹站了好长一段时间。他最终开了口，声音虽然微弱但语气坚决。"米奇，找一帮人到下面去……马上就去。"

房间的另一侧，方丹的电话响了起来。

那是杰巴打来的电话。

第 107 章

苏珊不知道时间过去了多少。喉咙里的疼痛使她恢复了知觉。她分不清方向，仔细打量了一番周围的环境，发现前面就是一张桌子，脚下踩着地毯。房间里唯一的亮光是一束忽明忽暗、怪异的橙色光线。空气中弥漫着烧焦的塑料的味道。她所在的房间已经不能算是房间了。这里只是一个被摧毁的房间框架。窗帘已经着火，树脂玻璃墙正冒着烟。

她一切都记起来了。

戴维。

她惊恐万分地挣扎着站了起来，气管内吸进的是具有腐蚀性的气体。她跌跌撞撞地朝门口走去，想要找个出口。她刚跨过门槛，一条腿就摇摇晃晃地吊在下面了。还好她及时抓住了门框，才没有掉下去。天桥不见了。金属制成的天桥掉到了下面五十英尺的地方，拧成一团，还在冒着浓烟。苏珊惊恐地察看着密码破译部的地板。那儿已成为一片火的海洋。三百万颗硅处理器融化后的残留物像熔岩一样，从万能解密机内喷发出来。酸性浓烟巨浪般地向上翻腾着。苏珊知道这种气味。这是硅烟，一种致命的毒气。

她退回到斯特拉斯莫尔的办公室的废墟处，开始感到一阵眩晕。她的喉咙烧得很厉害。到处都是燃烧的火光。密码破译部快要毁灭了。我也快要不行了，她想。

过了一会儿，她想到了那个唯一可行的出口——斯特拉斯莫尔的电梯。但是她知道，电梯已经不能用了。经过那次爆炸，电子设备绝对不能用了。

然而，苏珊穿过团团浓烟的时候，又想起了黑尔的话。电梯用的是主楼的电源！我见过设计图！苏珊知道他说的是事实。她还知道，整座电梯井都是用钢筋混凝土砌成的。

滚滚浓烟盘绕在苏珊四周。她踉踉跄跄地穿过烟雾，朝电梯门走去。但是，来到门前，她才发现电梯上的呼叫按钮已经黑了。她使劲按动已经变黑的按钮键盘，电梯却没有任何反应。然后，她跪倒在地，拳头“嗵嗵”地砸在地板上。

她突然收住了拳头。门后面什么东西在“嗡嗡”地响。她吃惊地抬起了头。似乎电梯就在那儿！苏珊再次猛地按动按钮。门后面又是一阵嗡嗡声。

她顿时明白了过来。

呼叫按钮并不是不能用了——只是被黑乎乎的烟灰给盖住了。此时，那个键盘在她那模糊的指印下，发出了微弱的亮光。

这里有电！

怀着一线希望，她用力按动按钮。门后面不断地发出回应。她听得出电梯车厢里通风机转动的声音。*电梯就在这里！为什么该死的门还不打开？*

透过浓烟，她辨认着那个微小的次级电流键盘——上面是印有字母的按钮，从 A 排到 Z。绝望之中，她记起来了，开门要有密码。

浓烟通过熔化的窗框慢慢地卷进屋里。苏珊再一次猛烈撞击着电梯门。门还是没开。*密码！*她想，*斯特拉斯莫尔根本没有告诉我密码！*此刻，硅烟飘满了整个房间。她给呛得透不过气来，靠在电梯门上，倒了下去，心中有一种挫败感。通风机还在几英尺外的地方转动着。苏珊躺在那儿，感到一阵头晕目眩，大口地呼吸着空气。

她闭上了双眼，但是戴维的声音再次唤醒了她。*快逃出去，苏珊！打开门！逃出去！*她睁开眼睛，期望看到他那张脸，那双生气时圆睁着的绿眼睛，那种开玩笑时露出的笑容。然而，映入眼帘的却是字母 A 到 Z。*密码*……苏珊盯着键盘上的字母看。她几乎看不清上面的字母。键盘下面的液晶显示屏上，显示出五个空着等待输入字母的亮点。*密码是五个字母，*她想。她马上就计算出了猜测的几率：26 的五次方，也就是有 11881376 种可能。一秒钟试一个的话，那也要花上十九周的时间……

苏珊·弗莱切躺在键盘下面的地板上，感到快要窒息了。这时她的耳边又传来了副局长哀怜的声音。他又在向她表白爱意。*我爱你苏珊！我一直都爱着你！苏珊！苏珊！苏珊……*

她知道他已经死了，但他的声音却不断地回响在她耳边。她听到他一遍遍地呼喊着自己的名字。

苏珊……苏珊……

她顿时清醒了，一下子明白了过来。

苏珊无力地、哆哆嗦嗦地把手伸到键盘上，输入了密码。

S……U……S……A……N

过了一会儿，电梯门徐徐开启。

第 108 章

斯特拉斯莫尔的电梯快速地向下降落。苏珊在电梯里面深深地吸了几口新鲜空气。她感到一阵头晕，靠在电梯壁上稳住了自己，就在这个时候，电梯慢慢地停了下来。过了一会儿，齿轮“咔哒”转动了几下，传递带又开始转动起来，不过，这一次是水平移动。电梯“辘辘”地响着朝国安局综合大楼的主楼前进，苏珊感到电梯的速度加快了。最终，电梯“呼”的一声停住，门开了。

苏珊·弗莱切一边咳嗽着，一边摇摇晃晃地走进一条阴暗的水泥通道。她发现自己走进了一条隧道——隧道顶很低，十分狭窄。一条双黄色标线从她面前延伸出去，消失在一个黑魆魆的空洞里。

这里是地下通道……

苏珊磕磕绊绊地，扶着墙壁朝里面走去。在她身后，电梯门缓缓关上了。苏珊·弗莱切再次陷入一片黑暗之中。

四周是一片静寂。

除了墙壁内传来的微弱的嗡嗡声之外，什么声响都没了。

嗡嗡声越来越响。

突然，像是天空顿时破晓了一般，这片黑色渐渐变淡，成为一片灰蒙蒙的色彩。隧道两侧的墙壁慢慢地展现在眼前。一辆小型汽车猛地转过弯来，前灯的灯光刺得她睁不开眼。她一下子没站稳靠在了墙上，然后用手遮住了眼睛。一股气流吹来，那辆汽车奔驰而过。

过了一会儿，她听到一阵刺耳的嘎吱声，那是轮胎在水泥地上摩擦产生的。那种嗡嗡声又一次传来，然而这次却是朝着苏珊传过来的。几秒钟之后，那辆汽车停在了她的身旁。

"弗莱切女士！"一个声音惊讶地叫道。

苏珊盯着电动高尔夫车驾驶座上那似曾相识的身影。

"天哪。"那人惊叫道，"你没事吧？我们还以为你遇难了呢！"

苏珊面无表情地注视着他。

"我是查德·布林克霍夫，"他连忙说道，仔细看着这位受到惊吓的密码破译员，"局长的私人助理。"

苏珊只是茫然地抽噎着说："万能解密机……"

布林克霍夫点点头，说道："别管了。上来吧！"

高尔夫车前灯的灯光飞快地扫过两侧的水泥墙。

"主数据库出现了病毒。"布林克霍夫突然说道。

"我知道。"苏珊低声说道。

"我们需要你的帮助。"

苏珊忍着泪水说："斯特拉斯莫尔……他……"

"我们知道，"布林克霍夫说，"他绕过了'臂铠'。"

"是的……而且……"那句话卡在她喉咙里说不出来。*他杀死了戴维！*

布林克霍夫一只手搭到了她肩头，安慰道："就快到了，弗莱切女士。再坚持一下。”

肯辛顿高尔夫车速度飞快，拐个弯，一下子停了下来。他们的近旁，一条狭窄的通道与隧道垂直交叉。红色的地板照明灯把通道照得昏暗。

“来吧。”布林克霍夫说着，扶她下了车。

布林克霍夫领着她走进那条通道。苏珊跟在他后面，感到一阵迷惑。这条通道急遽向下倾斜。苏珊抓住扶手，跟着布林克霍夫朝下走。那里的空气渐渐变得凉爽起来。他们还在往下走。

他们越朝下面走，那条通道就越来越窄。身后某个地方传来了脚步的回声——那是一种有力而坚定的步伐。脚步声越来越响。布林克霍夫和苏珊都停了下来，转身望去。

阔步向他们走来的是名身材魁梧的黑人男子。苏珊以前从没见过他。那人走了过来，以一种锐利的眼神盯着她。

“这是谁？”他问。

“苏珊·弗莱切。”布林克霍夫回答。

那名身材魁梧的男子扬起了眉毛。虽说苏珊·弗莱切被烟灰弄得黑乎乎的，浑身也湿透了，可还是比他想象的要光彩照人。“副局长呢？”他问道。

布林克霍夫摇了摇头。

那人什么也没说，他向别处凝望了一下，然后，他重新注视着苏珊。“我是利兰·方丹，”说着他向她伸出了右手，“很高兴你安然无恙。”

苏珊凝望着他。她相信总有一天她会见到局长，可从没想到是以这种见面方式。

“跟我来，弗莱切女士，”方丹说完就在前面带起了路，“我们需要一切可以得到的帮助。”

在这片朦胧的红光中，一堵钢铁围墙在隧道的尽头隐约可见，一下子挡住了他们的去路。方丹走向前，在凹陷处的密码盒上输入密码。然后他把右手放到了一块微小的玻璃嵌板上。脉冲频闪闪过手掌。过了一会儿，那道厚重的围墙轰隆隆地拉向了左侧。

在国安局，只有一个地方比密码破译部还要神圣，苏珊·弗莱切感到自己马上就要步入那个殿堂。

第 109 章

国安局主数据库的指挥中心看起来像是微型的国家航空和宇航局的地面指挥中心。国安局指挥中心的最里面，十二个计算机工作台的对面是一堵长四十英尺、宽三十英尺的投影墙。屏幕上，数字与图表快速地交替闪现，像是有人在不断地切换频道。几个技术员行色匆匆地穿梭在这些工作台之间，他们手中拖着长长的打印单，喊着各种各样的操作命令。情形十分混乱。

苏珊凝视着这个让人眼花缭乱的指挥中心。她隐隐约约记得，为了建造这个中心，他们曾从地下挖出两百五十公吨泥土。这个中心建在地下两百一十四英尺的地方，炮弹轰击与核爆炸都奈何不了它。

杰巴站在房间中央一个高高的工作站上。他在台上吼叫着发出各种命令，俨然一位国王在对他的臣民发号施令。就在他身后的屏幕上，赫然显示着一条信息。苏珊对那条信息再熟悉不过了。那条告示牌般大的信息悬在杰巴的头顶，给人一种不祥的感觉。

现在唯有事实能拯救你们。

输入密码__________

苏珊仿佛陷入了某种超现实的梦魇中，跟着方丹朝指挥台走去。周围的一切都慢慢地模糊起来。

杰巴看见他们走过来，像头被激怒的公牛一样转过身，叫道：“‘臂铠’我不是编来玩的！”

"'臂铠'已经不起作用了。"方丹平静地回答。

"这已经不是什么新闻了，局长，"杰巴忿忿地说，"冲击波让我束手无策！斯特拉斯莫尔哪儿去了？"

"斯特拉斯莫尔局长遇难了。"

"真是他妈的恶有恶报。"

"冷静点，杰巴，"局长命令道，"我们来看看情况怎么样了。这个病毒究竟有多厉害？"

杰巴盯着局长看了好半天，突然大笑起来，说道："病毒？"地下室里回荡着他刺耳的哄笑声，"你以为这是病毒？"

方丹依然很镇静。虽说杰巴太过无礼，但他知道现在不是计较这个的时候。在这里，杰巴的地位甚至比上帝还要高。计算机故障可不管那些上下级关系。

"那不是病毒？"布林克霍夫满怀希望地惊问道。

杰巴鼻子里哼了一声，不屑一顾地说道："病毒能够自我复制，你这个小白脸！但这个没有！"

苏珊在附近徘徊着，一副心神不宁的样子。

"既然这样，那又是怎么回事？"方丹问道，"我还以为是中了病毒。"

杰巴深吸一口气，放低了声音说道："病毒……"他一边说着，一边擦了一把脸上的汗水，"病毒能够复制，可以进行克隆。这些病毒既自负又愚蠢——真是双重的自大狂。病毒繁殖的速度比兔子产崽还要快。然而这也是它们的弱点——如果你有能耐的话，就可以将那些病毒杂交，从而消灭它们。不幸的是，这个程序没有自我，用不着进行复制。它头脑清醒，目标明确。实际上，它达到目的之后，很可能会自我毁灭。"杰巴望着投射在大屏幕上的信息，故作虔诚地伸出了双臂。"女士们，先生们，"他叹息道，"来认识一下计算机侵入者的神风队队员[①]——蠕虫。"

---

① "神风队队员"原文为 kamikaze，特指第二次世界大战期间日本空军敢死队队员，驾驶装载炸弹的飞机撞击军舰等目标，与之同归于尽。这里采用这个说法，形象地把蠕虫比作神风队队员。

“蠕虫？”布林克霍夫痛苦地喊了一声。用这个词来形容阴险的入侵者似乎有点小看它了。

“是蠕虫。”杰巴愤恨地说，“它结构不复杂，凭本能行动——吃，拉，爬。就是这样。简单。简单得要死。它只是按指令完成任务，然后就会完蛋。”

方丹严厉地看着杰巴，问道：“那么这个蠕虫要做什么？”

“毫无头绪，”杰巴回答，“现在，它正在扩散，附在我们所有的机密资料上。之后，它们就可以为所欲为。也许会删除所有的文件，也许只是在白宫的文件副本上打上几个笑脸。”

方丹保持着冷静，泰然自若地问道：“你能阻止蠕虫吗？”

杰巴长长地叹了一口气，面对大屏幕。“我不知道。这全看写程序的人的火气有多大了。”他指着屏幕上的信息问，“谁能告诉我那条信息到底什么意思？”

现在唯有事实能拯救你们。

输入密码____________

杰巴等着有人回答，可没人作声。“看来有人在给我们捣乱，局长。这是勒索。依我看，这是勒索通知。”

苏珊声音低沉地说：“是……远诚友加。”

杰巴转过身，盯着她看了一会儿，眼睛瞪得滚圆，说道：“友加？”

苏珊无力地点点头，然后说：“他想要我们坦白……有关万能解密机的事情……可这让他付出了——”

“坦白？”布林克霍夫打断了她的话，一脸的震惊，“友加想让我们承认有万能解密机？我说那也迟了点儿吧？”

苏珊刚要张口说话，杰巴接过了话茬。“看来友加有密码。”他一边说着，一边抬头注视着屏幕上的信息。

每个人都扭过了头。

“密码？”布林克霍夫问道。

杰巴点点头说：“对。一个能阻止蠕虫攻击的密码。说得简单点儿，要是我们承认我们拥有万能解密机，友加就会给我们密码。我们将密码输进计算机，这样就没事了。让我们来面对网络敲诈吧。”

方丹呆呆站在那里，问道：“我们还有多少时间？”

“差不多一个小时，”杰巴说，“刚好够时间召开新闻发布会，说出这个秘密。”

“你有什么建议？”方丹问道。

“建议？”杰巴不假思索地反问道，“你要建议？我给你建议！别跟我瞎胡闹了！”

“别激动！”局长警告道。

“局长，”杰巴气急败坏地叫道，“现在是远诚友加控制这个数据库！快答应他的条件。如果他想让天下人都知道万能解密机，那就通知有线新闻网，说出真相。现在万能解密机只是地面上的一个空洞——你还怕什么？”

房间里一片安静。方丹似乎在盘算着对策。苏珊刚要说话，杰巴抢先开了口。

“你还在等什么，局长！快给友加打电话呀！告诉他我们跟他合作！我们需要那个密码，要不然这里一切都会完蛋！”

大家都一动不动。

“你们全都疯了吗？”杰巴大叫，“快打电话给友加！告诉他我们认输！给我要来那个密码！现在就去！”他猛地掏出自己的手机，开机说道：“不要怕！把他的号码给我！我自己打给那个卑鄙下流的家伙！”

“不用麻烦了，”苏珊轻声说道，“友加已经死了。”

杰巴感到一阵困惑与惊愕，苏珊的话让他觉得仿佛肚子上挨了一枪。这位人高马大的系统安全部的技术专家，似乎要崩溃了。“死了？那……也就是说……我们无法……”

“也就是说我们要另做打算了。”方丹语气平淡地说。

杰巴的眼里充满了震惊，就在这时，有人从房间的后面大声地喊了起来。

“杰巴！杰巴！”

原来是草志九田，杰巴的技术骨干。她正朝着指挥台跑过来，手里拖着一张长长的打印单。她看起来一脸的惶恐。

“杰巴！”她上气不接下气地说，“蠕虫……我刚刚查明了这个蠕虫是什么东西！”她一把将那张单子塞到杰巴手上。“这是我从系统活动探测器上拉出来的！我们隔离了蠕虫的执行命令——快看看这个程序！看看它想干什么！”

这位系统安全部的首席技术专家看着这张打印单，感到一阵头晕目眩，一把抓住了扶手撑住身体。

“哦，天啊，”杰巴倒吸了一口冷气，“远诚友加……你这个狗杂种！”

第 110 章

杰巴木然地盯着草志给他的打印单。他脸色煞白，用袖子擦去额头上的汗水。“局长，我们别无选择。只能断开数据库的电源了。”

“不行，”方丹回答，“那样做的话，后果将不堪设想。”

杰巴知道，局长说得对。全世界有三百多条综合业务数字网络线路与国安局的数据库连接。每天，通过这里，军队的司令员们获取敌军行动的最新卫星照片；洛克希德[①]的工程师们下载最新武器的局部设计蓝图；野外特工人员接到最新任务的通知。国安局的数据库是美国政府日常工作运转的中枢。事先没有通告一声就关闭数据库，这会

① “洛克希德”原文为Lockheed，这是美国一家武器制造公司，创建于一九一三年。一九九五年与马丁·玛丽埃塔公司合并，组成洛克希德·马丁公司。该公司发展、生产、经销军用、民用飞机，生产导弹和空间系统，生产军用电子系统，目前为美国第一大国防承包商。

在全球范围内造成致命的情报真空。

“我知道那会产生什么后果，长官，”杰巴说，“可我们别无选择。”

“说说你的高见。”方丹命令道。他快速地扫了一眼身旁的苏珊，她站在指挥台上，一副心不在焉的样子。

杰巴深吸一口气，又擦了一把汗。从他脸上的表情，指挥台上的人看出他要说的不会是什么好事儿。

“这种蠕虫，”杰巴说道，“它并不是一般的变性循环，而是有选择地循环。换句话说，这是一种有品位的蠕虫。”

布林克霍夫刚要张口问一下，方丹摆摆手制止了他。

“大多数破坏性的应用程序会把数据库清除得一干二净，”杰巴继续说道，“但是，这个程序要复杂得多。它仅仅删除那些符合某种特定参数的文件。”

“你的意思是说它不会袭击整个数据库？”布林克霍夫满怀希望地问，“那不是太好了吗？”

“不是！”杰巴立即否定了他，“这就糟了！真他妈的糟糕透顶！”

“沉住气！”方丹命令道，“这种蠕虫找的是什么参数？军事的？还是秘密交易行动？”

杰巴摇摇头。他看了苏珊一眼，发现她神情依然恍惚，然后又抬头正视局长。“长官，你知道，任何人要想从外界连入这个数据库，都要先通过一系列的防卫通道，然后才能获得许可。”

方丹点点头。这个具有层层关卡的数据库设计得相当高明。被授权的成员可以通过互联网拨号访问。根据各自的授权序列号，系统允许他们进入各自的领域。

“由于我们与全球的因特网都是连通的，”杰巴解释道，“黑客、外国政府，还有电子新领域基金会的那帮行家，他们一天二十四小时地围着这个数据库打转，都想闯进来。”

“不过，”方丹说，“一天二十四小时，我们的安全防卫过滤器都会把他们拒之门外。你想说明什么？”

杰巴低头看着打印单。“我是这样想的。友加编写的蠕虫程序，目标并不是我们的数据库。”他清了清嗓子，继续说道，“它的目标是我们的安全防卫过滤器。”

方丹的脸变得煞白。他显然明白了这句话的弦外之音——这种蠕虫要攻击的目标是防止国安局数据库的机密泄漏的过滤器。一旦失去过滤器，外界任何人都可以进入数据库，获取所有信息。

“我们只能断开电源，”杰巴又说了一遍，“大约一个小时之后，任何一名拥有调制解调器的大三学生都能获得美国最高安全防卫许可。”

方丹站立良久，一个字也没说。

杰巴心急如焚地等待着，最终转身对草志喊道：“草志！采用直观表示法[①]！马上开始！”

草志急忙跑去准备。

杰巴经常利用直观表示法来解决问题。在大多数计算机领域，VR的意思是“虚拟现实”；可在国安局，它指的是 *vis-rep*——直观表示法。在一个技术高手和政客云集的世界里，每个人对技术的理解水平参差不齐，所以图示法往往成为说明问题的唯一办法。单纯一个垂直坐标图，往往比成堆的电子数据表更能说明问题。杰巴清楚，要解决当前的危机，直观表示法可以达到立竿见影的效果。

“显示直观图！”草志在房间后面的一台终端机前高声喊道。

一个计算机生成的示意图闪现在他们面前的投影墙上。苏珊心不在焉地抬头望着，不去理会周围那些疯狂的人。房间里的每个人都跟随杰巴的目光转向墙壁上的屏幕。

眼前的示意图像个靶心。中间是个标明“数据”字样的红圈。中心的外围是五个线条粗细不等、颜色各异的同心圆。最外围的圆圈颜色暗淡，几乎变成透明。

“我们的防御系统分为五个层次，”杰巴解释，“外面一层是我们

---

① “直观表示法”原文是缩略词VR，英文 visual representation 的缩写。这是国安局内部独特的解释，他们利用简单而直观的表格、曲线图之类的方式来解决难题。下文也有出现，根据情况具体解释为“直观图”或“示意图”。VR，计算机领域内，人们一般都视其为英文 virtual reality 的缩写，意思即“虚拟现实”。

的初级堡垒主机，往里是两组数据包过滤器，分别用于文件传送协议和 X-11。X-11 是一种隧道程序模块。最里面是杜芙计划之外的，加密邮件系统的窗口访问授权程序。最外围马上就要消失的防线代表遭到攻击的主机。实际上，这一道防线已经不存在了。在接下来的时间里，五道防线会接连消失。那之后，全世界的人就会蜂拥而至。国安局数据库的每一个字节都会变成公用域内的信息。”

方丹满眼怒火地注视着这个示意图。

布林克霍夫发出一声微弱的哀诉：“这种蠕虫将向世界敞开我们的数据库。”

“对远诚友加来说，这简直就是小儿科，”杰巴呵斥道，“‘臂铠’是可以自动防止故障危害的。斯特拉斯莫尔亲手毁了它。”

“这是一场战争。”方丹小声地说，语气中透着尖刻。

杰巴摇摇头，说道：“我真怀疑远诚友加有没有想过那么多。我猜他大约只是想阻挠万能解密机。”

方丹抬头望着屏幕，五道防火墙中最外面的那一道完全消失了。

“堡垒主机完蛋了！”后排的一位技术员喊道，“第二道防火墙遭到攻击！”

“我们得关闭电源了，”杰巴催促道，“从示意图的显示来看，我们只有大约四十五分钟的时间了。关闭电源可是个复杂的过程。”

这是事实。国安局的数据库之所以这样建造，就是为了保证不管是发生意外，还是受到袭击都不断电。许多电话、电源的故障安全机械装置都装在加固的钢罐内，埋在地下很深的地方。而且，除了国安局综合大楼内部供给的电源，在主要的公共高压输电线路网之外，还有很多备用线路。要关闭这样一个电路，就要牵涉到一系列复杂的确认与协议——这比在一般的核潜艇上发射导弹还要复杂得多。

“我们还有机会，”杰巴说，“要是动作快的话。手动关闭需要花上大约半小时的时间。”

方丹依旧抬头望着示意图，好像在思索着如何抉择。

“局长！”杰巴勃然大怒，“如果这些防火墙都失去效力的话，地球上的每一个用户都可以获得最高安全防卫许可！我说的可是最高机密！秘密交易行动记录！海外间谍名单！联邦证人保护计划内的每个人的姓名与住址！导弹发射密码确认书！我们一定得关闭！现在就要！”

局长似乎无动于衷。“一定还有其他方法。”

“不错，”杰巴轻蔑地说，“有！拿密码来也行呀！可那个唯一知道密码的家伙偏偏死了！”

“那蛮力技术呢？”布林克霍夫不假思索地问，“我们不能猜出密码吗？”

杰巴扬起双臂，说道：“天哪！密码和加密一样——具有随机性！不可能猜出来！如果你觉得自己在剩下的四十五分钟里，能猜六百兆次密码的话，你来好了！”

“密码在西班牙。”苏珊有气无力地说道。

指挥台上所有的人都转过身来。这么长时间以来，这是她提到的第一件事情。

苏珊抬起头，泪眼模糊地说：“友加临死之前，把密码送人了。”

大家都茫然了。

“密码……”苏珊身体发抖地说着，“斯特拉斯莫尔局长派人去找了。”

“然后呢？”杰巴问道，“斯特拉斯莫尔派出去的人找到密码了吗？”

苏珊努力忍住不哭，可泪水还是流了出来。“是的，”她哽咽着说，“我想是的。”

第 111 章

一声刺耳的尖叫穿透了控制室。“电子新领域基金会的那帮行家攻进来了！”那是草志的声音。

杰巴转身看着示意图。两条细线已经出现在同心圆的外围。那两条线看起来如精子一般，正试图攻破负隅反抗的卵细胞。

“全搅和在一起了，伙计们！”杰巴又转过身，对局长说，“得拿个主意了。要么关闭电源，要么就彻底失败。这两个入侵者只要一看到堡垒主机被攻陷，就会吹响冲锋的号角。”

方丹没有任何反应。他陷入沉思之中。密码在西班牙，苏珊·弗莱切带来的这个消息似乎给了他希望。他扫了一眼房间后面的苏珊。苏珊陷在椅子里，双手掩面，似乎沉浸在自己的世界里。方丹不清楚到底是什么让她这样，但是不管怎么样，他此刻是没空理会了。

“得拿定主意了！”杰巴厉声说道，“现在就要！”

方丹抬起头，平静地说：“好吧，主意拿定了。我们不关电源。我们等下去。”

杰巴惊诧地问：“什么？可那——”

“这是场赌博，”方丹打断他的话，“一场只能赢的赌博。”他拿过杰巴的手机，用力按了几下按键。“米奇，”他说，“我是利兰·方丹。仔细听好……”

第 112 章

“你最好知道你这是在干吗，局长，”杰巴咬牙切齿地说，“我们马上就不能切断电源了。”

方丹没有任何反应。

控制室后侧的门像是收到信号一样打开了，米奇飞奔进来。她上气不接下气地来到指挥台问道：“局长！控制板的临时连线马上接通！”

方丹期待地看着前方墙壁上的屏幕。十五秒之后，屏幕“噼啪”一声闪现出画面来。

刚开始，屏幕上雪花点很多，图像歪歪斜斜的。慢慢地，图像变得清晰起来。这是 QuickTime[①] 数字多媒体传输技术——速度是每秒五帧图像。画面上显示出两个男人的图像，一个脸色苍白，戴着信号切换器；另一个金发碧眼，是个典型的美国人。他们正对着摄像机坐下，像是两位等待播音的新闻广播员。

“这到底是什么？”杰巴问道。

“坐下来好好看着。”方丹命令道。

那两人似乎是在一辆货车里，周围挂满了电缆。音频连接畅通了，大家突然听到了背景噪音。

“音频信号入站，”一名技术员在他们身后喊道，“五秒钟双向传输一次。”

“他们是谁？”布林克霍夫担心地问。

“空中特工。”方丹一边回答，一边注视着这两名他派往西班牙的特工。这是一种必要的防范措施。对于斯特拉斯莫尔的计划的每一步，方丹都表示信任——干掉远诚友加，虽然这令人遗憾却只能如此；改写“数字城堡”——这些都有充分的理由。可是，有一件事情颇令方丹担忧：利用赫洛霍特。赫洛霍特虽然老练，可他毕竟是个唯利是图的家伙。他这个人可靠吗？会不会将密码据为己有？为了监视赫洛霍特，也是以防万一，方丹就留了这一手。

第 113 章

“绝对不行！”戴着信号切换器的那人冲着摄像机喊道，“我们有命令！我们要向利兰 · 方丹汇报，只汇报给利兰 · 方丹一个人！”

方丹给逗乐了，微微一笑地说：“你不知道我是谁吗？”

“这不重要吧？”金发碧眼的那个人气呼呼地质问道。

---

① QuickTime 是苹果公司推出的能在计算机上播放的高品质视频图像技术。

“听我解释，”方丹打断他的话，“我先来解释一些事情。”

片刻之后，那两个人面红耳赤，一五一十地向这位国安局局长作了汇报。“局……局长，”金发碧眼的那个结结巴巴地说，“我是科利安德特工。这是史密斯特工。”

“很好，”方丹说，“给我们简单说一下吧。”

苏珊·弗莱切坐在房间的后面，努力摆脱围绕在她周围、令她窒息的孤独感。她闭着双眼，双耳轰鸣，脸上淌着泪水。她的身体已经麻木。控制室内的嘈杂声渐渐变成一阵单调乏味的嗡嗡响。

指挥台上，大家坐立不安地听着史密斯特工的汇报。

“局长，根据您的指示，”史密斯开始说，“我们在塞维利亚已经待了两天，一直都在跟踪远诚友加先生。”

“说说谋杀的经过。”方丹不耐烦地问道。

史密斯点了点头说：“我们从大约五十米之外的一辆货车里观察到整个经过。谋杀进行得很顺利。赫洛霍特明显是个职业杀手。但是，后来事情出了岔子，来了一群路人，赫洛霍特根本就没拿到那样东西。”

方丹点了点头。他还在南美洲的时候，这两名特工就已经与他取得了联系，告知他事情出了差错，所以他才中断了行程。

科利安德接着说：“我们按照您的指示，继续监视赫洛霍特。可他根本就没有采取行动去停尸房，而是跟上了另一个家伙。那家伙看起来像个私家侦探，穿着西装，打着领带。”

“私家侦探？”方丹思忖着。听起来倒真像是斯特拉斯莫尔式的把戏——明智地使国安局置身事外。

“文件传送协议过滤器就快失灵了！”一位技术员高声喊道。

“我们需要那样东西，”方丹催促道，“赫洛霍特现在哪里？”

史密斯扭头朝后看了一眼，说道：“喔……他和我们在一起，长官。”

方丹松了一口气，问道：“在哪儿？”这算是他一天中听到的最好的消息了。

史密斯走到镜头前调整了一下焦距。摄像机镜头扫过车厢，显示出两个抵着车后壁的软绵绵的身体。那两个人都一动不动的。一个身体高大，戴着一副扭歪的金丝边眼镜；另一个是个年轻人，一头蓬乱而浓密的黑发，身着一件血染的衬衫。

“左边的那个就是赫洛霍特。”史密斯说道。

“赫洛霍特已经死了？”局长问道。

“是的，长官。”

方丹知道，以后会有时间让他们解释的。他瞥了一眼快要消失的防线，说道：“史密斯特工，”他语速缓慢但吐字清晰，“那样东西，我需要它。”

史密斯一脸窘迫地说道：“长官，我们还不知道那样东西是什么。我们只是按原则办事①。”

第 114 章

“那就再找找看！”方丹郑重地说。

局长沮丧地注视着他们，画面上那两名特工的图像歪歪斜斜地晃动着，他们搜查着车里那两个软绵绵的身体，想要找到一些杂乱无章的数字或字母。

杰巴面色煞白。“哦，我的天哪，他们找不到密码。我们死定了！”

“文件传送协议过滤器失灵！”一声尖叫传来，“第三道防火墙遭到攻击！”房间里又出现一阵骚动。

前方的屏幕上，那个戴着信号切换器的特工一无所获地伸出双臂。“长官，密码不在这里。我们已经搜查了这两个人的身体，口袋里、衣服上、钱包内都搜过了，什么标记也没找到。就连赫洛霍特戴

① 这里的按原则办事，指的是“需要知晓”原则，原文是 need-to-know。它指的是在反间谍或保安活动中，只让情报人员知晓完成其本身任务所需要的情况下而不使其知道其他不必要了解的情况。

的单片眼镜式计算机我们也检查过了。似乎他并不曾远程传送过杂乱无章的字母——他发送的只是暗杀名单。”

“该死！”方丹顿时无法自制地大发雷霆，“应该在那里！继续找！”

杰巴显然已经相当清楚——方丹押了一把赌注，可他输了。杰巴上场了。这位身材高大的技术专家，如山上卷下来的暴风雪一般，从控制台上冲了下来。他扫视着自己的编程大军，然后命令道：“切断备用电路！开始关电源！马上！”

“我们根本来不及了！”草志喊道，“关闭电源需要半个小时！等到我们关闭电源，已经太迟了！”

杰巴刚要张口回答，房间后面一声痛苦的尖叫打断了他。

所有人都转过身去。苏珊·弗莱切像个幽灵一样从房间后面的椅子上一跃而起。她脸色煞白，呆若木鸡地盯着定格在画面上的戴维·贝克，看到他一动不动，浑身沾满鲜血躺在车内。

“你杀了他！”她高声尖叫，“是你杀了他！”她跌绊着冲向那副画面，伸出了双手。“戴维……”

大家疑惑不解地抬头看着她。她跑到前面，依然喊个不停，双眼半刻都不曾离开投影上的戴维。“戴维。”她一边喘着气喊叫，一边摇摇晃晃地跑到前面，“哦，戴维……他们怎么能——”

方丹一脸迷惘地问：“你认识这人？”

苏珊歪歪斜斜地穿过了指挥台。她在那副巨大的投影前面几英尺的地方停了下来，神志不清，表情麻木地抬起头，对着画面一遍遍地呼唤着她爱的那个男人的名字。

第 115 章

戴维·贝克的大脑一片空白。我已经死了。而此刻，他却听到一个声音。那声音从远处传来……

“戴维。”

他胳膊下面火辣辣的，疼得他头晕目眩。血液里像是有火在烧一样。我的身体已不属于自己。可是有个声音却在呼唤他。虽然那声音微弱又遥远，可那是他的一部分。周围还有其他人的声音——那些声音既不熟悉又微不足道。有人大叫。他想把那些声音从大脑中赶出去。然而，只有一个声音让他觉得很重要。那声音时有时无。

“戴维……对不起……”

眼前出现一束斑驳的光线。起初有些暗淡，只是一道狭长的灰色光线，然后慢慢亮了起来。贝克想动一下身体，可浑身疼痛。他想开口说话，却发不出声音。那个声音还在呼唤他。

有人走了过来，把他拉了起来。贝克朝着那声音走了过去。莫非是他正被拖往那个方向？那个声音在呼唤着他。他茫然地盯着那个发亮的人影。他能够看见那个小小的屏幕上的她。那是个女人，她正从另一个世界抬头注视着自己。她在看着我死去吗？

“戴维……”

这个声音很熟悉。她是天使。她是来找他的。天使开口说话了：“戴维，我爱你。”

他顿时明白过来。

苏珊朝着屏幕伸出双手，又哭又笑，情绪非常激动。她拼命地擦着泪水，说道：“戴维，我——我还以为……”

史密斯特工让戴维·贝克稳稳地坐在椅子上，面对屏幕。“这会儿他有点头脑发蒙，女士。让他安静片刻。”

“可——可，”苏珊结结巴巴地说，“我看到发送的信息，说……”

史密斯点了点头。“我们也看到了。赫洛霍特的如意算盘打得过早了。”

“可那血……”

“皮肉伤而已，”史密斯回答，“我们用纱布给他包上了。”

苏珊不好再说什么了。

科利安德特工站在镜头外面说："我们用新式 J23 长效眩晕手枪击中了他。可能会疼得他要命，但我们把他带出了那条街道。"

"别担心，女士，"史密斯安慰道，"他不会有事的。"

戴维·贝克望着面前的电视屏幕。他迷迷糊糊有点神志不清。屏幕上出现一个房间——房间里一片混乱。苏珊在那儿。她站在一块宽敞的平台上正抬头凝视着自己。

苏珊破涕为笑。"戴维。谢天谢地！我还以为永远也见不到你了呢！"

贝克揉了揉太阳穴。他走到屏幕前，扯过鹅颈式麦克风叫道："苏珊？"

苏珊惊奇地看着他。此刻，戴维那张粗犷的面容填满了她眼前的整个投影墙。他的声音低沉地回响着。

"苏珊，我有事要问你。"贝克响亮的嗓音与话筒中传出的回声似乎让数据库都暂时停止了运转。每个人都停下手中的事情转了过去。

"苏珊·弗莱切，"那个声音回响着，"你愿意嫁给我吗？"

房间内顿时安静了下来。一块写字夹板和一筒铅笔一起哗啦啦地掉到了地板上。没有人弯腰去捡。房间里只有终端机的风扇发出的微弱的嗡嗡声以及戴维·贝克透过麦克风传来的平稳的呼吸声。

"戴——戴维……"苏珊结巴着说，没有注意到三十七个人正一动不动地站在她的身后，"你已经问过我了，忘了吗？五个月以前。我说过我愿意。"

"我知道。"他含笑着说，"不过，这次"——他将左手伸到镜头前，展示着无名指上戴的金戒指——"这次我有一枚戒指。"

第 116 章

"念出来，贝克先生！"方丹命令道。

杰巴汗津津地坐着，双手搁在键盘上。“对，”他说，“把那该死的密码念出来！”

苏珊·弗莱切和大家站在一起，虽然双膝无力，两颊却泛着红晕。房间里的每个人早就停下了手中的事情，抬头看着大幅投影上的戴维·贝克。这位教授转动着手指上的戒指，仔细地看着上面刻的标记。

“要小心地念！”杰巴用命令的口气说，“只要出现一个失误，我们就完了！”

方丹严厉地瞪了他一眼。如果说，还有一件事是这位国安局局长所了解的话，那就是目前正是紧要关头，如果再制造紧张气氛，就太愚蠢了。“放心好了，贝克先生。如果错了的话，我们会重新输入直到正确为止。”

“这可真是个糟糕的建议，贝克先生，”杰巴没好气地说，“最好是一次成功。通常，密码都有个惩罚性条款——用以防止人们用试猜法破解密码。只要一次输入错误，程序很可能就会加速循环。两次输入错误，我们就永远进不去了。一切也都完了。”

局长眉头紧蹙，再次面对屏幕说道：“贝克先生？刚才是我的错误。小心地念——要非常小心地念出来。”

贝克点点头，对着戒指仔细审视了片刻。然后，他镇静地读起了戒指上刻的标记：“Q……U……I……S……空格……C……”

杰巴和苏珊异口同声地打断他的话。“空格？”杰巴停止了输入，问道：“竟然有空格？”

贝克耸了耸肩头，核对一下戒指，说：“对，有好几个空格呢。”

“我漏了什么吗？”方丹问道，“我们还要等什么？”

“长官，”苏珊显得迷惑不解，“这……这简直……”

“我同意她的看法，”杰巴说，“这很奇怪。密码是从来没有空格的。”

布林克霍夫抑制住愤怒之情，问道：“那么，你是说？”

“他是说，”苏珊插口说，“这个可能不是密码。”

布林克霍夫大声喊道："这当然是密码！这不是密码，还能是什么？还能有什么原因让友加送掉这枚戒指？到底是谁在戒指上刻一大串杂乱无章的字母？"

方丹愤怒地瞪了布林克霍夫一眼，使他安静了下来。

"啊……伙计们？"贝克插了一句话，似乎很不情愿卷进来一样，"你们一直说这是些杂乱无章的字母。我想我应该让你们知道……这枚戒指上刻的字母并不是杂乱无章。"

指挥台上所有的人都异口同声地说："什么！"

贝克一脸窘迫地解释："抱歉，可这里刻得确实是词语。我得承认，这些字母是密密麻麻地刻在一起的。第一眼看过去，确实是没什么规律；可是，如果你近距离地细看一下，就会明白，实际上，这些字母……这个……这个是拉丁文。"

杰巴目瞪口呆地望着他，叫道："别跟我胡扯了！"

贝克摇摇头说："没有。上面写着，'Quis custodiet ipsos custodies.'翻译过来大致意思是——"

"谁来监视这些监视者！"苏珊接过戴维的话说道。

贝克听完大吃一惊。"苏珊，我还不知道你竟然会——"

"这句话出自尤维纳利斯的讽刺诗，"她大声地说，"谁来监视这些监视者？我们在监视着这个世界的时候，谁又来监视国安局呢？这是友加最喜欢说的话！"

"那么，"米奇问道，"这是不是密码呢？"

"这一定是密码。"布林克霍夫断言。

方丹一言不发地站着，显然在思考他们的谈话。

"这是不是密码我不知道，"杰巴说，"不过我想，友加似乎不大可能把一句完整的话当密码用。"

"直接省略空格，"布林克霍夫喊道，"然后输入该死的密码！"

方丹转身问苏珊："你怎么看，弗莱切女士？"

苏珊想了一会儿。她不是很确定，但总觉得什么地方不对。她十分了解远诚友加，知道他是以简单著称的那种人。他的验证与编制的程序逻辑清晰，无可辩驳。删掉空格，这样做似乎有点怪异。虽说这只是很小的细节问题，可这是程序的缺陷，逻辑明显不够清晰——这也不是苏珊原本期盼看到的远诚友加的巅峰力作。

“有些不大对头，”苏珊最终说道，“我认为这不是密码。”

方丹长长地吸了口气，他那乌黑的双眼紧紧盯着她。“弗莱切女士，在你看来，如果这不是密码，远诚友加为什么要把它送人？如果他知道是我们谋杀了他——你不认为他想要丢掉戒指来惩罚我们吗？”

另一个声音打断了他们的对话。“啊……局长？”

所有的目光都投向了屏幕。那是身处塞维利亚的科利安德特工的声音。他侧身越过贝克的肩头，对着麦克风讲道：“暂且不管那是不是密码，我并不那么确信远诚友加先生知道自己是被谋杀的。”

“你说什么？”方丹问道。

“赫洛霍特是个职业杀手，长官。我们看到了谋杀经过——只隔五十米远。所有的证据都表明友加并不知情。”

“证据？”布林克霍夫问道，“什么证据？友加放弃了那枚戒指，这就足以证明他已经知道了！”

“史密斯特工，”方丹打断布林克霍夫的话，“你怎么以为友加不知道自己遭到了谋杀呢？”

史密斯清了清嗓子，说道：“赫洛霍特是用非扩散损伤性子弹[①]杀死他的。这是一种橡胶弹壳的子弹，子弹打到他的胸部之后，伤势会在体内蔓延。开枪的时候没有声音。打到之后，不会流血。友加先生在停止心跳之前，只是感到心脏剧烈地跳了一下。”

“损伤性子弹，”贝克喃喃说道，“这就是出现淤伤的原因。”

“我不相信他没有由这种感觉联想到枪手。”史密斯补充道。

“但是他把戒指送人了。”方丹说道。

“是这样，长官。他根本就没去寻找那个袭击他的人。一个人中

① “非扩散损伤性子弹”原文是 noninvasive trauma bullet，首字母缩写为 NTB。

了枪，总要去找攻击者。这是本能。”

方丹一阵迷惑。“你是说远诚友加没有去找赫洛霍特？”

“是的，长官。我们有录像为证，如果你愿意——”

“X-11 的过滤器马上要失灵了！”一位技术员喊道，“蠕虫就要攻进来了！”

“录像就算了吧，”布林克霍夫断言，“输入这该死的密码，先完成这一步吧！”

杰巴叹了口气，突然平静地说：“局长，要是我们输入错误的话……”

“而且，”苏珊打断他的话语，“如果远诚友加没有怀疑到是我们谋害了他，那么我们就有几个疑问要解答。”

“还有多少时间，杰巴？”方丹问。

杰巴抬头看了看示意图，说：“大约二十分钟。我建议我们明智地利用这些时间。”

方丹沉默良久，然后重重地叹了口气说：“好吧，放录像。”

第 117 章

“十秒后开始视频传输，”史密斯特工的声音尖利而急促，“我们交替省略间隔和声音信号——这样我们将尽可能地达到实时传输。”

指挥台上的每一个人都静静地站在那里，注视着屏幕，等待着画面显示出来。杰巴敲了几下键盘，重新调整了投影墙上的画面。友加留下的那条信息出现在屏幕的最左边：

现在唯有事实能拯救你们。

屏幕的右边是一辆货车内部的静态画面，画面上贝克和那两名特工挤在摄像机旁。屏幕的中间出现一幅模糊的画面。那幅画面先迭化成静态镜头，然后变成一幅黑白画面的公园景象。

“正在传输中。”史密斯特工宣布。

这看起来像是老式电影。图像歪斜着，还抖动得厉害——这是省略间隔造成的，这可以减少信息的传送量，加快播放速度。

这个镜头拍摄到的是公园里的一个开阔的广场。广场的一端是一座半圆形建筑的正面——那是塞维利亚市政厅。广场的前面是一片树林。公园内空无一人。

“X-11 过滤器失灵了！”一位技术员高声喊道，“这简直是个穷凶极恶的家伙！”

史密斯开始进行解释。他是一名老练的特工，解说的时候都是冷静客观。“这是从货车里拍摄到的情形，”他说，“距离杀伤区大约五十米。友加正从右侧走过来，赫洛霍特躲在左侧的树林里。”

“这里时间紧迫，”方丹催促道，“我们直接切入主题吧。”

科利安德特工按动了几个按钮，画面快速地跳了过去。

指挥台上的每个人都满怀期望地注视着屏幕，这时，他们昔日的同行，远诚友加出现在画面里。快进的录像使得整个画面显得滑稽可笑。友加拖着脚步走到广场上，显然是在观赏风景。他把手挡在额头上遮住阳光，抬头望着那座庞大的市政厅的屋顶。

“就是这儿。”史密斯提醒大家，“赫洛霍特不愧是职业杀手。他立刻就射出了第一枚子弹。”

史密斯说的没错。屏幕左侧的画面上，一道光线从树林的后面反射出来。片刻之后，友加紧紧地捂住了胸口。他顿时摇晃起来。摄像机镜头对准了他，镜头很不稳——画面时而清晰，时而模糊。

胶片快速地卷动，史密斯冷静地解说道：“正如你们看到的那样，友加立刻就停止了心跳。”

看着画面，苏珊感到一阵恶心。友加用他那残废的手抓住了胸口，脸上呈现出一副慌乱而恐惧的神情。

“你会发现，”史密斯补充说道，“他的眼睛是向下看的，在看他自己，周围连看都没看一眼。”

“这很重要吗？”杰巴的语气半是陈述半是询问。

“非常重要，”史密斯说，“如果友加怀疑有人谋杀他的话，会本能地仔细察看四周。可是，你们也看到了，他并没有那样做。”

屏幕上，友加跪在地上，手还紧捂着胸口。他从没抬过头。远诚友加孤身一人，死的时候没人在现场，属于自然死亡。

“真奇怪，”史密斯困惑地说，“损伤性子弹一般不会这么快奏效的。有时候，如果目标过大的话，根本就没有杀伤力。”

“他的心脏本来就有问题。”方丹淡淡地说。

史密斯钦佩地扬起双眉说道：“这么说来，杀手选了一件很不错的武器。”

苏珊看到友加双膝跪地，然后身体向一侧倾斜，最后倒在地上。他躺在那里，眼睛望着天，双手紧压在胸口上。突然，镜头从他这里向后转向灌木丛。画面上出现一个男人的身影。那人戴着金丝边眼镜，随身携带一个特大号公事包。他朝广场上痛苦地扭动着身体的友加走过去，同时手指开始轻敲那个连在他手上的机械装置。很奇怪，那个装置竟然没发出响声。

“他在操作单片眼镜式计算机装置，”史密斯说，“在发送信息，说友加已被干掉。”史密斯扭头看了看贝克，然后咯咯地笑起来。“看来赫洛霍特有个坏毛病：受害者还没有真正死掉就要发送捷报了。”

科利安德又将录像快进一些，镜头随着赫洛霍特一起朝友加的方向移去。突然，一位老人从旁边的庭院里冲出来，跑过去跪在友加的身旁。赫洛霍特放慢了脚步。过了一会儿，又有两个人出来了——一个是肥胖的男人，另一个是红头发的女人。他们也来到了友加的身旁。

“很不幸，他选错了地方，”史密斯说，“赫洛霍特原以为不会有人看到受害者。”

屏幕上，赫洛霍特观察了一会儿，然后退到树林里去了。显然，他在等待良机。

“这里戒指开始转手了，”史密斯提醒大家，“一开始我们都没注意到。”

苏珊抬头注视着屏幕上令人作呕的画面。友加大口地喘着气，显然是想和跪在他身旁的善良的人们说些什么。于是，他拼命地举起左手，差点撞到了那位老人的脸。他将残废的手指伸到老人眼前。摄像机的镜头牢牢地锁定在他那三根畸形的手指上；人们可以清楚地看到，其中的一根手指上戴着一枚金戒指，那枚戒指在西班牙阳光的照射下闪闪发光。友加又伸了伸左手，老人向后退缩了一下。他只好转向那个女人。他将那三根有缺陷的手指直接伸到那女人面前，似乎在乞求她能理解自己的意思。戒指在阳光的照射下闪烁着亮光。可那女人却把脸扭向了一边。友加此刻呼吸困难，不能发声。然后，他转向了那个肥胖的男人，做出生命中的最后一次尝试。

那位老人突然站起身，急忙跑开，大概是找人帮忙去了。友加看上去越来越虚弱，但还是硬撑着把戒指举到了那个肥胖的男人面前。那人伸出手，托起这位垂死男子的手腕。友加似乎在凝视自己的手指，自己的戒指，然后直视那个男人的眼睛。作为死前最后的请求，友加对那人微微地点了一点头，似乎在说拿去吧。

然后，友加无力地垂下了手臂。

“天哪。”杰巴哀叹了一声。

突然，摄像机镜头转向赫洛霍特的藏身之处。这个刺客已经不知去向。一辆警车出现了，呼啸着穿过法尔利大道。镜头回到友加躺着的地方。跪在友加身旁的那个女人显然听到了警笛声，紧张地向四周扫了一眼，拉起那个肥胖的男人，求他赶快离开。这两人仓皇而逃。

摄像机的镜头锁定在友加身上，他已经停止了心跳，双手叠放在心口上。手上的戒指已经不见了。

第 118 章

"这就是证据，"方丹果断地说，"远诚友加扔掉了戒指。他想让人把戒指从他身边给拿走，拿得越远越好——这样我们就永远找不到密码了。"

"可是，局长，"苏珊争论道，"这样说不通呀。如果友加不知道自己是被谋杀的话，为什么要放弃密码呢？"

"我同意，"杰巴说，"虽说那家伙是个叛逆分子，可他不会昧着良心做事。让我们承认万能解密机是一回事，曝光我们的数据库是另一回事。"

方丹疑惑地盯着他，问道："你以为友加是想阻止蠕虫？你以为，人都快死了他还会想到可怜的国安局？"

"隧道程序模块遭到破坏！"一位技术员尖叫，"十五分钟后将遭受全面攻击，顶多还有十五分钟！"

"你听我说，"局长抑制着激动情绪说道，"十五分钟之后，地球上每一个第三世界国家都会获悉制造洲际弹道导弹的技术。如果这里有谁能指出比这枚戒指更像是密码的东西，我洗耳恭听。"局长等待着回答。可没人吱声。他又转向杰巴，盯着他说："友加是不会无缘无故丢掉那枚戒指的，杰巴。他是想把那枚戒指藏起来，还是以为那个胖男人是跑出去找投币公用电话向我们告密，说实在的，这些我一点儿都不关心。我已经拿定了主意。我们输入戒指上的字母。马上输入。"

杰巴长长地叹了口气。他知道方丹这样做是对的——没有更好的选择了。他们就要来不及了。杰巴坐了下来。"好吧……咱们动手。"他极不情愿地坐到键盘前面，说道，"贝克先生？请把那些字母念一下。这易如反掌。"

戴维·贝克念着那些字母，杰巴把它们输进电脑。完了之后，他们都核对了一下拼写，还去掉了所有空格。投影墙上半部的屏幕上，显示着这些字母：

QUISCUSTODIETIPSOSCUSTODES

“我可不喜欢这样，”苏珊轻声抱怨道，“看着一点也不清晰。”

杰巴犹豫了，手悬在“回车键”的上方。

“敲吧。”方丹命令道。

杰巴按了一下“回车键”。几秒钟之后，所有人都知道了这是个错误。

第 119 章

“蠕虫在加速循环！”草志在房间后面大声喊道，“密码输入错误！”

每个人都惊恐万分地站在那儿，一言不发。

他们面前的屏幕上显示着出错信息：

非法输入。仅限数字。

“见鬼！”杰巴尖叫道，“仅限数字！我们要找一个该死的数字！他妈的！这是什么狗屁戒指！”

“蠕虫在以双倍的速度循环！”草志叫道，“这是惩罚性循环！”

屏幕中央，出错信息正下方，示意图显出了一副可怕的景象。第三道防火墙崩溃了，屏幕上出现了大约六条黑线。这是劫掠成性的黑客气势汹汹地冲了上来，他们正朝着数据库无情地迈进。时间每过去一刻，屏幕上就会多出一条黑线，然后会再多出一条来。

“他们涌过来了！”草志尖叫道。

“马上确认海外连接！”另一位技术员喊道，“机密泄露了！”

苏珊不再看着马上就被攻破的防火墙，而是注视着旁边的画面。远诚友加被害时的镜头在不断地回放着。每回都是同样的镜头——远诚友加紧捂住胸口，扑倒在地，脸上现出极度恐慌的样子，硬要把自己的戒指送给一群毫无戒备之心的游客。*这样解释不通呀*，她想，*如果他不知道是我们杀了他*……苏珊完全搞不清楚了。太迟了。*我们错过了一些东西*。

示意图上，猛烈攻击着防线的黑客刚才还只是成倍地增加，可从现在开始，黑客将要成指数倍地增加。黑客和鬣狗一样，是个庞大的家族，总是热衷于制造混乱。

利兰·方丹显然对这事已经了如指掌。“关掉！”他断然喊道，“快把那该死的东西关掉。”

杰巴直勾勾地注视前方，就像一艘正在下沉的航船的船长。“太迟了，长官。我们就要完了。”

第 120 章

这位四百磅重的系统安全部技术专家，纹丝不动地站着，双手抱头，一脸怀疑地定在那儿。他早就下达过断开电源的命令，但是现在足足晚了二十分钟。那帮拥有快速调制解调器的行家们将通过那个窗口下载相当一部分机密信息。

草志拿着一份新的打印单冲上指挥台，把杰巴从梦魇中惊醒了。“我有新发现，长官！”她兴奋地喊道，“蠕虫程序里出现了孤立行！是阿尔法分组。到处都是！”

杰巴不为所动地说：“我们在找数字，该死！不是什么阿尔法分组！密码是个数字！”

“可我们发现了孤立行！友加可不会那么好心留下孤立行——特别是这么多行！”

“孤立行”这个术语指的是编程时写的附加行。在任何情况下，这些附加行对于程序的目标都不起任何作用，不传送信息，不指代任何东西，也不会产生任何结果。通常情况下，在程序的最后调试和编译过程中，这些孤立行就被删除掉了。

杰巴接过打印单仔细研究了一番。

方丹默不作声地站着。

苏珊眯起眼睛，从杰巴的身后看着这份打印单，问道：“袭击我们的竟然还是友加没有写完的蠕虫程序？”

“管他写没写完，”杰巴反驳道，“反正我们就要完蛋了。”

“我才不信，”苏珊争论道，“你知道友加是个完美主义者。他绝不允许自己的程序有任何漏洞。”

“这里有很多孤立行！”草志嚷道。她从杰巴手中夺过打印单，递到苏珊面前，说道：“看！”

苏珊点点头。果然不错，差不多每隔二十行，这个程序就有四个独立的字符。苏珊扫了一遍那些字符。

PFEE

SESN

RETM

“四位阿尔法分组，”她困惑不解地说道，“这些绝对不是程序的一部分。”

“别费事了，”杰巴怒冲冲地说道，“你这是在做垂死挣扎。”

“不见得，”苏珊说道，“许多加密用的都是四位分组法。这个有可能是密码。”

“就是。”杰巴作呻吟状，“上面写的是——‘哈哈，你完蛋了。’”

他抬头看了看示意图，接着说道：“还有大约九分钟。”

苏珊没理杰巴，而是盯着草志问道：“有多少孤立行？”

草志耸了耸肩。苏珊用杰巴的计算机将所有的分组打出来。打完之后，她退了出来。所有人都抬头看着屏幕。

PFEE SESN RETM MFHA IRWE OOIG MEEN NRMA
ENET SHAS DCNS IIAA IEER BRNK FBLE LODI

苏珊是唯一面带笑容的人。“确实很眼熟，”她说，“四位分组——就像是隐匿之王。”

局长点点头。隐匿之王是历史上最著名的加密机器——纳粹分子制造的重达十二吨的加密怪兽。它就是按四位分组编写密码的。

“真不赖啊。”他叹了一声道，“你不是刚好手头就有一部隐匿之王吧？”

“不是那么回事儿！”苏珊说着一下子变得活跃起来。这可是她的专长。“关键是这就是密码。友加给我们留下了线索！他这是在奚落我们，激我们及时找到密码。他有所暗示而我们却理解不了！”

“真是荒唐，”杰巴厉声说道，“友加只给我们指了一条路——曝光万能解密机。那才是他想要的。那才是我们的出路。可我们把机会葬送了。”

“我只能同意他的看法，”方丹说道，“我认为友加不可能向人暗示他的密码，冒让我们逃脱的风险。”

苏珊微微地点点头，可是她记得友加以前是怎么通过 NDKOTA 给他们暗示的。她抬头注视着屏幕上的字母，纳闷这会不会是远诚友加要的另一个花招。

“隧道程序模块马上失灵！”一位技术员喊道。

示意图上，一条条黑线涌了进来，向剩下的两道防线发动进攻。

贝克一直静静地坐在那儿，看着监视屏上呈现的戏剧性的画面。“苏珊？”他提议道，“我有个想法。那些字符是十六组四位分组吗？”

“噢，天哪，”杰巴低声说道，“现在谁都想来插一脚？”

苏珊没理杰巴，而是数着那些分组。“对，是十六组。”

“去掉空格。”贝克坚定地说。

“戴维，”苏珊有点尴尬地回答，“你不懂。这些四位分组是——”

“去掉空格。”他重复道。

苏珊犹豫了一下，然后冲草志点了点头。草志迅速地删除空格。结果还是和原来一样令人不解。

PFEESESNRETEMMFHAIRWEOOIGMEENNRMAENETSHASDCNSIAAIEERBRNKFBLELODI

杰巴勃然大怒地吼道：“玩够了没有！游戏结束了！蠕虫在以双倍的速度循环！我们大约只有八分钟了！我们是在找数字，而不是一大串不完整的字母！”

“四乘十六，”戴维平静地说，“算一下结果，苏珊。”

苏珊看着屏幕上的戴维。计算结果？他的数学真的很蹩脚！她知道戴维能如施乐复印机一样记住动词变化规则和单词，可数学？……

“乘法表。”贝克说。

乘法表，苏珊纳闷，他在说什么？

“四乘十六，”这位教授重复道，“我真该在小学四年级的时候就记住乘法表。”

苏珊想象着小学标准乘法表。四乘十六。“六十四呀，”她茫然地回答，“怎么了？”

戴维身子靠近镜头，他的脸一下子占满了整个画面。“六十四个字母……”

苏珊点点头说：“对，可这是——”她一下子呆住了。

“六十四个字母。”戴维又说了一遍。

苏珊惊叫道：“哦，我的天！戴维，你简直是个天才！”

第 121 章

“还剩七分钟！”一位技术员喊道。

“排成八行八列！”苏珊兴奋地叫道。

草志打着那些字母，方丹一言不发地站在旁边看着。倒数第二道防线越来越脆弱了。

“六十四个字母！”苏珊按捺住自己的兴奋说道，“这是完全平方！”

“完全平方？”杰巴问道，“那又怎么样呢？”

十秒钟之后，草志在屏幕上重新排好了那些看似杂乱无章的字母。此刻，那些字母被排成了八行八列。杰巴仔细地研究着这些字母，绝望地扬起手。新的组合跟原来的一样让人看不懂。

P	F	E	E	S	E	S	N
R	E	T	M	P	F	H	A
I	R	W	E	O	O	I	G
M	E	E	N	N	R	M	A
E	N	E	T	S	H	A	S
D	C	N	S	I	I	A	A
I	E	E	R	B	R	N	K
F	B	L	E	L	O	D	I

“清楚个屁。”杰巴抱怨道。

“弗莱切女士，”方丹问道，“你来解释一下吧。”所有的目光都投向了苏珊。

苏珊抬起头注视着这组字母，渐渐地点起了头，然后突然大笑起来。“戴维，我太惊奇了！”

指挥台上，大家面面相觑。

戴维冲着面前那个小监视屏上的苏珊·弗莱切眨了眨眼，说道：“六十四个字母。尤利乌斯·恺撒再度出击。”

米奇一脸迷惑地问道：“你们在说什么？”

“这是恺撒方阵，”苏珊眉开眼笑地说，“从上往下看。远诚友加给我们送了个信。”

第122章

“还有六分钟！”一位技术员叫道。

苏珊大声地喊道：“从上往下重新排列！要竖向看，不要横向看！”

草志从上往下看得飞快，然后将那些字母重新打了一遍。

“尤利乌斯·恺撒就是用这种方式传送密码的！”苏珊大声喊道，“他用的字母个数总是完全平方数！”

“排好了！”草志喊道。

所有人都抬起头看着投影墙上那行重新排列的字母。

“还是一堆垃圾，”杰巴厌恶地嘲笑道，“看看吧，完全是一堆乱七八糟的——”然而，这些话堵在了他的喉咙里，他双眼睁得像盘子一样。“噢……噢，天……”

方丹也看到了。他扬起眉毛，一脸的钦佩之情。

米奇和布林克霍夫异口同声地惊呼：“天哪……该死。”

那六十四个字母现在排列如下：

PRIMEDIFFERENCEBETWEENELEMENTSRESOPNSIBLE
FORHIROSHIMAANDNAGASAKI

“插入空格，”苏珊下令道，“我们要解开这个谜团。”

第 123 章

一位吓得面如土色的技术员跑上了指挥台，大喊："隧道程序模块马上要失灵了！"

杰巴扭头看着计算机显示屏上的示意图。攻击者气势汹汹地冲了过来，距离他们要攻击的第五道，也是最后一道防火墙只差毫厘了。数据库快要撑不住了。

苏珊不去顾虑周围的混乱情形。她反复地读着友加留下的奇怪信息：

PRIME DIFFERENCE BETWEEN ELEMENTS RESPONSIBLE FOR HIROSHIMA AND NAGASAKI①

"这几乎算不上是个问题！"布林克霍夫叫道，"怎么可能会有答案？"

"我们要的是数字，"杰巴提醒道，"密码是个数字。"

"别出声，"方丹平和地说。他转过身对苏珊说："弗莱切女士，你已经带我们走到了这一步，你就尽管猜吧。"

苏珊深深地吸了一口气，说道："密码输入域只接受数字。依我看，这就是能带我们找到正确数字的那类线索。这句话提到了广岛和长崎——两个被原子弹袭击的城市。密码可能与伤亡人数、所估计的经济损失有关……"她顿了一下，又读了一遍那句话，"'差别'这个词看来很重要。广岛和长崎的主要差别。很明显，友加认为这两次事件多少有点不一样。"

① 这句话直译过来的意思是：广岛和长崎原子弹轰炸的主要差别。

方丹脸上的表情并没有改变。不过，希望很快就要破灭了。看来，有关历史上这两次最具毁灭性的爆炸事件，其政治背景需要分析、比较，然后转换成某个具有魔力的数字……而所有这一切都必须在接下来的五分钟内完成。

第124章

“最后一道防线遭到攻击！”

示意图上，加密邮件系统授权程序此时正遭受着袭击。具有穿透性的黑线吞噬着最后一道防线，向着数据中心发起了猛攻。

此刻，四处游荡的黑客们正从世界各地涌来。黑客的数目几乎每分钟都在加倍地增加。要不了不久，任何一位计算机用户——外国间谍、激进分子、恐怖主义者——都可以获取美国政府所有的机密文件。

技术员们试着切断电源，却总是失败。指挥台上的人都琢磨着这条信息。就连身处西班牙的戴维和国安局派出的两位特工，也在他们的货车里面尝试着破解密码。

PRIME DIFFERENCE BETWEEN ELEMENTS RESPONSIBLE FOR HIROSHIMA AND NAGASAKI

草志自言自语道：“造成广岛和长崎爆炸事件的原因……珍珠港事件？日本天皇裕仁拒绝……”

“我们要的是数字，”杰巴重复道，“不是政治理论。我们说的是数学——不是历史！”

草志不说话了。

“是不是指战斗力量？”布林克霍夫提议，“伤亡人数？经济损失？”

“我们要找的是个确切数字，”苏珊提醒道，“估计的损失值数字偏差太大。”她抬头看了看那条信息。“因素……”

三千英里之外，戴维·贝克顿时眼前一亮。“因素！”他惊叫，“我们讨论的是数学，不是历史！”

所有人都转过去看着那个卫星屏幕。

“友加这是在玩猜字游戏！”贝克滔滔不绝地讲道，“‘elements①’这个词有很多意思！”

“说出来，贝克先生。”方丹急忙追问。

“他这是在说化学元素——不是社会政治因素！”

对于贝克的解释，大家满头雾水。

“元素！”他提示大家，“周期表！化学元素！难道你们没有看过电影《胖子与小男孩》②——介绍曼哈顿计划的？这两颗原子弹是不一样的。他们使用了不同的可裂变物质——不同的元素！”

草志一拍手，喊道：“对啊！他说得对！我看过！这两颗原子弹用的是不同的可裂变物质——一个用的是铀，另一个用的是钚！这是两种不同的元素！”

房间内顿时安静了下来。

“铀和钚！”杰巴兴奋地叫着，顿时充满希望，“这个线索提醒我们要找出这两种元素之间的差别！”他转身面对所有工作人员。“铀和钚的差别！有谁知道是什么？”

大家都面面相觑。

“快点！”杰巴叫道，“你们这些家伙都没上过大学吗？有没有人知道！随便哪个人！我要知道铀和钚的差别！”

还是没人吭声。

---

① 英语单词 element 具有多重含义，在不同的语境中，含义有所不同。它既可以指“因素”，即社会因素、自然因素等；同样可以指“元素”，就是化学成分。这也是文中说远诚友加在玩猜字游戏的原因所在。

② 《胖子与小男孩》，这里是电影名字，原文是 Fat Man and Little Boy，讲述的是第二次世界大战爆炸的两颗原子弹的事情。一九四五年八月六日，美国一架 B-29 轰炸机将一颗代号为“小男孩”的原子弹扔在了日本广岛；扔在长崎的那颗代号是“胖子”。这次爆炸就是“曼哈顿计划”的主要内容。

苏珊转身问草志："我要上网。这里有浏览器吗？"

草志点点头说道："网景[①]的浏览器最好。"

苏珊一把抓住她的手，说道："来吧，我们去网上冲浪。"

第 125 章

"还有几分钟？"杰巴在指挥台上问道。

后排的技术员们没有一个人回答。他们全都一动不动地站着，抬头注视着示意图。最后一道防线已经相当脆弱，岌岌可危。

旁边，苏珊和草志盯着上网搜索的结果。"亡命徒实验室？"苏珊问道，"他们是干吗的？"

草志耸耸肩问道："你要我打开吗？"

"那当然，"她说，"这里有六百四十七条与铀、钚和原子弹相关的信息。感觉这个就是了。"

草志打开链接。一份放弃声明书出现在眼前：

> 此文档包含的信息仅限于学术研究。
> 若任何外行试图组建所述的任何装置，
> 都有可能导致放射性中毒和/或自动爆炸。

"自动爆炸？"草志说道，"天哪。"

"搜索一下，"方丹扭过头厉声说道，"让我们看看结果怎样。"

草志猛地点开文档。她拉动页面，看到一条制作尿素硅酸盐的方法。那种物质的爆炸威力比达纳炸药还要强十倍。这条信息就如奶油核桃巧克力糖果的配方一样，对他们没有半点用处，一下就被翻了

① "网景"原文是 Netscape，是一家以网络浏览器闻名的公司，下属于美国在线时代华纳集团。

过去。

“我们要找钚和铀，”杰巴重复道，“别管其他的。”

“返回，”苏珊以一种命令的口吻说道，“文档太大了。回到目录上。”

草志往回拉动页面，找到文件的目录。

Ⅰ. 原子弹的制造装置

A）测高仪

B）气压雷管

C）发火冒

D）炸药量

E）中子导向装置

F）铀与钚

G）铅放辐射屏障

H）信管

Ⅱ. 核裂变 / 核聚变

A）裂变（A–原子弹）与聚变（H–原子弹）

B）铀–235，铀–238 与钚

Ⅲ. 原子武器的历史

A）形成（曼哈顿计划）

B）爆炸

1）广岛

2）长崎

3）原子弹爆炸的附带后果

4）爆炸区域

“第二章！”苏珊大声叫道，“铀与钚！快找！”

草志找到那部分内容，每个人都等待着结果。“就是这儿，”苏珊说，“等一下。”她迅速地扫了一眼那些数据。“这里有很多信息，整整一张表。我们怎么知道要找哪个差别呢？一种元素是自然存在的，一种是人工制成的。钚首次发现——”

“一个数字，”杰巴提醒道，“我们要找的是数字。”

苏珊又看了一遍友加留下的那条信息。*两种元素之间的主要差别……之间的差别……我们要的是个数字……*“等一下！”她说道，“‘difference[①]’这个词有多种含义。我们要找的是数字——那么我们就是在说数学问题。这是友加出的另一个字谜——‘difference’在这里的意思是‘差额’。”

“对！”头顶的屏幕上传来了贝克的赞同声，“或许这两种元素有不同的质子数或其他什么？如果做减法——”

“他说得对！”杰巴说着转身问草志，“那个表上有什么数字吗？质子数？半衰期？任何可以相减的数字？”

“只剩三分钟了！”一位技术员喊道。

“超临界质量行不行？”草志试探着问道，“这里讲到钚的超临界质量是三十五点二磅。”

“好！”杰巴说，“查一下铀！铀的超临界质量是多少？”

草志查看了一下，说道：“嗯……一百一十磅。”

“一百一十？”杰巴顿时满怀希望地说道，“一百一十减去三十五点二是多少？”

“七十四点八，”苏珊一口说了出来，“可我不觉得——”

“别碍事儿，”说着，杰巴就朝键盘方向跑去，“这应该是密码！两种临界物质的质量差额！七十四点八！”

“等一下，”苏珊眯着眼睛从草志的肩头看过去，说道，“这里还有很多差异。原子量，中子数，提取方法。”她快速浏览了一下那张表。“铀裂变成钡和氪，钚裂变成其他物质。铀有九十二个质子，

① 一般情况下，difference的含义是“差别，区别”，但是，用作数学问题中，它指的是“差额，差”。下文出现的prime一词也是同样。词语prime也具有多重含义，它可以指“主要的，首要的”，意思同primary相近；同时，也可以指数学问题中的“素数”，这条线索所指代的具体含义是“素数”。正确辨认出单词的确切含义，是他们破解密码的关键所在。下文会进一步揭示破解密码的全过程。

一百四十六个中子,而——”

“我们要找的是最明显的差别,”米奇插话道,“这个线索是‘两种元素之间的主要差别。’”

“岂有此理!”杰巴咒骂了一声,“我们怎么知道友加把哪个当成了主要差别呢?”

戴维打断他的话,说道:“实际上,这个线索说的是素数差额,不是主要差别。”

这句话立刻引起了苏珊的注意。“素数!”她惊叫,“是素数!”她转身对杰巴说:“密码是个素数!好好想想!这完全说得通!”

杰巴立刻意识到苏珊说得没错。远诚友加是以素数作为编写密码的基础。在所有的加密算法中,素数是最基本的程序模块——素数具有唯一值,除了数字1和自身之外没有其他因数。这样,计算机就不可能通过对数字进行特有的树形因式分解而破解出密码,所以,在编写密码的过程中,素数非常有用。

草志插进了一句话:“对!完全正确!素数在日本文化中非常重要!俳句使用的是素数,由五音拍、七音拍、五音拍三句组成。这些都是素数。京都的庙宇也有——”

“得了吧!”杰巴说,“即使密码就是个素数,那又怎么样了呢!不还是有很多种可能!”

苏珊知道,杰巴说得对。由于数字线具有无限性,只要一直数下去,人们就会发现另一个素数。在0与1000000之间,就有七万多个素数。这完全取决于友加采用了多大的素数。数字越大,越是难猜。

“可能性太多了。”杰巴痛苦地叫道,“不管友加选什么素数,他绝对是个怪胎。”

房间的后面传来一声大叫:“还有两分钟!”

杰巴抬头看了一眼示意图,心中有种挫败感。最后一道防线就快要被粉碎了。到处都是技术员们忙碌的身影。

苏珊心中隐隐觉得他们离成功只有一步之遥。“我们能找出密码!”她按捺住自己的紧张情绪说道,“在铀与钚的所有差别中,我敢说只有一个是可以用素数来表示的！这是我们最后的线索。我们要找的数字是个素数！”

杰巴看着屏幕上的铀/钚图表，双臂一甩，说道：“这里绝对有一百个差别！我们不可能每个数字都减一下，然后再找素数。”

“很多差别都是非数字项，”苏珊鼓励道，“那些都可以忽略不计。铀是自然存在的，钚是人工制成的。铀是利用炮管起爆剂提取的，而钚是内心聚爆获得的。这些都不是数字，因此是不相关的。”

“开始吧。”方丹命令道。示意图上，最后一道防火墙已薄得跟蛋壳一样了。

杰巴擦去额头上的汗水，说道：“这真是白费心思。开始做减法。我来做最上面四分之一，苏珊，你做中间的，其他所有人管剩下的。我们来找一个素数差额。”

他们根本就不可能在几秒钟之内算出来。数字很多，而且大多数情况下，计算单位都不匹配。

“真是风马牛不相及，”杰巴说道，“我们这是在拿伽马射线比较电磁脉冲，用可裂变性物质比较不可裂变性物质。有些物质是纯正的，而有些物质含有杂质。真是一团糟。”

“应该就在这儿，”苏珊沉着地说，“我们得好好想想。可能漏掉了某个差别！某个很简单的差别！”

“嗯……伙计们？”草志说。她又开了一个文件窗口，正仔细看着亡命徒实验室文档的其余章节。

“怎么了？”方丹问道，“查到了？”

“嗯，算是吧。”她似乎有点不安，“还记得我说过，投到长崎的原子弹是钚原子弹吗？”

“记得。”大家异口同声地回答。

“唉……”草志长叹一声说道，“看来我犯了个错误。”

“什么！”杰巴气得快要说不出话了，“我们一直在找的竟然是错的信息？”

草志指了指屏幕。大家挤成一团，看着上面的信息：

……一般人都误以为投到长崎的原子弹是钚原子弹。事实上，这颗原子弹使用的物质是铀，和投到广岛的那颗是姐妹原子弹。

“可是——”苏珊急促地问道，“如果两种元素都是铀的话，我们还怎么找出二者的差别呢？”

“说不定是友加犯了个错，”方丹大胆地猜测，“也许他不知道两颗原子弹是一样的。”

“绝不可能。”苏珊叹息道，“就是那些炸弹使他变成残疾的。这些他肯定知道得一清二楚。”

第 126 章

“只剩一分钟了！”

杰巴看着示意图，说道：“增强的私密电子邮件授权程序正快速地运行着。这是最后的防线。那伙入侵者就要攻进来了。”

“精力要集中！”方丹命令道。

草志坐在显示屏前面，大声地念道：

……投到长崎的原子弹使用的物质不是钚，而是铀的一种同位素铀 238，这种同位素是人工制造的，中子数量饱和。

“见鬼！”布林克霍夫咒骂道，“两颗原子弹用的都是铀。造成广岛和长崎爆炸事件的化学元素都是铀。竟然没有区别！”

“我们死定了。”米奇呻吟着说。

“等一下，”苏珊说，“再念一遍后半部分！”

草志重复道："……是铀的一种同位素铀 238，这种同位素是人工制造的，中子数量饱和。"

"238？"苏珊惊叫道，"我们刚才不是看到，说投到广岛的原子弹使用的是铀的另一种同位素吗？"

大家面面相觑。草志疯狂地向前拉动页面，找到那一部分内容，说道："对！这里讲到，投到广岛的那颗原子弹使用的是铀的另一种同位素！"

米奇惊得屏住了呼吸，说道："两个都是铀——却有着不同的性质！"

"都是铀？"杰巴强行挤到计算机前面，看着显示屏说道，"这就对了！太棒了！"

"这两种同位素有什么不一样？"方丹问道，"应该是某个很基本的差别。"

草志滚读着这些文件内容："等一下……我看看……好的……"

"还有四十五秒！"一个声音大叫道。

苏珊抬头看了看。现在，最后一道防线几乎要看不见了。

"在这儿！"草志大叫道。

"念出来！"杰巴已是大汗淋漓，说道，"什么差别？这两个一定有些不同！"

"是的！"草志指向显示屏，"快看！"

他们一起看着那份文件：

> ……两颗原子弹使用了不同的可裂变材料……准确地说，具有相同的化学特性。没有哪一种普通的化学萃取法能够将这两种同位素分离。他们，除了在重量上存在细小的差别之外，完全一样。

"原子量！"杰巴兴奋地叫道，"就是它！原子量就是它们唯一的差别！这就是密码！快给我说原子量多少！我们来做减法！"

“等一下，”草志一边说着，一边向前拉动页面，“差不多就找到了！找到了！”每个人都迅速浏览着这份文件：

……重量差别微小……

……通过气体扩散来分离两者……

……质量分别是 10，032498X10^134 与 19，39484X10^23.**

“就在那儿！”杰巴叫道，“就是它了！这就是它们的重量！”

“还有三十秒！”

“开始吧，”方丹轻声说道，“做减法。抓紧时间。”

杰巴手握计数器，开始输入那些数字。

“星号是什么？”苏珊问道，“数字后面有个星号！”

杰巴没理她。他已经开始迅速按动计算器。

“细心点儿！”草志敦促道，“我们要的可是个确切的数字。”

“这个星号，”苏珊重复道，“这里有个脚注。”

草志“咔哒”一声点到这一段的末尾。

苏珊看着那个加星号的脚注，脸色吓得发白，叫道：“噢……我的天哪！”

杰巴抬起头问道：“什么事情？”

他们全都身体前倾望过去，然后失望地叹了一口气。那行微小的脚注是这样写的：

** 误差范围为 12%。各个实验室公布的数字有所不同。

第 127 章

指挥台上，大家顿时安静下来。他们像是在观看日食或火山爆发——那是一连串让人无法驾驭的惊人的事件。时间慢得像是虫子在蠕动。

"最后的防线马上被攻破！"一位技术员喊道，"外部线路连进数据库！所有线路都连进来了！"

屏幕的最左侧，戴维与史密斯、科利安德两名特工茫然地注视着摄像机。示意图上，最后一道防火墙只剩下薄薄的一层。大量黑线围绕在防线四周，数百条线路等着连进来。屏幕右侧显示的是远诚友加。那些记录了他生命最后时刻的画面歪斜的录像剪辑，在不停地循环播放着。那是一种绝望的神情——手指伸了出去，戒指在阳光下闪闪发光。

苏珊看着那些画面时而清晰时而模糊。她盯着友加的眼睛——那双眼睛里满是懊悔。*他根本不希望事情发展到这步田地*，她暗自想道，*他想要救我们的*。可友加却一而再、再而三地伸出手指，硬把戒指伸到众人眼前。他想要说话，却发不出声音。他总是不停地伸出手指。

在塞维利亚，贝克还在一遍遍地思索着那个问题。他暗自咕哝道："他们说这两种同位素是什么？铀 238 与铀……"他重重地叹了一口气——算了吧，他只是个语言教师而已，并不是物理学家。

"进入的线路马上获得许可！"

"天哪！"杰巴气急败坏地吼道，"那些该死的同位素到底怎么不一样？就没人知道哪里不一样？！"没有一个人回答。满屋子的技术员无能为力地站在那儿，看着那个示意图。杰巴转身面对电脑，猛地扬起双臂，吼道："在需要核物理学家的时候，他妈的那群人都去哪儿了！"

苏珊抬头注视着投影墙上 QuickTime 的剪辑，知道一切就要完了。她一遍又一遍地看着远诚垂死时的慢镜头。他想要说话，却说不出来，然后他伸出那只畸形的手……竭力要传达某种信息。*他这是在竭力保住数据库*，苏珊心里暗想，*可我们永远也不知道他要怎么做*。

“入侵者快要攻进来了！”

杰巴盯着屏幕，说道：“我们完了！”他脸上已经汗流满面。

屏幕的中央，最后一线防火墙几乎就要消失。大量的黑色线条围绕在圆心周围，变成一个不透光的、跳动着的黑团。米奇背过脸去。方丹僵硬地站着，眼睛望着前方。布林克霍夫的样子像是要呕吐。

“十秒倒计时！”

苏珊一直盯着画面上的友加。那是绝望的表情，懊悔的神情。他一次次地伸出手去，展示闪闪发光的戒指，弯着手臂抬起弯曲的畸形的手指，举到陌生人的面前。*他这是在告诉他们一些事情。是什么呢？*

头顶的屏幕上，戴维陷入了沉思。“差额，”他一直在对着自己咕哝，“铀 238 与铀 235 的差额。应该是一个简单的差额。”

一位技术员开始倒计时。“五！四！三！”

就在那不到十分之一秒的时间里，这个声音就传到了西班牙。*三……三。*

戴维·贝克仿佛又被眩晕手枪击中了一样。他的世界慢慢静止了下来。*三……三……三。238 减去 235！差就是 3！*慢慢地，他朝麦克风伸出手去……

就在那一刻，苏珊盯着友加伸出去的手指。突然，透过那枚戒指……透过那枚刻了字母的金戒指，她看到了下面的肌肉……远诚友加的手指。那正是三根手指。原来根本就不关戒指的事。密码和他的手指数有关。友加不是在告诉他们什么，而是在展示给他们看。他这是在讲述自己的秘密，揭示自己的密码——祈望有人能理解这一点……祈祷这个秘密能够及时地传达给国安局。

“3。”苏珊吃惊地小声说道。

“是 3！”贝克从西班牙喊道。

但是在一片嘈杂声中，似乎没有一个人听得见。

“我们完蛋了！”一位技术员尖叫。

示意图开始狂乱地闪烁着，团团的黑线涌向了圆心。头顶的警报突然响了起来。

“数据泄露！”

“高速线路连进所有扇区！”

苏珊仿佛在梦中一般。她迅速转身快步朝杰巴的计算机走去。她扭过头，眼睛紧紧地盯着自己的未婚夫戴维·贝克。头顶上再次爆发出他的喊声。

“3！ 235 与 238 的差额是 3！”

房间里所有人都抬头望着他。

“密码是 3！”在一阵震耳欲聋的警报声与技术员的喊声中，苏珊的叫声清晰可辨。她指向屏幕。所有人都顺着她手指的方向，看到友加伸出去的手。那三根手指在塞维利亚的阳光下拼命地晃动着。

杰巴一下子惊呆了，叫道：“我的天！”他立刻明白了，原来这位残疾的天才自始至终都在向他们传达那个密码。

“3 是素数！”草志脱口说道，“3 是个素数！”

方丹茫然地问道：“会那么简单吗？”

“数据泄露！”一位技术员高声叫道，“数据库就快完了！”

指挥台上，大家同时朝那台计算机扑去——一堆人都伸出了手。但是，人群中，苏珊像个打出平直球的游击手一般，一下子击中了键盘。她点了一下数字 3。每个人都转过身面向投影墙。在这片嘈杂的人群上方，显示着这样的信息：

输入密码？ 3

“确定！”方丹命令道，“马上确定！”

苏珊屏住呼吸，手指点在了“回车键”上。计算机“嘀”地响了一声。

大家一动不动。

在过了让人痛苦难挨的三秒钟之后，什么事情都没发生。

警报还在叫个不停。五秒钟过去了。六秒。

“数据泄露！”

“数据库没有变化！”

突然，米奇猛地指向头顶上的屏幕，叫道：“快看！”

上面显现着这样一条信息：

密码已确认。

“加载防火墙！”杰巴命令道。

可草志抢先一步，早已输入了操作命令。

“信息输出中断！”一位技术员尖叫道。

“连接已切断！”

头顶的示意图上，五道防火墙中的第一道正在复原。袭击数据中心的黑色线条立刻就被切断了。

“正在恢复中！”杰巴叫道，“这个该死的东西正在恢复！”

好半天，大家简直不敢相信这是真的，就像是在任何时候，一切都有可能土崩瓦解。然而，第二道防火墙随之再现了……然后是第三道。片刻之后，过滤器全部再现。数据库平安无事了。

房间内爆发出了一阵欢呼声，整个房间一片喧腾。技术员们拥抱着，把打印单抛向空中，庆祝他们的胜利。警报渐渐停了下来。布林克霍夫紧紧地拉着米奇。草志突然哭了起来。

“杰巴，”方丹问道，“他们窃取了多少信息？”

“很少，”杰巴一边查看电脑一边回答，“很少一部分。而且全都不完整。”

方丹慢慢地点点头，嘴角露出一丝苦笑。他环顾四周寻找苏珊·弗莱切，可她已向房间前面走去。在她面前的墙壁上，戴维·贝克的面孔填满了整个屏幕。

“戴维？”

“嗨，美女。”他微笑着说。

“回来，”她说，“回家来，马上回来。”

“石头庄园见？”他问道。

她点点头，眼里含着泪水说道：“一言为定。”

“史密斯特工？”方丹叫道。

史密斯从贝克身后出现在屏幕上，问道：“什么事，长官？”

“看来贝克先生有个约会。你能让他尽快到家吗？”

史密斯点点头。“我们的飞机就停在马拉加。”他拍了拍贝克的后背，说道，“我们请你坐飞机，教授。坐过60式利尔喷气式飞机吧？”

贝克轻声笑道：“昨天之后还没坐过呢。”

第128章

苏珊醒来的时候，阳光明媚。柔和的光线穿过窗帘，洒落在她盖的鹅绒被上。她伸手去够戴维。*我是在做梦吗？*她无力地躺在床上，一动不动，昨夜之后，还有一种头晕目眩的感觉。

“戴维？”她喃喃地叫道。

没人回答。她睁开眼睛，感到身上仍有点刺痛。另一半床垫是凉的，戴维已经不见了。

我是在做梦吧，她想。苏珊坐了起来。这是一间维多利亚风格的豪华卧室，卧室内装饰着花边，摆满了古式家具——这可是石头庄园最华贵的套房。她的行李袋放在硬木地板的中央……睡衣扔在床边的安妮女王宝座式的座椅上。

戴维真的来过吗？她记起来了——戴维紧贴着她的身体，温柔地把她吻醒。这一切都是梦吗？她扭过头，看见床边的桌子。桌上放着一瓶喝光了的香槟，两个酒杯……还有一张便条。

苏珊揉揉惺忪的睡眼，拉起盖被裹住赤条条的身子，看到一条留言。

最亲爱的苏珊：

我爱你。

没有蜡，戴维。

苏珊面露喜色，拿过便条盖在胸口。这是戴维写的，没错儿。没有蜡……就是这个密码，她现在要把它解开。

房间一角，什么东西动了一下，苏珊抬头看了过去。戴维·贝克裹着一件厚厚的睡袍，坐在一张豪华的长沙发上，沐浴在清晨的阳光里，正默默地凝望着她。苏珊伸出手，示意他过来。

“没有蜡？”苏珊双臂搂住他，喁喁而语。

“没有蜡。”贝克微笑着说。

她深情地吻着贝克，问道：“告诉我，什么意思？”

“不可能，”他笑着说，“情侣之间需要有点儿秘密——这样会很有趣。”

苏珊娇羞地微笑着说：“要是比昨夜还有趣的话，我就再也不追问了。”

戴维抱住她，有一种轻飘飘的感觉。昨天，他险些丧命；而此刻在这儿，他有一种生命中从不曾体验过的活着的快感。

苏珊头枕在贝克胸上，倾听着他的心跳。她不敢相信自己竟有过那样的想法，以为贝克永远地走了。

“戴维。”她望着桌子边的便条，叹息着问道，“告诉我什么是‘没有蜡’，你知道我受不了解不开的密码。”

戴维沉默不语。

“告诉我。”苏珊噘着嘴说，“要不永远也不嫁给你。”

“骗人。”

苏珊用枕头砸了他一下，说道：“告诉我！快点呀！”

然而，戴维知道他永远也不会说出这个秘密。“没有蜡”背后的秘密太让人觉得甜蜜了。它起源于远古时期。文艺复兴期间，西班牙的雕刻家们在雕刻昂贵的大理石的时候，碰到雕坏的地方，常常用

cera——“蜡”来修补这个瑕疵。一座没有瑕疵，也就是不需要修补的雕像就会被人们称赞为“sin cere 雕像”或者“没有蜡的雕像”。最终，这个短语慢慢就被用来指代一切真诚或真实的事物。英语单词“sincere（真诚的）”就是从西班牙词语 sin cera——“没有蜡”，演化而来的。戴维的这个密码并非什么极其难解之谜——他只不过是在写信的时候签上“真诚地”这个词。不管怎样，他猜想苏珊是不会笑他这样的。

“你知道了会很高兴的，”戴维试着转换话题，“我在飞回家的路上给校长打了个电话。”

苏珊满怀希望地抬头说道：“快说你辞了系里的教授职务。”

戴维点点头说道：“下学期我会重回讲台。”

苏珊如释重负地轻叹道：“刚好重操旧业了。”

戴维温柔地微笑着说：“嗳，我想西班牙提醒了我什么是最重要的。”

“回去伤那些小女生的心吗？”苏珊吻了一下他的脸，说道，“那好吧，起码你有时间来帮我校订手稿。”

“手稿？”

“对。我已决定出书。”

“出书？”戴维怀疑地问道，“出什么书？”

“关于变体过滤器协议和二次剩余的一些想法。”

他呻吟着说：“听起来真像是畅销书。”

苏珊大笑起来。“并不是你想的那样。”

戴维在睡袍口袋里摸索着找了一下，随后掏出一样小东西，说道：“闭上眼睛。我有东西给你。”

苏珊闭上了双眼。“我来猜猜——是枚俗气的金戒指，上面还刻满了拉丁文？”

“不对。”戴维轻声笑道，“那个我已经让方丹放到远诚友加的遗物中去了。”他拉过苏珊的手，把一样东西戴到她的手指上。

“你骗人。”苏珊笑着，睁开了双眼，“我就知道——”

可是，苏珊突然不说话了。她手指上戴的根本就不是远诚友加的那枚戒指。这是一枚白金戒指，上面还镶着一粒闪闪发光的钻石。

苏珊惊得屏住了呼吸。

戴维直视她的眼睛，问道："你愿意嫁给我吗？"

苏珊喉头哽塞，透不过气来。她看了看贝克，然后又低头望着戒指，顿时，眼泪夺眶而出。"哦，戴维……我不知道该说什么。"

"说愿意。"

苏珊背过脸去，一个字也没说。

戴维等了一会儿，问道："苏珊·弗莱切，我爱你。嫁给我。"

苏珊抬起头，眸子里满是泪水。"很抱歉，戴维，"她细声说道，"我……我不能。"

戴维惊愕地盯着她。他看着她的双眼，期望从中发现一丝戏谑的迹象。然而，她的眼中并没有那种迹象。"苏……苏珊，"他结结巴巴地说，"我——我不明白。"

"我不能，"她重复道，"我不能嫁给你。"说完，她翻过身，双肩开始抖动起来，双手掩住了脸庞。

戴维迷惑不解地问："可，苏珊……我还以为……"他扶住苏珊抖动的肩头，转过她的身体。就在那一刻，他明白了，原来苏珊·弗莱切根本就不是在哭，她是难以抑制自己的狂笑而颤抖着。

"我不会嫁给你的！"她大笑起来，顺手拿起枕头朝贝克砸去，"在你没有解释'没有蜡'之前，我是不会嫁给你的！你要把我逼疯了！"

尾　声

据说，人死后万事都明朗起来。德源昭高现在知道此话绝非虚言。站在大阪的海关办公室内，注视着那个骨灰盒，他悔不当初；这是一种他以前从未体验过的感觉。他信奉人世的轮回，信奉生命间血脉相连，却从不曾有机会来实践这种信仰。

海关官员给了他一个信封，里面装的是婴儿的收养证明与出生档案。“你是这孩子唯一健在的亲人，”他们说，“我们费了很多周折终于找到你了。”

德源昭高的思绪又回到了三十二年前。在那个淫雨霏霏的夜晚，就在那家医院的病房里，他遗弃了他那身体有缺陷的儿子与生命垂危的妻子。他这么做的理由是荣誉——现在这一切都成了虚无缥缈的幻影。

随证件附上的是一枚金戒指。戒指上刻着文字，那是些德源昭高不认识的文字。不过，这已经不重要了；对他而言，文字已不再具有任何意义。当年，他抛弃了自己唯一的儿子；如今，残酷的命运让他们这样团聚了。